KB021612

이건숙 문학전집 17
싸리골 신화

이건숙 문학전집 17

싸리골 신화

1쇄 발행일 | 2023년 11월 20일

지은이 | 이건숙
펴낸이 | 윤영수
펴낸곳 | 문학나무
편집 기획 | 03085 서울 종로구 동숭4나길 28-1 예일하우스 301호
이메일 | mhnmoo@hanmail.net

출판등록 | 제312-2011-000064호 1991. 1. 5.
영업 마케팅부 | 전화 | 02-302-1250, 팩스 | 02-302-1251
ⓒ이건숙, 2023

이건숙 문학전집 **17**

■

싸리골 신화

이건숙 중편소설

문학나무

40년 글쓰기에서 어렵게 건진 중편들

이상하게 40년이 넘는 동안 많은 단편들과 장편을 집 필했지만 중편은 딱 3편만 발표했다. 써낸 작품들 거개가 청탁을 받아서 썼는데 아마도 중편의 지면을 얻지 못해 그런 것일 터이다.

첫 작품 「엄마야 누나야 시골 살자」는 1992년 《월간문 학》에 2회에 걸쳐 실렸는데 그 당시 시부모님들이 말년에 농사를 짓고 싶다고 하셔서 시골 땅을 마련하는 중이라 이런 작품의 구상이 나왔다.

두 번째 중편 「관솔불빛」은 문맥 동인지에 실었던 소설 이다. 내가 미국에서 전공한 도서관학을 귀국하여 서강대 학에서 강의할 적에 만난 여자 사서의 도도함에 질려서 나온 작품이다. 학생들이 졸업할 적에 작성할 논문의 자 료를 어떻게 개가식인 도서관에서 수집할 것인가를 강의 하는데 필수과목이라 많은 학생들로 늘 복작거렸다. 더러는 그들을 데리고 다니면서 실물교육을 시켜야 했다. 노처녀인 참고도서 사서가 어찌나 신경질적인지 고통스러워서 어떤 때는 밤에 잠을 설치기도 하는 불면의 시간에 써내려간 작품이다. 나름대로 순수한 사랑을 그려보려고 애를 썼다. 내가 독문학을 전공한 것은 십대의 소녀시절에 읽은 『호반』이란 소설의 순수한 외곬사랑에 반해서 수십 번 그 소설을 읽은 것이 독일문학을 전공했고 또한 이런 중편을 쓰게 된 동기가 된 셈이다.

세 번째 중편 「싸리골 신화」는 팔순을 넘긴 인생 정리 단계에서 남편의 목회를 따라다니면서 나름대로 내가 바라는 이상적인 목사모델상에 대하여 꼭 쓰고 싶었던 작품이다. 이건 현실에서 실천하기 어렵겠지만 항상 마음으로 염원했던 동경의 대상인 목사상과 목회를 나름대로 작품화한 것이다. 신학을 공부하는 젊은이들이나 일반 성도들

006　　　　　　　　　　　　　　　　이건숙 문학전집 17 싸리골 신화

이 이런 발상에 도전받기를 바라는 마음 간절하다.

끝에 실린 「회고록」은 역경의 열매란 타이틀을 달고 국민일보에 30회 연재한 나의 간략한 일대기이다. 일생을 마무리하는 전집을 출판하며 독자들이 내 작품을 이해하는데 도움이 될까 해서 연재했던 그대로를 실었다.

끝으로 이제 고인이 되신 조신권 교수님께 깊은 감사를 전하다. 식사도 걷지도 제대로 못하시면서 제 작품들 전체를 평하시고 생애 마지막 평론으로 탈고하여 보내주시고 돌아가셨으니 그런 큰 은혜와 사랑을 입은 사람이라 슬픔과 감사함으로 가슴이 미어진다. 장차 천국에서 만나 뵈올 거라고 스스로를 위로해 본다.

2023년 11월
나성의 서재에서
이건숙

차례

ㅆㅏㄹㅣ ㄱㅗㄹㅅㅣ ㄴㅎㅗㅏ

싸리골 신화

엄마야 누나야 시골 살자

ㅇㅓㅁㅁㅏㅇㅑㄴㅜㄴㅏㅇㅑㅅㅣㄱㅗㄹㅅㅏㄹㅈㅏ

1

천지가 아지랑이와 황사로 희뿌옇게 흐린 사월 초순. 추위를 몰아낸 환희의 상징인 진달래가 화사한 꽃망울을 터뜨렸다. 봄의 전령인 진달래는 산간 양지 바른 곳, 입을 떨군 나무들 사이사이에 몸을 숨기고서 따뜻한 연분홍빛을 은은하게 뿜어 올렸다. 달리는 차창을 통해 바라본 봄꽃은 면사포를 쓴 신부처럼 갈색 산기슭 여기저기에서 수줍은 모습을 드러냈다. 흙비라도 흠뻑 쏟아져 내리면 앙상한 나뭇가지에 푸른 잎이 앞을 다투어 얼굴을 내밀 것 같은 봄날, 엿가래처럼 척 늘어진 봄 햇살이 차창을 뚫고 들어와 소연의 콧등을 간지럽게 한다.

"난 언제나 사람을 처음 대할 적에 기가 죽거든. 지금부터 이렇게 막 떨려."

연두 빛 망사를 연상케 하는 수양버들 잔가지 사이로 아득하게 보이는 산마을의 울타리마다 얼굴을 살짝 내민, 벚꽃, 살구꽃, 개나리, 진달래랑 이름을 알 수 없는 이른 봄꽃이 한창이었다. 봄 열에 젖어 넋을 놓고 밖을 내다보고 앉았던 남길이 동문서답했다.

"저기 목련이 피었네. 난 송편처럼 입을 벌린 하얀 목련보다 자색 목련을 더 좋아해."

"내가 하는 말에 대답은 않고 엉뚱하게 다른 소리야."

"너도 기억하겠지만 옛날 우리집 지붕을 덮을 정도로 키가 큰 목련이 한 그루 있었지. 백목련이 아니고 자목련이었어. 신기하게 말이야 지금도 이따금 꿈속에서 그 나무를 본다고."

"그럼 정원에 한 그루 사다 심으면 되잖아."

"심을 땅이 있어야지. 아파트에 어떻게 목련을 심어."

"분재로 심어 베란다나 거실에 놓지."

"여자는 갇힌 새처럼 화분에 심겨진 나무로 만족할지 모르지만 남자는 그렇질 않아. 나무 밑에 앉아서 올려다볼 파란 하늘이 없잖아."

"내가 베란다에 하늘도 만들고 물레방아도 설치하고 초가집도 세울 터이니 눈을 감고 상상을 해봐. 인간이란 이 세상을 지나가는 나그네라고 하더라. 먼 여행길에 나선 나그네처럼 눈을 감아 보란 말이야. 새도 되고 농부도 되고 천사도 되는 상상력이 있어야지. 손끝까지 힘을 빼고 온몸을 구름 타고 하늘을 날아다니듯 척 맡겨봐. 그리고 상상의 날개를 펴라고."

"넌 여자니까 꿈을 먹고 현실을 무시하고 살 수 있지만 난 이 세상에 도전하고 살아야할 남자야."

"남자는 상상도 못하는 동물인가 보지. 난 그런 남자 싫더라. 그런 남자는 인내심도 없고 희망도 없이 항상 안달이 나서 신경질을 부리고 그런다고 들었어. 그런 사람을 동물적인 남자라고 부른데. 동물적인 남자라! 아유 정말 징그러운 말이지. 오호호……."

소연은 버스 안의 모든 시선이 쏠릴 정도로 호들갑을 떨면서 웃어대서 남길이 팔꿈치로 소연의 옆구리를 툭 치며 조용히 하라며 눈을 깜박했다.

"아무튼 여자란 괴물이야. 그게 좋은 괴물이면 좋은데 나쁜 괴물이면 사람을 괴롭힌단 말이야."

남자가 이렇게 나직하게 말하자 콧날이 오뚝하고 사과처럼 뺨이 붉은 소연이 턱을 약간 위로 치켜들고 상을 찌푸렸다.

"너도 알다시피 내겐 누나가 한 분 있잖니. 그 누나가 변신을 하도 잘해서 정신 차릴 수 없어. 세상에 둘도 없는 미인인데 마음속엔 십여 명의 여자가 들어앉아 있는 것 같아 종잡을 수가 없어. 그러니 여자란 괴물이지."

"여자 한 사람을 보고 그게 여자 전부라고 생각하면 그건 편견이야. 그보다 난 자기 어머니 쪽에 더 관심이 쏠리는데."

"어머니야 부처님 가운데 토막처럼 후덕하시지."

"그래도 내 꼴을 보면 아마 실망하실 거야."

소연은 의자 난간에 기대놓은 목발을 쓰다듬으며 한숨을 삼킨다.

"걱정하지 마. 내가 데리고 살 여잔데 엄마가 무슨 상관이야."

남길은 누에처럼 머리를 흔들다가 목에 힘을 주었다. 떡 벌어진 어깨와 뻣뻣하게 곧추세운 목에 어울리지 않게 그의 눈가에 살포시 근심의 빛이 서렸다.

"우린 행복할 거야. 우린 꼭 행복하게 살아야 할 권리가 있다는 걸 너도 알지."

남길이 새끼손가락을 내밀자 그녀도 같은 손가락으로 고리를 만들어 걸고선 힘차게 흔들었다. 도심지로 버스가 들어서자 아파트들이 거대한 시멘트 숲을 이루어 산과 하늘을 막아섰다.

"자기 내게 솔직하게 말해봐. 자긴 어머니가 더 좋아, 누나가 더 좋아?"

"그야 어머니지."

"왜?"

"누나는 진짜 괴물이라니까. 누나 때문에 내가 힘들어."

남길이 심각한 표정을 지으며 두통이라도 나는지 머릴 세차게 흔들었다.

　"이상하다. 남자들은 모두 누나를 좋아하는데 어째서 자긴 누나를 자꾸 괴물이라고 하지."

　"한번 만나봐. 형들처럼 똑똑한 사람들도 다 도망가버렸어. 누나는 쪼개지지도 않는 딱딱한 콩이라고."

　"하하하……누나를 콩이라고 부르다니 참 재미있다. 어떤 콩이야?"

　"데굴데굴 혼자 굴러다니는 콩알이야. 단단해서 아무도 쪼갤 수가 없어."

　"그럼 콩이 혼자 굴러다니지 누구랑 붙어 다니냐."

　"아휴! 이 답답한 사람아, 콩가루가 되어야 쉽게 섞이고 편안하지 콩알이 되면 저 잘난 맛에 고집을 부리며 사니까 식구들이 골이 아파."

　"서른아홉이나 먹은 누나가 시집가서 애를 둘이나 낳았으면서 왜 친정에 들어와서 이래라저래라 콩알이 되어 야단일까."

　소연이 머리를 갸우뚱거렸으나 대꾸도 않고 남길은 택시에 먼저 올라타고 소연에게 어서 타라고 눈짓을 보냈다. 집이 가까워올수록 남길은 좌불안석이었다.

　"내가 다리병신이라 자기 그렇게 마음이 불편한 것이지?"

　"아냐."

"만에 하나 가족들이 반대하면 우린 헤어지는 거야. 비록 절름발이지만 자존심 상해 가면서까지 시집갈 마음은 없어. 자기가 뜸골에 돌아와 살겠다고 해서 얼결에 따라나섰는데…… 다시 강조하지만 난 뜸골을 뜰 수 없어."

소연은 믿음직스럽게 어깨가 벌어진 남길의 옆모습을 훔쳐보면서 마음을 달랬으나 이빨이 떨릴 지경으로 불안이 엄습했다. 누나라는 사람이 머리에 뿔이라도 난 여자란 말인가. 어째서 남길은 누나 이야기만 나오면 저렇게 얼어붙어버리는 것일까. 해가 살포시 서쪽 도심지의 빌딩 머리에 걸려있건만 15층 아파트들 사이에 들어서니 썰렁한 봄바람이 속살로 파고들어 몸까지 떨었다. 엘리베이터에 들어서자 남길은 기계적으로 12층의 버튼을 눌렀다. 위잉―. 소름끼치는 음을 두 사람의 귀에 심어주며 승강기는 위로 솟구쳤다. 휘청해서 여자가 남자의 어깨에 몸을 기댔다.

"걱정하지 말라니까. 내가 있잖아. 설령 식구들이 반대한다 해도 우린 절대로 떨어질 수 없어."

"피! 남자들은 처음에 모두 그렇게 말해놓고 불리하면 도망친다고 하더라. 난 자기 말에 속아 눈물에 떠내려가는 여자는 아니니까 내 염려는 내려놓으라고."

소연은 아주 당당하게 어깨를 뒤로 발딱 젖히고 서더니 입술을 뾰족 앞으로 내밀면서 태연한 척 했으나 가슴 속 밑바닥부터 서서히 얼어붙고 있었다.

"이런 아파트에 살려면 누나 같은 여자를 얻어야겠지만 난 시골로 내려갈 거야. 그러니 걱정 말라니까. 조상 대대로 살아온 너의 집을 박물관으로 꾸미면 어때? 돌담이 국보로 지정될 수 있을 걸. 5대가 살아온 집이니 줄잡아 일백 오십 년의 역사가 깃든 집이 아니겠어. 자손 대대로 볼 수 있도록 지금 집을 잘 보존하고 우린 양지 바른 산기슭에 붉은 벽돌집을 짓자. 집 뜰엔 내가 좋아하는 자색목련을 수십 그루 심을 참이여. 울타리 밑엔 꽈리를 잔뜩 심자. 너 꽈리 불 줄 알지?"

"그럼. 지금도 꽉꽉 잘 불 수 있어. 새빨갛게 익은 꽈리의 웅어리를 빼내느라고 우리 두 사람은 돌담 밑에 붙어 앉았었지. 그게 시간이 걸리는 작업이었어. 꽈릴 엄지와 집게손가락 사이에 넣고 살살 주물러서 말랑말랑해지면 잘 달래서 웅어리를 빼어냈지. 꽈리가 터지면 우린 몸을 움찔하고 한숨을 쉬었지. 그때 네 이마와 콧등에 땀이 송송 나서 난 그걸 보고 킬킬대고 웃어댔고 넌 놀린다고 화를 냈던 것 기억해?"

그 때 현관문이 열렸고 두 사람은 닭장을 닮은 아파트 속으로 빨려 들어갔다. 엘리베이터는 휘잉 말울음 소리를 내며 아래로 내려갔다. 소연은 그 소리에 진저리를 쳤다.

문을 열어준 사람은 오십대 초반의 파출부였다.

"아무도 집에 없어요?"

"모두 미장원엘 갔어요. 막내며느리감 첫선 보는 날이

라 잘 보여야 한다고 싫다는 어머니를 따님이 강제로 끌고 나갔는데 곧 오실 겁니다."

거실 벽에 부착된 대형 어항에서 거품이 보글거리며 올라온다. 물속엔 요상하게 생긴 열대어들이 분주하게 헤엄쳐 다녔다. 뽀로록 뽀로록…… 어항 속의 물거품 소리와 다용도실에서 세탁기 돌아가는 소리가 아파트 안에 가득했다. 시골의 소리와는 전혀 다른 소리요, 냄새였다. 한가롭게 고기잡이하는 배 한 척을 담은 산수화가 거실 분위기를 아주 고즈넉하게 만들어주었다. 색시감을 맞는 집답게 흑색 장미를 한 아름 담은 소쿠리가 탁자 위에 놓여있어 장미 특유의 쌉싸래한 향기가 은은하게 집안에 고여있었다.

소연은 목발을 어디에 놓을지 몰라 머무적거렸고 파출부는 병신 여자가 설마 오늘의 주인공인 색시감이라고 생각지 않았는지 별 관심을 두지 않고 안으로 사라져버렸다.

"아휴! 꽤 크다. 도대체 몇 평이야?"

"85평이라나 봐."

"학교운동장만 하구나. 한 구석에 숨으면 찾기 힘들겠다."

"우리 숨바꼭질할까?"

"웃기지 마. 남은 불안해서 꽝꽝 얼어붙어 있는데 장난을 치고 있어."

소연은 불편한 왼쪽 다리를 조심스럽게 치마로 덮어 가리고는 의젓하게 보이려고 팔짱을 딱 끼고 가슴을 쫙 폈다.

"자기 방은 어디야?"

"으응. 저 쪽 안방 옆이야."

"그 방에 있고 싶어."

"총각 방이라 냄새도 나고 엉망이야. 가만 있어봐. 대충 정리해놓고 우리 그리로 옮겨 앉자."

남길은 갓 제대해서 아직도 군인 티가 박인 짧은 머리를 멋쩍게 벅벅 문지르며 그녀를 혼자 거실에 남겨놓고 자기 방으로 가버렸다. 그 때 문을 여는 소리가 나더니 두 여자가 현관으로 들어섰다. 목발이 입구에 놓인 걸 보더니 멈칫한 쪽은 남길의 누나, 남영이었다. 소라고둥처럼 머리를 틀어 올린 남영의 옆모습은 잘 생긴 콧날과 하얀 피부로 인해 눈에 띄게 아름다워 보였다. 소연은 이 상황에서 일어서지도 못하고 멈칫거리다가 겁먹은 얼굴을 소리 나는 쪽으로 돌렸다.

"아니 누구 목발이 현관에 있니?"

남길의 어머니인 한 여사가 안을 향해 소리쳤다. 남길은 이때 화장실에라도 갔는지 기척이 없었다.

"댁은 뉘시오"

"어어…… 전, 저는 박소연이라고 합니다."

"그럼 처녀가 우리 아들 남길이의 색시감이란 말이요?"

한계정 여사는 눈에 띄게 얼굴이 핼쑥해지고 어지러운지 조금 비틀하더니 거실 바닥에 털썩 주저앉아버렸다.

"세상에! 이럴 수가. 어떻게 기른 자식인데 그래 겨우 골라온 색시가 이런 병신 여자라니!"

한 여사는 금방 마룻바닥이라도 두드리며 통곡할 기세였다. 소연은 이런 사태에 어떻게 대응할지 몰라 잠시 눈을 감았다. 코끝에 송송 땀이 스며 나왔고 숨결이 거칠어졌다.

"절 병신이라고 하셨어요? 걱정 마세요. 제가 이 집에 구걸하러 온 것은 아닙니다."

소연이 일어서려다 파출부가 커피를 내오는 바람에 엉거주춤 주저앉았다.

"우리 남길을 어떻게 알게 되었소?"

"······."

그 때 남길이 거실로 나왔다 집에서 즐겨 입는 짧은 바지 차림이었다.

"어머니. 들어오셨어요. 제 신부감 소개할게요. 바로 어머니와 마주 앉은 이 처녀인데 박소연이라고 부릅니다. 피아노를 잘 치는 피아니스트지요."

남길의 말에 그 누구도 입을 열지 않아 어색한 기운이 거실을 찍어 눌렀다.

"우선 저 아가씨를 보내놓고 우리끼리 이야기를 나누자."

남영이 침착하고 야무지게 남길의 말을 가로막았다.

"깊은 두메산골에서 여기까지 왔는데 맛있는 음식도 대접하지 않고 그렇게 보내면 어떻게 해요."

"손바닥만한 한국 땅에서 두메산골이 뭐가 그리 멀다고 허풍이냐. 미국도 반나절에 가는 세상인데."

남영은 느물거리는 그의 말을 부아가 나서 퉁명스럽게 눌러버렸다.

"누나는 뜸골이 가깝다고 생각해요. 어쩌다 누나가 거기 내려올 적엔 항상 저승길보다 더 먼 길이라고 투덜거리고 설랑."

"너 지금 뭐라고 했니? 뜸골이라고?"

뜸골이란 말이 나왔을 적에 제일 놀랄 사람은 한 여사였다. 뜸골이라면 그녀가 가마 타고 시집간 마을이요, 남편이 묻힌 곳이고 자식들이 태어난 곳이 아닌가. 한치 앞도 보이지 않아 몸부림쳤던 어둠의 장소요, 목에 거미줄을 쳤던 시절의 가난이 듬뿍 고인 곳이 바로 뜸골이었기 때문이다.

파출부도 요상한 분위기에 호기심을 가지고 흘끔거렸다. 남길 만이 의젓하게 등을 안락의자 뒤에 기대고 앉아 여유 있게 빙글거렸다. 뜸골이란 말을 듣고 약간 얼굴빛을 붉히던 남영이 자신의 동요하는 빛을 숨기려고 소리 없이 안방으로 가더니 평상복으로 갈아입고 거실로 나왔다. 공작이 날개를 활짝 핀 무늬를 가슴판에 새긴 핑크 빛

드레스를 입은 남영은 귀부인처럼 얌전하게 두 손을 무릎 위에 올려놓고 소연과 마주 앉았다.

이런 누나를 보면서 여전히 남길이 빙글빙글 웃었다. 소연을 못 알아보는 누나와 어머니가 재미있어 죽겠다는 은밀한 기쁨을 지닌 표정이었다.

"그래 뜸골 어떤 집안 아가씨인가? 웬만하면 내가 거의 다 아는 집안들인데."

남영이 아주 점잖게 권위를 세우고 위압적으로 물었다.

"……."

"우리가 떠난 뒤에 들어온 집안인가 보군. 그나저나 그 몸으로 우리 남길이와 결혼할 생각이란 말이요?"

"결혼이란 말은 빼놓고 애인이라고 해주세요."

"애인이라면 마음이 놓이는군. 나는 신부감이라고 해서 얼마나 놀랬는지. 애인이란 사랑하는 사이란 뜻일 터이니 괜찮아. 서로 좋아했다가 헤어지기도 하고 또 만나 좋아 하다가 싸우고 다른 사람을 찾아 떠나는 것이 인생이 아 니겠어."

남영은 눈가에 품었던 찬 기운을 떨쳐버리고 잔잔하게 웃을 수 있는 여유까지 보였다. 그러나 속으로 태연한 척 했을 뿐 헤어스프레이를 뿌린 뻣뻣한 앞머리를 연신 만지 작거리는 새끼손가락이 가련하게도 미세하게 떨리고 있 었다.

"색시는 어쩌다 다리가 이 지경이 되었우? 쯧쯧……."

"……."

"시집가려면 큰 문제가 되겠지. 서로 같은 처지에 있는 남자를 만나면 피차 이해하고 말썽 없이 잘 살 수 있을 거여."

사람이란 누구나 자신의 결점을 사람들 앞에 들어낼 때 가장 자존심이 상하는 법이다. 더구나 신체적 결함을 들고 나올 적에는 가장 아픈 곳을 쑤셔대는 꼴인 걸 이 여자는 정말 모르고 있단 말인가. 나이가 지긋해서 이웃에게 상처를 줄 나이가 아닌 한 여사까지 이런 아가씨는 남길의 신부감이 될 수 없다는 뜻을 강하게 내비쳤다.

"어머닌 진짜 뜸골의 얌전이를 못 알아보고 하는 말이에요. 어머니 앞에 앉아있는 아가씨가 바로 얌전이란 말이요. 하긴 우리가 뜸골을 떠난 지도 벌써 15년이 흘렀으니 못 알아 볼만도 하지요."

"뭐라고? 뜸골의 얌전이라면 박 진사 증손녀가 아니냐."

"맞아요. 저랑 뜸골 초등학교를 같이 다녔던 얌전이예요. 소연이란 이름을 대서 알아보지 못했을 거예요. 어머님은 소연을 얌전이라고 불렀지요. 더러는 아기씨라고 했고요."

"맞아. 그 집에 소아마비로 다리를 저는 너 또래의 아기씨가 있었는데 이 처녀가 바로 그 아가씨란 말이지."

한 여사의 음성이 점점 목구멍 속으로 기어 들어갔다.

박 진사가 세상을 뜬 지 오십여 년이 지났건만 마을사람들은 누구나 박 진사댁이란 말을 즐겨 썼다. 전깃불이 들어오고 전기밥솥을 쓰는 시대에 살지만 박 진사댁은 뜸골에서 상징적인 존재였다. 이 마을과 역사를 함께 하는 정자나무가 박 진사댁 대문 앞에 서 있어서 그렇기도 하겠지만 그보다 고가(古家)를 두르고 있는 돌담이 아직도 동네 사람을 찍어 누르고 있기 때문이다. 이웃 농가들이 탱자 생울타리를 두르거나 진흙으로 어설프게 담을 두른 데 비해 박 진사댁의 돌담은 석회줄눈으로 층을 맞추어 쌓은 데다 상부에 기와지붕을 얹어서 양반의 위력이 아직도 퍼렇게 살아있었다. 한 여사가 석회줄눈으로 두른 담을 생각하며 기가 죽어 목을 두 어깨 사이에 움츠리자 남영은 손톱에 바른 진달래색 매니큐어를 자랑이라도 하려는 듯 열 손가락을 무릎 위에 쫙 폈다. 콩알 크기의 다이아몬드 반지가 손톱 색보다 더 현란한 빛을 뿜어냈다. 소연은 흘끔 이런 남영의 손을 보고는 입을 꽉 다물고 인형처럼 앉아있었다. 톡 튀어나온 됫박이마 위에 고인 파르스름한 빛이 남영을 눌렀다. 넌 박 진사댁 머슴으로 있었던 뚝심의 손녀가 아니냐 하는 호통소리가 금방 튀어나올 것 같은 힘이 소연의 이마 위에 서려있었다.

이 시대가 어떤 시대인데 박 진사니 양반이니 해가며 주눅이 들어. 돈이면 최고라고. 이 세상은 돈이 말을 한다니까. 제까짓 것이 박 진사댁 증손녀면 뭣해. 보아하니 가난뱅이가 틀림없어. 아직도 이 나라에 목발을 집고 다니는 절름발이가 있었던가. 돈만 있다면 미국에 가서라도 수술을 해서 버젓하게 걸어 다녀야지. 얼마나 가난하면 목발을 의지하고 다닐까. 시대는 변했다고. 난 지금 부자야. 강남에 빌딩이 있고 팔당 근처에 별장도 있어. 급변하는 시대의 초창기에 전자제품 장사를 잘 해서 기초를 잡았고 땅 장사를 해서 벼락부자가 된 상황이지만 그게 어때. 지금 세상은 개처럼 벌어서 정승처럼 사는 세상이 아닌가. 돈만 있으면 국회의원도 기겁을 해서 달려와 굽실거리는 세상이 아니던가. 남영의 머릿속은 몇 초 내에 이렇게 빠르게 회전했다.

"지금도 뜸골에 살고 있나?"

남영이 자신의 목에 건 진주 목걸이를 소연에게 보일 양으로 턱을 치켜들고 목을 길게 빼며 오만한 눈을 하고 물었다.

"네."

"아니, 아직도 그 산골에서 살고 있단 말인가?"

"네. 우리 조상이 대를 물리며 그 땅에 묻히며 살아온 뜸골을 어떻게 뜹니까?"

"거기서 무얼 해먹고 살아간단 말이야. 설마 아직도 땅을 가난뱅이들에게 나누어주고 가을 추수할 적에 빼앗아 먹고 살지는 않겠지. 지금 세상에 그런 고생하며 농사지을 사람이 어디 있을라고. 쯧쯧…… 그래서 아직도 다리

수술을 못했구먼. 시골을 빨리 뜰수록 유리한데 아직도 두메산골에 살고 있다니 가엾어라. 구닥다리 삶을 살고 있음에 틀림없어."

낙엽이 떨어져도 웃음을 참지 못하는 이십대의 여자는 눈에 꿈과 부끄러움을 담고 눈물이 많은 법이다. 하지만 고운 티가 자취를 감춘 서른 중턱의 나이는 매사에 자신이 있어 뱀 같은 섬뜩한 교만이 눈에 고여 있게 마련이다. 차라리 마흔 줄에 들어서면 자신의 얼굴에 책임을 져야 해서 매사에 조심스러워지고 다소곳한 눈을 지니는 법이다. 이 나이를 지나 오육십대에 이르면 죽음을 생각하기에 탐욕과 교만의 빛을 억제하는 잔잔한 눈빛을 지니게 된다고 한다. 그 연령에선 여름 시장에 널린 생태의 흐리멍덩한 눈을 닮아서 이웃에게 차라리 편안함을 안겨주는 여자가 되는 게 상례다.

이런 논리로 본다면 서른아홉, 독이 한창 오른 남영의 눈은 자신감에 넘치고 욕심과 교만으로 지글지글 타는 불꽃이었다. 이런 눈길을 피해 소연은 탁자 위에 한 아름 꽂힌 흑장미에 눈길을 던졌다. 툭 건드리면 금세 주르륵 흘러넘칠 것 같은 물기가 그득 고인 소연의 눈이 남영의 불꽃 같은 눈과 마주쳤다.

"그 시절엔 사람들이 왜 그렇게 바보처럼 살았는지 몰라. 고구마를 캐도 제일 좋은 놈을 골라 너의 집에 가져갔었지."

"지난날을 들먹여 어쩌자는 거냐? 다 흘러간 옛일이여. 잊어버려라. 우리가 이렇게 잘 살고 있으니 한풀이는 했다."

한 여사가 딸의 손등을 찰싹 소리 나게 때리며 막아섰다.

"전부 속에 고인 것을 털어놔야겠어요. 박 진사댁 사람들을 만나면 이 말을 꼭 하고 넘어가야 제 속이 뚫릴 거란 생각을 많이 했으니까요. 수고하고 농사지은 우리 식구는 새끼손가락처럼 가느다란 고구마를 삶아 먹으며 손가락 하나 까닥하지 않고 앉아서 좋은 놈만 받아먹는 너희 집을 향해 저주를 퍼부었지. 어디 두고 보자고 말이야."

"이 애가 무슨 소리를 하고 있어. 박 진사나으리께서 우리에게 농사지을 땅을 주지 않았다면 가난했던 그 시절 우리가 어떻게 살아남았겠니. 고맙다고 절을 해야지."

"어머니는 내 마음을 몰라요, 멍울진 내 마음을 몰라."

모녀의 언성이 높아지자 소연과 남길은 총각 냄새가 흠씬 고인 남길의 방으로 옮겨 앉았다.

"누나처럼 자기도 우리 식구들을 미워하고 있어?"

"난 아니야. 누난 괴물이라고 했잖아. 잊어버려. 그 시절이 얼마나 좋았니! 밭에서 캔 고구마를 잔뜩 실은 구루마 뒤에 나랑 네가 매달려 질질 끌려가면서 킬킬대던 일 생각나니?"

"진흙이 잔뜩 묻은 고구마를 실은 구루마였지. 왕 밤톨 크기 고구마를 골라먹었고 손과 입은 진흙으로 시뻘겋게 물들었지. 뒤에 대롱대롱 매달려 먹었던 고구마 맛을 잊을 수 없어."

두 사람은 고추잠자리가 높이 날아 올라가는 가을 하늘과 썰렁하게 비어진 고구마 밭에 고여 있던 고즈넉함을 떠올리며 마주 보고 씽긋 웃었다. 얼마나 평화로운 시절이었던가! 얼마나 정겨운 곳인가! 얼마나 좋은 공기였으며 따스한 가을볕이었던가!

"고구마 구루마에 매달려 노는 걸 제일 싫어한 건 너의 어머니였지."

"그랬었지. 너에게 지금까지 숨겨왔지만 다친다고 싫은 소리를 들은 게 아니었어."

"다칠까봐 호통친 게 아니었단 말이야?"

"으응. 안방에 끌려가 눈물 나게 볼기와 등을 맞았어."

"무엇 때문에 그렇게 때렸지?"

"머슴의 핏줄에게 딸을 주지 않겠다는 거지 뭐."

"그랬었구나."

"엄만 늘 이렇게 야단을 쳤단다. 조그만 계집애가 벌써 신랑, 각시놀이를 해. 넌 절대로 그 집 색시가 될 수 없어. 다리병신이지만 우리 피는 양반 줄기란 말이야. 이렇게 말하며 어찌나 매섭게 때렸는지 몰라. 내가 아파하니까 나중엔 날 부둥켜안고 소리 죽여 울면서 때린 곳을 어루

만져 주었지."

하얀 줄무늬를 넣은 하늘 색 커튼이 고향의 가을하늘 빛깔처럼 짠하게 그의 눈 속으로 파고 들어왔다. 소연과 고구마 구루마 꽁무니에 매달려 놀았던 일은 어린 시절 맨 밑바닥에 깔린 추억의 밑돌인 다섯 살 적 이야기다. 그 때부터 남길의 기억 속에 소연은 이 세상에서 가장 아름다운 소녀로 각인되어 있었다.

서로 마주보고 있는 동안 두 사람의 눈 속에서 유년의 숲에 감추어진 둘 만이 아는 비밀이 살아났다. 여우비가 온 끝이라 개울가의 풀이나 물빛이 더욱 선연한 오후였다고 기억된다. 여름방학을 하루 앞둔 날이라 매미 소리가 마을에 진동했고 어른들은 농사일을 놓고 그늘에서 낮잠을 즐기는 시간이었다. 소연은 목발을 개울가 미루나무에 기대어 놓고 가재가 숨어 있음직한 돌들을 가만가만 밀쳐냈다. 뼈 속까지 아린 차가운 산 개울 물속에서 새끼손가락 굵기의 등 검은 가재 한 마리가 힘센 물살에 밀려나지 않으려고 꼿꼿하게 허리에 힘을 주어 펴고 있었다. 가재를 잡는 비결은 집게발톱을 피해 등을 꼭 잡아야 한다. 소연은 온 신경을 손끝에 모았다. 그 순간 울컥 흙물이 가재를 덮었다.

"누구야?"

열두 살, 소연의 이마에 잔주름이 제법 많이 잡혔다. 그녀의 언저리로 돌팔매가 날아왔다. 나뭇잎 사이로 배꼽이

들어난 남길의 베잠방이가 아른거렸다.

"피! 자길 봐달라고 수작 떠는 거지."

소연은 물에 젖은 코고무신을 엄지발가락에 꿰어 신고 미루나무에 기대어둔 목발을 양어깨 밑에 고였다. 찌걱찌걱…… 고무신에 고인 물이 목발이 땅을 딛을 적마다 기이한 소릴 냈다. 검정 고무신을 심은 남길이 소연의 뒤를 바짝 따라가며 한낮이라 입을 오므린 메꽃을 따서 그녀의 등을 향해 흩뿌렸다.

"넌 바보, 바보야. 여기엔 우리뿐이 없어. 그런데도 넌 어른들처럼 내외를 하자는 거냐."

그래도 대꾸를 하지 않자 이번엔 활짝 핀 하얀 개망초를 꺾어 소연의 뒷머리에 꽂아주었다. 손끝이 소연의 목 언저리에 닿자 뜨거운 인두에라도 닿은 듯 앙칼지게 머리를 흔들며 몸을 앙당그렸다.

"서울 간 누나가 어제 뜸골에 내려왔어. 돈을 엄청나게 벌었다고 했어. 누난 진짜 멋쟁이가 되었더라고. 서울 가면 제일 먼저 얼굴이 변하는가봐. 굉장한 미인이 됐어. 너도 우리 누나 보면 기절할 거다. 얼마나 이쁘다고!"

"……."

"우리식구 모두 서울로 이사 가자고 하더라. 서울 가면 나도 너처럼 피아노를 가르쳐준다고 하더라. 자가용 타고 학교 다니고 아이스크림도 소쿠리 가득 사다가 냉장고에 넣어두고 먹을 수 있다고 했어."

"너도 연숙이처럼 서울 아이가 되는 거냐?"

"그럼. 연숙이가 서울에서 처음 뜸골에 왔을 적에 예쁜 구두를 신고 머리에 나비모양의 머리핀을 꽂고 꽃무늬가 놓인 원피스를 입고 왔었지. 그 애가 일 년 있다가 다시 서울로 갔을 적에 우리 모두 서울에 가고 싶어 침을 삼켰었는데."

"잘 됐다. 그 애가 널 좋아했잖아. 서울 사는 연숙에게 어서 가거라. 난 뜸골에 남을 거여."

연숙이 말이 나오자 남길은 기가 죽었다. 연숙은 끈덕지게 그를 쫓아다니며 친구가 되자고 졸랐던 코가 너부죽한 아이였다. 다리병신 소연이하고 놀지 말라고 지우게 달린 연필도 주었고 맛있는 초콜릿도 선물했다. 연숙은 뜸골 아이가 아니고 어머니가 교통사고로 죽자 일 년간 뜸골의 외할머니 댁에 맡겨졌다가 가버린 아이였다.

"연숙이 때문에 서울 가는 것이 아니야. 공부하러 서울 가는 거라고. 서울에서 대학 나온 뒤에 미국으로 유학 보내준다고 누나가 약속했어."

"미국 가서 뭘 하려고 그래?"

"무슨 일이 있어도 누나는 날 박사님으로 만들겠단다."

"네가 박사가 될 자신이 있어. 공부도 꼴찌를 하면서. 욕심 가지고 되니. 네 주제를 알아라."

"내가 박사가 되면 넌 내 색시가 되는 거야. 내가 교수가 되어서 돈을 많이 벌 터이니 우리 미국에 가서 살자."

소연은 이 말에 얼굴을 붉히며 목발에 힘을 주어 잽싸게 도망치기 시작했다. 남길이 그 뒤를 바짝 따라붙었다.

"내 말을 허튼 수작으로 들어 넘기지 마라."

"넌 연숙이가 좋으니까 서울에 간다는 것이지. 어서 연숙에게 가라. 서울 아이에게 가란 말이야. 난 서울에도 미국에도 안 가. 여기 뜸골에서 살다 죽을 거여."

"이 산골에서 뭘 하고 살려고 그래? 누나가 그러는데 시골은 배고픈 곳이라고 했어."

"배가 고파도 난 여기가 좋아. 염소처럼 채소만 먹고살지."

"넌 다리 때문에 이곳에 숨어살려고 그러는 거지. 사람들 있는데 가는 걸 넌 무서워하는 것이지."

"다리가 성한 연숙에게 가라니까 그래. 난 여기가 좋아. 이 뜸골이 좋단 말이야."

"미국에 데리고 가서 수술을 해서라도 네 다리를 고쳐줄게. 두 발로 걷게 해줄 터이니 내 말을 들어."

그 때도 오늘처럼 소연의 눈에 눈물이 그렁하게 고여 있었다.

노크도 없이 방문이 벌컥 열리더니 남영이 수박을 들고 들어왔다. 봄철에 수박이라니! 서울에는 계절이 없나보다.

"박 진사댁 증손녀를 만나니 만감이 서리는군. 우리 남길은 곧 미국으로 유학갈 것이니 이번이 마지막 만남이 되겠다."

"어어…… 누나, 무슨 소릴 하는 거야."

남길이 아주 불쾌한 표정을 지으며 못마땅한 눈으로 누나를 노려보았다.

"군복무도 끝났겠다, 졸업도 했겠다 일이 착착 진행된 것 아니냐. 모두가 알다시피 넌 이 집안의 유일한 기둥이다. 네가 이 집안의 꿈이란 말이다. 제발 날 실망시키지 말아다오."

"내가 누나 소유물이요. 왜 날 가지고 이래라저래라 그래."

"널 지금까지 공부시키고 돌봐준 사람이 누군데 감히 날 눌러 뭉갠단 말이냐. 시골구석에 그냥 있었다면 넌 소, 돼지처럼 버려진 신세야. 서울까지 데려다가 대학까지 공부시켰고 이제 미국유학을 보내려하니까 여자를 달구 와서 속을 썩이는 게냐. 그것도 온전한 여자를 골랐다면 억지로라도 참을 수 있다만 이게 뭐냐."

"누나, 제발 고만."

"난 할 말을 묻어놓고는 못사는 여자다. 처음에 섭하고 말자. 일생을 두고 원수 되어 사는 것보다 애당초 무를 썰 듯이 썽둥 잘라내버리는 편이 낫다."

"도대체 누나는 내게 무얼 원하는 거요?"

"네 조카, 우리 규혜가 육학년이 아니냐. 그 애가 유학 갈 적에 딸려 보내려고 한다. 여기선 아무리 날고뛰며 가르쳐도 세계적인 피아니스트가 될 수 없다고 하더라."

"미쳤어. 그 어린 걸 미국에 보낼 생각을 하다니. 미국이란 나라가 얼마나 무섭고 잔인한 곳인데 거길 보낸다고 그래."

"미국에서 공부하다 죽어도 좋다는 각오를 하고 덤비는 거다. 사람이 한번 태어나서 죽는 것은 정한 이치인데 그까짓 것 해볼 때까지 해보다 안 되면 포기해도 왜 일찌감치 물러서냐. 내가 뜸골을 뜰 때도 그런 자세로 떠났다. 그러니까 이렇게 성공해서 서울서 떵떵거리고 살게 되었지. 지금까지 그냥 넋을 놓고 시골바닥에 있었다면 땅바닥에 코를 박고 진구렁 속을 기어 다니는 지렁이 신세를 면하지 못했을 게다."

"여자는 접시와 같아서 내돌리면 이가 빠지는 법이래. 집에서 곱게 길러 참한 신랑감 나타나면 시집보내는 것이 낫지 어린 걸 어딜 보낸다고 그래."

남길이 거세게 대들었다.

"넌 고추를 달고 있는 사내면서 그따위 소릴 하니. 지금 이 시대에 남자, 여자를 따지는 고리타분한 소릴 하는 사람이 내 동생이라니, 아이쿠! 기가 막혀. 여자가 똑똑해야 한 가정도 살아나고 나라도 사는 법이여. 치맛바람이 거세야 한다 이거야. 이 나라가 요 모양 요 꼴인 건 남자들이 잘못해서 이 지경이 된 것이라고 생각하지 않니? 여자가 대통령이 되어봐라. 으리번쩍 기막힌 정치를 해서 남자들 코를 납작하게 만들어 놓을 터이니. 우리 규혜가 공부도 반에서 일등이고 피아노도 제일이란다. 글쎄 담임이 그러는데 만 명에 한 명 꼴로 태어나는 음감을 지닌 아이라고 하더라. 그러니 어쩌겠니. 이 앨 일찌감치 유학 보내면 소문난 그 집안 아이처럼 성공할 수 있다."

"그 집안 아이라니요?"

"너 못 들었니? 미국까지 따라가서 음식점을 경영해 자식들을 모두 유명한 음악가로 키운 집안 말이야."

"그럼 누나도 미국까지 가서 음식장사를 하겠단 말이요?"

"못할 것도 없지."

"세상에! 아무리 생각해도 누나는 현대판 괴물이야."

남매의 다툼 속에 소연이 불쑥 끼어들었다.

"유학을 보내시려면 대학에 들어가서 보내세요. 특히 여자는 어려서부터 일찍 보내는 것이 위험하다고 하던데요."

"그런 사고방식을 가졌으니 지금까지 시골에서 살고 있지. 어려서부터 피아노를 친 사람이 아직도 시골에 있다면 알조지 뭐야. 이렇게 소극적이고 어두운 시선을 가진 사람을 내 동생의 아내로 어떻게 삼겠어."

남영이 소연을 단추 구멍 눈을 하고 쩨려보다가 야멸치게 깔아뭉갰다. 저런 사고방식을 가진 여자니 좋은 집안에 태어났어도 저러고 살고 있지 아니한가. 진취적인 여자라면 다리병신이 아니라 하반신이 마비된 불구자라도 투지력과 인내력을 가지고 세계적인 인물로 부상하는 것이 이 시대의 특징이 아니던가. 폭탄이 터지는 전쟁터에서 부모를 잃고 파편에 눈먼 전쟁고아가 미국에 양녀로 가서 성공해 텔레비전에도 출연하는 가수로 컸는데 그보다 더 좋은 집안에서 태어났으면서도 저 꼴이니 박 진사댁 증손녀란 여자는 아무리 봐도 데데해 보였다. 참으로 한심한 여자라는 생각을 지울 수가 없었다.

"시골에 오래 있다 보면 생각하는 것이 멍청할 정도로 뒤지는 법이다. 이십대의 젊은 아가씨가 말하는 것이 칠십대 노인의 사고 구조를 가졌으니 쯧쯧…… 불쌍하게 되었군."

남영의 면박에 소연은 억누를 수 없는 모욕감으로 얼굴이 붉어졌지만 참기로 했다. 편견의 벽을 헐어낼 수가 없었기 때문이다. 그 벽은 핵무기로도 뚫을 수 없는 강인한 성이었다. 이런 여자 앞에서 화를 낸다면 그건 바보짓일 수밖에 없다. 난처한 얼굴로 떨떠름하게 앉아있는 소연의 마음을 읽은 남길은 수박을 집어 그녀의 손에 쥐어주며 어서 먹고 나가자고 눈짓을 보냈다.

남영의 꿈은 오직 자식들에게 거는 앞날뿐이었다. 남편은 자신보다 키가 작은 꼽추라서 사람들 앞에 내세울 위인이 아니었다. 해서 그녀의 꿈은 딸들이 세계적인 명성을 지닌 인물이 되어 신문에도 나오고 텔레비전에도 얼굴이 클로즈업되어서 이웃들이 입을 모아 칭찬해주는 그런 자식으로 키우는데 있었다. 그러자면 모델이 필요했다. 바로 그 케이스가 정 아무게네 집안이었다.

그 집 딸은 열세 살에 이미 미국으로 가서 줄리어드의 명교수 갈라미언의 제자가 되었다고 하지 않던가. 그 결과 그 집 딸은 이십대의 어린 나이에 세계음악계를 지배하고 있던 철통 같은 유대인 아성을 뚫고 히이페츠, 아이작 스턴에 비견할 만한 바이올리니스트가 되었다고 하는 기사를 잡지에서 읽고 가슴이 얼마나 뛰었는지 모른다. 일찍 자식들을 미국에 보내기만 하면 세계 정상의 음악가로 키울 수 있을 것이며 자신은 자식들의 뒷바라지를 해줌으로 인생의 보람을 가질 수 있을 터이니 얼마나 멋진 앞날인가!

그 정 아무게네 집안은 자식도 많았다. 큰아들은 비올라, 큰딸은 플루트, 다른 딸 하나는 첼로, 클라리넷을 부는 아들도 있고 피아노를 쳐서 명성을 떨치는 아들이 신문에 연신 오르내리고…… 그 집을 모델로 삼았으나 남영에게 약점이 있었다. 그렇게 많은 자녀를 낳지 못한 것이다. 농촌에서 체험한 가난이 지겨워 둘 낳기로 작정하고 아예 자궁을 들어내는 수술을 한 것이 두고두고 한이었다. 그 집안처럼 수두룩하게 낳아서 음악가족을 이루어야 하는 것인데. 가난을 이기는 방법으로 산아제한을 했으니 얼마나 바보짓을 했단 말인가. 그 점이 안타까워서 이따금 밤잠을 설칠 적이 많았다. 그러나 많이 낳아서 낙오자가 나오는 것보다 두 딸을 다이아몬드처럼 잘 길러낸다면 그 집안보다 매스컴의 각광을 더 받을 수 있을 터인데 뭘 그리 낙담하고 있단 말인가.

천재 음악가로 이름을 떨치는 딸들을 양팔에 껴안고 텔레비전에 나갈 때 어떤 옷을 입을까. 한복이 어울릴 거야. 아니야. 검은 드레스를 입고 흑장미를 가슴에 다는 것이 더 돋보일 거야. 이런저런 생각에 빠져들어 눈을 벽에 멍청히 박고는 씽긋씽긋 미친 여자처럼 웃어댔다.

너무 심하게 감정의 굴곡을 노출하는 남영을 놓고 소연은 갈피를 잡을 수가 없었다. 불쌍하다는 생각이 들 지경이었다.

"어서 수박 먹고 시내로 나가자."

"비닐하우스에서 재배한 채소나 과일이 몸에 좋지 않다고 하던데."

"제 철이 아닌데 나왔으니 모자라도 뭔가 모자라겠지. 창조주의 손길을 따라갈 수 있겠나."

"자외선이 약한 과일이나 채소를 계속 먹으면 지금 당장은 괜찮지만 먼 훗날 태어날 우리들의 후손은 외계인처럼 이상한 사람으로 변할 거야."

"그렇다고 옛날식으로 농사를 지어 살 수 있겠어?"

"난 절대로 비닐하우스 재배를 하지 않을 거야. 하나님이 주신 햇볕과 물, 그리고 자연 그대로의 공기에 내맡기고 농사를 지을 거야."

"넌 굶어 죽으려고 작심한 모양이로구나."

"무, 감자, 콩을 우리 토질의 맛을 지닌 것으로 길러낼
터이니 어디 두고 보라고. 호박도 외호박이 아닌 순종 우
리호박을 심을 거야. 그리고 옥수수도 작지만 조상들이
즐겨 먹었던 그런 옥수수를 심을 거고. 남들이 돈이 되지
않는다고 포기하는 수수와 보리를 많이 심을 작정이야."

"그런 걸 누가 사먹는다고 그래. 모두 버리려고 작정했
어."

"상관없어. 사실 우리가 상대적 빈곤으로 아우성이지
절대적 빈곤의 비참함은 벗어난 민족 아니냐. 농사지어
우리식구 먹고 팔리지 않는 것을 고아원과 양로원에 보내
면 될 것 아냐."

"소연아. 참말 걱정된다. 어떻게 네가 이 어려운 세파를
헤쳐 가며 살아가려는지 난감하고나. 자본주의에선 돈이
힘이야."

"돈의 노예가 되느니 차라리 난 자연의 한 부분이 되겠
어."

"지금 세상은 농사짓는 법도 변했어. 비닐을 사용해서
잡초하고 싸우고 개량종을 심어서 수확을 늘리는 시대야.
옛날 방식으로 농사를 지어 어떻게 살겠다고 그러냐."

"병충해가 날이 갈수록 심각해지고 비료와 농약 때문에
자연과 인간이 함께 죽어가고 있어. 자연 그대로 보존하

고 거기서 적응해 살아가는 식물을 길러서 먹어야지."

"넌 가난 속에서 헤어 나오지 못할 거야. 그 사고방식을 가지고 정보사회 시대의 물결에서 넌 떠내려갈 거야."

「가난보다 더 무서운 건 우리 모두가 서서히 죽어간다는 사실이야. 우리 농부들의 수고 없이는 이 세상에 사람들이 존재하지 못해. 도시인들이 사고팔고, 책상 앞에서 글이나 쓰고 배우며, 먹고 싸는 일로 소란한 것도 따지고 보면 우리 농부들이 땀 흘려 수확한 양식을 먹고 살아있으니 하는 짓이지 땅의 소산이 전혀 없었다면 사람들은 겨울에 풀이 마르듯이 몽땅 말라 죽어버려. 마지막 날, 이 세상이 끝나는 날은 아마 변질된 이상한 양식으로 병들어 굶어 죽는 것이 아닌지 몰라. 모두가 도시로, 도시로 떠나버리고 비어진 농토에 서면 그런 무섬증을 떨쳐버릴 수가 없어. 마지막 날 무기는 핵무기가 아니라 양식이 무기가 될 거야.」

"요즘 흔히 입에 올리는 농촌은 뿌리고 도시는 꽃이란 말을 하고픈 게로구나."

"맞아. 난 도시에 올적마다 절망해. 어쩌면 모두가 정신이 돌았다는 생각이 들 정도야. 돈을 향해. 지식을 향해, 명예를 향해 달려가는 사람들의 발자국 소리로 귀청이 찢어질 것 같아. 나 같은 시골 사람은 무서워 숨을 제대로 못 쉴 지경으로 모두 앞으로 돌진하고 있어. 거대한 폭포가 흐르듯이 말이야."

"그건 사실이다. 도시인들은 무언가에 미쳐야 살지. 심지어는 그 결과로 걱정과 아픔이 따라와도 그걸 끌어안고 도시에 끼어 살기를 원하지."

"흙을 떠나고 풀과 나무를 떠난 인간의 몸과 영혼은 병들게 되어있어."

"참! 뜸골의 정자나무가 집 앞에 그저 서 있나?"

"그럼. 그 자리에 그 모습 그대로 우람한 자태를 자랑하며 서있지. 키가 더 컸고 그늘을 던져주는 범위가 더 넓어졌는데도 거기 앉을 사람들이 없어."

남길은 말없이 불쑥 도시락을 내밀었던 소연의 얼굴을 떠올렸다. 배가 고파 기운이 없어서 하굣길, 정자나무 밑에 쪼그리고 앉아있을 때에 소연이 일부러 굶고 아껴둔 도시락을 내놓은 적이 많았다. 새우젓이나 된장을 반찬으로 싸주는 도시락이 창피해서 남길은 언제나 점심시간에 혼자 도망쳤다. 운동장 옆 소나무 숲에 숨어 팔베개를 하고 하늘을 향해 누우면 눈물이 가득 고여 하늘이 아른거렸다. 그럴 때면 언제나 소연이 다가와서 도시락을 그의 코앞에 바짝 디밀고 나란히 앉았다.

"고만둬. 그런 동정 받기 싫단 말이야."

어느 땐 고함을 쳐보기도 했지만 손은 도시락 뚜껑을 열고 있었다. 소연의 엄마는 도시에서 자란 사람이라 반찬 솜씨가 일품이었다. 간 소고기에 갖은 양념을 해서 절편처럼 구운 것은 세상에 이런 음식이 있나 싶게 맛이 있었다. 달착지근하게 조린 연근도 어찌나 맛이 있는지 입에서 엿처럼 줄줄 녹았다.

그 시절 소연 모녀의 대화가 푸짐했다.

"점심이 참 맛있어요. 엄마, 도시락 두 개 싸주세요."

"밥맛이 없다고 깨작거리는 애가 도시락을 두 개 싸라니 모를 일이다."

"하나는 밥을 조금 싸고 다른 하나는 꽉꽉 눌러서 많이 싸요."

소연은 점심시간이 제일 입맛 나는 때라고 자랑을 하는 바람에 병든 딸의 건강을 위해 소연네 부엌은 아침마다 부산했다.

2

먼지 한 알갱이 없이 닦아놓은 대리석 탁자와 거울처럼 어른거리는 이태리 장식장이 남길을 불안하게 했다. 파리가 성가시게 달라붙고 뒷간의 냄새가 마당 곳곳에 스며드는 것이 그를 편안하게 하는 것들이었다. 누렁이가 마루 밑에서 다리를 뻗고 늘어지게 잠이 들어있고 암탉이 병아리를 거느리고 울타리 언저리에서 먹이를 찾아 구구거리며 몰려다니는 시골이 그리웠다.

"누가 뭐래도 나는 소연이와 결혼해서 뜸골에서 살 거

여."

　남길은 자기의 의사와 관계없이 누나, 남영의 손에 결정되어지고 있는 그의 앞날들에 역겨움을 감출 수가 없었다.

　"미국 가서 공부하려면 속살이 쪄야 한다구 하더라. 푹 쉬면서 잘 먹어야 한다. 미국 것이 다 좋은데 한 가지, 미국 소가 한우만 못한 것 너두 알지. 수입 고기는 뼈까지 이상해서 국을 끓여도 양놈들의 비린내가 역겹게 난단 말이야. 그러니 요 며칠간 은은한 불에 푹 고아놓은 꼬리곰탕을 다 먹고 떠나야 한다."

　동생을 미국으로 보내기 전에 한국음식을 골고루 먹여 보낼 욕심에 곰탕을 한 그릇 먹인 뒤에도 남영은 안달이었다. 여름철에 구하기 어려운 비싼 밤과 대추를 듬뿍 넣은 약밥을 식혜랑 곁들여 들고 들어와서 먹으라고 성화였다.

　"누나! 다시 한 번 말하는데 나 미국 가지 않을 거여. 소연이랑 결혼해서 농촌으로 들어갈 거야. 제발 내 앞길을 내가 결정하게 놔둘 수 없어. 내겐 박사니 미국이니 이런 것들이 어울리지가 않아. 공부엔 관심이 없단 말이야. 평범하게 자연을 벗 삼아 사는 농부가 마음에 들어. 어려서부터 시골서 자란 탓인가 봐."

　"아직도 박 진사댁 증손녀를 못 잊어서 그러지? 제발 옛꿈에서 깨어나거라. 그 앤 지금 진사의 딸이 아니라 절

름발이 다리병신이야. 결혼식장에 들어갈 적에도 찔뚝찔
뚝 목발을 집고 들어가야 할 병신이라구."

그냥 입으로만 말하는 것이 동생에게 충격을 줄 것 같
지 않아서 남영은 벌떡 일어나서 다리를 절름거리는 흉내
를 냈다. 남길의 심기를 뒤집어놓을 심산으로 심하게 상
체를 좌우로 흔들어 보이며 방안을 한 바퀴 돌았다.

"사람을 겉으로만 보면 못 써. 그러면 어째서 누나는 꼽
추하고 결혼했어. 매형을 사랑해서 결혼한 것이 아니야."

그 때 남영의 손이 세차게 남길의 뺨을 두어 대 올려 부
쳤다. 눈물이 그득 담긴 얼굴이었다. 분노로 일그러진 그
녀의 얼굴 근육이 의지와는 관계없이 씰룩거렸다.

"너 말이면 다 하는 줄 아냐? 그렇게까지 해서 아픈 상
처를 건드려야 하니."

악을 쓰며 남영은 남길의 멱살을 잡고 목을 조이며 흔
들었다. 너 죽고 나 죽자는 식의 막간 여자의 표독한 성깔
이 남영의 몸 전체에 흘러 넘쳤다. 이런 누나를 남자지만
이길 재간이 없었다. 소란한 소리에 한 여사가 달려오고
파출부가 뛰어 들어와서 두 사람을 잡아떼어 갈라놓느라
고 진땀을 흘렸다.

간신히 남길에게서 떨어져나간 남영이 목을 놓아 울기
시작했다.

"내가 바보지. 내가 상병신이야. 제 형제들 공부시키려
고 고생한 사람이 이 세상에서 제일 바보라고 친구들이

충고해주었는데 그 말을 들을 걸. 내 몸 하나 던져 이 가정 일으키면 되는 줄 알고 모든 걸 참고 희생했건만 너까지 날 이렇게 취급하기냐. 그래 난 몸을 팔아 너희들 세 동생을 공부시켰어. 왜 그러냐? 창녀였다구, 창녀였어. 그 짓 안하고 농촌서 빠져나올 길이 있는 줄 알아. 우리 아버지는 밭두렁에서 소뿔에 받쳐서 피를 흘리면서도 약한 첩 옳게 써보지 못하고 숨을 거두었단 말이야. 엉엉…… 이 새끼야! 들어라. 너를 그렇게 죽이지 않으려고 내가 이 몸을 남자들에게 팔아서 이 집안을 건져 올린 거여. 어째서 꼽추하고 결혼했느냐구? 그래 속 시원하게 말해주마. 나를 그 구렁텅이에서 건져준 사람이 병신인 너의 매형이었다. 왜 더 물어볼 거 있냐. 난 네가 그 소연인가 무언가 하는 병신하고 결혼하는 걸 억울해서 허락할 수 없어. 넌, 넌 내 생명을 걸고 공부시킨 내 동생이야. 감히 니가 어떻게 날 거역할 수가 있어. 넌 병신하고 결혼해야 할 이유가 없단 말이야. 나하고는 경우가 달라."

남영이 입에 거품을 물며 훌떡 뒤로 넘어져서 간질 발작을 하듯 몸을 떨었다.

"아이쿠! 사람 죽는구나. 남길아, 제발 누나를 불쌍하게 여기구 누나가 원하는 대로 하거라. 정말 불쌍한 아이다. 누나가 걸어온 과거를 알면 너도 가슴이 아파서 이렇게 누나 마음을 상케는 않을 것이다. 이 집안에 꼽추 하나로 족하다. 네가 절름발이를 데려오면 사람들이 무엇이라고 말하겠니. 저 집안은 병신들하고 결혼하는 내력이 있다구 수군거리지 않겠니. 네 조카들의 앞날도 생각해야지."

한 여사도 어이어이 울어가며 남길을 꾸중하고 파출부는 찬 물수건을 남영의 이마에 얹어놓고 얼음을 꺼내려 냉장고로 달려갔다.

남길은 밖으로 나왔다. 위로 형이 둘이나 있건만 어쩌다가 이 집안의 모든 앞날이 막내인 그에게 매달리게 되었는지 가슴이 답답해왔다. 누나가 원하는 그 화려한 길을 가주면 좋으련만 그는 이상하리만치 도시생활과 미국이라는 나라에 거부감을 가지고 있었다. 소연이 있는 뜸골이 그가 돌아가야 할 곳이지 절대로 도시가 그의 영원한 삶의 터전이 될 것이라고 생각해본 적이 없었다. 도시는 나그네의 길 몫이요, 거대한 여관이라고 늘 생각해 왔기에 그가 일생을 묵어야 할 곳이 아니었다.

찬란한 네온사인 속에서 치장을 곱게 한 성숙한 여인처럼 변신한 도심지를 그는 이십대의 특이한 고독을 삼키며 걸었다. 가슴에 통증이 왔다. 채집되어 핀에 꽂힌 나비가 이런 유의 아픔을 지니고 있을까. 미국행 비자가 거부되어지기를 그는 은근히 바랬다. 그 때 용감하게 결별을 선언하고 뜸골로 가리라. 소연이와 함께 순종 감자와 고구마를 심고 가지색 찰 강냉이를 심을 것이며 들깨를 심고 참깨도 심으리라. 산 밑엔 도라지를 심을 것이며 마을 앞을 흐르고 있는 개울둑엔 호박을 심어야지. 이런 생각에 이르자 그의 마음에 편안이 임했다.

길가 한 쪽에 뚫린 하수도의 공기통에서 뿜어 올라오는 냄새가 역하게 그의 코를 자극했다. 인간이 만들어내는 도시의 고약한 냄새를 뒤로 하고 어서 뜸골로 가서 농사를 짓겠다는 생각은 어쩜 그의 몸에 농사를 지어왔던 조상들의 피가 흐르기 때문일 것이다. 미국행 유학 비자가 나온다 하더라도 남진형이 있지 아니한가. 그에게 이 집을 맡기리라. 대학에 다닐 적부터 운동권에 들어서 누나의 눈 밖에 나긴 했지만 남길이 떠나버리면 어쩔 수 없이 누나랑 어머니는 가운데 형, 남진을 붙들 것이다.

아홉 시 뉴스가 나올 시간에 남길은 오랜 방황을 끝내고 집으로 향했다. 마악 아파트의 출입구로 들어가려는 순간 경비의 예사롭지 않은 눈빛이 그를 섬뜩하게 했다. 경비 특유의 이상한 웃음을 입가에 새겨가며 그에게 다가왔다.

"집안에 일이 생겼어요. 좀 전에 형사들이 다녀가고 신문기자들이 오고 이 일대가 굉장히 소란했습니다. 구경꾼들도 많이 왔었구요."

"무슨 일입니까?"

남길은 누나가 속을 끓이다가 남길의 마음을 돌리려고 일부러 매스컴을 동원할 목적으로 이상한 짓을 했을 것이고 그 끝에 기절해서 앰뷸런스가 오고 의사가 왔던 것이 아닌가 해서 그저 덤덤히 대꾸했다.

"바로 위의 형님이 노조결성을 위해 노동자들을 데리고 데모를 주동했다가 맞서는 윗사람들과 붙었대요. 나중에 밀리니까 홧김에 맥주병을 깨어서 상관을 죽였답니다. 그 랬으면 멀리 도망가지 어쩌자고 글쎄 집으로 뛰어 들어옵 니까. 권총을 빼어든 경찰들이 이 아파트를 포위하고 공 포를 쐈어요. 주민들이 이리저리 피해 다니고…… 참으 로 대단했습니다."

"남진형이! 결국 사고를 냈구나. 이를 어쩌지."

남길은 경비의 말을 뒤로 하고 위로 뛰어올라갔다. 거 센 올무가 그의 목을 죄어오고 있어서 그는 숨을 헐떡였 다. 남진형까지 이렇게 되면 난, 난 어떻게 되는 거야. 형 의 의도는 좋지만 누나 말대로 현실을 알아야지. 희생양 이 되어버리면 누나의 꿈을 누가 책임질 거여. 내 한 몸으 로 너무 벅차단 말이야. 이를 어쩌지. 남길의 귀에선 아득 히 먼 곳에서부터 개 짖는 것 같은 이명이 들려왔다.

농사일을 주도했던 팔순의 할머니가 지난 겨울 돌아가 셨기에 어머니와 둘이 남은 뜸골, 소연의 집은 썰렁했다. 머슴을 둘이나 두고 지었던 농사였다. 이젠 그런 사람을 구할 수 없는 시대가 되었다. 농사일도 전문직인지 할머 니가 살아 계셨을 적엔 머슴 없이도 그 큰 땅을 한 귀퉁이 도 놀리지 않고 잘 가꾸었는데 금년엔 엉망이었다. 급한

데로 집 근처 밭에 식구들이 먹을 만큼의 푸성귀를 심고
나머지엔 제일 가꾸기 쉬운 콩을 심을 예정이다. 콩은 다
른 농작물에 비해 늦게 씨를 뿌리는 바람에 다른 밭에 비
해 땅색이 두드러진 게 소연의 마음을 더 성급하게 만들
었다. 해서 오늘 아침은 어쩔 수 없이 소연이까지 목발을
집고 밭으로 나갔다. 남영의 말이 못이 되어 가슴에 박혀
서 농사일이 끝나는 늦가을엔 저는 다리에 보조 기구라도
달고 목발을 던져버릴 참이었다. 소연이 목발에 몸을 의
지하고 엉거주춤 서서 콩을 일정한 간격으로 두세 알씩
뿌려주면 어머니는 발끝으로 흙을 덮으며 꼭꼭 밟았다.
목에 콩주머니를 매달고 그녀는 어머니와 콩이랑을 따라
걸었다.

　서른 가구가 살던 마을이 자식들 공부를 핑계 삼아 하
나 둘 떠나더니 어제 제일 식솔이 많은 옆집 쇠똥이네까
지 떠나고 겨우 여덟 가구만 뜸골에 남게 되었다. 해가 지
면 사방이 어두워서 도시의 가로등과 자동차 불빛에 눈이
익은 사람들에겐 뜸골은 태곳적 어둠과 정적이 깃든 곳이
었다. 이런 어둠이 내려앉기 전에 소연은 마을 건너편 산
자락 밭에 콩을 다 심어야 했다. 일이 점차 익숙해지니 어
머니와 호흡이 맞아 두 사람은 숨 돌릴 겨를이 없었다. 이
때 뒷집 할머니가 모녀를 향해 서울 손님이 왔다고 손나
팔 불다가 지쳐서 조촘조촘 산 밑으로 다가오고 있었다.

　"누가 왔어요?"

"누군지는 모르겠어. 서울서 온 손님인데 새까만 자가용을 타고 왔어. 검은 색안경을 쓰고 있어서 무섭게 보이더군. 어찌나 요란하게 화장을 했는지 여염집 여자는 아닌 것 같아."

소연의 어머니는 의아해서 머리를 갸우뚱거렸다. 서울서 예까지 찾아올 손님이 없었기 때문이다. 모녀는 땀으로 범벅이 된 얼굴을 흙 묻은 손등으로 자꾸 닦아내서 진흙 앙괭이를 얼굴에 그리고 있었다.

"어이 퍼뜩 가보소. 땅을 사러온 투기꾼인지도 몰라."

작년부터 이 산골까지 투기바람이 불어와서 주말 농장을 짓겠다고 부동산업자들이 자주 드나들어 이 동리의 땅 절반 이상을 차지한 소연네가 들볶이고 있었다.

"웬만하면 땅을 팔구 대처로 나가지 그래. 소연이 몸도 성치 않고 요즘 세상에 농사짓겠다고 시골에 들어올 총각도 없는 걸 알면서 하나 있는 딸의 혼삿길도 생각해야지. 평당 만 원에 이 땅을 전부 팔면 어마어마한 액수가 아닌가베. 머슴들을 울안에 데리고 살적에 농토가 힘이 있었지 지금은 농사지어 먹구 살기가 어려운 세상이 아닌감."

"할머니 그런 이야기하려면 제 앞에 나타나지 마세요. 우린 그 손님을 만나지 않을 터이니 가서 땅을 팔 생각이 없다구 전해주세요."

소연이가 샐쭉해서 암팡지게 토라지니까 뒷집 할머니도 주춤했다.

"남자도 없이 여자들이 어떻게 이 큰 농토를 관리하겠다구 욕심을 내누. 모두 자네들을 위해서 한 말이제."

"제가 이 꼴이라 동정하시는 것이지요."

가차 없이 소연은 퍼부어 댈 기세였다. 그 때 그들의 등 뒤로 서울 말씨의 여인이 다가왔다.

"동정이 아니라 소연을 위해서 해주는 말이야. 사랑을 사랑으로 받아야지. 자꾸 그런 식으로 대들면 곤란하지."

소연의 눈이 소리 나는 쪽으로 향했다. 남영이었다. 예상 밖의 사람이라 소연을 얼굴을 붉히며 목에 매달린 콩 자루를 벗어서 땅에 내려놓고 그 다음 어떤 행동을 취해야 할지 몰라 어색하게 멈칫거렸다.

"뉘시지요?"

"절 모르세요."

남영이 선글라스를 벗고 얼굴을 바짝 소연 어머니의 얼굴에 들이댔다. 너무 당돌하게 나가는 서울 손님의 태도에 질려서 어머니는 뒤로 물러섰다.

"뉘신지 기억이 나질 않는군요."

"남길이는 기억하시겠지요. 제가 남길이 누나입니다."

"그, 그렇다면 남영이가 아닌가벼."

"맞아요. 기억해주셔서 고맙습니다. 조용히 상의드릴 일이 있어서 이렇게 소식도 없이 왔습니다."

그들은 산 밑까지 와있는 남영의 차를 타고 소연의 집으로 향했다. 먼저 우물가에 가서 손과 발을 씻은 소연은 긴장된 눈으로 남영과 마주 앉았다. 다행히 어머니가 미숫가루를 타러 부엌으로 가서 조용히 남영은 가지고 온 문제를 내놓았다.

"소연과 남길과의 문제로 왔는데 오늘 결정을 내렸으면 해."

"무슨 말씀인가요?"

"다른 곳으로 시집을 가 줄 수 없겠어. 남길이는 죽어도 뜸골에 와서 농사를 짓고 살겠다고 고집을 부리고 있어. 소연이 때문이지. 이 지겨운 농토에서 동물처럼 사는 걸 면해주려고 내 목숨을 걸고 그 앨 산골에서 탈출시킨 노력이 물거품이 되는 걸 나는 참을 수가 없어. 내가 죽든지 그 애가 죽든지 그래야지."

어머니가 미숫가루 탄 유리그릇을 손님 앞에 내놓으며 나누는 대화의 뜻을 이해하려고 가는 귀 먹은 사람처럼 귀를 기울였다.

"우리 가정을 살리는 길은 소연이가 어서 다른 남자에게 시집을 가주는 길밖에 없어. 제발 우리 가정을 불쌍하게 여기고 그렇게 해주어."

한참 만에 그 말뜻을 알아차린 어머니가 언성을 높였다.

"누가 내 딸을 그 집에 준다고 했나. 마치 우리 소연이가 그 집 사람을 짝사랑이라도 해서 귀찮아 죽겠다는 투로 말하고 있네. 세상에! 우릴 무얼로 알구 그런 말을 스스럼없이 그렇게 하는가. 그래도 모셨던 주인집의 따님이 아닌가. 세상이 아무리 바뀌었다고 해도 그런 언사가 어디 있는가."

"지금 우리 집안은 쑥대밭입니다. 글쎄 남진이가 사람을 죽였어요. 우리 가문이 이 땅에서 살 수가 없게 되었다 이 말입니다. 남길이 마저 비자까지 받아놓은 미국행을 포기하면 우린 이 수모를 몽땅 당하면서 이 땅에서 살아야 하는데 난 그걸 못 참습니다. 살인자의 가문이란 붉은 줄을 가지고 우리 애들이 갈 길이 너무 험하다 이 말입니다. 이런 상황에서 이 집안의 유일한 희망인 남길이가 소연이와 결혼해서 뜸골에 내려와 살겠다고 그러니 이거 미칠 지경입니다. 아시지요? 제 아버지가 소뿔에 받쳐서 피를 흘리며 밭둑에서 숨을 거둔 걸. 자신의 땅도 아닌 남의 땅에서 농사를 짓다 희생된 것입니다. 박 진사님댁을 위해 일하다 죽었다 이 말입니다. 이런 지겨운 땅에 왜 남길이가 내려와야 합니까. 우리 계획은 남길이가 먼저 미국에 들어가고 그 다음 우리 애들이 따라 들어가고 맨 나중에 저와 친정어머니가 들어갈 예정입니다. 제 큰 딸, 규혜가 피아노의 천재라구요. 그런데 그 계획의 선봉에 서야할 남길이가 댁의 따님 때문에 이 뜸골에 와서 살겠다고 자빠져버리니 이거 말이 됩니까."

사연을 들은 어머니는 갑작스러운 사건에 어떻게 임해야 할지 묵묵히 있다가 긴 세월 용케도 잊지 않고 있던 그 집의 큰아들 이름을 내놓았다.

"그 집안에 장남은 남진이 아니고 남호였다고 기억하고 있는데."

"그 애가 사실은 이 집안의 인물이였지요. 공부를 잘해서 일류대학을 대학원까지 나왔으니까요. 그런 애가 글쎄 박사를 따러 독일에 간다니까 색싯감들이 줄을 서더라고요. 그 애가 또 얼마나 인물이 헌칠합니까. 부잣집에서 돈을 싸들고 와서 사위 삼겠다고 애걸을 했다니까요. 제일 부잣집 여자와 결혼해서 지금 독일에서 살고 있는데 편지도 없어요. 들어온 여자가 문제였어요. 남자보고 결혼했지 시댁식구들은 싫다 이거지요. 우리 집안에 꼽추가 있다고 그런 거래요. 그러니 이 집안에 또 병신을 맞아드릴 수가 없지요. 큰애에게 기대를 걸고 뼈골 빠지게 공부시켜서 성공시켜 놓으니까 후루룩 날아가버리더라구요. 엉뚱한 여자 좋은 일만 시켰지요. 고생하는 놈 따로 있고 호강하는 놈 따로 있더라니까요. 이 집안이 이 지경에 이르러서 이제 마지막으로 남길이를 잡고 있습니다. 전 공부를 못해서 영어를 한 마디도 못해요. 그러니 말이 통하질 않아 미국에 가도 살 수가 없구 내 아이들은 유학을 가야하니 이를 어쩌지요. 제발 날 불쌍히 여기구 살려줘요. 제일생의 꿈이 우리 애들을 미국으로 일찌감치 유학을 보내는 것입니다."

눈가의 화장이 눈물과 함께 뺨을 타고 흘러내리는 것을

손등으로 쓰윽 닦아내서 빰에 시퍼런 얼룩을 칠해가며 코를 히힝 들이마셨다.

"이것 받아요. 농촌이 사람 살 데가 아니고 아주 버려진 곳인 건 모두가 아는 일 아닙니까. 살아가기 어려우실 터이니 이것 작은 것입니다. 나중에 얌전이 결혼 비용에 보태 쓰세요. 전 여기를 탈출해서 도시로 나가 돈을 아주 많이 벌었답니다. 빌딩도 있고 별장도 있어요. 강남의 노른자에 자리 잡은 대형 아파트에서 살지요. 이젠 종업원을 거느리고 사장 행세하며 살아가지요. 처음엔 고생했는데 돈이 홍수처럼 품안으로 쏟아져 들어오더라구요. 빌딩에서 나오는 세만도 한 달에 몇 천만 원이 들어온답니다. 제게 이 돈은 아무 것도 아닙니다."

남영이 수표를 한 장 소연의 앞에 내밀었다. 삼천만 원이 찍힌 자기앞수표였다. 소연이 반사적으로 수표를 남영의 앞으로 밀어버렸다. 눈에는 헤아릴 수 없는 경멸의 빛이 역력했다.

"아니 그럼 열일곱에 울면서 뜸골을 떠났던 남영이가 여길 왔단 말인가?"

어떻게 소문이 퍼졌는지 뒷집 할머니를 앞세우고 동네 사람들이 모두 마당으로 들어섰다. 밖에 세워놓은 번쩍이는 자가용에 부러운 시선을 던지고 핸들을 잡고 떠억 앉아 있는 기사를 흘끔흘끔 훔쳐보면서 남영의 기름기 도는 외모와 번쩍이는 장신구에 침을 삼켰다. 햇볕에 검게 탄 저들의 거친 외모에 비해 남영은 귀부인이었고 부잣집 마님의 차림이었다.

"세상에! 이곳서 고생을 죽도록 하더니 이제 그 집안 성공했네. 어머니는 그저 살아 계신가?"

"그럼요. 돈 많은 마님이 되셔서 파출부가 해주는 진지를 잡숫고 미장원에 나가 마사지나 하고 하루 걸러큼 사우나에 가셔서 예서 농사지으며 다친 허리를 펴고 있답니다. 곧 저희를 따라 태평양을 건너 미국으로 가실 것입니다."

"아니, 미국엘 간다구? 아이쿠! 그 사람 참 용감하네. 그 먼 미국엘 간다구. 부럽군 부러워. 그러니까 사람이 태어나면 서울로 가야 한다고 했잖아. 말을 낳으면 제주도로 보내구."

동네 사람들이 입이 마르게 성공한 남영이를 부러워하며 자신들이 농촌에 남은 걸 부끄러워했다.

소연이가 뿌리친 수표를 엉거주춤 들고서 동네 사람들의 찬사를 듣느라고 황홀경에 빠져든 남영을 향해 소연의 어머니가 다부지게 한마디 했다.

"도시 사람이 가난한 시골엔 왜 내려왔소. 어서 이것을 가지고 가시오. 돈을 쫓는 사람은 돈독이 들어 돈으로 무엇이나 해결하려구 하는데 돈 통에 빠져 잘들 살아 보시오."

소연의 어머니가 딸을 대신해서 이렇게 말하고도 직성

이 풀리지 않아 지갑에서 만 원짜리를 꺼내 남영의 코앞에 흔들다가 휘익 던졌다.

"이걸로 차비나 해 가지고 가시오."

"아직도 알량한 자존심이 남아 있군요. 만 원이나 차비로 주시니 고맙습니다. 제가 드리는 삼천만 원 돈이면 따님의 다리 수술도 할 수 있을 터인데. 내 친구도 댁의 따님 같았는데 수술을 해서 한쪽 다리를 늘였다고요. 지금은 목발 없이 얼마나 잘 걸어 다닌 다구요. 그래도 싫으시다면 이 거액의 돈을 억지로 드릴 맘은 없습니다. 나중에 두고두고 후회하실 걸요."

삼천만 원이란 말을 모여선 동네사람들이 들을 수 있도록 크게 말해서 모두 어머나! 그런 돈을 어째서 뿌리쳐. 옛 주인을 잊지 않고 찾아온 정성이 얼마나 갸륵한데. 예서제서 수군거렸다.

남영은 재빠르게 수표와 만 원짜리를 지갑 안에 넣고 훌쩍 일어섰다. 야릇한 미소가 입가에 또렷하게 서렸다. 자가용을 타고 성공해서 나타난 남영에 홀려서 정신을 못 차리고 있는 시골 사람들 눈앞에서 남영은 궁둥이를 더욱 씰룩거려 보이며 걸어 나갔다. 그녀가 입을 현란한 투피스 색이 퇴색한 돌담 곁에서 독사처럼 섬뜩한 색을 뿜어냈다. 대문을 빠져나가기 전에 남영은 뒤를 뒤돌아보며 한마디 던졌다.

"좋은 사윗감을 골랐다는 소식을 곧 듣게 되겠네요."

남영이 다녀간 뒤 소연은 고열로 열흘간을 누워 앓았다. 어머니가 숟갈로 떠넣어주는 물만을 간신히 넘길 뿐 말이 없었다.

　"애야. 니가 원한다면 이 뜸골을 떠나자 이 에미도 여기 들어와서 일찍 혼자가 되었고 날마다 바라보는 저 들판과 산들이 지겨울 적이 많단다. 남길이도 니가 뜸골을 떠나버리면 너를 곧 잊어버릴 것이다. 그 애가 이 고장을 좋아하는 것은 순전히 어린 시절의 추억 때문일 터이니 말이다. 우리 몽땅 팔아 가지고 대처로 나가자. 다행히 네가 피아노를 치니 피아노학원을 내서 아이들을 가르치면 농사짓는 것보다 낫지 않겠니."

　어머니의 말에 열흘 동안 말없이 누워있던 소연이 벌떡 일어나 앉았다.

　"전 절대로 뜸골을 떠나지 않을 겁니다. 대대로 내려온 이 땅이 내 대에 와서 없어지는 걸 원치 않아요. 어머니와 전 달라요. 어머니 몸엔 타지에서 시집왔으니 뜸골의 피가 없으니까요. 저란 사람은 제 태가 묻힌 이 땅을 지켜야 할 의무를 가지고 태어난 이 토지와 집안의 핏줄입니다."

　"네 말이 맞기도 하지만 그런 몸으로 어찌 농사일을 감당하겠니. 시대가 변했어. 농사를 짓던 사람들도 모두 도시로 도시로 나가고 농촌은 비었지 않니. 돈을 준다 해도 농사지을 사람이 없단다. 우리 동네만 해도 버려진 농토들이 얼마나 많이 있냐. 뼈골 빠지게 농사를 지어도 수지

타산이 맞지를 않아 도시 노동자로 모두 떠나고 있는 걸 너도 알지."

"기계화하는 것이지요. 제 몸이 이 꼴이라고 걱정하지 마세요. 의사와 상의했는데 보조기를 부착하면 운전할 수 있대요. 성한 한쪽 다리와 제 두 팔을 보세요. 얼마나 튼튼하게 생겼어요. 이 손도 보세요. 농사지을 수 있어요. 피아노는 내가 아니더라도 도시 사람들이 많이 치고 있고 피아노학원도 즐비해요. 그러나 농사를 지을 사람은 없어요. 우선 있는 돈을 몽땅 털어서 경운기를 삽시다. 탈탈거리는 소형 경운기 말고 대형 트랙터랑 여러 종류의 농기구를 삽시다. 그걸로 땅도 갈고 모도 심을 수 있어요. 이런 기계들이 우리를 머슴처럼 도울 수가 있어요."

"소연아. 이 엄마 얼굴을 보면서 말해라. 농사란 그렇게 쉬운 일이 아니란다. 땅을 갈고 심는 걸로 끝이 나는 것이 아니다. 농사란 잡초와의 싸움이야. 농작물이 자라도록 잡초를 뽑아주어야 해. 이 세상에서 제일 힘이 센 것이 바로 그 잡초들이다. 그놈의 풀을 없애야 농작물이 열매를 맺는 거여. 그리고 시대가 변해서 농약을 많이 쳐야 해. 하다못해 깻잎이랑 고추, 가지까지 모두 농약을 치지 않으면 벌레 때문에 수확할 수가 없단다."

"농약 치는 건 걱정 마세요. 트랙터에 부착된 기계로 농약을 살포하면 머슴이 없고 일손이 없어도 해낼 수 있어요. 제초제가 잡초와의 싸움에서 도움을 줄 것이 구요. 전

해낼 수 있어요. 그 어려운 피아노도 배웠는데 그까짓 농사를 못 짓겠어요. 하지만 전 앞으로 특수 농작물 연구를 하고 무농약의 사람들 건강에 좋은 올갠닉을 생산할 꿈이 있어요."

"소연아, 너 혹시 몸이 그래서 도시에 나가는 걸 꺼리는 것이 아니냐. 사람들 만나는 것이 두려워서 화풀이로 농사에 빠져들려는 것이 아니냔 말이다."

기어이 어머니는 소연의 앞에서 눈물을 보였다.

"절 그렇게 나약한 여자로 보지 마세요. 이젠 성인입니다. 제 앞날을 제가 책임질 수 있습니다. 하나님은 절 병신으로 만들어 이 토지를 보존하시고 싶으셨던 것입니다. 제가 남자로 태어났다면 벌써 도시로 나갔을 것이고 또 다리가 멀쩡했다면 미국, 독일, 프랑스로 달려 나가 피아노로 성공해보겠다고 떠돌아다녔겠지요. 그래서 지금은 제가 다리병신인 걸 감사합니다. 돌아가신 할머니도 제게 이 토지를 지키라고 부탁하셨어요. 땅은 정직한 것이라구요."

열흘이나 물만 먹고 누워있던 소연은 그간 앓으면서까지 고민했던 것들이 일시에 윤곽이 잡혔는지 벌떡 일어나 바지로 갈아입었다.

"너 어디 가려구 그러니?"

"어서 의사를 만나 다리에 보조기를 달고 운전면허를 딸 것입니다. 트랙터도 사고 농가에 필수인 차도 살 겁니다. 그래야 지은 농작물을 내다 팔기도 하지요. 어머니, 차는 봉고로 사는 것이 좋겠지요. 도매로 넘기지 말고 소매를 합시다. 이 땅을 전 지킬 것입니다. 두고 보세요. 전 훌륭한 농부가 될 것입니다."

"그래. 그러자꾸나. 차랑 트랙터를 살 돈은 내가 은행에 저축해 놓았다. 널 시집보낼 적에 쓰려구 말이다. 참, 소연아. 이제 말이지만 참한 남자 만나 결혼하는 것이 어떠냐. 농사를 지으며 너와 살겠다는 남자가 나타났다. 어제 청혼이 들어왔는데 네 눈치를 보고 있었다. 여자끼리 농사를 짓는 것보다 남자가 있으면 얼마나 좋으냐."

"전 결혼 안 해요. 그런 말 마세요. 여자도 기계만 다루면 얼마든지 머슴 역할을 해낼 수 있어요. 전 그걸 열흘간 앓아누워서 연구를 했다니까요."

"인생이란 네 생각과는 다르단다. 어째서 모든 사람들이 농토를 떠나겠니. 그만큼 어렵다는 뜻이다. 토지를 지키는 것까지는 좋다마는 제발 시집을 가야 한다. 농부 남편을 만나 함께 살면 더 좋은 것이 아니겠니."

그런 대화를 나눈 다음날 농사를 지으며 살겠다는 총각이 소연네를 찾아왔다. 도시 남자였다. 여자처럼 고운 손이 몸집에 비해 어울리지 않은 남자였다. 이런 남자를 머리끝에서부터 발끝까지 눈알이 빠져나오도록 훑어보는 여자의 당돌함에 놀란 남자가 먼저 머리를 축 수그려버렸다.

"모두가 시골을 떠나는데 어째서 농사를 짓는 아내를 맞으려고 합니까?"

"전 도시에 신물이 난 사람입니다. 그래서 농사를 지으려고 결심했습니다."

"농사를 지어보셨어요?"

"아닙니다. 도시에서 태어나서 도시에서 컸는걸요."

"그런 사람이 어떻게 농사를 짓습니까?"

"못할 것도 없지요. 배우면 할 수 있지요."

"부모는?"

"다 돌아가시고 저 혼자입니다."

"공부는?"

"야간 대학을 나왔습니다."

뒷집 할머니 먼 조카벌이 된다는 청년이 매일 찾아와서 결혼하겠다고 졸랐다. 도시의 되바라진 여자에게 지쳤다고도 했다. 열 마지기 논과 산기슭 여기저기 흩어져 있는 만 평이 넘는 밭들을 둘러보며 기쁨을 감추지 못했다. 그리고 고색이 찬연한 기와집과 아직도 양반집 냄새를 풀풀 풍기는 석회줄눈을 두른 돌담을 쓰다듬으며 눈에 빛을 담았다.

그리고 석달 만에 두 사람은 결혼을 했다. 결혼을 앞두고 소연이 숨어서 몹시 울었으나 어머니 앞에서는 아주 의젓하게 행동했다. 두 사람은 앞마당에 멍석을 깔아놓고 도시로 떠나버리고 겨우 몇 명 남은 마을사람들이 지켜보는 가운데 족두리를 쓴 구식 혼례식을 치렀다. 첫날밤 소연은 남길이 있는 서울을 향해 몇 번 노루처럼 머리를 들었다.

소연이 결혼식을 치룬 지 꼭 일주일만에 남길이 뜸골엘 내려왔다. 그 때 마침 소연은 우물가에서 침담글 감을 차곡차곡 엷게 탄 소금물 독에 풀고 있었다.

"아아! 이거 뒤란의 감이지. 침감 맛이 연시보다 낫지. 입에 군침이 도는데."

소연은 작동하다 멈춘 기계처럼 감을 든 채 돌아보지도 못했다.

"놀래기는. 꼭 얼어붙은 사람처럼 왜 그러고 있어."

남길이 소연의 손에 들린 감을 앗아서 독에 넣고 소쿠리 수북이 쌓인 감들을 두세 개씩 재빠르게 독 속에 넣기 시작했다. 이런 남길의 모습을 소연은 물끄러미 바라보았다. 어머니도 거름더미에 묻을 음식찌꺼기를 가지고 나오다가 남길을 보고는 멈칫했다.

"돌아가 줘. 제발 여기는 오지 마."

"여기서 살 작정하고 왔는데 무슨 소릴 하는 거여."

"난 결혼했어."

"아니, 너 지금 뭐라고 했어. 농담도 그런 농담하지 마라. 가슴이 철렁하네."

남길은 농도 짙은 농담이 너무 웃긴다고 껄껄 웃어가며 대소쿠리 가득 담긴 떫은 감을 모두 독에 넣고는 짠물이 묻은 손을 두레박 물을 퍼서 씻었다. 소연을 도운 것이 좋아서 기분 좋게 웃으며 호주머니에서 손수건을 꺼내 이마의 땀과 손을 닦았다. 공교롭게 그 때 소연의 남편, 두만이 들어왔기에 서로 어색하게 쳐다보다가 입을 연 쪽은 두만이었다.

"여보, 저 사람 누구야?"

"……."

소연과 남길이 다시 만난 것은 소연이 서울에 올라와서 다방으로 남길을 불러낸 보름 뒤였다. 고통으로 일그러진 남길의 눈에 분노의 불길이 무섭게 타올랐다.

"나를 위한 것이라구. 희한한 구실을 늘어놓고 있네. 그럴 수가 있어. 아무리 생각해도 믿을 수가 없어. 어떻게 우리 사이에 이런 일이 일어날 수가 있어. 이건 사실이 아니야."

남길이 강하게 부인하며 머리를 흔들었다. 수척해진 턱과 이마 위로 날카로운 빛이 담기더니 눈가에 살기가 돌았다. 피가 머리로 올라 눈까지 충혈됐다.

"뜸골은 언제나 남길을 기다리고 있어. 하지만 누나를 위해 그리고 그 가문을 위해 넌 미국으로 가야 돼. 난 다른 남자와 결혼한 여자니까 잊어버리구. 그러나 뜸골은 영원히 남길을 기다리고 있고 나 역시 거기에 있어."

"뜸골에 영원히 네가 있겠다구. 무슨 소린지 모르겠군.

나 같은 병신은 네가 무슨 소릴 하는지 모르겠어."

"우리와 함께 뜸골에서 국민학교를 다녔던 연숙이를 기억하고 있겠지?"

"연숙이가 어쨌다는 거야. 지금 우리가 연숙이 이야기를 할 자리야."

남길은 곧 일어나서 나갈 자세로 가지고 들어온 신문을 옆구리에 끼었다.

"통 소식이 없더니 어제 뜸골에 왔더라구. 네 소식을 묻더라."

"부잣집 따님이 좋은 남자들이 줄을 섰을 터인데 왜 나를 찾아."

"널 무척 좋아했잖아. 너랑 내가 가까운 걸 질투해서 싸움도 많이 했었는데."

"관심 없어."

"네 이야기를 했더니 솔깃하더라. 지금도 널 좋아하나 봐. 한번 만나보지 그래."

"여자들은 왜 모두 이 꼴이지. 누나도 그렇고 너도 나를 공깃돌 가지고 놀듯이 굴리는데 제발 날 가만 놔두어."

"그 애 아버지가 우리가 잘 알고 있는 도성건설의 주인이라더구나. 자가용을 손수 몰고 왔었어. 도성건설의 따님이니 굉장한 재벌의 딸이지. 그 애가 너의 신붓감이란 생각을 했어. 어울리는 짝이야. 그 애와 결혼해서 미국으로 가. 그게 너에게 잘 어울려. 난 뜸골에 어울리는 여자구."

이연숙은 부잣집 딸답게 매사에 적극적이었다. 그동안 어디에 있었는지 소식이 없던 연숙이 갑자기 바람처럼 뜸골에 나타났고 이상하게 연숙의 아버지가 딸의 결혼을 적극적으로 밀어주어 일은 쉽게 풀려나갔다. 게다가 남길을 소연보다 더 열광적으로 국민학교 시절부터 좋아했기에 그들의 만남은 바로 결혼으로 연결되었다. 남길은 연숙과 함께 남영과 한 여사의 소원대로 결혼해서 미국으로 떠나버렸다.

불과 육 개월 사이에 소연과 남길은 방향이 틀린 멀고 먼 길을 향해 갈라섰다.

몇 달이 지나자 두만이 시골생활을 견지지 못하고 들볶았다.

"농토를 팔고 도시로 나가자. 나도 너의 소망대로 농사를 지으며 일생을 여기서 보내려고 했어. 그러나 현실은 그렇지가 않아. 우리가 뼈골 빠지게 일해서 농작물을 거두어 내다 팔아도 우리 손에 남는 것이 뭐냐 말이야. 오히려 적자라니까. 현상유지만 되어도 내가 이렇게 말하지 않아. 당신도 그걸 부인하지 않겠지. 어서 건너 산기슭의 땅문서나 내놓아. 그걸 팔아서 아파트를 분양 받아야겠어. 내 친구는 아파트를 분양해서 그 자리에서 프리미엄을 오천만 원을 받고 팔았다고 자랑하더라구. 내가 시골에 들어올 적에는 도시가 싫어서 왔는데 시골에서 살아보니 시골은 더 지겨운 지옥이야. 더위, 땀, 거름 냄새, 살이 타 들어가는 햇볕, 그리고 사람을 볼 수 없는 외로움…… 정말 미치겠어. 어째서 많은 사람들이 너도나도 도시로 도시로 밀려들어가는지 이제야 깨닫게 되었어. 그러니 먼저 저 산기슭 이천 평 땅을 팔아 주택부금을 부어가면서 우리도 도시 사람이 되자구."

술이 거나하게 취한 두만이 소연의 목발로 마루를 탕탕 쳤다. 그 기세가 여차하면 아내의 면상이라도 우악스럽게 때릴 듯 사뭇 거셌다. 그 앞에서 소연은 일류 호텔 입구에 세워놓은 얼음 조각처럼 눈썹하나 끔적 하지 않고 찬기가 서리도록 냉정하게 오똑 앉아서 한마디 대구가 없다. 이런 일은 결혼한 다음 달부터 반복되고 있는 일이었다. 이 남자와 결혼해서 2년간 얼마나 살아보려고 애를 썼단 말인가. 오늘도 깻잎을 따서 봉당에 더미로 쌓아놓고 열다섯 잎씩 비닐 끈을 쪼개고 쪼개 실같이 만들어 한나절 묶었으나 이백 묶음이 고작이었다. 시장에 도매로 넘기면 모두 육만 원. 시장 입구에 쪼그리고 앉아 팔면 십만 원이 고작이다. 왕복 차비와 점심값을 빼구 나면 시간만 낭비했지 손에 쥐어지는 게 없다.

세상이 변해도 너무 변했다. 옛날엔 들판에 나물도 동이 났었다. 쑥이고 냉이고 간에 들판을 휩쓸고 다니는 동네 처녀들로 인해 산나물이고 들판의 나물이고 간에 참으로 귀했었다. 그러나 지금은 수챗구멍 가 남새밭에 비름이 너울너울 기름진 잎을 자랑하며 소복히 자라 올라도 뜯어 가는 사람이 없다. 한여름 비름을 뜯어 삶아서 고추장에 무친 걸 보리밥에 넣고 썩썩 비벼 먹으면 고름 똥을 누던 사람도 거뜬히 일어난다는 약초처럼 좋은 나물이다. 뜯어서 묶어 가지고 시장에 들고 나가면 그것도 돈이 되지만 공장에서 일하든지 아니면 도시의 잡다한 다른 일을 해주고 받는 대가에 비해 너무나 하찮은 돈이라 나물을 캐는 사람이 없어졌다. 시장에 나가면 시들하게 마른 비름 한 단에 오백 원이니 이것도 캐면 돈이 된다. 그러나 하루 종일 비름을 뜯어서 단을 묶어 가지고 나가 파는 단계까지 시간과 정력 소비가 도시 노동력에 비해 대가가 턱없이 차이가 나니 약삭빠른 현대인들이 나물을 쳐다보겠는가. 밭에 돈 될 것들이 널려있으나 아무도 거기에 눈길을 돌리지 않는 시대가 되었다고 할까. 하긴 파출부로 나가면 뙤약볕에 고생하지 않고 여자들의 일상사인 빨래와 청소만 해주어도 한나절에 몇 만 원씩 받아 쥐고 오는데 들판에 나가 나물 캐서 사람들 앞에 들고나가 파는 사람은 정신 나간 사람일 수밖에 없다.

어린애 팔뚝만한 가지가 밭에 널려있어도 인건비와 운임을 따지면 턱없는 적자라 너무나 억울해서 그냥 열린 채로 썩혀야 하는 현실이니 남편인 두만의 말이 틀린 말은 아니다.

나무토막처럼 말이 통하지 않는 소연을 향해 신경질을 부리던 두만이 대자를 그리며 대청마루에서 잠이 들어버리자 소연은 콩밭으로 나갔다. 사흘 전 김을 매었건만 다시 잡초들이 기승을 부리며 얼굴을 내밀었다. 어젯밤 내린 비로 밭둑의 풀이 발목이 빠지게 소복하게 자라 올랐으니 잡초도 제철을 만난 셈이다.

콩밭 속에 어머니의 하얀 머릿수건이 초록 바다에 흰 점을 찍어놓은 듯 선명했다. 어머니는 할머니가 돌아가신 뒤 남자들도 혀를 찰 정도로 부지런하고 힘센 농부가 되어버렸다. 사위가 농토를 팔자고 날뛸 때면 그녀는 언제나 밭으로 나갔다. 농작물은 잡초에 약했다. 감자밭을 세 번이나 매어주었으나 수확기를 앞두고 열흘간 돌봐주질 않았더니 허리를 넘게 자란 풀밭이 되어버렸다. 감자 잎은 잡초 속에서 녹아버렸고 어쩌다 살아남은 감자 이파리가 씽씽하게 독이 오른 풀 속에서 물러터진 칸나 꽃처럼 간신히 얼굴을 내밀었다.

소연은 목발을 밭둑에 기대어 놓고 고임통을 놓고 앉아서 콩밭 가장자리의 풀을 뽑기 시작했다. 어렸을 적엔 쇠비름을 뽑아서 소꿉놀이를 했건만 생계를 걸고 먹이를 놓고 다툴 적엔 무서운 적이 되었다. 어쩌면 그렇게도 성장속도가 빠르고 생명력이 질긴지 지독한 풀이었다. 땅속 깊은 곳에 뿌리를 내려 일본의 기름한 무를 연상케 하는 바랭이는 뿌리로 한 몫을 보는 풀이라 창자가 아프게 매달려 뽑아내야하는 힘의 대결초(草)였다. 깻잎처럼 생긴 이름 모를 잡초는 그래도 애교 있는 풀이라 쉽게 뽑혀 나와 좋았다. 콩밭에 지천인 명아주는 콩 키를 넘게 자라면서 뿌리에 힘이 생겨 잘못 뽑다가는 콩뿌리를 다쳤다. 꽃을 지천으로 피워 씨앗으로 번성하는 방동사니는 다행히 뿌리가 약해 쉽게 뽑혀 나오지만 중국인의 인해전술처럼 숫자로 대결하는 잡초였다. 소연은 호미 끝으로 쇠비름의 뿌리를 낚시에 얽듯 갈구 채서 힘을 주어 잡아당겼다. 배추 속고갱이 앉듯이 질펀하게 퍼져 자리를 크게 잡은 쇠비름은 뿌리도 깊어져서 호미 끝에서 몸부림을 쳤다. 손바닥보다 더 긴 뿌리를 잡아 빼냈을 때 소연의 이마와 가슴팍에 땀이 질펀하게 고였다.

"농사란 잡초와의 싸움이여. 이놈들을 뽑고 있으면 꼭 악마와 싸우고 있다는 착각을 한다니까. 씨앗을 뿌려놓구 그냥 둬봐라. 잡초 밭이 되어버리지. 잡초와 싸우려면 힘이 있어야 해. 어서 가서 밥이나 차려. 김도 매보니께 요놈들을 박살내는 요령이 생겨서 속도가 나는군."

"제초제를 뿌려야지 감당을 못하겠네요."

"제초제가 잘못하면 농작물을 죽이니께 김을 매야지. 문제는 그 약을 뿌려도 끈질기게 살아나는 잡초들이 요즘 많아져서 그것도 힘들어. 풀들도 적응력이 빨라서 뿌린 제초제가 비가 한번 오면 소용없더라구. 어이 가서 밥이나 차려. 밥을 묵어야 일하지. 가지 삶아 한 접시 무치고,

애기 감자 씻어서 껍질째 졸이고 풋고추랑 오이를 상에 올려라, 날된장에 푹푹 찍어 먹게."

"된장찌개는 끓이지 말까요."

"더운데 어떻게 찌개를 먹겠니. 찬 샘물에 밥을 말아먹자."

소연을 목발에 매달린 비닐 주머니에 풋고추를 한 움큼을 따 넣고 가지 밭에 가서 아직 독이 오르지 않은 어린놈으로 다섯 개를 골라 땄다. 울타리를 타고 올라간 호박넝쿨 순을 몇 잎 골랐다. 가지를 삶을 적에 함께 삶아 쌈을 먹을 참이었다. 목발에 매달린 비닐 주머니가 점심에 먹을 푸성귀로 가득 차서 목발을 옮기기가 힘겨울 지경이었으나 소연은 힘 있게 목발을 옮기며 대문을 밀쳤다. 집안 분위기가 이상했다. 두만이 아직도 대청에서 잠을 자고 있겠지 하고 마루 쪽을 보았으나 비어있었다. 어딜 갔을까. 햇살이 퍼지니 너무 더워서 우물가에라도 가서 등멱을 하고 있는 것일까. 그러나 우물가에도 사람의 그림자가 없었다. 퍼뜩 살강 밑으로 눈이 갔다. 이럴 수가! 어떻게 거길 알아냈을까. 두만이 땅문서를 달라고 하도 보채서 어머님의 지시대로 어젯밤에 살강 밑에 감추었는데. 얼른 손을 살강 밑에 넣어 더듬었다. 없다. 그는 그걸 가지고 나가버린 것이다.

어머니의 말이 옳았다. 어머니는 사위의 도시 바람이 잠재울 수 없는 병임을 알고 모든 서류를 밖으로 빼돌리고 그가 늘 입버릇처럼 팔자고 하는 산기슭의 이천 평 밭 서류만을 눈에 띄게 살강 밑에 넣어두었던 것이다. 소연은 감자 볶는 것도 잊어버리고 넋이 나간 사람처럼 행랑채의 툇마루에 앉아 있었다. 그래도 살을 맞대고 살았던 정리를 생각해서 행랑채나 어디 으슥한 곳에 다시 돌아오겠다는 쪽지라도 남겨두고 갔음즉 해서였다. 하필 이런 때 태평양을 건너 연숙이와 결혼해서 가버린 남길의 얼굴이 떠오르다니. 뜨락엔 한낮의 햇살이 매미 소리 속에 늘어지게 졸고 있었다.

"어쩐 일이여? 점심을 차리지도 않고."

어머니는 우물가로 가서 바지 뒤를 털었다. 일본 사람들이 입었던 몸뻬 스타일의 통 넓은 바지가 콩밭 흙으로 얼룩져 있었다.

"가버렸어요."

"으응! 오늘쯤 떠날 줄 알았다. 그 사람 다시는 여기 오지 않는다. 도시에 살았던 사람은 색스러운 도시를 절대로 잊지 못하는 법이다."

"어머니도 도시 사람이면서……."

"태어나기는 시골에서 태어났어. 세 살 버릇 여든까지 간다고 네 살에 산골 마을을 떠났으니 내 무의식의 세계는 도시를 거부하고 있었지. 너도 그래서 이 에미처럼 이 고장을 뜨지 못하는 것이 아니겠니."

"그 사람 정말 돌아오지 않을까요? 이 곳 땅값이 헐한데 며칠 내에 다 써버리고 또 와서 다른 땅 문서 달라고 야단하면 어떡하지요."

"너희들 사이에 아기가 없는데 무슨 낯짝으로 여길 와. 도시 사람에게 농촌은 그저 꿈일 뿐이지. 현실은 아니야. 농사란 자신을 희생하지 않으면 열매를 못 따먹는 작업이 거든. 그 사람 도시에서 실패했으면 절대로 농사일 못한 다. 세상에서 성공해야 농사일을 할 수 있어. 너랑 내가 땅귀신처럼 이곳에 붙어서 떼어낼 수 없는 걸 알고 갔으 니 오지 않을 거다. 기다리지 마라."

그리고 한 달 뒤 도시 사람이 그 땅을 샀다며 다녀갔고 그리고 두만이 죽었다는 소식을 받았다. 대학병원 냉동실 에 누워있는 그는 교통사고로 머리를 다쳤고 술이 취해 길 가운데서서 술주정을 하다가 그 지경이 되었다고 했 다.

3

연숙이와 결혼해서 미국으로 건너간 남길은 조카인 규 혜와 동혜를 데려다 사립학교에 넣고 피아노는 개인 레슨 을 받게 했더니 학교에서 인기가 좋았다. 두 아이는 미국 아이들에 비해 피아노를 월등하게 잘 쳤다. 남영이 욕심 을 부릴 만했다. 한 여사도 미국으로 따라오고 남영도 몇 달 사이로 미국에 왔다. 육칠십년대보다 확실히 태평양을 건너기가 쉬운 시대가 되었다. 미대사관이 비자도 5년짜리를 인터뷰도 없이 턱 내주었다. 돈만 있으면 미국이란 나라도 별 것 아니라고 남영은 돈의 위력에 다시 한 번 감탄사를 늘어놓았다.

"규혜 아빠가 몸은 짜브러졌어도 인물이라구. 색시하고 아이들을 미국에서 호강시키겠다고 혼자 서울에 남아 돈을 벌어 부치겠다니 말이야. 하긴 그 몸을 하고 잘난 아이들 앞길이 막히지 않게 서울에 숨어 있는 것이 얼마나 고마운 일이야. 나도 함께 다니는 걸 꺼리는데 우리 아이들이야 오죽하겠어."

남영은 로스엔젤스에서 가장 경치가 아름답기로 유명한 팔로스 베르데스의 언덕에 수영장이 있는 대저택을 샀다. 바로 앞 계곡 건너가 말 타는 코스라 이따금 말을 탄 사람들이 오가는 모습이 영화의 화면처럼 펼쳐졌다. 수영장과 연결되어 대형 유리를 사이에 두고 맞뚫린 반지하층에서 식구들이 모여 즐길 수 있는 가족실이 자릴 잡고 있다. 축구를 해도 될 정도로 큰 가족 방을 자개장과 자개농으로 장식하고 벽엔 동양화를 다섯 점이나 걸어서 한국 냄새가 물씬 풍겼다. 일층 거실엔 벽난로가 있어 아래층의 가족실과 달리 미국 냄새가 물씬 나는 서부 개척 당시의 풍속도를 걸어 놓았다. 다른 한쪽 벽엔 노란 머리를 어깨까지 늘어뜨린 미국 미녀의 사진을 걸어 한껏 서양풍을 살렸다. 식당과 부엌도 완전히 미국식으로 장식해 놔서 처음 이 집에 들어서는 사람은 미국인의 가정과 별 차이를 느낄 수 없을 지경이었다. 지진 다발 지역이라 골조 공사도 지진에 대비해서 지어놔서 집값이 엄청나다고 했다. 실내도 모두 나무로 장식을 해서 산 속의 토막나무집 같은 인상을 풍기는 집이었다. 널찍한 잔디밭은 시간 맞춰 작동하는 스프링클러의 물을 먹고 싱싱하게 자란 금잔디로 푸르름이 짙었다. 삼 년 동안 비가 오지 않아 절수정책을 펴고 있으나 남영은 다른 집보다 더 잔디랑 나무를 잘 가꾸어야 한다고 극성을 떨었다. 물 소비의 초과량에 대한 세금을 감수하겠다고 떵떵거리며 물을 많이 먹는 활엽수에 물을 길어다 붓는 열심을 보였다. 잔디나 나무가 마치 자신의 딸들처럼 제일 먼저 눈에 띄는 것이라 본능적으로 움직이고 있다고 할까.

　누나와 어머니, 그리고 조카들이 미국에 도취해서 정신이 없을 적에 남길은 공부를 한 학기하고 치워버렸다. 미국이란 땅에 와보니 한국처럼 학위로 사는 나라가 아니었다. 열심히 움직인 만큼 돈이 나오는 곳이었다. 영어란 할수록 어려운 것이고 그것도 자기 나라 말이 아닌 남의 나라 말로 학문을 한다는 것은 참으로 어리석은 짓이란 생각을 지울 수가 없었다. 규혜도 동혜도 일 년이 지나니 미국생활에 익숙해졌고 어머니와 남영도 한국사람이 모여 사는 지역을 알게 되어서 차만 몰고 나가면 한국과 다름

없는 코리아타운에 나가서 한국보다 더 지천인 음식을 사 먹고 사들이며 한국서 누릴 수 없는 자유까지 만끽했다. 하루 종일 사들이고 소비해도 외제를 샀으니 어쨌느니 참 새 떼처럼 비난하는 사람이 없으니 눈치 볼 필요가 없어 좋았다. 집을 다이아몬드로 입히든 나무껍질로 입히든 심 지어 흙으로 입혀도 주위에서 입방아를 찧는 사람이 없었 다. 철따라 여행단에 끼어 미국전역을 돌며 여행을 할 수 있는 곳이었다. 영어를 몰라도 불편하지가 않았다. 한국 사람들끼리 모여서 여행을 하는 것이니 가이드도 한국사 람, 앞을 봐도 한국사람, 옆을 봐도 한국사람, 음식도 한 식, 싸워도 한국말, 좋다고 시시덕거려도 한국말…… 단 지 꼭 한 사람 기사만 백인을 채용하면 만사 오케이였다.

확실히 남영에게 미국은 자유의 땅이었다. 꼽추인 남편 이 벌어서 부쳐주는 돈으로 나성의 부자들이 모여 사는 팔로스 베르테스에 삼백만 불짜리 집을 샀다. 현금을 몽 땅 지불하지 않고 월부로 삼십 년을 붓는 집이니 얼마나 좋은 조건인가. 이름 있는 음악교수 밑에 두 아이를 맡겨 서 레슨을 받고 있으며 미국 사람들도 비싸서 보내기 힘 들다는 사립학교에 아이들을 보내고 있으니 얼마나 행복 한가! 한국에서 전쟁이 나도 좋았다. 이곳은 미국이니 지 구의 종말이 와도 가장 안전한 곳이 될 것이기 때문이다. 세상에 이렇게 좋은 곳이 있단 말인가. 한 여사도 얼굴이 활짝 피었다. 이런 생활도 못해 보고 소뿔에 받쳐 비참하게 죽어버린 남편을 생각하면 명치끝이 싸하게 아프기는 하지만 혼자라도 자식 복이 있어 미국까지 와서 살게 되었으니 구름을 타고 하늘 위를 떠돌 듯이 붕 떠서 돌아다녔다.

겨울이 없는 곳이요, 태평양을 끼고 있어 공기가 건조하고 시원해서 동부에서 이곳 서부로 사람들이 이동하고 있다고 한다.

오일이 땅속에 대량으로 묻혀있고 농작물이 풍성해서 황금의 주라고 불리는 캘리포니아에는 나성 시내 말고도 오렌지카운티에 한인 타운이 세워져서 간판도 한글을 붙여놓고 있었다. 한국에선 영어 간판이 인기가 있고 미국에서 한글 간판이 인기가 있으니 참으로 이상한 심리였다. 남영과 한 여사는 그래서 한국보다 미국이 좋았다. 더구나 미국은 핵가족이라 세포처럼 모두 흩어져서 자유롭게 따로 사는 나라가 아닌가. 남길은 연숙이 아들을 낳고 한 달이 지나 몸이 회복되자마자 셋집을 얻어 독립을 하면서 다운타운에 리커 스토아를 열었다. 돈이 물 붓듯이 쏟아져 들어왔다. 날로 사업이 확장되어서 남자 혼자 하기 어려운 사업이라 연숙이까지 동원을 했다. 아이는 할수 없이 베이비 씨터에게 맡기고 둘이 발 벗고 나선 것이다. 밀입국한 멕시칸들이 비밀노동을 하고 임금을 수표로 받아서는 그게 탄로 날 것이 두려워 은행엘 못 가고 남길의 리커 스토어에 가져와서 거기서 돈을 떼어내고 현금으로 내주는 장사도 상당히 짭짤했다. 백 불짜리 수표를 오 불 때고 95불을 주면 되는 식의 장사로 땅 짚고 헤엄치는 식의 일이었다. 매일 그런 사람들이 몰려오니 꿩 먹고 알 먹는 식으로 수입이 아주 많았다. 다행히 연숙이 아버지 의 사업으로 인해 미국 영주권을 가지고 있어서 장사에 지장이 없었고 또한 장인의 도움으로 일 년이 지나자 정 원이 넓은 집도 장만했다. 인생이 이렇게 바뀌는구나. 야 자수가 우거진 길이 내다보이고 이름 모를 꽃들이 항상 피어있는 넓고 넓은 땅에 와서 자유롭게 살 수 있다는 것 이 얼마나 좋은가! 그러나 남길은 이런 환경에 곧 염증을 느끼기 시작했다. 이게 아닌데. 이게 아니야. 가도 가도 끝이 없는 넓고 넓은 대지가 바로 캘리포니아였다. 사막 의 모래바람과 살벌함이 마음을 찍어 누르는 곳이기도 했 다. 인접해 있는 애리조나주나 네바다주도 사막, 사막이 었다. 모래벌판이었다. 유타주는 인간의 힘으로 초록빛이 살아나는 곳이기는 하지만 아기자기하고 아늑한 한국의 풍치와는 다르게 광활한 것이 그를 불안하게 했다. 이 세 상 어디가 뜸골을 따라가겠는가. 사람들 틈에 섞여서 물 건을 팔면서도 남길은 뜸골을 잊은 적이 없었다. 어김없 이 뜸골과 함께 떠오르는 소연을 잊은 적이 없었다. 이 세 상의 모든 사람들이 다 모여들어도 살 수 있다는 땅이 곧 미대륙이란 글을 읽은 적이 있었다. 좁은 한국 땅에서 살 을 비비며 싸우면서 살지 말고 반 이상이 빠져나와 버려진 미국 땅을 개간해서 산다면 어떨까 하는 생각도 해보았다. 그러나 문화도 음식도 공기도 낯설고 어설픈 미국에 몸과 마음을 내맡기고 이민 온 사람들이 끝까지 살 수 있을까. 설령 한국사람들이 모두 미국 땅으로 이주해와서 산다 해도 남길은 뜸골을 잊을 수가 없었다.

소연은 어떻게 살고 있을까? 확실히 미국이란 나라는 도전해볼 만한 곳이다. 젊은 시절 잠깐 살아볼 만한 나라였다. 그러나 여기는 영원한 집이 아니요, 돌아가야 할 사람이란 나그네의 심정을 떨쳐버릴 수가 없는 곳도 또한 미국이었다.

태어난 아이가 두 살이 되었을 때 연숙은 또 아들을 낳았다. 돈도 폭포수처럼 들어오고 아들도 둘이나 낳았고 좋은 처갓집 덕분에 달마다 부쳐오는 선물도 많았다. 둘째 아들의 백일상을 차리는 날, 남길은 가게 문을 닫았다. 평일에 하루쯤 쉬고 싶었다. 아침 일곱 시에 기상해서 가게로 나가 일하다가 부부가 자정에야 맡겨놓은 아이들을 찾아 돌아오는 생활이었다. 그러니 이렇게 하루 집에 쉬는 날은 그야말로 기분이 좋았고 잠을 푹 자는 날이었다.

"어떠냐? 내 말이 맞았지. 만약 네가 뜸골의 소연이랑 결혼했다면 어떻게 되었겠니. 절름발이가 목발을 짚고 장사를 할 수 있을 것이며 또한 이렇게 튼튼한 아들을 쑥쑥 낳겠니. 그 앤 일생 너의 짐이 되어 기생충처럼 붙어 살아갈 것이 뻔하다. 가문 좋은 연숙이 네 색시가 된 걸 이 누나에게 감사해라."

연숙이 부엌에서 백일상을 차리는 사이 거실 소파에 늘어지게 누운 남길이 옆에 앉아있는 남영에게 투덜거렸다.

"이게 사람 사는 것이유. 동물의 삶이지. 돈이 지천이고 먹을 것이 흐드러지게 널렸고 집은 궁궐 같아도 기계처럼 돌아가는 생활에 신물이 난다구. 돈줄에 칭칭 묶여서 사지가 결박당해 있는 상태야. 더구나 이곳 사람들의 물결 속에 이물질로 끼어들어 내 의사와는 관계없이 흘러가는 폭포수처럼 나 자신을 찾을 수가 없어. 여기서 빠져나와야겠는데, 멈추어 서서 나를 찾아야겠는데 하면서도 마음뿐 정신을 차릴 수가 없어."

"이런 삶이 어째서 그러니. 너의 현재의 삶이 한국사람들 모두가 소망하는 삶의 모델이라고. 영주권을 가졌지. 저택을 짧은 시일 내에 장만했지. 아들을 둘이나 낳았지 돈 잘 벌이는 사업을 벌였지 무엇이 부족하냐. 올케를 참 잘 얻었어. 영주권을 가졌겠다, 부자인데다 건강하고 성격이 얼마나 차분하냐. 너에게 말대꾸를 하냐 바가지를 긁냐. 세상에 이건 천사야, 천사. 흑인이 단 한 사람도 없는 이 지역에 집을 산 건 복을 양동이로 퍼붓는 것처럼 받은 거여. 넌 복이 터졌다 터졌어. 흠이 있다면 네가 박사가 되지 못한 것이지만 어쩌겠니. 공부가 싫다면서. 비즈니스가 성미에 맞다고 벌여놓고 이제 와서 동물적인 삶이니 어쩌니 그러지 마라."

이들의 대화를 이따금 머리를 이쪽으로 내밀어가면서 연숙이 듣고 있었다. 그리고 엷은 미소를 입가에 머금었으나 아주 쓸쓸한 표정이었다. 이런 아내를 보고 남길은 요 몇 달 동안에 연숙이 너무나 쇠약해졌다고 생각했다. 밤에 잘 적에도 땀을 많이 흘렸고 힘이 든다며 아침에 일어나지를 못했다. 자꾸 피곤하다고 하며 가게에서도 손님이 없을 적엔 긴 의자에 눕기 일쑤였다. 아이를 둘이나 낳았고 해보지 않던 장사를 한다고 새벽부터 자정까지 나가 있으며 집에 들어와도 늦게까지 집안일을 본다고 잠자리에 들지 못하니 그렇겠지. 남길은 천장을 보며 반듯이 누웠다. 티 한 점 없는 맑은 공기를 뚫고 달착지근한 바람이 그의 코끝을 간지럽혔고 부엌에서 풍겨오는 조기 굽는 냄새가 침선을 자극했다. 참으로 편안한 시간이었다. 그런 그의 공간으로 엉뚱하게 뜸골의 개울과 논과 들판이 어른거렸고 소연의 활짝 웃는 얼굴과 목발이 선연하게 펼쳐졌다. 남의 여자가 된 소연을 아직도 잊지 못하다니! 더구나 먼저 배신한 여자를. 나를 위해 그랬다고. 진짜 병신 소릴 하고 있네. 날 보고 언제나 뜸골에 오면 거기에 있겠다구. 지가 정자나무라도 되나. 내가 미쳤다구 나무 구경하러 거길 가. 병신 같으니라구. 남길의 얼굴에 분노의 빛이 역력하게 서릴 때 부엌에서 남영의 비명이 터졌다.

"아이쿠! 올케 왜 이래. 어머나, 이를 어째. 정신 차려요, 아이쿠! 큰일 났네. 이를 어째."

남길은 부엌의 소란을 들으면서도 몸을 뒤척여 벽을 향해 누워버렸다. 뜸골의 길들과 학교와 들꽃들을 얼른 지워버리기가 아까워서였다.

"남길아 빨리, 빨리, 앰뷸런스를 불러야겠어."

그제야 남길이 천천히 일어나 부엌으로 갔다.

"남 기분 좋게 쉬고 있는데 왜 이렇게 떠들고 야단이야."

부엌으로 가자면 널찍한 거실을 가로질러 긴 복도를 지나야 했다. 그는 천천히 여유 있게 걸어서 부엌으로 가며 중얼댔다. 그러나 그가 부엌에서 만난 상황은 아주 다급했다. 얼굴이 백지장으로 변한 연숙이 기절해서 남영의 품에 안겨 있었기 때문이다.

"왜 이러지. 이 사람이. 빈혈기가 있나. 피곤해서 이러나. 그까짓 백일상을 왜 차리느라고 이 야단이야. 여긴 미국인데 미국에도 백일이 있어. 모두 극성스럽게 미국이랑 한국을 함께 보듬어 안으려고 하니 이 지경이지."

병원에 실려 와서 종합검사를 한 결과는 너무나 엉뚱했다. 암세포가 머리까지 퍼졌다는 것이다. 그것도 상당히 진행된 상태여서 죽음을 바라보는 지경이라나. 그러면 그 병이 있는 걸 알고도 속이고 결혼한 것인가. 의사의 말로는 몇 년 된 것이라고 하지 않던가. 그래서 장인도 장모도 사위를 그렇게 친절하게 대했고 아내도 그에게 죽은 듯이 순종하며 살았단 말인가. 이따금 숨어서 무엇인가를 먹던 것이 그 병에 대한 약이었단 말인가. 연숙이 정신이 돌아올 때까지 남길은 당황하고 속임수에 넘어갔다는 생각에 억울해서 도저히 마음을 진정시킬 수가 없었다.

"미안해요."

눈을 가늘게 뜬 연숙이 숨을 헐떡이며 남길을 향해 말했다.

"당신 나와 결혼할 적에도 이 병에 걸려있었지?"

연숙이 물끄러미 남길을 올려다보다가 머리를 끄덕였다.

"부모님도 이 사실을 알아?"

힘없이 그녀는 머리를 끄덕였다.

"그래서 모두 내게 관대했었구나. 세상에 어떻게 그럴 수가! 먼저 병 치료를 했어야지, 어쩌자고 결혼을 택했어?"

"폐암이었는데 다 나았다는 진단을 받았기 때문이지요. 치료한 뒤 오 년만 넘기면 된다고 했는데 그 독한 암세포가 머리로 갔군요."

"처음부터 말해주었으면 조심을 했잖아."

"말했다면 당신은 결혼하지 않았을 걸요. 그게 두려웠어요. 아기를 낳고 열심히 기쁘게 살면 엔도르핀이 나와서 재발하지 않을 줄 알았는데…… 그보다 소연이 다른 남자와 결혼했다는 말을 들었을 때 당신을 잃고 싶지 않았어요. 제가 당신을 좋아했잖아요. 아무튼 당신이나 소연에게 잘된 일이에요. 그 앤 뜸골에서 당신을 기다리고 있을 테니까요."

"무슨 소리를 하고 있어. 소연이는 다른 남자와 결혼했어. 당치도 않은 말을 하고 있군."

"그 남자는 시골이 좋을 거라는 막연한 생각으로 덤볐지 소연이를 몰라요. 더구나 소연은 당신을 사랑해서 당신을 위해 그런 결혼을 한 것이지 마음에 있어 그런 것은 아니었어요."

"그럼 당신은 왜 나와 결혼했어?"

"폐암에 걸려 결사적인 치료를 한 결과 완쾌되었다는 의사의 진단을 받았어요. 앞으로 오 년만 지나면 병에서 자유로울 수 있는데 그 방법은 삶을 기쁘게 그리고 사랑하며 희생하고 살라고 의사가 충고를 하더군요. 과연 어떤 인생을 앞으로 살아야 하는가. 고민했어요. 그러다가 제 인생 중 가장 행복했던 뜸골엘 간 거지요. 두 사람의 파탄을 알았고 당신과 결혼할 생각을 굳혔어요. 5년을 잘 넘기면 아름다운 가정을 이룰 것이고 만에 하나 병이 재발해서 죽게 되면 소연을 내 자리에 넣을 계산을 한 것이지요. 그러나 참으로 괴로웠어요. 당신은 나를 안았을 때에도 소연을 생각하고 있었어요. 그게 어떤 때는 참을 수 없었지만 당장이라도 생명을 창조주가 달라면 내놓을 수밖에 없는 병을 앓고 있어서 견뎌낼 수가 있었어요."

"당신 너무 예민하군."

"제가 아이 백일상을 차리고 있을 때도 당신은 소연이

를 생각했고 뜸골을 생각하고 있었어요. 난 당신의 눈과 얼굴, 그리고 행동을 봐도 누굴 생각하고 있는지 즉각 다 알아요. 당신은 심지어 가게에서 물건을 팔 때에도 제가 곁에 있는 걸 잊어버리고 소연을 생각했지요. 점심을 먹을 때도 차를 몰면서도 언제나 당신에겐 제가 아닌 소연이가 있었어요."

"그만해. 다 지나간 일이야. 당신은 이제 두 아이의 엄마야. 그리고 내 아내고. 절대로 죽어선 안 돼. 어떤 병도 고칠 수 있어. 더구나 여긴 미국이야."

"제 말 계속 들어요. 전 어차피 천국행 급행열차를 탄 여자예요. 다 떨쳐버리고 가야 해요. 집도 샀고 당신 영주권도 나왔고 아들을 둘이나 낳았고 시어머님이나 큰 시누도 이제 미국에 정착했으며 두 조카도 미국에 사는데 불편이 없으니 이제 당신이 좋아하는 길을 가세요."

"무슨 말이야. 나더러 뜸골로 가란 말이야?"

"소연에게 가세요. 내가 소연을 만나고 죽어야 하는 것인데. 우리 아이들을 잘 길러 달라고 부탁하고 가야 하는데. 죽음이 너무 빨리 왔어요. 흑흑……."

"으음……."

남길은 신음했다. 여자란 참으로 이해할 수 없는 괴물이구나! 하는 말밖에 할 수가 없었다.

암세포가 퍼져가며 눈이 멀고 사지가 마비되어도 머릿속이라 치료를 할 수가 없었다. 그 부위에 방사선을 쬘 수가 없기 때문이다. 일 년의 투병기간은 참으로 힘든 고통의 늪이었다.

연숙이 죽은 뒤에 울적한 마음을 달랜다는 핑계를 대며 귀국한 남길은 곧장 뜸골로 향했다. 봄이라 산야가 마악 푸르름으로 덮이고 있는 계절이었다. 뜸골서 가장 높은 장대산이 진달래로 뒤덮여 온통 산이 붉게 물들어있었다. 진달래가 많은 산은 바위가 많아서 버려진 땅이라고 했는데 남길은 그런 산을 좋아했다. 진달래가 흐드러지게 핀 것이 뜸골의 봄이기 때문이다. 모를 심을 때가 되면 자두를 먹을 것이고…… 그가 자란 뜸골에 발을 들여놓으며 남길은 로스엔젤스와 다르게 개인의 정원을 찾아든 것처럼 아늑한 뜸골을 가슴에 안았다. 고색이 깃든 소연의 집이 그가 미국까지 가슴에 안고 가서 품었던 그대로 그 자리에 있었다.

소연은 어떤 모습으로 변했을까. 남편과는 잘 살고 있겠지. 아이는 몇이나 낳았을까. 가슴을 두근거리며 대문을 밀치고 들어섰다. 안뜰은 비어있었다. 부엌이랑 행랑채에도 아무도 없었다. 심지어 마을도 유령의 집처럼 사람을 찾아볼 수가 없었다.

쇠비름이 담 밑에 지천으로 자라있었다. 담 밑에서 그걸 캐어 소꿉놀이를 했었는데. 변한 것이 있다면 수도꼭지가 우물가에 삐쭉 얼굴을 내밀어 갓을 쓰고 구두를 신은 것처럼 어울리지가 않았다. 그는 두레박을 두 길 깊이의 우물에 내려서 첨벙거려 물을 채운 뒤에 서서히 끌어올렸다. 두레박줄이 손바닥에서 굵어질 때 짜릿한 유년의 숲이 그의 가슴에 되살아났다. 얼음처럼 찬물을 대야에 붓고 비싼 로션을 칠하듯 팔뚝까지 물을 발랐다. 세수를 하고 나서 양말을 벗어 던지고 두 발을 대얏물에 담갔다. 머리까지 개운해졌다. 서서히 머리에 고인 졸음과 피곤이 걷혀 나가듯이 그렇게 머리가 맑아 왔다. 시끌벅적한 도시와 옹알대는 아이들의 소리, 텔레비전의 소음. 이런 것들로 익숙해 있는 그의 귀에 뜸골의 정적은 인큐베이터 속을 연상케 했다. 달을 채우지 못하고 태어난 핏덩이가 들어가는 인큐베이터 속이 이렇게 조용하리라 상상해 본 것이다. 아니 그보다 무중력 상태의 우주 비행사의 공간일 것이란 생각도 해보았다. 이따금 풀벌레 우는 소리와 산새들의 지저귐이 들려올 뿐 뜸골은 정적 속에 묻혀 있었다. 인독(人毒)이 조금도 배어있지 않은 달큰한 공기를 그는 깊은 심호흡을 해서 들이마시고 그의 폐에 고여 있을 더러운 공기를 힘껏 내뱉었다.

그 때 밖에서 우릉대는 찻소리가 났다. 누굴까? 그는 반사적으로 양말을 급히 신고 구들 찌그러뜨린 채 밖으로 뛰어나갔다. 대형 트랙터의 바퀴가 먼저 눈에 들어왔다. 날카로운 톱니처럼 우묵우묵 패인 바퀴에 엄청난 힘이 고여 있었다. 그는 누가 이런 대형 트랙터를 아기자기 산이 겹쳐 있는 작은 뜸골에서 몰고 다니나 싶어 기사를 보려고 머리를 드는 순간 어머! 하는 소리를 발하며 입을 딱 벌리고 말았다. 소연이 거기에 건장한 사내처럼 버티고 앉아있었기 때문이다. 꽃장식도 없는 챙 넓은 밀짚모자 밑에서 소연의 눈이 강렬한 빛을 발했다.

"너, 너 거기서 뭘하니?"

"밭을 갈고 오는 길이야."

"네가 어떻게 그 몸으로……."

"다 해내는 방법이 있어 기계로 하니까 농사일도 수십 배 빠르고 쉽다구."

소연의 억양이 햇볕에 그을린 피부에 걸맞게 걸걸했다.

"결혼한 여자가 남편이 할 일을 하고 있다니. 더구나 그 몸을 가지고."

"너 아직까지 내 다리에 대한 생각을 버리지 못하고 있구나. 몇 년 전에 보조기를 넣어서 목발 없이도 걸을 수 있어."

그녀는 몸을 날려 트랙터에서 아래로 뛰어내렸다. 목발 없는 소연을 처음 보는 남길은 기적이 일어난 것처럼 잠시 넋이 나갔다. 남편의 힘이 큰 모양이구나. 그러니 저렇게 싱싱하고 힘 있게 일을 하게 되었지.

소연과 함께 나란히 대청마루에 앉았다. 얼마만인가! 그간 얼마나 많은 사건들이 일어났단 말인가. 함께 있어야했던 사람들이 멀리멀리 떨어져서 이게 무슨 꼴이란 말인가.

"연숙이가 죽었어."

"뭐, 뭐라구? 너 지금 뭐라구 했어. 연숙이가 죽었다
구."

"폐암이 머리까지 번졌었어. 결혼하기 전에 앓았다는데
난 모르고 결혼했지 뭐야. 연숙이 말이 글쎄 우리를 위해
서 그 병을 가지고 나와 결혼한 것이래. 자기가 기초를 잡
아놓으면 우리 결합이 쉬워진다나."

"그게 무슨 소리야. 그 앤 네 누나가 원하는 결혼 조건
을 모두 지닌 아이였고 건강했는데."

"건강한 것이 아니라 병중이었어. 아들을 둘 낳았지."

"그런 일이 있다고 편지라도 쓸 것이지……이렇게 오
지 말고 뭣 하러 태평양을 넘어 예까지 와."

"직접 얼굴과 얼굴을 맞대고 말하고 싶었어. 남편은 잘
있어? 넌 좋은 아내가 되었을 거야."

"……."

소연이 대답을 피하자 그는 집 구석구석을 훔쳐보며 어
디서라도 금방 뛰어나올 소연의 남편에 대비해서 아주 얌
전하게 몸을 도사리고 앉았다.

"행복하게 살고 있겠지?"

"그 사람 가버렸어. 영원히 오지 못할 곳으로."

"그럼 죽었단 말이야?"

소연이 머리를 가만히 끄덕이자 남길은 믿기지 않는다

는 듯이 눈을 크게 떴다.

"어떻게 그런 일이 우리 사이에 일어날 수 있니. 믿을 수가 없구나. 결혼 3년 만에 두 사람 다 혼자가 되다니."

"우리보다 연숙이가 불쌍하구나. 널 얼마나 좋아했는데."

소연이 흘러내리는 눈물을 손끝으로 찍어냈다. 뜸골에 살았던 일 년 동안 하루도 빠짐없이 남길과 함께 있는 그녀를 따라다녔으며 책가방을 날라주었고 장난기를 막아주었던 다정한 배꼽친구가 그렇게 허망하게 가버리다니.

"우리 미국으로 가자. 두 아이에게 엄마가 필요해. 그게 바로 연숙이가 원했던 것이고."

남길이 소연의 두 손을 우악스럽게 잡으며 간절하게 말했다. 이제 이 여자를 놓쳐서는 안 된다는 생각밖에 없었다. 두 사람이 함께 있어야 하는 것을 서로 어기고서 등을 돌렸다가 상처만 받은 것이 아니겠는가. 두 사람이 한 몸을 이루어 살게끔 되어있는 걸 인간의 힘으로 갈라놓으니 이런 결과가 나온 것이다.

"이젠 우리 헤어지지 말자. 우린 처음부터 한 몸이 되었어야해. 너 내말 알아듣겠니. 이젠 네 고집대로 도망갈 수 없어. 어디든지 쫓아갈 터이니."

남길의 말이 강해질수록 소연은 뒤로 물러앉았다.

"난 뜸골을 뜰 수 없어."

"나도 알아. 우선 미국으로 가서 식구들에게 인사하고

아이들을 조금 키워서 미국서 공부하게 놔두고 우린 여기로 돌아오는 거야."

"뜸골을 뜬 사람 치고 돌아온 사람이 없었어. 모두 잠시라고 곧 돌아온다고 말하고 떠나지. 그러나 봐라. 연숙이도 그렇고 모두가 돌아온 사람이 없으니까 이 마을이 비어가고 있는 것이 아니냐. 난 갈 수 없어."

"가자, 가. 이제 내 말을 들어."

그래도 소연은 머리를 강하게 흔들며 거부했다.

"그까짓 농사 때문에 그러는 거냐. 몇 년간 농토를 휴경지로 버려두는 것도 땅의 질을 높이는 거래. 매해 땅을 혹사하니까 비료를 주어야 하고 갈수록 박토로 변해가고 있는 거야. 너도 미국 구경 좀 해봐라. 그 다음 우리 여기 들어와 영원히 죽을 때까지 뜸골에 묻혀서 사는 거야."

"난 영원히 여기서 이렇게 기다리고 있으니까 그렇게 알아. 언제고 네가 돌아오면 난 해바라기처럼 널 반기고 있으니까."

이런 소연과 함께 눈을 들어 담 너머로 오밀조밀 자리 잡은 논밭을 바라보았다. 대물림을 한 소연네 땅이었다. 소연의 손길이 닿은 들판이 신부 화장을 끝내고 미장원을 나서는 여인처럼 청순한 자태로 저들 앞에 펼쳐졌다.

"참으로 아름다운 곳이야. 여기 오면 마음이 차분해지고 숨통이 트이거든. 네 말이 맞아. 네가 잠시라고 여길 떠나면 누가 저렇게 이쁘게 저 논, 밭을 가꾸겠니. 농부는 항상 땅에 붙어 있어야 하는 법이니까. 그럼 너 여기 이러고 있어. 내가 모든 걸 정리하고 곧 돌아 올 터이니. 늦어도 이삼 개월 안으로 돌아와."

"도시로 나가면 도시의 마력에 이끌려 빠져나오기 어려운 법이야."

"나 돌아와. 반드시 온다니까."

소연은 남길을 떠나보내며 손위 누나처럼 쓸쓸한 표정을 짓고는 맥없이 손을 흔들 뿐이었다. 소연은 뜸골에 뿌리를 내린 한 그루 나무였다. 그렇게 그녀는 거기 서 있었기 때문이다.

미국으로 돌아온 남길은 가게를 내놓고 집도 내놓았다. 이런 남길을 놓고 남영의 반발이 거셌으나 숨어서는 혼자된 동생 때문에 눈물을 많이 흘렸다. 누나는 동물적이고 본능적인 사랑을 하기에 사랑의 농도가 즉흥적이고 원색적이란 점을 잘 알고 있었다. 조카들인 규혜와 동혜를 사랑하는 것도 교육적이라기보다는 동물적인 모성이 더 강했다. 그러기에 학교에서 특별히 추천해서 보내는 이번 유럽 연주를 가느냐 마느냐 하는 것도 남길과 크게 충돌했다.

"너무 어린아이들을 무대에 올리는 것은 교육적으로 생각해볼 문제에요. 아이들답게 자라게 놔두세요, 저 사람들이 노리는 것은 어른들만 연주하는 것보다 양념으로 우리 애들을 넣는 것이에요. 다분히 흥행 목적이 있는데 그걸 모르고 아이들을 희생시키다니 엄마인 누나 정신 좀 차려요."

"모르는 소리 마라. 여기까지 와서 아이들을 공부시킬 적엔 세계무대를 향한 것이다. 학교에서 특별히 우리 아이들을 위해 그 유명한 연주 그룹에 추천한 걸 우리가 왜 거절해. 이제 네 도움도 필요 없다. 우리 애들이 영어를 잘해서 모두 처리하니까."

"여자아이들을 어떻게 그렇게 멀리 보내요. 위험하다니까."

"남자들이 노릴 것을 염려하는 것이지. 그 점은 걱정 마라. 단단히 훈련시켜서 문을 꼭꼭 잠그고 자게 할 터이니. 낮에야 선생님들이 따라다닐 터이고 밤이 문제인데 그건 쥐도 새도 못 들어가게 문을 잠그는 법을 가르쳐주면 된다구."

남영은 다혈질이고 편견이 심해서 어떻게 해볼 수가 없었다. 남길의 입장에선 삼촌이니 그냥 물러설 수도 있으나 조카들을 유럽에 열흘 동안 보내는 것이 이상할 정도로 불안했다. 규혜가 너무 이쁘게 생겨서 그런 것일까. 그건 모르겠다.

한바탕 짐을 꾸린다고 법석을 떤 뒤 규혜와 동혜는 유럽으로 떠났고 한 여사는 어미 없는 손자들을 돌보느라고 바빴다. 남영은 아이들이 없는 틈에 관광에 끼어 엘로우스톤 국립공원에나 가 본다고 떠나버렸다. 유타주와 와이오밍주에 걸쳐 자릴 잡은 엘로우스톤을 보고 오자면 일주일 코스니 누나의 잔소리를 듣지 않는 것만도 살 것 같았다. 누나의 본능을 충족시키기 위해 지껄이는 소리와 리커 스토아에서 술을 팔며 긴장되는 순간들이 그를 죽이고 있었다. 언제 권총강도가 들어 그의 가슴을 쏠지 모르는 술장사를 집어치우고 뜸골로 가야겠다는 마음뿐이었다. 다행히 새로 이민 온 한국사람이 요구하는 권리금까지 모두 내고 가게와 남길의 집까지 흡수하겠다는 전화를 받고 홀가분한 기분으로 두 아이에게 시달리는 어머니와 마주앉았다.

"사내아이들이라 여간 힘이 드는구나. 어미 없는 어린 것들을 베이비시터에게 맡기는 것이 불쌍해서 맡고 보니 힘이 들어. 허리가 아파 업어줄 수는 없고 두 아이가 모두 우유병을 빨면서 기저귀를 차고 나대니 내 힘으로는 어렵다. 어서 색시를 구해야지. 너도 그렇지만 이 아이들에게도 엄마가 필요해. 지금 들어오는 엄마를 친 엄마로 알 나이이니 어서 늦기 전에 서둘러야 한다. 참, 어제 교회에서 본 아가씨가 있다. 올드미스인데 미국서 대학원을 나오고 공공 도서관에서 근무한다는데 아주 참하게 생겼더라. 내가 눈독을 들여놨다. 목사님께 말해서 다리를 놓아달라고 할 참이다."

한 여사 입장에선 어서 새 며느리를 맞는 것이 급했다.

텔레비전을 틀어도 알아들을 수 없는 말이 튀어나와 답답하고 이웃에 나가도 미국사람들이라 말이 통하지 않고 한인 타운에 가면 좋으련만 남영이 없으니 거기까지 운전해줄 사람이 없었다. 딸, 남영이 없는 미국은 그녀에게 감옥이었다. 집에 갇혀서 기저귀 찬 연년생 손자들과 지내자니 이게 지옥인가 싶게 소름이 끼쳤다.

"내가 지금 목사님께 전화할까. 그 색시만 들어온다면 난 이제 손자들에게서 손을 뗄 것이다."

"어머니, 우리 뜸골로 가요."

"뭐라고? 거길 빠져나오느라고 얼마나 고생했는데 그 지겨운 곳엘 다시 들어가자는 거냐."

"소연이와 결혼하기로 했어요."

"그 다리병신하고 말이냐. 무슨 소릴 하냐. 그 앤 결혼했다고 들었는데."

"나처럼 혼자되었어요."

"그래도 두 아이의 엄마 노릇을 그 몸을 하고 해낼 수 있겠니."

"지금은 목발을 짚고 다니지 않아요. 치료를 했어요."

"그렇다면 그 애가 미국으로 올 것이지 네가 뜸골로 간다는 말은 우습지 않으냐."

"저는 뜸골이 좋아요. 우리 시골로 가요. 어머니도 여기가 지옥이라고 생각되지 않으세요."

"사람이란 누구나 고향을 그리워하는 법이다. 동물도

죽을 때는 제 장소를 찾아간다는데 하물며 사람이 본향을 그리워하는 건 당연하다. 나도 가끔 그 곳이 생각나지. 너희들이 태어난 곳이고 네 아버지가 묻힌 곳이며 우리의 뿌리가 있는 곳이 아니냐. 하지만 이만큼 이 가정을 일으키느라고 누나가 애를 써서 여기까지 왔는데 되돌아간다는 것은 후퇴가 아니냐. 내야 가고 싶지만 네 누나랑 아이들 장래를 위해서 여기 남아야지."

"내 가게랑 집을 모두 팔기로 했어요. 사겠다는 사람이 있어서 내일 계약을 해요. 한 달 안에 돈을 챙겨서 바로 뜸골로 돌아갈 것입니다."

"아니, 이 아이들도 데리고 간단 말이냐. 이 애들은 이 땅에서 태어났으니 미국놈들이라고 했는데 억지로 한국 사람 만들 거냐. 그 구덩이 속으로 들어가면 네 아버지 꼴 난다. 배고프고 햇볕과 땀에 절어 오징어처럼 말라비틀어진 몰골이 된다니까. 이 아이들을 그곳으로 보낼 수는 없다. 정 네가 소연을 잊지 못한다면 그 애더러 이리 오라고 해라."

어머니가 뭐라든 두 아들을 데리고 남길은 뜸골로 떠날 예정이었다. 집과 가게를 인계하는 계약 기간이 한 달이니 그간 이 곳을 정리하고 이삿짐도 싸야 한다. 이렇게 모든 걸 정리하게 되니 오랜만에 기쁨이 충만하게 살아났다. 가야 할 본향이 있다는 것이 이렇게 기쁠 수가 없었다.

바로 그 밤에 놀라운 소식이 전해왔다. 하필이면 규혜와 동혜가 묵은 호텔에 화재가 나서 두 아이만 타죽었다는 전화를 받은 것이다. 한밤중에 일어난 불이지만 다른 사람들은 모두 구출되었으나 규혜와 동혜는 (어머니가 일러준 대로) 문을 너무나 단단히 잠그고 자다가 어둠 속에서 문을 따지 못했다고 한다. 어떻게 이런 일이 일어날 수가 있단 말인가! 남길은 처음 그 전화를 받고 자신의 귀를 의심했다. 영어가 시원찮아 그런 환청을 들었나 싶어 다시 확인을 하고 친구를 데려다 전화를 걸어 다시 확인하고 정신을 차릴 수가 없었다.

　시신이 돌아오고 지방 신문에 애도의 기사가 나고 한인들이 몰려와서 울어주고 야단하는 동안 남길은 밑동을 베어서 넘어뜨려 놓은 나무처럼 감각이 없었다. 슬픈지 아픈 지도 모를 지경이었다. 누나를 어떻게 하지. 그 불 같은 성미에 사라진 꿈을 안고 어떻게 살아갈 것인지. 남영을 위한 걱정이 그를 제일 괴롭혔다.

　남영이 엘로우스톤을 구경하고 아이들 선물을 한 아름 안고 여행사에서 전화를 했다. 집까지 태워다 달라고. 남길은 누나를 태우고 집을 향해 가며 입을 열지 못했다.

　"아이들이 어떻게 지내고 있는지 궁금하구나. 그간 전화가 왔니? 그 애들이 유럽을 간다구 얼마나 좋아했는지 너 알지. 사람은 태어나서 뜸골 같은 시골에 박혀있다가는 병신되는 거다. 그 애들은 국제적인 인물로 클 터이니 두고 봐라. 엘로우스톤 공원에 너도 가봐야겠어. 땅 속에서 연기가 나고 뜨거운 물이 끓어오르고 진흙이 팥죽처럼 부글부글 끓더구나. 소랑 사슴, 곰이 사람을 파하지 않고 어슬렁대는 곳이야. 글쎄 불이 나서 나무들이 삼 개월간 탔다는구나. 자연 섭리 그대로 놔두어 보존하는 아주 좋은 곳이야. 내년에는 우리 애들 데리고 함께 갈 예정이다. 그 애들이 얼마나 좋아하겠니. 사슴하고 사진 찍겠다고 우리 규혜가 제일 날뛸 거라니까……."

남영은 신이 나서 말이 많았다. 저 행복을 감히 어떻게 깨칠 수가 있단 말인가. 이 일을 어떻게 처리하지. 장례는 치러야겠고. 남길은 누나의 행복한 순간순간이 더 길어지길 바라며 입을 다물 수밖에 없었다.

집에 들어서니 한 여사가 딸을 붙들고 통곡했다.

"무슨 일이예요. 내가 죽었는지 알았나 왜 이래요. 혹시 남길네 아이들이 다친 거 아니예요. 왜 이래요. 나 이렇게 건재해서 돌아왔는데."

"이 불쌍한 것아. 이를 어쩌냐. 이를 어째."

한 여사는 딸의 몸을 쓰다듬다가 와락 껴안고 울어 젖혔다. 그 때 목사님이랑 교인들이 거실에서 그녀를 기다리고 있다가 함께 맞았다.

"진정하세요. 이미 하나님의 뜻에 따라서 아이들은 천국으로 갔습니다."

"아니 천국으로 갔다니 누가 갔어요."

"아아! 모르셨군요."

"그럼 우리 아이들이 죽었단 말인가요. 무슨 소리를 하는 건가요. 우리 규혜와 동혜가 죽었다 이 말인가요."

검게 탄 시신을 고집스럽게 냉동실에서 꺼내 확인해 보고 장례를 치른 뒤 남영은 일어나질 못했다. 의사가 계속 주사를 놓고 약을 먹이고 법석을 떤 한 달 뒤 남영은 병원의 침대에서 눈을 돌렸다.

"규혜야, 동혜야. 이 에미가 여기 있다. 이리 오너라. 너희들만 거길 가면 어쩌니. 우하하…… 엄마가 쫓아가는 것이 좋지. 그래그래, 엄마 손을 붙잡아야지. 그렇게 뛰어가다 넘어지면 어떡하냐. 근데 왜 그렇게 몸이 까맣게 타버렸냐. 그 손이 그 귀한 손이, 피아노를 치는 그 보배 같은 손이 조막손처럼 까맣게 타버렸으니 이를 어째. 흐흑흑…… 내가 너희들을 죽였다, 죽였어. 이 에미가 병신처럼 굴어서 너희들을 죽였단 말이다. 너무 문을 단단히 잠그라고 보채서 문을 못 열었지. 그지. 이 에미를 용서해라."

남영은 제 정신이 아니었다. 정신병동에 넣고 일 개월, 이 개월, 삼 개월…… 세월은 흘러가는데 돌아서질 못했다.

일 년 뒤 퇴원한 남영을 집에 가두어 놓고 한 여사는 밥을 먹이고 씻겨가며 딸을 매만졌다.

"네가 어쩌다 이렇게 되었는고. 날 봐라. 이 에미를 알아보겠니?"

"몰라, 아주머니는 누구야?"

"그럼 넌 누구냐?"

"내가 누구냐구? 내가 미국의 영부인이라지. 맞아 백악관의 여주인이냐. 헤헤…… 규혜와 동혜는 대통령의 딸들이라 경호원이 늘 붙어 다녀서 위험하지가 않다구. 불이 나도 슈퍼맨처럼 몸을 날려 애들을 끌어낼 수 있는 경호원을 구하느라고 내가 얼마나 애를 썼는데. 총알이 날아와도 몸으로 막아줄 기막힌 사람들을 다섯이나 구했어."

약을 먹는데도 병은 점점 깊어져서 어떤 때는 한 여사를 깔아 뭉기며 생명이 위험할 지경으로 폭력을 쓰기도 했다. 의사의 처방대로 약을 더 강하게 쓰니까 식물인간이 되어 날마다 잠을 자고 있는 남영의 곁에서 세월은 벌써 삼 년이 흘렀다.

"어머니, 이래도 미국이 좋아요. 이래도 미국에서 사실 생각이세요?"

"미국처럼 좋은 나라에서 이 애의 병을 못 고치면 누가 고치냐."

"어머니, 누라랑 함께 시골로 갑시다. 뜸골에서 삽시다."

"이 꼴을 하고 뜸골로 들어가자구? 죽기를 각오하고 도망쳐 나온 우리 남영이를 이 꼴로 데리고 거길 들어가자구 그러는 거냐? 네 자식들 공부는 어떻게 하고. 미국에서 자라야 성공하지. 누나가 말했듯이 여기서 세계적인 인물로 커야지."

한 여사는 긴 한숨을 쉬며 딸의 손을 잡았다. 꿈속에서 규혜와 동혜를 만났는지 남영을 풀어헤친 머리와 누렇게 들뜬 얼굴을 하고 히죽히죽 웃고 있었다. 이런 누나를 향해 남길은 절규했다.

"엄마야, 누나야, 시골 살자."

"아이들이 교육받을 동안만 참자. 몇 년만 참자. 누나도 여기 있어야 회복될 것이 아니냐."

"싫어요, 싫어. 여긴 무서워요."

한 여사가 울부짖는 남길을 끌어안고 흐느껴 울었다.

접착제보다 더 강력한 어떤 힘들이 저들을 뜸골로 보내지 않으려고 강하게 끌어안고 도시의 진구렁 속으로 깊이 깊이 끌고 들어갔다. ✹

관솔불빛

ㄱㅘㄴㄴㅅㅗㄹㄹㅂㅜㄹㅂ | ㅊ

1

마흔둘의 나이에 처음으로 사랑하는 남자를 만나 구혼을 받은 밤, 김채옥은 거울 앞에 앉아 소녀처럼 표정연습에 몰두했다. 입술을 내밀어 뽀뽀하는 시늉도 하고 암상스런 눈을 뜨고 흘겨보기도 하고 영화에서나 나오는 요염한 몸짓을 흉내 내서 온몸을 비틀어도 봤다. 마흔두 해를 지겹게도 찍어 누른 그 암울함이 바로 이날을 위해 있었음을 깨닫는 순간 그녀는 너무 벅차서 아후, 아후, 기쁨의 숨을 토해냈다.

따르릉, 따르릉…… 시계를 보니 자정에서도 오 분을 지난 시각이었다. 어쩌다 실없이 장난을 치는 변태 성욕자의 전화가 걸려옴직한 시간대여서 채옥은 거울 앞에 앉아 움직이질 않았다. 대개 2분정도 울리다 제풀에 그치는 자정의 전화가 십 분이 넘도록 숨넘어가는 소리를 했다. 항상 그랬듯이 채옥은 수화기를 들고 남자의 목소리를 흉내 내서 아주 무뚝뚝하게 이 밤중에 거 누구요 하고 악을 썼다.

"채옥 씨, 나 김상태 교수요, 우후후…… 왜 남자 목소리를 내지요."

채옥은 너무 놀라 귓불까지 붉히고 보이지 않는 상대를 향해 머리까지 조아리며 상냥한 여자로 돌아갔다.

"나 너무 행복해서 잠이 오지 않는군, 우리 한 번 멋지게 잘 살아봅시다. 저란 사람 과거가 너무 불행했어요. 채옥 씨를 만나 인생을 다시 살아 본다고 생각하니 첫사랑을 경험하는 사람처럼 가슴이 뛰는군. 염려 마요, 내가 이 몸 바쳐 채옥 씨를 행복하게 해주리다."

김 교수의 목소리는 어린 시절부터 늘 친근히 들었던 그런 푸근한 질감을 풍겨서 어쩜 일곱 살 나이에 돌아가신 아버지의 음성을 닮은 듯도 했다.

"왜 아무 소리 안 해요. 아무 말이나 하구려."

"제가 부족해서 김 교수님을 행복하게 해드릴까 걱정이군요."

"무슨 소릴. 난 이미 결혼을 한 번 했던 남자고 채옥 씬 처녀인데, 내 쪽이 미안하지."

김 교수는 진정 미안하다는 듯 말끝을 흐리며 더듬었

다.

"아니에요, 무슨 소릴 그렇게 하세요. 우린 정신적 차원의 결합이니 과거는 따지지 말기로 해요."

그 순간 그녀는 이 남자를 위해 모든 것을 주고 싶다는 간절한 바람에 몸을 떨었다.

"약혼식 없이 결혼합시다. 아무래도 여름방학이 좋겠지. 그래야 방학 내내 신혼여행으로 일본 전 지역을 돌 수 있으니. 난 이미 다 구경했지만 당신을 위해 가는 거요."

그는 장황하게 그 지역의 구석까지 상세하게 열거했다.

……후지산 정상까지 오를 때 그것도 북쪽 코스로 가면 더 가관이고 발밑으로 기어드는 괴기스런 구름의 변덕이 어떠하며, 몇 백 년 묵은 나무들이 해골처럼 늘어선 산기슭과 산중턱에 자리 잡은 유명한 가와꾸지호수(河口湖)를 보면 당신은 소녀처럼 기뻐할 것이라고 했다. 하꼬네의 호수와 풍취는 낙원을 연상시킬 것이며 아직도 연기를 펑펑 뿜어내는 화산 근처까지 그녀를 끌고 갈 것이며 그 열기에 달걀을 삶아 먹자고도 했다. 그리고 후지산 밑, 고덴바에 친구 별장이 있으니 거기서 일주일 묵으며 앞날을 계획하자며 한 시간이 넘도록 지칠 줄 모르고 그는 따발총을 쏘듯 늘어놓았다.

"근데 말이야 부탁이 하나 있어."

"뭔데요."

"돈이 급히 필요해. 당신도 알다시피 난 이번 봄 학기에 귀국해서 친척집에 얹혀사는데 참 불편하고 힘들어."

미국서 철학박사 학위를 받고 십오 년 만에 귀국한 김 교수는 채옥을 대할 때 몸에 젖은 서양예법으로 정중하게 행동해서 오히려 여자 쪽이 더 쑥스러워질 정도였다. 그런 그가 말을 낮추기 시작하니 더 다정했고 아주 가까운 사이처럼 푸근했다. 더구나 돈까지 부탁하니 너무 가깝게 다가왔다.

"얼마나 필요하세요?"

"오백 정도 있겠지. 내일이라도 전문서적들과 자질구레한 일용품을 사들여야겠어."

아들 둘을 낳고, 백인촌에 몇 십만 불을 호가하는 집도 샀으며 고생 끝에 박사학위도 받고 시민권도 얻어 미국에서도 알려진 대학에 교수로 남았던 김 교수는 하루아침에 가방만 달랑 들고 귀국길에 오른 사람이다. 공장을 돌며 남편의 공부 뒷바라지를 십여 년 해낸 조강지처가 미국놈을 데리고 나타나 이혼을 선언했기 때문이다. 과거는 묻지 않을 테니 돌아와 달라고 애걸했으나 그녀는 처음으로 사랑이 무엇인지 알게 한 그 백인을 끔찍이 사랑해서 죽어도 헤어질 수 없다고 맞섰다고 한다. 게다가 그간 고생하며 공부시켜 박사학위도 받게 했으니 당신은 학위만 가지고 나가고 집과 자식들은 자기 몫으로 달라고 해서 알몸으로 쫓겨난 형편이다.

"내일 아침에 은행에서 찾아 놓을 테니 걱정 마세요."

"우휴! 이제 숨통이 트이는군. 수중에 돈이 없으니 어깨가 그렇게 처질 수가 없어. 앞으로 매달 나오는 내 월급 봉투가 어차피 당신 손으로 넘어갈 테니까. 우리 둘이 힘을 합하면 몇 년 안에 몇 억짜리 아파트는 문제없겠지. 한시에 여심(女心)다방에서 만납시다. 굳나잇, 마이 달링."

전처란 여잔 얼마나 바보인가! 그 힘든 박사학위를 따낸 남편을 그렇게 미련 없이 버리다니. 아아! 그 여자는 날 위해 정신이상이 온 것이 틀림없어. 운명의 여신이 그 사랑의 화살을 내게 쏜 거지. 더구나 두 아들을 달고 왔다면 얼마나 힘든 삶이 시작될 뻔했단 말인가. 전처란 여자는 변호사 앞에서 학비나 기타 어떤 문제로도 돈을 요구하지 않겠다고 이혼서류에 사인했다니 이건 순전히 채옥과 김 교수를 위한 신(神)의 배려임이 확실했다. 더구나 절대로 자식일랑 낳지 말고 둘만의 삶을 꾸리자는 쪽이 김 교수이고 보니 그녀에겐 더없이 좋은 조건이었다.

오늘도 어김없이 채옥은 여덟 시, 정각 사무실에 들어섰다. 버스 안에서 밟힌 빨간 구두가 희뿌옇게 변해서 얼치기 색을 띠기에 화장지로 몇 번 문지르고 안락의자 깊숙이 몸을 눕혔다. 골이 지끈댄다, 눈알이 빠져나오도록. 간밤에 뒤척이다가 새벽잠을 조금 잔 탓일까. 울적하여 암울한 기운이 가슴과 창자까지 퍼져서 머리칼을 잡아 뜯던 밤마다 항시 꾸어지는 그 꿈이 왜 그렇게 행복했던 밤에 꾸어졌는지 모를 일이다. 갈증으로 혀가 입천장에 달라붙었다. 꿈속에서지만 욕심을 부리며 뛰어다녔더니 현실에서 육체노동을 한 만큼 심한 피로가 밀려왔다.

오층 건물의 아래층, 게다가 산기슭을 향해 창이 난 그녀의 사무실은 밤낮 형광등을 켜놔야 할 정도로 음습(陰濕)하다. 책상 모서리에 놓인 유리 쟁반에 담긴 물이 깊은 산골, 옹달샘처럼 말갛다.

열다섯 해 전, 자신의 비밀을 몽땅 털어놨을 때 일그러진 얼굴로 돌아서버린 약혼자가 바닷가에서 주워 준 조약돌이 쟁반 물속에서 옥가락지보다 은은한 빛을 뿜어 올린다. 그것을 볼 적마다 채옥은 그 시절의 울렁이던 환희와 슬픔을 떠올리며 야릇한 미소를 지었었다. 이제 김 교수와 결혼하면 이 돌은 어떤 빛을 발할 것인가. 흰 점이 두 개, 꼬옥꼬옥 박힌 연분홍 조약돌은 하와이 산(産)이다. 바다 건너 가버린 소꿉친구, 희순이가 값진 보석이라도 보내듯 작은 상자에 넣어 부쳐준 것이다. 지금, 그 친구에게 무슨 일이라도 생긴 것일까, 흰 점들이 눈물을 머금었으니. 제복을 입고 수학여행 갔을 때, 처음 본 바다에서 주어온 호박색 돌엔 개 한 마리와 아가가 정답게 포옹하고 있었다, 둔탁한 빛을 퍼내면서.

"창문을 여시면 방이 좀 더 밝아질 터인데요."

언제 들어왔는지 그녀 앞에 정리실 사서, 한동욱이 병신 특유의 헤벌어진 웃음을 삼키며 서 있었다. 채옥이 가볍게 머리를 끄덕여 아침인사를 했으나 받지도 않고 창문을 세차게 열어젖혔다. 그는 얼마간 산기슭을 향해 서서 절벽에 뿌리를 박고 간신히 매달려 꽃망울을 터뜨린 진달래를 응시했다. 등 뒤에 바가지를 엎듯 불룩 튀어나온 부분과 가슴이 깊은 호흡을 할 때마다 붕어의 배처럼 벌죽벌죽 움직였다. 꼼추란 실내에 갇혀 사는 탓에 살갗이 희어 병색이 돌고 슬픈 눈은 크고 슬픔이 감돌아야 한다고 모두 생각한다. 그러나 한 사서는 머슴이나 막노동자의 살갗보다 더 검고 눈은 쭉 째져서 답답해 보였으나 눈빛만은 강렬해서 눈과 눈을 마주치면 언제나 상대방이 시선을 떨구기 마련이다.

"곧 결혼하신다는 소문이던데요."

"왜요. 전 결혼하면 안 되나요?"

"헛소문이라면 치명타가 아니겠어요."

"사실이에요."

"호강하시려고 부잣집 후취로 가시겠지요. 딸린 새끼는 몇이나 되나요?"

"한 사서, 말을 막 하는군요."

채옥이 쏘아주자 그는 잠시 주춤해서 그녀의 얼굴을 쏘아보더니 횡 나가버린다. 꿈으로 인해 텁텁했는데 출근해서 그녀의 방에 불쑥 나타난 한 사서로 인해 더욱 심란했다. 여간해서 사람들 앞에 모습을 드러내지 않는 그는 육체적 결함에 병적인 반응을 보이는 바람에 모두가 피하는 상황이다. 그런 이유로 정리실에 박혀 책들을 분류하고 있는데 오늘은 그녀의 출근을 기다렸다는 듯 앞에서 알찐거렸다. 그것도 후쳐니, 부자니, 새끼들이니 하는 비속한 말씨를 구사하면서 이죽거렸다.

그런 것이 어떻단 말인가. 이제 그녀는 결혼할 것이며 노처녀여서 그간 제약 받던 모든 것에서 해방이 되는 것이다. 한 남자와 오래 이야기해도 수군거리고 특히 부인들은 노골적으로 자기의 남편과 자주 만나는 것을 꺼리며, 남자들이란 혼기 놓친 그녀를 본능적으로 보호해 주고 싶어 안달을 부리거나 치근거려서 얼마나 행동에 제약을 많이 받았던가! 꼽추인 주제에 한 사서도 예외는 아니어서 그간 그런 몸으로 기사도라도 발휘하려는 듯 가끔 엉뚱한 말을 걸어 속을 온통 뒤집히게 한 적이 많았다. 이제 이런 모든 것들이 김상태 교수와의 결혼으로 막을 내리는 셈이다.

석 달 후면 흰 면사포를 쓴다. 한 남자가 쳐주는 산울이 나이들수록 더 든든하다는데 이제야 그 울타리를 두르는 것이다. 혼자만 떨어져 사는 삶은 외롭다. 끼어들어 사는 삶 속엔 그녀가 소유한 적이 없는 그런 자유가 있을 터이니 그것을 갖게 된다는 것은 확실히 설렘이요, 환희였다.

사서 과장으로서의 아침 임무를 다 끝마치고도 김 교수와 약속한 여심(女心)까지 가려면 아직도 시간이 일렀다. 오늘날까지 그녀에게 큰 위로를 주던 돌 쟁반으로 눈이 갔다. 연두색 바탕에 노리끼리한 줄이 간 조약돌은 지난 겨울, 혼자 거닌 바닷가에서 주운 것이다. 도심지에서 가까운 바다여서 오물과 기름이 이끼처럼 덮인 것을 샴푸로 씻어 제 모습을 찾은 돌이다. 은은한 돌 색이 너무 고와 두 손가락을 넣어 집어 올렸다. 물속에서 그다지도 곱던 것이 밖으로 나오자 곧 제 빛을 잃었다. 물 밖에 나온 피라미가 펄떡이다가 금세 생명이 빠져나가듯 그렇게 뿌옇고 흐린 미운 색으로 변해버렸다. 내 돌은 물속에 잠겼을 때만 본성을 드러낸단 말이야. 참 이상한 속성이지. 석 달 후면 김 교수와 한 방에서, 그것도 같은 침대 위에서 살게 된다. 그때, 이 돌처럼 변해 이상한 사람이 되는 것이 아닐까. 갑자기 두려움이 밀려왔다. 사십 년이 넘도록 살아온 습관과 나름대로 쌓아온 아성이 과연 그와 조화를 이루는데 평안하게 아우러져 살아갈 수 있을까. 사랑하면 칼날 위에서도 함께 잘 수 있다는데 과연 채옥이 그를 사랑하고 있단 말인가. 한 가지 확실한 것은 간밤에 전화로 나눈 대화가 낯간지러운 것이었을지도 모른다는 사실이다. 쌀쌀하고 지성적이며 자기중심적인 그녀가 그런 사내의 저속한 말에 기쁨을 느꼈다니 아마 그런 것이 사랑인 모양이다.

쟁반 물속에 잠긴 조약돌들은 이 직장에 와서 해마다 한 개씩 모은 것이니 열아홉 개다. 외로울 때, 또 직원들이 속을 끓여 줄 적에 마음을 삭히는 방법으로 추억이 깃든 이 돌들을 하나하나 세면 그 무거운 마음의 짐들이 스르르 사라지게 마련이었다. 오늘은 사랑하는 사람에게, 그것도 그녀가 수고해서 모은 저금통장에서 오백만 원이나 꺼내 주기 직전의 설렘 탓인지 아무리 정신을 차리고 세어도 하나가 없다. 납작하고 동그스름한 차돌 앞면에 밤색 줄들이 무질서하게 그어져 묘한 조화를 이뤘기에 피카소 그림이라고 이름을 붙여준 돌이다.

그 줄들의 얽힘이 어찌 신비한지 그것을 보고 있노라면 마음이 평안해지기도 했었다. 엊저녁 퇴근할 때도 있던 그 돌이 감쪽같이 사라지다니, 희한한 일이었다. 누구의 소행일까? 아무리 머리를 쥐어짜도 짐작이 가질 않는다. 주먹만 한 크기의 이 조약돌이 채옥에게 귀중한 것이지만 타인에겐 하잘 것 없는 돌조각일 뿐이니 귀금속을 잃은 것처럼 소란을 피울 수도 없는 처지였다.

순자가 물걸레를 들고 와서 눈인사를 했다. 호랑이 과장으로 알려진 채옥을 대하면 말단 직원인 그 애는 항시 머리를 숙였고 눈과 눈이 마주치는 것을 끔찍이 두려워하는 눈치였다. 어제부터 중간고사를 치르느라고 그녀의 윗주머니엔 암기 쪽지가 빠끔히 나와 있다. 저 애가 분명히 내 조약돌을 훔쳐갔을 거야. 가만있자, 어떤 방법으로 유도를 해서 내 피카소 돌을 찾아내지. 확증 없이 호통치고 의심만 가지고 해고시킬 수는 없었다. 채옥은 일부러 더 고자세를 취하며 창턱을 닦는 순자를 노려봤다. 암상난 고양이 눈을 하고 있는 과장이 두려워 순자는 먼지, 한 알이라도 소홀히 흘릴세라 오른손으로 걸레질한 곳을 왼손으로 더듬어 가며 정성을 쏟았다. 돌들이 담긴 유리쟁반에 이르자 잠시 멈칫하더니 끓는 냄비라도 만지듯 조심스레 옆으로 조금 밀어놓고 책상 위를 닦기 시작했다. 그 순간 돌에 머문 순자의 눈빛이 범인이란 직감을 안겨 줄 정도로 탐욕스럽게 번쩍였다.

"돌들에 이끼가 낀 것처럼 보이네요. 물을 갈아 줄까요?"

김채옥 사서과장의 차가운 시선을 견디다 못한 순자가 먼저 입을 열었다. 일하며 공부하는 근로장학생들 특유의 비굴한 음성이 착 가라앉아 있어 역겨울 정도였다.

"그냥 둬. 그 돌들이 어린애들 장난감인 줄 아니."

채옥이 별나게 큰 소리로 발끈 화를 냈다. 이마가 넓고 턱이 뾰족해서 거꾸로 삼각형을 연상시키는 채옥의 얼굴은 눈이 작아 찬바람이 도는 인상이다. 코가 오뚝해서 얼핏 보면 지성적이고 매력적으로 보이기도 하지만 볼그레한 테를 두른 안경이 너무 커서 코를 찍어 누르고 있어 얼굴까지 온통 안경으로 보일 정도였다. 이런 외모에, 마흔이 넘는 올드미스인데다 어찌 까다롭고 무섭게 구는지 채옥이 나타나면 일을 잘 하던 직원들도 질려서 허둥대기 일쑤였다. 목록함 카드를 뒤지던 사서가 채옥이 그쪽으로 걸어오는 것을 보면 아예 팽개치고 도망가는 경우도 있었다. 모두가 이렇게 슬슬 피하며 눈치를 보는 처지에 고학생인 순자는 더 주눅이 들어 있었다. 이 아침도 운 나쁘게 잡혔다가 빠져나오는 미꾸라지처럼 쓰레기통과 걸레를 안고 진저리를 치며 채옥의 방을 빠져나갔다.

틀림없이 저 애가 내 피카소 돌을 훔쳐갔어. 이 의심을 논리적으로 전개시킬 수는 없지만 십대들의 양심이란 이런 짓을 하는데 익숙해 있거든. 비싼 장정의 책을 사지 않고 그 안에 담긴 통계표나 도표를 면도칼로 오려가는 그런 심보로 조약돌을 집어 갈 수도 있는 일이다. 십대뿐 아니라 이십대도 작은 책을 젖가슴이나 팬티 속에 넣어 훔쳐가도 죄의식을 느끼지 않고 있는 시대이다. 책이란 돈이나 귀중품이 아니어서 집어갈 수도 있다는 그런 마음가짐은 전 세계 모든 도서관이 안고 있는 고민이다. 이런 맥락에서 분석해 보면 그녀에 대한 의심은 막연한 것이 아닌 확신이었다.

돈보다 더 귀한 정신적 소유물에 손을 대다니! 이건 신(神) 이외에 인간이 감히 건드릴 수 없는 영적 영역에 대한 도전이다. 며칠 더 두고 보다가 해고하리라 마음먹고 있었지만 없어진 피카소돌이 떠오르면 부아가 났다.

전화벨이 울려 수화기를 든 채옥은 김 교수의 음성을 듣고 속에 든 것들을 왈칵 쏟아 났다.

"내 돌이 없어져서 지금 속을 끓이고 있어요. 글쎄 제가 제일 귀하게 여기던 것이에요. 누가 그걸 알고 날 조롱하려고 그랬지 뭐에요. 아주 미칠 지경이에요."

"돌이라니, 난 도시 무슨 소린지 모르겠군."

"전 돌을 모으는 취미가 있어요. 일 년에 한 개씩 십구 년을 모았지요. 제겐 그 돌 하나가 일 년의 추억이 담긴 셈이지요."

"아유! 난 또 뭐라고. 그것이 금이라도 되는 줄 알고 깜짝 놀랐네. 이제 그까짓 돌들 다 쓰레기통에 던져버려요. 내가 들어가는데 그까짓 돌들이 문제요. 하하하…… 어서 나와요. 당신이 보고 싶어 난 벌써 여심에 와 있다구."

돌들을 버리라니. 김 교수의 너털웃음이 메아리치며 채옥의 귀를 울렸다. 공허한 웃음 같기도 하고 천사의 웃음소리를 닮은 듯도 했다.

김상태 교수가 수족관 뒤에서 얼굴만 내밀고 이쪽이라고 손짓을 했다. 수족관에 가려 몸뚱이가 잘려나간 얼굴을 어둑한 다방에서 대하니 전혀 타인인 듯 섬뜩하게 보였다.

"당신의 얼굴이 왜 그렇게 수척해졌지. 난 기뻐서 이렇게 들떠있는데. 혹시 내가 요구한 돈 문제로 고민한 것이 아니요."

"제가 그렇게 옹졸해 보여요."

채옥은 백을 열어 자기앞 수표를 그의 코앞에 내밀었다. 그는 돈을 받아 속주머니에 찔러 넣으며 여유 있게 담배를 물었다.

"우리 과 교수가 재작년에 산 맵시나를 팔고 스텔라를 사겠데."

"아직 새 차일 텐데 왜 바꾸지요?"

"아내가 큰 차를 원한다는군."

"교수의 수입이 얼마나 된다고 그럴까요."

"글쎄 맵시나를 날 보고 사백에 가져가라는군. 사실 이 돈 중에 사백은 그 차를 구입해서 당신 출퇴근할 때 왕비처럼 모실 작정이야."

러시아워에 희뿌옇게 변하는 구두와 찌쁘드한 몸을 생각하면 그의 생각이 얼마나 깊은가! 혼자의 힘으로 사는 것보다 둘이 살아가면 이런 멋진 생각도 해낼 수 있다는 기쁨에 채옥은 그저 흥분하고 기쁘기만 할 뿐이었다.

김 교수와 헤어져 어둑한 사무실로 되돌아온 채옥은 행복에 겨워 흥얼거리기까지 했다.

"분부하신 대로 엔유씨 마이크 핏쉬와 제가 분류한 넘버들을 석 달에 걸쳐 모두 대조해 보고 고칠 것들은 정정해서 재정리했습니다."

한동욱 사서가 그녀 앞에 차렷 자세로 서서 사무적인 일을 보고했다. 일 미터 오십을 조금 넘는 그의 작은 키는 어깨가 오른쪽으로 약간 기울어져 더 왜소해 보인다. 이 학교에 들어오는 모든 책들을 분류하느라고 그늘에 묻혀 살아가기에 마땅히 그의 얼굴은 노리끼리하고 푸르스름한 빛이 드리워 있어야 했다. 더구나 꼽추가 아닌가. 그런데 모두의 예상과는 달리 그의 몸 전체가 손가락 끝까지 중증의 간경화증 환자처럼 거무티티했다.

분부라니 말도 안 된다. 자신이 분류한 분류번호가 맞는지 틀리는지 마땅히 대조해 볼 것이지 그걸 어린애처럼 들고 와서 이렇게 설치다니, 채옥은 비위가 상해 그저 듣고만 있었다. 근 스무 해를 함께 일 해온 남자다. 더구나 일 년 열두 달, 쏟아져 들어오는 책들을 분류하는 전문사서다. 그의 분류에 따라 책들이 서가에 꽂히고 카드도 작성되니 가장 박식해야 하고 많은 지식과 경험을 요하는 자리다. 몸을 숨기고 조직을 움직이는 두목처럼 숨겨진 방, 정리실에 갇혀 책들하고 씨름하며 살아가기에 스스로 책더미에서 빠져나와 사람들 앞에 서야 한두 마디 말을 나눌 수 있는, 꼽추에겐 적격인 일이었다.

"와아! 물속에 잠긴 조약돌들이 기막히게 환상적이군요. 이제 시집가시면 진짜 보석들을 물에 담그고 즐기시겠어요."

채옥이 한 사서의 보고에 대답을 않자, 필요 이상의 큰 목소리로 말했다.

"그런 걱정은 안하셔도 돼요."

"그 기다림이 끝났다는 뜻인가요."

한 사서의 얼굴에 소름 끼치는 웃음이 번졌다. 마음과 거죽이 다른 야릇한 웃음이었다.

십구 년 전, 두 사람이 이 도서관에 함께 취직이 됐을 때 왜 결혼을 않느냐고 그녀에게 넌지시 물은 적이 있었다. 그의 질문이 너무 진지해서 기막힌 사람을 기다리는 중이라는 등, 헤헤거리며 슬쩍 넘긴 일이 지금 생각해도 경망스러워 보일 정도였다. 그래서 군더더기로 이렇게 늘어놓은 적이 있었다. 적어도 조그마한 마을을 소유할 정도의 능력 있는 사람이거나, 대기업주를 낭군으로 맞아야지 시시껄렁하게 그렇고 그런 사람 만나 낳고, 먹고, 죽는 여자의 삶을 사느니 차라리 사서로 남아 책을 만지는 편을 택하겠다고 떠벌였다. 그 후 어쩌다 마주치면 그는 히죽 웃으며 그런 배우자가 나타났느냐, 혼자서 그 많이 번 돈을 어디에 쓰느냐, 농 깊숙이 보석을 사 모으는 것이 아니냐, 해가며 꼽추 주제에 걸핏하면 소갈머리 없는 질문을 쑥쑥 던져댔었다.

"이건 꼭 내 딸애의 백일에 빚은 수수팥단자 같군."

한 사서가 유리쟁반 속에서 밤빛 돌을 건져 올리며 이렇게 말했다. 채옥이 고향의 멍석이라고 이름 붙인 돌을 수수팥단자라고 고쳐 부르고 있다니. 하긴 울퉁불퉁해서 거친 팥고물을 묻힌 수수떡을 연상시킬 수도 있는 돌이었다. 곧 결혼할 여자 앞에서 같잖게 이죽대는 그가 싫어 어서 내보내려고 그 돌을 뺏을 자세로 다가갔다. 밤톨 크기의 돌을 손바닥 위에 놓고 히죽히죽 웃는 모습이 노트르담의 꼽추처럼 징그러워 보였다. 그 돌을 뺏으려고 내민 그녀의 손을 어찌나 우악스레 밀어내는지 채옥은 어리벙벙해서 슬그머니 물러섰다. 그의 손톱에 낀 진흙하며 지문이 온통 풀빛으로 물들어 있어 책을 다루는 사서의 손이 아니었다.

"이런 돌들을 많이 구해다 드릴까요?"

"아무 돌이나 수집하는 줄 아세요. 이 돌들은 다 나름대로의 역사가 있다구요."

"아하! 돌 표면이 마이크로 필름처럼 긴긴 글들을 새겨 가지고 있다 이 말이요?"

"한 사서가 절대로 분류 못할 나만이 아는 돌들이니 만지지도 마세요."

"아 팥단자 돌엔 무슨 사연이 기록돼 있지요?"

"남의 돌 책에 팥단자라고 멋대로 서명을 써 붙이지 마세요. 원제(原題)는 고향의 멍석이니."

"미안합니다. 표제지의 서명을 멋대로 바꿔 부르다니. 실은 이번 일요일이 하나뿐인 딸년의 백일이랍니다. 그래서 제 눈에 수수팥단자로 보인 모양이에요."

도시생활을 거부하는 괴팍한 어머니를 모시느라고 그의 부인은 셋이나 되는 아이들을 데리고 시골에 산다는 소문을 채옥도 익히 들어 온 터였다. 이건 꼽추인 그가 어찌 장가를 가겠느냐는 수군거림이 퍼질 때 밝혀진 사실이었다. 그런데 사십을 넘어선 나이에 또 딸을 낳아 백일이라니 처음 듣는 뉴스였다.

"사내아이들만 기르니 어찌 삭막한지 딸을 하나 더 두었지요."

"둘 이상 낳으면 요즘 세상에 뭣이라 부르는 줄 아세요.

한 사서는 넷이나 낳았으니 동물 중의 동물이네요. 하하……."

"채옥 씨는 기다림 끝에 보석을 물에 담그고 볼 정도의 낭군을 만나 기뻐하지만 전 이런 재미라도 봐야지요."

김 과장이 채옥 씨로 바뀌어 불리니 너무 생경스럽고 이상하게 들려 그녀는 쿡쿡 웃음을 터뜨렸다. 김상태 교수가 그녀를 채옥 씨라고 부를 땐 짜릿한 정감이 배어 있지만 꼽추인 한 사서가 갑자기 부른 채옥 씨란 명칭은 너무나 어울리지 않아 전신에 소름이 끼칠 지경이었다.

"제가 보석을 모을지 계속해서 조약돌들을 수집할지 어찌 알고 그렇게 놀리세요."

"돈에 반해 이제야 시집가시는 분이 이까짓 돌조각들 백 년 가지고 있어야 소용이 없어요. 이건 가치 없는 돌의 일부니까요. 이재(理財)에 밝으신 분이니 남편을 고르듯 우표나 보석을 모으는 것이 어울리실 터인데."

"남의 일에 참견 마시고 어서 책들이나 분류하세요."

채옥이 발딱 일어나 손수 문을 열고 나가라는 시늉을 하니 한 사서는 마지못해 방을 빠져나갔다. 그의 꼽추 등이 사라진 후 그녀는 김상태 교수의 쾌활한 얼굴을 상기하며 한 사서가 남기고 간 암울한 분위기를 걷어냈다.

주말에 어머니와 아내, 또 아들, 딸의 사랑을 받고 온 탓인지 주초엔 한 번씩 채옥의 방에 들러 눈빛을 번쩍이며 너스레를 떠는 습관이 그에게 있었다. 마흔이 넘도록 혼자 사는 여자, 게다가 직업이 주는 차가운 왕좌를 지키며 도도하게 목에 힘을 주는 여자라고 수군대는 환경에서 꼽추요, 기혼자인 한 사서는 타인의 이목에서 자유롭다고 자부하고 있는 모양이다. 한 사서가 이렇게 채옥의 방을 할 일 없이 드나들어도 어느 누구의 입방아에 오르내린 적이 없으니 말이다.

밤색 줄이 내리닫이로 박힌 커튼 빛이 창밖의 깎아지른 산흙 빛과 너무 비슷해서 갑자기 답답하다는 생각이 들었다. 김 교수의 사랑이 그녀의 색감까지 일깨워 놓고 있는 것일까. 유리쟁반 속에서 갖가지 빛을 뿜어내는 돌들의 색 중에서 제일 화사한 색깔을 골라 커튼을 바꾸리라 결정하고 의자 위에 올라서서 손이 끈적일 정도로 때가 엉켜 붙은 커튼을 떼어내고 있었다.

"과장님, 참 희한한 일이에요. 브리타니가 백과사전이 한 권씩 번호 순서대로 없어져요."

참고사서, 미스 민이 경직된 자세로 두 손을 비비며 그녀의 등 뒤에서 말했다.

"몇 권이나 없어졌는데."

"오늘 없어진 것이 열 권째에요."

"왜 이제야 보고하는 거지?"

한 사서를 내보낸 뒤, 커튼 색을 바꾸리란 여자다운 행복에 빠져 절벽에 간신히 뿌리를 내린 아기 소나무와 진달래꽃을 평온한 마음으로 바라보던 채옥은 비싼 책의 분실 소식에 발칵 화를 내었다.

"이렇게 부피 있는 책이 없어지리라고 상상할 수 없었어요."

"무슨 소리야. 없어졌다면서."

"교수들이나 대학원생들이 보려고 연구실로 가져갔다고 처음엔 생각했지요. 이 사전의 내용은 학문적이고 깊어서 잠깐 서서 읽을 수 있는 정도가 아니잖아요."

"그럼 읽다가 팽개쳐서 어느 구석진 곳에 처박혀 있을 수도 있으니 샅샅이 찾아 봐."

"과장님, 몰래 꼭 열흘을 두고 찾아도 없어요. 더구나 기이한 것은 과장님이 결혼하신다는 소문이 난 다음 날부터 매일 한 권씩 없어진다는 점이에요."

민 사서는 아주 중대한 비밀이라는 듯 목소리까지 낮춰 소곤댔다.

"내 결혼과 백과사전이 무슨 관계가 있다고 억측을 해요."

"그래도 소문은 그 점이 이상하다고 수군거리는 걸요."

"책장을 칼로 도려 갔으면 이해가 되는데 통째로 없어지다니 이상한 일이야. 대출대와 출구를 지키는 사람들은 인형인가, 그것도 잡아내지 못하다니."

값비싼 양서와 절판된 책들, 또 고서가 분실되는 일은 있어도 이렇게 두껍고 무거운 부피 큰 사전이 숫자순으로 한 권씩 매일 열 권이나 없어지는 것은 귀신이라도 놀랠

사건이었다.

　이용자들과 직접 부딪히는 참고실 민 사서는 훈련을 잘 받은 호텔 직원이나 백화점 점원처럼 눈에 띄게 예쁘고 예의도 발랐다. 채옥이 혈압 오르도록 화를 내고 거친 말을 해도 나이 많고 시집 못간 여자의 넋두리쯤으로 넘기는지 항시 다소곳이 하녀처럼 모든 걸 감수해 왔다. 이날도 채옥은 민 사서를 세워놓고 따발총을 쏘듯 뱉어냈다.

　……폐가제로 되돌아가야겠어. 여기는 한국의 지성인들을 키우는 학문의 전당이야. 이 나라의 마지막 보루인 학생들이 만인이 함께 읽어야 할 브리타니가 백과사전을 열 권이나 훔쳐 내가다니 이건 사회적 문제야. 그러기에 애당초 폐가제가 맞다고 내가 우겼는데도 미국 물을 좀 먹었다고 개가제를 주장한 것들이 무식한 놈들이야. 여기가 미국인 줄 아나. 무조건 이식해 와서 이 나라의 경제정책도 이 꼴이 된 거야. 아직 공중변소도 유지 못할 민중을 놓고 남의 나라 것을 옮겨오면 어떡해. 명산이 쓰레기 처리장으로 변해가고, 고고한 척 낚시를 즐기는 높으신 분들도 호숫가를 쓰레기통으로 착각하는 풍토에서 무슨 개가제를 한다고 야단이야. 돼지에게 진주를 던져주는 꼴이지. 경험자이고 실무자인 내 의견을 싹 무시하고 개가제로 바꿔놓고 학교의 재산인 책들을 지키라고 으름장이니 이건 억지야. 책이 학교의 재산목록에 들어있다면 마땅히 숨겨놓고 사람들의 접근을 막아야지 왜 풀어놓고 사서들

을 들볶아. 우리가 사냥개라도 되는 줄 아나. 당장 게시판에 공고해서 학생회장과 과대표들 스스로 범인을 잡아내도록 조치를 취해야겠어. 이번엔 필히 폐가제로 바꿔야지…….

채옥의 신경질적인 말들이 갈수록 격해지자 민 사서가 한마디 했다.

"책의 운명이란 사람들이 봐줘야 그 사명을 다 하는 것이 아니겠어요. 분실돼도 개가제를 해서 책이 닳아야 도서관의 사명을 수행하라는 것이지요."

"듣기 싫어. 그건 학교에서 가르치는 이론, 그것도 외국서 배워와서 그대로 이식하는, 실정을 모르는 사람들의 논리야. 도서관의 정책도 우리에게 맞도록 토착화 해야지. 아무튼 외국 학위 소지자들이 문제야."

실무경험이 없으면서 외국서 학위를 받아와 교수직에 있는 사람들에 대해 늘 툴툴대던 채옥이 박사를 받은 남자와 결혼하다니 그것도 열등의식이 묘하게 표출된 것이 아니냐고 대들고 싶은 것을 민 사서는 꾹 참았다.

"이론이란 동서고금이 같은 진리 위에 서 있겠지요. 외국 학위 소지와 지금 우리 도서관서 일어나는 사건이 무슨 관계가 있어요."

"일인당 삼십 권씩 장서를 수집하라는 당부의 지시는 어쩌고. 이 상황에선 오십 년 전 과학 잡지도 숫자에 넣어야 할 판에 백만 원이 넘는 백과사전의 질이 깨졌는데 가만있으란 말이야. 이 모두가 개가제가 좋다고 이론만 들먹이는 외국물 먹은 학자들의 책임이야."

"그렇게 외국 학위 소지자를 싫어하시면서 과장님은 왜 그런 남편을 고르셨지요."

갓 졸업해 와선 울기도 잘 하고 고분고분 순종하더니 요즘 가끔씩 덤비는 민 사서를 쥐어박고 싶어 채옥은 입가를 떨었다. 더구나 결혼문제를 들고 나서는 자세는 나이로 봐서도, 또 상하 관계에서 판단하더라도 너무 당돌했다. 그러나 어린 직원을 놓고 늦게 결혼하는 주제에 떠벌여 봐야 창피할 것 같아 채옥은 화제를 바꿨다.

"임시 직원회를 열 테니 근로학생들이 도서관을 지키게 놔두고 모두 모이라고 해요."

삽시간에 도서관의 분위기는 살쾡이 눈을 한 직원들 때문에 냉랭해졌다. 대출대와 참고열람실의 사서들만 호된 꾸중을 듣는 것이 아니고 수서실과 정리실 사서들까지 책을 지켜야 한다는 채옥의 훈시가 있었다.

속이야 어떻든 모두 고분고분 채옥의 말을 들었다. 가정도 없이 오로지 책을 사랑하고 일에 빠져서 무섭게 통솔하는 바람에 윗사람들의 눈에는 들었겠지만 그 밑에서 일하는 직원들에겐 무거운 채찍이요, 미움의 대상이었다.

'노처녀의 발톱에 할퀴어 죽을 지경이야, 어서 시집을 가야 우리가 살아나지. 저런 여잘 데려가는 남자는 일 년도 못 살고 도망칠 것이 분명해. 외국서 박사를 받은 남자

와 결혼한다니 다행이야. 성격이 변해서 우릴 편히 놔 줄 것이라고 좋아했는데 이게 아마 고빌 거야.'

모두 씁쓰레한 표정을 지으며 회의실을 빠져나갔다.

이런 자리에 얼굴도 내밀지 않는 꼽추, 한 사서에 대해 강력한 조치라도 내려야 할 것 같아 채옥은 팔짱을 끼고 앉아 곰곰이 생각했다. 같은 해에 대학을 나와 같은 직장에 취직됐지만 이젠 상관인 그녀에게 마땅히 순종해야 할 것이 아닌가. 매사에 한 사서는 꼽추인 병신 냄새를 풍기느라고 비켜서서 냉소하거나 엉뚱한 말을 해서 직원들 통솔에 적잖은 고통을 안겨주었다. 일 년에도 두어 차례 그를 몰아낼 구실은 있었으나 꼽추요, 동창이요, 오랜 경험을 가진 사서라서 봐주고 있는 처지였다.

오늘 한 번 따끔하게 야단을 치려고 그녀는 한 사서가 있는 정리실로 향했다. 문이 조금 열려 있어서 노크도 않고 불쑥 들어섰다. 분류된 책들을 가지러 온 근로학생이 그녀를 향해 조용히 인사를 했다.

한 사서는 수북이 쌓인 책더미에 가려 보이질 않았다. 발돋움을 해 보니 쌍가마로 인해 곤두선 그의 머리칼이 열린 창문을 타고 들어온 미풍에 하늘하늘 움직이는 것이 보였다. 그 방을 누르고 있는 깊은 정적이 휑뎅그렁 빈 성당처럼 섬뜩한 경건함을 품고 있었다.

어쩌자고 직원회도 빠지고 독불장군처럼 구느냐고 호통을 칠까, 아니면 주눅이 들도록 날카롭게 쏘아볼까 하고 망설일 즈음 불어난 데모대를 저지하려고 교문에서 터뜨린 최루탄 가스가 바람을 타고 밀려왔다. 코끝이 매워 재채기를 참느라고 채옥은 얼굴을 밉상으로 찡그렸다. 그때 나직이 중얼대는 한 사서의 음성이 마치 시조를 읊듯 우스꽝스럽게 들려왔다.

'널 어디에 꽂아줄까. 제 자리에 꽂히면 일 년도 못 견딜걸. 타고나길 나처럼 병약하게 태어났으니 몇 사람에게 들볶이면 그냥 걸레가 되겠어. 너무 난하게 옷을 입었군. 속이 텅 빈 것이 분명해. 채옥이도 불쌍하게 속이 텅 비어 날마다 입만 나불대는 것이지. 투박해도 속이 든 책은 생명이 살아있는 법이야. 이런 치장을 하고 있으면 속도 빈 것이 창녀처럼 사람들을 끌어당겨 병들게 하지. 널 창조한 녀석은 소갈머리 없는 녀석이야. 다행히 네 운명이 내 손에 있으니 권력을 휘둘러볼까. 채옥의 남편이 될 그 녀석보다 내가 너한테 더 영향력이 있다 이거야, 히히…… 내 손에 들어온 책들은 내 졸병이요, 백성들이니 내게 절대 순종해야 해. 모래알처럼 많은 사람들 중 단 한 사람도 움직일 힘이 없는 놈이지만 이 도서관에 있는 수십만 권의 책들을 지금까지 내가 지배해 왔어. 채옥이 잘난 척 나불대지만 요런 힘은 없거든. 똑똑한 여자니까 널 금세 찾아내서 입이랑 눈을 씰쭉이며 덤벼들겠지만 그때 바꿔주지. 어디 보자 어떤 번호를 붙여줄까.'

이런 한 사서의 중얼댐에 익은 듯 근로학생은 웃지도

않고 십여 권의 책들을 보듬어 안고 나가버렸다.

요즘 한창 인기 있고, 베스트셀러라고 신문광고란을 연일 장식하는 섹스물인 대중소설을 펼쳐놓고 한 사서는 코끝을 후비며 혼자 히히거렸다. 옆에 다가가 서 있는 채옥은 숨을 죽이고 그의 짓거리를 보고 있었다. 한 사서는 얼마간 책을 들척이고 난 뒤, 듀이십진분류법을 뒤적이며 문학에 주어지는 팔백대를 껑충 뛰어넘어 엉뚱하게 종교에 주어지는 이백대를 더듬고 있지 아니한가.

"뭘 하는 거예요. 인기소설을 들고."

소리 나는 쪽을 향해 머리를 든 그는 꿈꾸듯 흐릿한 눈을 한참 껌벅이더니 서서히 뿌연 안개막이 그의 눈에서 사라졌다. 그녀를 알아챈 순간 후딱 일어서서 나쁜 짓 하다 들킨 소년처럼 얼굴을 붉히며 말을 더듬었다.

"아아니, 어어떻게 여여길……."

책을 분류하는 방은 제일 외진 이층의 모퉁이 방이어서 하루 종일 인적이 끊긴 장소다. 목록할 책들을 가지러 이따금 근로학생들이 들릴 정도로 완전히 고립된 방이었다.

"직원회에 왜 빠지셨죠?"

"아하! 이 책마저 분류하고 가려던 참인데 벌써 끝이 났나요?"

"혼자 튕겨져 나가지 말고 협력할 수 없어요? 사회성이 부족하면 직장에서 살아남기 어려워요. 여기가 구멍가게를 운영하는 한 사서의 안방인 줄 아세요?"

"무슨 일로 오셨나요? 설마 결혼을 앞두고 선물을 사달라는 애교는 아니겠지요."

"정말 이렇게 매사에 빈정거리실 거예요?"

"그럼 조용한 도서관에 무슨 일로 임시 직원회가 모여요."

"비싼 브리타니가 차례로 없어지고 있어요. 은인(隱印) 이외에 다른 뾰족한 방법이 없을까요."

"개가제면 다섯 권 중에서 한 권이 없어질 각오로 운영하셔야지요."

"그런 사고방식을 가지고 있으니 문제예요. 한 사서는 책도둑을 인정하자는 우스꽝스런 이론을 주장하는군요."

"어차피 책이란 읽히기 위해 태어났으니 누가 읽든 가져가게 마련이요, 또 그것을 감수해야지요. 채옥 씨는 너무 자기 명예에 집착하고 학교의 윗사람에게 보이려고 아까운 인생을 보내고 있어요."

"제 직급이 과장님이니 그렇게 부르세요. 왜 갑자기 채옥 씨라고 그래요."

"곧 시집가시니 젊음을 느끼시라고 일부러 불러주는데 왜 싫으세요."

한 사서의 얼굴엔 냉소가 돌았고 그 웃음이 지나치게 만들어 웃는 표정이라 뺨이 실룩거리고 있었다.

"브리타니가 도둑놈을 잡으면 도서관 입구에 열흘을 세워놓고 곤죽을 만들어야 겠어요."

"행복한 결혼을 앞두고 그 성깔 버리시오. 신랑이 첫날밤에 기절하겠소. 이런 일에 여유 있고 품위 있게 처리해야 신부될 자격이 있는 것이지 노처녀의 성깔을 그대로 가지고 날뛰면 쓰겠소."

"사적인 일까지 이죽거릴 판이에요. 이 범인은 꼭 잡아낼 거예요. 한 사서도 정리실에서 나와 브리타니가를 지키세요."

발칵 화를 내며 소리 지르는 그녀를 흘끔 보고 한 사서는 빙긋 웃더니 여유 있게 다리를 꼬고 앉았다. 그녀를 쳐다보는 그의 눈빛이 너무 강렬해서 그녀는 더 이상 화를 내지 못하고 돌아섰다. 조렇게 속이 꽉 막힌 병신 꼽추와 사는 여자는 얼마나 천덕스럽게 생겼을까. 그러니 현대 여성답지 않게 남편과 떨어져 구식대로 시어머니를 모시고 농사를 지으며 살아가겠지. 이런 가정배경 때문에 한 사서는 이상 성격을 가졌는지도 모른다. 가끔 병신인 주제에 지나치게 독불장군 행세를 즐기니 말이다. 더구나 여자를 깔보는 그 교만한 자세는 이조시대에 사는 줄로 착각하는 모양이다.

2

암팡지고 따지기 잘하며 똑똑해서 찬바람이 도는 채옥

이 이상하리만큼 김상태 교수 앞에선 오금을 펴지 못했다. 최면술에라도 잡힌 듯 삼십 년이 넘게 살아온 집을 그녀는 선뜻 팔아버리고 김 교수의 뜻대로 사십 평짜리 아파트로 옮겨 앉았다. 어머니의 슬픔과 추억이 깃든 자질구레한 세간들도 미련 없이 쓰레기로 던져버리고 어느 아파트에서나 볼 수 있는 그런 소파를 사들이고, 자개농이랑, 더블침대, 비디오와 다중 텔레비전까지 몽땅 새것으로 사서 아파트를 장식했다. 구질구질한 어머니의 손때가 밴 것들이 곧 그녀가 살아온 흔적이고 고뇌였기에 새 출발을 하는 마당에 김 교수의 의견처럼 새 삶을 헌 부대에 담을 수 없는 일이다. 새 포도주를 낡은 가죽 부대에 넣으면 부대가 터져 포도주도 쏟아지고 부대도 버리니 새 포도주는 새 부대에 넣자고 김 교수는 침이 마르도록 여러 번 그녀에게 말한 것이 그대로 실행된 셈이다. 신혼답게 농의 색도 빨간 바탕에 자개가 박혀 있어 안방은 온통 핑크 무드였다. 침대보도 봉황이 수놓인 연분홍색이고 화장실 문턱에 놓은 깔개도 분홍색이다. 경대 위엔 퇴근길에 김 교수가 사들여 보낸 흑장미가 입을 벙긋 벌리고 요염한 색을 한껏 뿜어내고 있었다. 이제 남은 것은 결혼식만 치르면 그녀도 타인이 사는 것처럼 가정을 이루게 된다. 연속극을 틀어놓고 그녀는 콧노래를 부르며 목욕을 하고 발톱을 깎고 있을 때 전화벨이 울렸다. 지역이 바뀌어 어제야 전화번호를 받았으니 그녀의 번호를 아는 사람은 김 교수밖에 없었다. 잘 자라는 그의 다정한 인사 전화임에 틀림없어서 그녀는 아주 다정한 목소리로 헬로를 했다.

"제가 누군지 아시겠어요. 오호호…… 아주 행복하신 모양이군요."

처음 듣는 여인의 음성에 채옥은 뚝뚝한 목소리로 전화를 잘못 걸었다고 책망하고 수화기를 놓아버렸다. 그러나 또 벨이 울렸다.

"김채옥 여사 댁이지요. 왜 수화기를 놓으시죠."

"누구십니까?"

"아시고 싶겠지요. 전 김상태 교수의 아내입니다."

"네?"

"곧 결혼하신다구요. 축하합니다."

"제 전화번호를 어떻게 아셨지요?"

"김 교수님이 주시더군요."

"설마, 그이가."

"오호호…… 결혼소식을 듣고 저도 정리할 일이 있어 오늘 아침 서울에 도착했지요. 아이들이랑 함께 왔어요."

"……"

"듣고 계세요? 김상태는 상태가 이상한 남자인데 아무리 노처녀지만 그렇게 반하면 어떻게 해요."

"그런 문제는 걱정하지 않으셔도 됩니다."

"오호호…… 신랑을 뺏으러 온 것은 아니니 걱정 마세요. 다만 어떤 여자인지 보고 싶었을 뿐이에요. 거듭 결혼을 축하합니다."

여자는 일방적으로 전화를 끊어버렸다. 큰 충격이었다. 김 교수에게 이혼한 아내가 있고 자식이 있다는 것을 알고 있었지만 그들은 태평양 건너에 있는 과거의 사람들이라고 믿어버렸는데, 이렇게 나타나니 첩질이라도 하다가 들킨 여자처럼 가슴이 뛰어 진정할 수가 없었다.

미모사 잎처럼 사소한 일에도 신경이 오그라드는 것은 그녀가 겪은 엄청난 과거사 때문에 생긴 습성이었다. 이혼한 전처가 미국식으로 개방되어 전화를 했으니 그렇게 신경 쓸 필요도 없건만 자정이 되어도 잠을 이룰 수가 없었다.

전화벨이 또 울렸다. 이 시간이면 너무 행복해서 잠을 이룰 수 없어 전화한다는 김 교수의 전화가 틀림없었기에 그녀는 첫 신호에 수화기를 집어 들었다.

"여보세요. 저예요. 글쎄 미국서 전처가 왔는데 제 전화번호를 주셨어요. 저 아주 기분 나빴어요."

채옥은 김 교수가 말할 여유를 주지 않고 먼저 하고 싶은 말들을 늘어놨다. 전화 저쪽에선 오랫동안 대답이 없었다. 갑갑해진 그녀가 어서 뭐라고 말하라고 악을 쓰며 다그쳤다.

"전 김상태 씨의 딸이에요."

"아니 이 밤중에 무슨 일이에요."

채옥은 너무 놀라 호흡 곤란이 일 정도였다.

"결혼을 포기하세요. 왜 저희들을 불행하게 만들려고
그러세요."

"이혼하고 자녀까지 법적으로 처리된 줄 아는데."

"법이 문제예요. 한 가정을 파괴시키지 말라 이 뜻이에
요. 명심하세요. 만약 그래도 결혼을 강행하면 식장에 나
가 똥을 뿌릴 테니."

"어른 일에 참견 말아, 듣자 하니 아직 어른들의 일에
낄 연령에 이른 나이도 아닌데."

"시집 갈 곳이 얼마나 없으면 유부남을 건드려요."

유부남이란 단어를 그녀는 이상한 악센트로 발음했다.
미국에서 태어나 그곳에서 자랐으니 아무래도 억양이 서
투르고 외웠다가 말하는지 말 속에 감정이 조금도 들어있
지 않았다.

생각 같아서는 당장 김상태 교수를 찾아가 따지고 싶었
지만 며칠을 두고 자신의 문제를 생각하고 싶어 미루고
있었다. 또 이상하게 그쪽에서도 전화를 하지 않고 있었
다. 아침저녁, 차를 몰고 와서 출퇴근을 시켜주더니 그것
도 연락 없이 끊어져버렸다.

그렇게 보름이 지난 뒤, 김 교수는 수척한 모습으로 아
파트에 나타났다.

"미안해요. 당신 너무 놀랐을 거야. 그런 여자이니 오죽
힘들었으면 내가 한국으로 나와 버렸겠어. 요게 내가 결
혼한다니까 질투가 동하는 모양이야. 그 백인놈하고 살다

보니 나보다 못했던 모양이야. 날 놓치자니 아깝고, 어떡해서든지 나와 당신을 떼어놓으려고 아이들까지 데리고 나와 한국말을 외우게 해서 당신에게 전화질을 하고 수작을 떠는 거야."

"왜 제 전화번호를 주었지요?"

"내가 주다니, 무슨 소리야. 내 수첩을 보고 훔쳐 내간 거지."

"어떻게 아이들이 제게 전화한 것을 아세요?"

"내가 그 여자의 농간을 모를 줄 알아. 나도 그 농간에 속이 썩은 놈이야."

"이런 상황에선 결혼할 수 없어요."

"여보, 우린 식만 올리지 않았지 부부나 다름 없소."

그간 세 번이나 온천에 가서 잠자리를 같이 한 것을 부부라고 그는 단정 짓고 있었다.

"분명히 말하지만 과거가 정리되지 않고는 결혼할 수 없어요."

"우린 사랑하고 있어. 불행한 과거로 날 돌려보내지 말아 줘. 당신과 헤어지면 난 죽어버릴 거야."

김 교수는 채옥을 등 뒤에서 안으며 흐느끼듯 말했다.

"그럼 전 유부남을 유혹한 여자가 되어 간통죄로 고소당하란 말인가요."

"분명히 말하지만 난 이혼한 몸이야. 왜 당신은 내 말보다 부정한 여자의 말을 더 믿지? 그 여자는 악마야. 무서운 악마라고."

김 교수는 벽에 이마를 짓이기며 흐느껴 울었다.

"아아! 전 모르겠어요. 어떻게 해야 할지 깜깜해요. 제게 시간을 주세요. 우리 서로 냉정하게 여유를 가지고 생각해 봐요."

며칠 밤을 못 자고 고민했더니 채옥은 직장에 나와서 서 있을 수 없을 정도로 어지러웠다. 토할 것처럼 메스껍고 천장이 뱅뱅 돌고 진땀이 났다. 아침 약을 거른 탓일까. 어제 병원에 가서 정기 검진을 받고 약을 타와야 하는데 김 교수와의 문제로 잊어버린 것이다. 잠시 의자에 앉아 현기증을 가라앉힌 뒤 병원으로 향했다.

"무슨 일이 있었어? 혈압이 이백에 가까워."

은퇴하고 쉬어야 할 나이에 개인병원을 악착같이 꾸려 나가는 칠순의 의사는 속으로 그렇게 안달 나게 걱정을 하지 않으면서 짐짓 근심스러운 표정을 짓는다. 5년이 넘도록 이 병원을 드나들어 친숙해진 탓일 것이다.

"판에 박은 듯 매일 같은 생활이에요."

"잠을 설친 모양이군. 인간살이가 어찌 늘 평온하기만 하겠어."

채옥의 속사정을 이미 알고 있으니 실토하라는 듯 그는 점쟁이처럼 자신 있게 말했다. 혈압기를 밀어놓고 약 처방을 쓰려고 안경을 쓰는 그의 얼굴에 지옥버섯이 빈틈없이 깔려 있었다.

노(老) 의사가 서툰 붓글씨로 써 붙인 표어가 환자가 앉는 자리의 정면에 걸려있어 어쩔 수 없이 매번 읽어야 했다.

'재산을 잃으면 조금 손해를 본 것이고 명예를 잃으면 많이 잃은 것이나 건강을 잃으면 몽땅 잃은 것이다. 그러나 사랑은 이 모든 것을 되돌려준다.'

기막힌 협박으로 사람 기를 죽이는군. 채옥은 피식 웃으며 옷소매를 내리고 의사의 입에서 나올 충고를 기다렸다.

"안되겠어. 고혈압 예방법을 받아써서 지키게 해야겠어."

"그야 짜게 먹지 마라. 인생을 즐기며 잠을 많이 자라. 긍정적인 면만 봐라. 뭐 이런 것이겠지요."

"아니야, 채옥 선생에겐 특수처방을 내려야겠어. 자! 혈압유발 정서인자라고 종이 위에 큼직이 써."

간호사가 그녀 대신 종이쪽에 받아쓰기 시작했다.

'첫째, 근심·걱정·불안·초조를 피할 것. 둘째, 정신긴장을 갖지 말 것. 셋째, 분노·짜증·화냄을 아예 던져버릴 것. 넷째, 공포의 근처에도 가지 말 것. 다섯째, 슬퍼하지 말고 낙관적 인생관을 가질 것.'

바람에 밀리듯 옆으로 모조리 누운 필체로 적은 종이쪽을 간호사가 채옥의 손에 쥐워줬다.

"모두 정서적 요인이군요. 절 식물인간으로 만들 셈이세요. 자궁이 없어 받는 심적 괴롬도 큰데 이젠 그나마 누리는 회노애락까지 벗어 던지라니 저란 사람은 들꽃만도 못하네요."

오랫동안 그녀의 주치의로 그녀를 치료해 왔기에 그녀의 병력을 다 알고 있는 의사는 그 말뜻을 이해하겠다는 듯 머리를 주억거렸다.

"오래 살려면 어쩔 수 없지. 혈압환자란 급행열차를 탄 사람이야. 모두 완행을 타고 가는데 혼자만 급행을 타고 갈게 뭐람. 그러니 조심하라는 뜻이야."

"급행을 타고 가도 멋지게 살 작정이에요."

"사랑을 하나 보지."

"누가 저 같은 여잘 사랑하겠어요."

"사랑은 만병통치약이야. 사랑을 해보고 받아보구려. 이 병도 낫고 인생이란 살만한 것이란 환희가 터져 나올 거야."

병원 문을 나서며 채옥은 콧방귀를 뀌며 웃었다. 김상태 교수와의 사랑에 덴 사람에게 사랑타령을 늘어놓다니. 괴테는 여든에 십육 세 소녀를 사랑했고 다윗은 노년에 수넴 여인을 곁에 두었다더니 노 의사도 회춘할 방법을 골똘히 생각한 끝에 사랑의 묘약을 생각해 낸 모양이다.

그녀의 혈압상승요인은 솔직히 고백하자면 간밤에 꾼 그 꿈 때문이다. 김 교수의 전처와 아이들이 나타난 뒤,

한동안 사라졌던 그 꿈을 다시 꾸기 시작한 것이다.

낙엽이 케케로 쌓인 산속이 항상 그 꿈의 배경이었다. 이 꿈의 역사는 길어서 서른다섯 해나 되며 매일 밤은 아니지만 외로울 때 어김없이 그 꿈은 필름을 돌리듯 재현되는 것이다. 그러니 그 꿈의 세트는 항상 같은 장소였다. 한 번도 그 배경을 바꾼 적이 없었다.

그녀가 말하는 외로움이란 한낱 감정적인 고독이 아니었다. 소녀처럼 눈 내리는 길을 혼자 걷고 싶다거나 낙엽을 보고 우수에 젖고 석양을 보며 이미 세상에서 사라져버린 동생들이나 아버지를 그리워하는 그런 따위의 아름다운 고독이 아니었다. 그것은 생의 절망에 이른 절대고독에 가깝다고 표현하는 편이 적합할 것이다. 어차피 누구나 죽는 것인데 그 영원한 사망 뒤에 오는 것이 무엇이며 작년에 돌아가신 어머니처럼 흙 속에 누워 무엇을 할 것인가. 그건 인간에게 주어진 근원적인 고독이며 불안인데 가정을 가진 많은 사람들은 가정이란 옷 속에 파묻혀 그런 고독을 느끼지 못하고, 혹 느낄 기회가 있어도 그것이 두려워 가정으로 재빨리 돌아가 숨어버리는 것이다. 그녀에겐 생의 마지막인 죽음이 금방 다가와 죽는 그 순간보다 그것을 생각하며 두려워하는 이 땅의 생활이 더 견딜 수 없었다. 아이들의 칭얼거림과 하찮은 일에 눈물이 나도록 웃을 수 있는 가정을 지닌 친구들을 만나도 이런 고독한 감정의 교류를 나눌 수 없을 만큼 그들은 동물을 닮아가고 있었다.

　이런 고독에 빠져 허우적일 때 무의식 세계는 지겹도록 많은 것을 소유하길 원했다. 간신히 사물을 분간할 수 있는 어둠이 내린 곳에 발목까지 빠지는 낙엽이 쌓이고 눅눅하고 우울하게 가는 비가 내리는 것이 그 꿈의 특징이다. 손바닥 크기의 감잎과 떡갈잎들을 들추면 고운 빛을 발하는 구슬들이 시루떡 고물처럼 낙엽의 사이사이에 숨겨져 있다. 자수정이나 흑수정처럼 투명한 것이 아니라 채색된 고운 구슬들이 널려 있는 것이다. 가는 비에 겨드랑이까지 젖어 들도록 갖가지 색의 구슬들을 줍느라고 허우적이노라면 너무 욕심을 부려 갈증이 나고 손발이 마음만큼 움직여주질 않아 헉헉이기 마련이다. 손에 든 자루는 요술 주머니처럼 늘어나 셀 수 없이 주워 넣은 구슬을 괴물처럼 받아 삼켰다. 나중에 그 자루의 무게에 눌려 숨이 가빠지고 이젠 앞을 볼 수 없이 덮어 누르는 어둠 때문에 빛을 달라고 고함치다 제 소리에 놀라 깨어나는 그런 꿈이었다. 아버지와 동생들이 죽는 현장에 있었기에 이런 요상한 꿈이 꾸어지는 것일까. 그 꿈의 내용에서 변한 것이 있다면 소녀 시절까진 구슬주이로 허우적였고, 처녀 시절부터 그 구슬이 루비나 다이아몬드처럼 고급스러운 보석으로 바뀌더니 마흔이 넘어서는 그런 보석이 만 원짜리 지폐로 둔갑하거나 어느 땐 그녀가 모은 조약돌로 변하기도 했다.

의사가 지어준 약봉지엔 큼직한 신경안정제가 한 알씩 들어있었다. 이 약이 그 꿈을 없앨 수 있을까. 프로이드의 꿈분석을 끌어들여 해몽해 봐도 이건 풀 수 없는 기이한 꿈이었다. 단지 한 가지 집히는 것이 있다면 어린 시절, 어머니의 보석 상자에 그득히 넘치던 금붙이며, 옥가락지, 자질구레한 장신구들이 그녀의 뇌리에 박혀 일생 그런 식으로 붙어 다닌다고 변명해볼까. 이 대목에 이르자 그녀는 몸을 부르르 떨었다.

밀수범만 다루던 아버지는 그 바닥에선 알려진 검사였다. 주로 아편 밀수를 추적했다고 한다. 그래서인지 어머니의 보석함엔 중국이나 이름도 모를 나라에서 가져온 진귀한 보석들이 그득했다. 가끔 아버지와 어머니가 이 보석들을 꺼내 늘어놓고 다투는 것을 잠결에 훔쳐본 적이 있었다. 대개, 이러했다.

"양심적으로 하세요. 이런 보석들이 없이도 우린 행복하게 살 수 있어요."

"나란 놈은 가난 속에서 돼지처럼 천하게 뒹굴며 성공한 놈이야. 처자식에겐 절대로 그런 슬픈 내 과거를 물려줄 수 없어. 정당하게 받은 거니 신경 쓸 거 없다니까. 난 당신과 자식들을 너무 사랑해."

"재물보다 더 중요한 것은 영혼의 평안이에요. 당신은 그런 재물을 모으는데 넋이 빠져 눈빛까지 벌개요."

"또 예수 믿으라는 설득이군. 아이쿠! 내가 믿는 여자를 얻은 것이 잘못이었어."

"전 죽을 끓여 먹고 살아도 온 가족이 한 믿음 안에 있기를 원해요. 마른 떡 한 조각을 놓고도 기쁘게 사는 것이 보석으로 꾸민 집에서 배불리 먹으며 불안하게 사는 것보다 좋으니까요."

"예수가 밥 먹여주나. 이봐요, 내게 딸린 자식이 넷이야, 이 아이들만큼은 절대로 나처럼 자라게 할 수는 없어. 풍족한 가정에서 행복한 추억을 안고 크게 할 거야."

"그러기에 전 처음부터 선교사 따라 미국으로 가서 공부하고 선생이 되겠다고 했는데 억지로 아내 삼아놓고 당신 식대로 하면 어떡해요."

"알아, 그땐 내 모든 행복이 당신을 얻어야 이뤄지는 상태였거든."

"당신이 반대해도 전 이 애들과 교회에 다닐 것이며 당신도 따라 나와야 해요."

"사람이 떡으로만 살 것이 아니요, 해가면서 최면술을 걸어 멍청하게 만드는 곳엘 왜 끌고 가려고 해. 억척스럽게 전신으로 부딪히며 살아야 처자식들 배 안 곯리고 살릴 수 있어."

지나치다 싶게 어머니는 영적인 생활을 강조했고 아버지는 그 반대로 물질을 중시하는 육적이고 현실적인 사람이었다고 기억된다. 그렇게 어머니를 울리며 채옥의 아버지는 억척스레 가정을 일으켜 세워 잘 살 단계에 이르렀을 때 불행이 닥쳐왔다. 한밤중, 검사인 아버지가 잡아드린 조직이 악질적인 마약 밀수범의 테러 행위로 아버지의 모든 것이었던 별장과 꿈이 폭삭 내려앉은 것이다. 외진 산속에 아버지와 가족의 지상낙원이라고 지어낸 별장에서 주말에 온가족이 모였다가 당한 끔찍한 사건이었다.

그 밤의 굉음은 지금도 채옥을 괴롭혔다. 대풍(大風)에 밀려 떨어지는 선 과일처럼 하늘의 별들이 떨어질 때 내는 그런 소리가 이럴까, 세상이 없어질 때 남직한 그런 굉음으로 어머니가 늘 말하는 심판의 날에나 한 번쯤 들을 수 있는 소리일 것이다. 베개에 얼굴을 묻고 해녀처럼 얼마간 숨을 멈출 수 있나 동생들과 내기하던 그런 놀이와는 달랐다. 마치 영겁처럼 얼굴을 베개로 막는 상태가 지속돼 괴로워 몸부림치는 극한 상황이었다. 입 안 가득 흙이 씹히고 눈에선 눈물이 쉴 새 없이 흘러내렸다. 그리고 어두움, 한치 앞도 볼 수 없는 깜깜함 뿐이었다. 달이 없는 밤에 구름이 두껍게 끼어 지척을 분간할 수 없는, 아예 빛이 사라진 총담 같은 암흑이었다. 그런 절망의 순간에 할 줄기 빛이 그녀에게 파고들어 왔고 그와 동시에 어머니의 애타는 음성이 아득히 먼 곳에서 꿈결처럼 들려왔다.

"채옥아, 채숙아, 채호야, 채민아, 아이쿠! 여보 어디 있어요."

어머니의 절규가 잠속에서 듣는 것처럼 아련했고 모기

가 앵앵거리는 듯 뚜렷하지도 않았다. 그러나 어머니가 든 횃불 빛만은 눈이 시리게 파고 들어와 살아있음을 알게 했다. 그 빛이 어찌나 큰 기쁨을 주었던지 그 빛을 향해 그녀는 있는 힘을 다해 외쳤다.

'물, 물, 물을……'

별장의 뒤란 창고에 쌓인 장작더미에서 군불을 지필 적에 쓰는 관솔에 불을 켜서 세워놓고 어머니는 부서져 내린 기와와 흙, 기둥들을 두 손으로 미친 듯이 후벼 팠다. 대들보가 만든 공간에서 기적으로 살아있는 채옥을 꺼내며 어머니는 정신없이 웅얼댔다.

"오! 주님, 감사합니다. 이 생명 하나라도 내 곁에 남겨주시다니."

집은 이내 불이 붙어 타오르기 시작했다. 폭탄과 함께 뿌린 휘발유에 당긴 불길은 삽시간에 번져나가 무서운 기세로 타오르기 시작했다.

"물, 물, 물을 줘, 엄마."

그 새벽 비가 추적추적 내리고 있었고, 마약밀수범 범인 일당이 폭탄을 터뜨린 장소에서 멀리 떨어진 산기슭에 딸을 내려놓고 어머니는 그제야 서럽게 울기 시작했다. 모두 함께 죽을 것이지 어쩌자고 자신만 그 시간에 마당 귀퉁이에 있는 뒷간엘 가서 멀쩡히 살아남았는지 모르겠다는 말을 수없이 했다.

"물, 물, 물 줘. 목이 타 죽겠어."

"이런 자리에서 물을 찾다니. 세 명의 동생들과 아빠를 찾아야지, 이 철없는 것아."

한꺼번에 남편과 아이들 셋을 잃은 어머니는 아직도 타고 있는 집을 바라보며 서 있었다. 그렇게 어머니와 그녀를 남겨놓고 아버지와 동생들은 집과 함께 타버렸다. 아침이 되어 희끄무레한 빛이 대지를 감싸 안을 때도 어머니는 멍청히 그 산기슭에 앉아 있었다. 물을 찾다가 지쳐 쓰러진 채옥의 몸이 피에 흠뻑 젖은 것을 보고서야 어머니는 제정신이 들었다.

인가와 벌리 떠러진 외진 곳이라 병원에 늦게 실려 온 채옥은 너무 출혈이 심해 살릴 가망은 없으나 최선을 다해보자는 수술이 다섯 시간이나 계속됐다. 두 개의 파편이 그녀의 뱃속에서 나왔고 자궁과 신장 하나를 들어내는 대수술을 여덟 살의 나이에 그녀는 받았다. 혼수상태에서 깨어난 그녀의 이마 위로 떨어지는 어머니의 눈물이 무척 뜨거웠다는 기억을 지금도 생생히 하고 있다. 마취에서 풀려나 괴로워할 때 어머니는 그녀의 손을 잡고 늘 들어왔던 그런 기도를 했다.

……이 딸만이라도 제게 남겨주신 것을 감사합니다. 제 죄를 끝까지 정죄하지 않고 이런 은혜를 주시니 고맙습니다. 남편과 자식들을 죽인 것은 저 때문입니다. 저를 죽이시고 이 딸의 생명을 살려주세요. 어서 이 애의 아픔이 제게 옮겨지게 하고 살려주시면, 제가 서원하고 못한 일을

딸이 잇게 하겠습니다…….

마침 기운이 걷혀가며 걷잡을 수 없이 밀려오는 아픔 탓도 있겠으나 아버지와 동생들을 잃은 처지에 그런 기도를 하는 어머니를 도저히 용서할 수가 없었다. 땅을 치고 가슴을 쥐어뜯으며 울어야 마땅한 일이 아닌가. 그렇게 간절히 사모하고 의지한 어머니의 하나님이 내린 그 무서운 벌에 어머니는 마땅히 대항해서 반기를 들고 돌아서야 바른 정신일 것이다. 그런데도 어머니는 눈물까지 흘려가며 입버릇처럼 내뱉는 말이 주여, 감사합니다! 이니 도대체 무엇을 감사한단 말인가. 차라리 채옥이 자신도 죽어버렸다면 어머니는 감사의 건더기가 없으니 하나님을 버렸을 터인데 살아서 이런 기도를 매일 듣게 되니 괴로워 미칠 지경이었다. 그때부터 움트기 시작한 어머니에 대한 미움과 어머니가 믿는 하나님에 대한 미움이 채옥을 지탱시켜주는 힘이 되었다. 두고 봐라. 난 끝까지 어머니가 믿는 하나님을 저주하고 돌아설 거야. 아버지처럼 나도 어머니를 반대하는 방향으로 나갈 거야. 참말로 하나님이 살아 계신다면 그 좋은 아버지와 착한 동생들을 그렇게 죽일 수는 없는 일이야. 어머니는 마땅히 소리 높여 울어야 하는데 하나님이 무서워 울지도 못하고 속으로 삼키고 있으니 그 하나님이란 자는 얼마나 잔인한가.

아버지가 어머니와 아이들을 위해 사랑으로 모은 보석들은 아버지와 함께 무너져 내린 집과 더불어 모두 사라져버렸다. 보석 대신 어머니는 채옥의 뱃속에서 꺼낸 두 개의 밤톨만한 파편과 함께 뱃속으로 들어간 팬티 조각을 소중히 보관했다.

어머니와 그녀의 삶은 철로처럼 영원히 합쳐지지 않고 평행했다. 그때마다 어머니는 채옥 앞에 두 조각 파편을 내보이며 눈물을 흘렸다. 녹이 슬어 시뻘게진 파편은 날 카로운 모서리들이 녹이 슬고 녹아서 매끈한 조약돌 모양 으로 변해버렸고 팬티 조각은 녹물과 피로 물들어 쓰레기 통에 던져버리고 싶은 충동을 그녀에게 안겨주었다.

"네가 어떻게 살아났는지를 잊어선 안 된다. 하나님이 네 목숨을 집행유예로 연장시켜 주신 거야. 히스기야 왕 이 죽음 앞에서 너무 간절히 기도하니까 하나님은 그의 생명을 십오 년 더 연장시킨 것처럼 너에게도 은혜를 베 푼 것이야. 그런 삶을 멋대로 살아가면 또 심판이 내려."

"죽어버리면 될 거 아니에요. 이 이상의 심판이 어디 있 어요."

"넌 시집갈 수 없어. 아기집이 없어졌으니 애기를 낳을 수 없거든. 그건 하나님이 널 그의 도구로 쓰려고 그렇게 예정하신 거다. 그러니 처녀로 늙어가며 그의 일을 해야 한다. 주의 궁전에서 하루가 이 세상에서 사는 천 날보다 나은데 얼마나 큰 축복이냐. 넌 넘치는 큰 사랑 속에서 살 아가야 한다."

"하나님에 반한 어머니 곁에 사는 것도 숨이 막히고 몸

서리쳐지는데 일생을 교회에 붙어먹고 살라는 거예요. 전영원히 교회에 발을 들여놓지 않을 걸 아시면서 그래요. 어머니가 말하는 사랑이란 어떤 종류의 사랑인지 모르겠네요."

어머니를 괴롭히며 이렇게 덤벼들면 아주 기이한 기쁨이 그녀의 온몸에 용솟음쳤다. 아버지가 기뻐할 것이란 확신과 동생들의 웃음소리가 환청으로 들려올 지경이었다.

"넌 내가 켜 든 관솔불빛이 아니었으면 살아나지 못했다. 그 불빛을 보고 소리 질러 살아난 거야. 그러니 빛의 딸이다."

"빛의 딸이 뭐에요."

"하나님의 딸이란 뜻이다. 사랑의 딸이지. 기막힌 사랑을 듬뿍 받을 딸이다."

"어머나 그런 빛을 믿어요. 재앙을 내려 가정을 쑥밭으로 만든 그런 하나님은 빛이라 해도 잔인한 분이에요. 난 그런 하나님을 저주해요. 아버지와 동생들을 그렇게 비참하게 죽여버리는 일을 어떻게 하나님이 할 수 있어요. 하나님이 내 눈이 보이고 손에 잡힌다면 돌을 던질 거예요. 욕을 하고."

"오! 주님. 이 어리석은 영혼을 불쌍히 여기소서. 빛 안에 살아 빛내야 할 딸이 빛을 피하다니. 빛이 딸을 구했는데 그 일을 통해서도 진리를 깨닫지 못하다니. 죄 많은 저를 벌하시고 불쌍한 이 딸의 마음에 평안을 주는 긍휼을 베푸소서."

"듣기 싫어요. 내가 왜 불쌍해요. 어머니가 무슨 죄를 지었다고 날마다 죄를 용서해 달라니 누가 들으면 어머니가 직접 아버지와 동생들을 죽인 줄 알겠어요. 맞아요. 어머니가 그런 하나님을 믿지 않았다면 우리 집에 그런 재앙이 내릴 리가 없어요."

울어서 눈가가 늘 짓물러 있는 어머니를 향해 채옥은 독설을 퍼붓는 재미로 살아갔다. 이런 시련이 인내를 낳고 그 인내가 면류관이 된다고 나중엔 전도사까지 동원해서 그녀를 설득시키려 했지만 그럴수록 그들의 논리가 억지였고 이겨 부치는 해석이 말장난으로도 들려 비웃음만 더 자아낼 뿐이었다.

성실하고 부지런한 어머니는 장사도 열심히 했다. 처음엔 보따리를 이고 다니더니 몇 년 지난 후, 시장에 양품점을 내서 살아가기는 힘겹지 않았다. 너무 커버린 딸 앞에서 어머니는 이따금 눈물을 보일 뿐, 전처럼 극성스럽게 들볶지는 않았다. 철야를 하거나 새벽기도를 하고 오면 잠든 딸의 이마 위에 눈물을 떨구는 짓을 어머니 자신이 병들어 몸져누울 때까지 계속했다. 누워서도 어머니는 끊임없이 말했다.

……인생이란 풀과 같고 그 영화는 풀꽃과 같단다. 아침 안개처럼 잠시 왔다가 사라지는 것이 인생이야. 너의

아버지가 재산을 모으려고 부정한 짓을 해서 상자 그득히 사랑의 표현이라고 보석을 모았으나 순간에 사라지는 걸 봐라. 물질에 맘을 두면 위를 볼 수 없는 법이여. 죽어서 돌아갈 본향을 사모해야지…….

빛의 딸이니, 하나님이니 하는 직접적인 단어만 나와도 무섭게 발끈하는 딸이 무서워 어머니는 철학자처럼 인생을 논하고 본향이라는 말을 암시적으로 말하며 끝까지 딸을 설득하려고 애를 썼다. 중풍으로 똥, 오줌을 싸며 누워서도 어머니는 계속 입을 놀렸다. 그리고 이해할 수 없는 기쁨에 차서 임종했다. 아버지와 동생들이 먼저 간 그곳에 간다는 환희에 어머니의 얼굴은 소녀처럼 맑고 황홀해 보였다. 어머니가 임종하는 순간까지 채옥은 끈질기게 입으로 다글 다글 끓으며 괴롭힐 말들을 늘어놨다. 마땅히 하나님을 저주하고, 슬퍼하며, 임종해야 그녀의 마음이 풀릴 터인데 어머니는 죽음의 순간까지 감사하고, 기뻐했으니 그것은 무서운 망상이요, 위선일 뿐이었다.

3

혈압약은 심장과 신장의 기능을 억제하기에 노곤하고 몽롱하며 매사에 의욕이 나질 않게 했다. 거기에 신경안정제까지 복용했건만 육체는 가라앉아 약에 복종해도 정신은 고슴도치의 뾰족한 촉수처럼 스멀스멀 살아 올랐다. 채옥의 머릿속은 과거와 현재 미래의 일들이 시공(時空)을 초월해서 고여 들었다.

토요일 오후는 일찍 귀가해서 밀린 집안 일들을 부지런히 챙기는 것이 그녀의 생활 리듬이다. 빨래하고 다음 일주일 먹을 밑반찬을 만들고, 오십여 화분으로 불어난 아프리칸 바이올렛을 목욕시키고, 구석구석 먼지를 털어내고, 손톱과 발톱을 다듬고……. 뭐 이런 일들을 기차가 레일 위를 달리듯 그렇게 어김없이 해야 정상이다.

약을 평시보다 배를 썼는지 그런 일상사를 해야 한다고 중추신경에 명령이 전달돼도 몸은 제동 걸린 자동차처럼 움직이질 않았다. 방석을 베고 그렇게 퍼질러 누워있을 때 김상태 교수가 들어섰다. 전처와 자식들과, 또 연이어 이죽거리는 전처의 전화를 받고 서로 발길을 끊은 지 두 주일이 지난 만남이었다.

"미안해, 너무 충격을 주어서."

수염이 더부룩이 자라고, 눈은 충혈되고, 얼굴빛은 누렇게 들떠 있어 고민으로 찌든 초라한 몰골이었다.

"큰애가 대학에 들어갔는데 등록금이 엄청나서 자기 힘으로 댈 수 없다는 거야. 법적으로 내 책임은 아니지만 그래도 자식인데 명문교에 붙은 아이를 모를세라 돌아서게 되질 않는군."

"그럼 재결합 하세요."

"무슨 소릴 하는 거야. 난 이제 당신 없인 못 살아. 날 그 지옥에 밀어 넣지 말아 줘. 그 여자를 보면 욕지거리가 나고 옆에 와도 소름이 끼쳐."

"그건 사랑한다는 증거에요. 한 번 저지른 부정을 용서 못하는 것은 기막힌 사랑이 증오로 표출되는 것이니, 돌아가세요."

김 교수는 울먹이며 채옥의 옆에 벌렁 누워버렸다. 얼마나 고민했으면 그의 몸에서 단내가 물씬 풍겼다. 갑자기 헐벗은 거지를 만난 듯 가눌 수 없는 연민이 피어올라 그녀는 그를 힘껏 안아주었다.

"여보, 우린 결혼하는 거야. 경제적으로 어렵겠지만 내 월급을 몽땅 미국으로 부쳐주면 어떨까. 사 년만 그렇게 해주면 큰 애가 졸업하고 가정을 돌보겠지."

"매달, 그것도 사 년을 당신이 기죽어 사는 걸 어찌 보겠어요. 그러니 더 여유를 두고 생각해 봐요."

"그럼 아예 대출 받아서라도 몇 억을 뚝 떼어주며 다시 오지 말라는 각서를 받고 우린 깨끗이 시작합시다."

그는 애걸하며 입술을 떨었다. 돈을 만들기 위해 채옥의 아파트를 은행에 담보로 넣고 대출을 받아낸다는 결론을 보고 헤어졌다. 떨떠름하긴 해도 가정을 가졌던 남자를 남편으로 맞으며 과거의 보따리를 팽개치는 방법은 그 길뿐이 없어서 용단을 내린 셈이다.

다음 날, 출근을 하니, 민 사서가 기다리고 있다가 문

앞에서 맞아준다.

"교문 밖에 봄꽃이 나왔더군요. 과장님 방에 놓으려고 노란색 팬지와 빨강과 흰색이 섞인 페추니아를 사 왔어요."

작은 화분에 앙증맞게 핀 꽃들이 아주 샵빡해서 방 분위기를 바꿔놓을 정도였다. 민 사서는 두 개의 화분을 창턱에 놓고 컵에 물을 떠다가 그 위에 짤끔짤끔 뿌린다. 어둔 방에 노란색, 흰색, 붉은색, 게다가 초록색이 끼어드니 갑자기 봄이 방안으로 파고든 기분이다.

"요즘은 일주일에 한 권씩 그 브리타니가 없어지고 있어요. 아무리 지켜도 범인을 잡을 수 없어 신경쇠약에 걸릴 지경이에요."

민 사서는 이제 반으로 줄어든 백과사전 때문에 죄인이 수사관 앞에 선뜻 민망해서 제대로 눈을 들어 채옥을 보지 못했다.

"미스 민이 참고사서여서 하는 말인데 우리 직원들 중에 책도둑이 있는 것이 확실해."

"짐작이 가는 사람이라도 있나요?"

"순자일 가능성이 많아."

"그 착한 애를 의심하시다니."

"어려운 환경에서 공부하자니 돈이 궁해 비싼 브리타니가를 훔쳐가는 것이 분명해. 열여섯인 그 애의 뺨이 어제 보니 살짝 화장기가 돌더군."

"아니에요, 과장님. 그 앤 워낙 피부가 고와요."

"엉덩이에 뿔이 나서 그 주제에 남자친구가 생긴 거야."

"저도 연애를 해봐서 아는데 그 애의 눈빛은 사랑에 빠진 눈이 아니에요. 오히려 과장님의 눈이 사랑에 빠졌지."

민 사서는 자신이 한 말에 당황해서 눈치를 보며 얼른 손으로 입을 가렸다.

"우리 둘만의 이야기인데 순자를 현장에서 잡아 만인의 귀감을 삼아야지."

"그건 과장님의 억측이에요. 편견이란 무서운 것인데 과장님은 이상하게 그앨 싫어하고 있어요. 가장 나약한 애를 우리 모두 돌봐야 하는데, 과장님은 짓밟고 있어요."

"그러니까, 범인을 못 잡지. 공적인 일에 사적인 일을 개입시키면 못 써."

"설령 그 애가 도둑이라면 직원이니 몰래 불러 주의를 줄 아량은 왜 없으시지요."

"아하, 모르는 소리. 지금 잡아서 창피를 주지 않으면 커선 감옥행이고 사형감이야. 바늘도둑이 소도둑 된다는 격언을 모르는 모양이군. 벌써 자질구레한 작은 책들을 수없이 훔쳐내고 그 애의 방은 우리 도서관 책들로 꽉 찼을 거야."

채옥은 없어진 피카소돌과 브리타니가를 연결시켜 볼 때 어른이 도저히 흉내 낼 수 없는 일을 순자가 교묘하게 해내고 있다는 확신이 왔다. 그녀의 조약돌을 훔칠 수 있는 직원은 아무래도 십대인 순자이며 어른 세계를 넘보는 사춘기의 아이이니 돈을 만들려고 비싸 뵈는 브리타니카에 손을 댄다는 논리가 섰다.

이때 순자가 쟁반에 물주전자를 받쳐 들고 들어섰다. 두 사람의 눈이 그녀에게 쏠리자 겁에 질린 토끼처럼 허둥대다가 얼른 나가버렸다. 이런 순자를 보며 채옥은 의미 있는 미소를 흘렸다.

근로학생들이 북트럭을 끌고 오가는 서가 사이사이에서 책 틈새로 민 사서는 순자를 추적하며 기웃거렸다. 민 사서가 순자와 숨바꼭질을 하는 사이 채옥은 페츄니아 잎에 덮인 먼지에 신경이 쓰여 견딜 수가 없었다. 순자를 현장에서 덮쳤다는 속보를 기다리느라고 채옥은 그녀의 방에 꼭 붙어있었다. 민 사서의 손에 끌려오며 성난 수탉처럼 덤비거나 고양이에 쫓겨 막다른 골목에 이른 쥐처럼 발악을 할 것인데 그땐 어떻게 그 앨 쥐어박을까. 흐르는 수돗물에 페츄니아 잎을 씻어주며 열 개도 넘는 꽃망울들을 갓난아이 쓰다듬듯 조심스럽게 만졌다.

"최근 새로 개정된 백과사전을 아무래도 또 사들여야겠어요."

"광고에 속지 마요, 책장사들이란 팔려고 별짓을 다 하지. 이 시대의 광고란 독약이라니까."

"이 기간에 원가로 대학 도서관에 공급해준다니까 이번 기회에 사지요."

수서담당 사서인 박기식과 매일 이런 입씨름을 하고 있어서 오늘도 질세라 채옥은 도리깨질을 세차게 내리치듯 거절했다. 어쩜 저 박 사서가 출판사의 돈을 받아먹었을 것이란 예감에 무슨 책이나 먼저 거절하고 나섰다. 교수들이나 학생들이 희망도서란에 써낸 것이면 무사통과해주지만 박 사서가 사자고 하는 책들은 괜스레 그녀의 역정을 일으켰다.

"요즘 인기 상승인 신진 작가 ㅎ씨의 소설을 찾는 학생들이 많아요. 복본을 열 권쯤 사들이지요."

"이 도서관을 쓰레기 처리장으로 만들 작정이요. 그까짓 휴지 같은 책은 장서감이 아니야."

"올바른 책 선택이란 학생들이 원하는 책을 적시(適時)에 제공하라는 것이지요. 보지도 않을 비싼 책을 전시용과 장식품으로 꽂아 놓는다면 중세의 수도원이나 다름없지요."

"현대 도서관이 만인을 위한 장소인 걸 나도 시인해요. 책만 지키는 사서나 창고의 개념을 벗어나란 뜻인 줄도 다 알아요. 그러나 장서란 사서들의 예술작품이야. 학생들의 요구를 따라 갈대처럼 흔들리며 휴지 같은 책들만 모아 놓으면 그 장서란 창피스런 졸품이 되는 거야. 우리가 높은 수준을 정해놓고 그 수준까지 학생들을 끌어올리는 태도가 중요해요. 마구잡이로 사들인다면 동네의 만홧가게와 다른 점이 없지."

"그럼 제가 만화 같은 허드레만 사들인단 뜻인가요."

"교수들을 초빙해서 장서평가를 해보면 알 것이 아니요."

"과장님도 책을 좀 읽으세요. 어째서 그렇게 고리타분하게 편견에 잡혀 자기 이론만 고집하십니까. 현대문학이란 그 시대의 아픔을 폭로하며 길을 제시하는 것인데 무조건 섹스물이니 어쩌니 해가며 뭉개대니 대화불통이에요. 너무 답답해요."

"박 사서보다 더한 죽음의 고비를 넘긴 여자야. 걸핏하면 섹스니 어쩌니 해가며 날 고물로 취급하지 마요. 사서란 교수요, 윤리적인 단계를 정하고 지켜주는 도덕가야. 지도자인 자리에서 세상 물결을 따라간다면 사서의 보루가 무너지는 거지."

"여자란 시집가서 아이를 낳아 젖꼭지를 물려봐야 인생을 안다는데 과장님은 마흔이 넘도록 처녀이니 세상을 반쪽밖에 모르는 거예요."

"결혼과 사서 직이 무슨 관계가 있다고 그런 말을 하는 거요."

"모든 대중소설을 섹스물로 취급하며 성적인 것을 다룬 것은 피하시는데 테스가 음란소설이요, 종교의 모독이라고 서가에서 쫓겨난 적도 있지 않습니까. ㅎ의 소설도 지금은 매를 맞지만 세월이 흐른 뒤, 고전이 된다고 어떻게 부인합니까."

"그따위 날라리 작가를 토마스 하디에 견주다니 박 사서의 정신상태가 의심스럽군."

"읽히지 않는 책들로 서가를 채우는 것도 정신상태가 의심스러운 것이지요. 그 비싼 브리타니가도 먼지가 끼도록 건드리는 사람이 없으니 울분한 독자가 훔쳐가는 것이지요."

"아니 그럼 박 사서가 날 훈계하려고 그걸 차례로 훔쳐가고 있단 뜻이요."

"아이쿠! 답답해요. 말이 통하지 않는군요. 곧 결혼하신다니 모두 기뻐합니다. 그 편견과 아집이, 노처녀의 기질이 결혼으로 따뜻하고 부드럽게 아무나 의심하는 무서운 비판이 따뜻한 사랑으로 변하길 직원일동이 기다리고 있습니다. 더구나 미국 물을 먹은 박사가 낭군이 되신다니 기대가 커요. 앞으로 펼쳐질 시대는 우리 서가에 30권이나 꽂아주어도 너도나도 읽는 바람에 턱없이 모자라는 미래학자 앨빈 토플러의 『제3의 물결』처럼 책이 없어지는 시대가 올지도 모르니까요."

사서 경력이 짧은 수서 담당 박 사서는 이사장의 먼 친척이라고 했다. 인맥(人脈)이 주는 압력에 맞서봐야 거친 말만 나올 것이고 피차 혐오감만 조성해서 높은 담을 쌓아 생채기만 입을 뿐이다. 이건 그녀가 오랜 직장생활을 하며 얻어낸 진리였다.

"내 대신 사서과장이 되지 그러세요."

"연세나 그간의 열심을 봐서 과장님의 능력을 인정합니다. 그러나 왜 그렇게 저희, 직원들을 몰아붙이고 불안하게 만드세요. 직장이 가정처럼 화기애애하고 서로 뜻을 합하여 힘을 낼 수 있게 지휘할 수 없으신가요. 모두 무서워 벌벌 떨며 과장님 눈치를 보니 이건 너무 지겨워요."

"그렇게 겁에 질린 직원들이 내 방에 들어와 내가 사랑하는 돌들을 훔쳐가겠어요."

채옥이 무섭게 고함을 치자 박 사서는 휘잉, 인사도 없이 나가버렸다. 가재는 게 편이라고 저희들끼리 모여앉아 수군대고 있을 그들이 눈앞에 어른댔다. 대수술로 자궁을 들어냈다는데 그래서 저런 표독한 성질이 나오고, 남자들이 무서워 도망가니 시집을 못 가는 것이 아니냐고 얼핏 지나며 그들이 수군대는 소리를 들은 적이 있었다. 그들의 입방아와 비아냥거림을 틀어막기 위해서라도 김상태 교수와 결혼해야 한다. 몇 억이 아니라 그녀가 가진 모든 재산을 다 주고라도 이 굴레에서 벗어 나와야 한다. 전처와 그 아이들 문제로 무서운 고민에 빠져 허우적이는 김 교수가 너무 가엾고, 채옥이 아니면 돌볼 사람이 없다는 생각이 들자 어제 많은 돈을 주기로 한 것이 너무 자랑스럽고 대견했다.

충만한 기쁨을 삭이려고 열람실을 한 바퀴 돌았다. 눈으론 책을 읽으며 손은 주머니에 든 땅콩을 꺼내 열심히 입으로 가져가는 학생이 눈에 띄었다. 가만히 다가간 채옥은 야멸차게 땅콩 든 손을 쳤다.

"도서관에선 먹지 않는 것이 규칙인 줄 몰라요. 어서 퇴장해요."

미안하고 열없어서 슬그머니 빠져나가는 남학생의 뒤통수를 노려보다가 똥마려운 강아지처럼 담배가 피고 싶어 낑낑대는 졸업반 남학생의 뒤를 추적하기도 했다. 참새들처럼 모여앉아 수다를 떠는 여학생들에겐 조용히 하라고 꾹 다문 입에 검지를 세워 보이기도 했다. 이런 사감 같은 생활이 어쩜 노처녀라서 몸에 밴 냄새요, 행동일 것이다. 그럼 결혼과 함께 이런 경직된 생활양식과 표정도 사라지겠지. 채옥은 콧노래를 부르며 자신의 방으로 돌아왔다.

아니 이럴 수가! 그녀가 정성껏 목욕시킨 페츄니아가 화분째 보이질 않았다. 스무 권 째의 브리타니가가 사라진 날, 그녀의 방에 놓인 화분까지 없어진 셈이다.

"여보, 제 주변의 물건들이 자꾸 없어져요. 이런 일이 없었는데 이상해요. 무엇보다 불안해서 미치겠어요."

양식집에서 만나 저녁을 들며 채옥이 걱정스레 의논을 했다. 많은 돈을 받고 곧 미국으로 가겠으며 괴롭히지 않겠다는 서약서를 그녀 앞에 내밀고 오랜만에 김 교수는 행복한 미소를 지었다.

"어떤 것들이 없어지는데."

"제 조약돌도 절반이 없어지고 이젠 화분까지 들어 갔

어요."

"난 또 뭐라고. 마음을 넓게 가져요. 그까짓 자질구레한 것들 다 없어져도 웃을 수 있는 여유를 가져요. 우리가 결혼하면 그런 것이 우스워 보일 거요."

채옥에게 중대한 일을 김 교수는 어린아이의 짓거리로 뭉개버렸다. 그따위 돌이나 꽃을 사무실에 놓는 짓이 치기어린 소녀 냄새를 풍기는 짓이니 아예 몽땅 쓰레기통에 던져버리고 결혼에 입을 옷과 반지들을 보러 가자고 너털웃음을 터뜨렸다. 브리타니가 문제도 흔히 볼 수 있는 사건이니 가볍게 생각하고 자글자글 끓지 말라고 했다.

의사가 준 약 가지고도 살아 뻗쳐오르는 신경을 안정시킬 수 없었다. 연이어 팬지 화분도 없어지고, 계속해서 조약돌도 없어지며, 브리타니가도 없어지는 통에 하루 종일 앉지도 못하고 참고열람실과 자신의 방을 뱅뱅 돌며 분을 삭이지 못했다. 순자나 박 사서의 짓이라면 그녀를 조롱하는 저질의 악의가 숨어있을 것이며 분명히 무엇인가를 암시하려는 수작임에 틀림없었다.

없어진 화분들 때문에 날카로워진 과장의 마음을 달래준다며 민 사서가 어항에 금붕어 다섯 마리를 넣어 사 왔다. 몇 십만 원을 초과하는 그런 열대어도 있다지만 이건 흔히 볼 수 있는 싸구려 붕어로 등이 붉고 배가 분홍색인데 지느러미가 커서 치마를 펄럭이는 소녀처럼 예뻤다. 한참 그들을 보고 있노라면 채옥의 어수선한 마음이 차분해져서 유리쟁반 속의 조약돌들이 다섯 개 남기고 다 없어져도 금붕어의 놀음을 보며 신경을 가다듬었다. 김 교수의 말대로 결혼을 앞둔 호탕한 여걸답게 그녀는 사소한 일을 접어두리라 결심했다. 화분이나, 조약돌, 또 책은 훔쳐갈 수 있으나 물속에 사는 금붕어는 물 밖에 나오면 죽으니 도저히 훔쳐갈 수 없으리란 묘한 생각이 있어 그녀는 금붕어에 대해 어떤 신뢰감을 느끼기도 했다.

그러나 일주일 뒤, 그녀의 예상을 뒤엎고 다섯 마리의 금붕어 중에서 빛깔이 제일 선명하고 팔팔한 놈이 없어져 버렸다. 그것도 그녀의 생일에 직원들이 돈을 모아 사준 꽃병과 함께 말이다. 귀신이 이 방에 들어오는 것일까. 귀신이란 생각에 이르자 등골이 서늘해졌다. 파편조각에 맞아 어쩜 창자를 흘리며 죽어갔을 아버지와 세 동생들의 환영이 떠올랐기 때문이다. 집이 무너져 내리는 굉음과 함께 그들의 절규가 들린 듯도 했고 피투성이로, 처절하게 몸부림쳤을 그들의 모습이 영화의 한 장면처럼 그녀의 머리에 그려졌다. 이내 불타서 재가 됐을 터이지만 대연각의 화재 때 손을 흔들거나 뛰어내리던 사람들과 죽어가는 식구들의 절규가 엇갈리기도 했다. 귀신이란 한을 품고 떠도는 원혼이라고 했는데 아버지와 동생들은 너무 억울해서 어두운 밤하늘이나 빛이 없는 음습한 곳을 찾아 떠돌 것이 분명했다. 그들이 와서 그녀의 자잘한 소유물을 훔쳐가며 호소하는 것일까. 귀신이 시시하게 바다나 호수에 지천일 물고기를 탐할 리가 없다. 산이나 개울에 흔해 빠진 돌조각을 훔쳐갈 리 없고 그녀의 가슴 속에 자리를 잡고 있는 그런 사소한 것으로 그녀를 괴롭힐 이유가 없었다.

꽃 화분에 손을 대고 금붕어를 가져가는 것은 소녀적 취향이 다분하니 순자밖에 의심이 가는 자가 없었다. 아니면 박 사서가 과장의 자리를 노려 결혼설이 돌 때 아예 내쫓아버리고 과장직을 노리려고 엉큼한 수작을 부려 정신적 압박을 가할 수도 있었다. 차라리 큰일이 터지면 대범할 수 있는 채옥이었다. 그러나 벌써 두 달 넘겨 좀먹듯이 파고드는 이런 사건들은 무섭게 정신적 충격을 안겨주었다.

"과장님, 오랜만입니다. 제가 바빠 정리실에 박혀 있으니 통 얼굴을 뵐 수 없네요."

한 사서가 짧은 목을 느리며 채옥의 방에 나타났다. 종이컵에 담긴 보라색 바이올렛을 그녀의 책상 위에 놔주며 어제 시골집 산기슭에 지천으로 자란 것들을 꺾어왔노라고 꼽추 등을 들썩이며 멋쩍게 웃었다.

"나이에 어울리지 않게 소녀적 취향을 가지셨네요."

"과장님의 결혼식 때 머리에 꽃을 꽂이 이런 빛일까 생각하며 꺾었지요."

한 사서는 잠시 채옥의 방에 머물다가 이죽거리거나 너스레를 떨지도 않고 점잖게 나가버렸다. 그날도 브리타니가 한 권이 사라졌다.

　민 사서를 시킬까 망설이다가 채옥은 순자 이력서에 적힌 주소를 들고 가파른 산동네를 더듬었다. 순자가 세들에 사는 집은 시멘트 블록으로 지은 허술한 두 간 방의 빈민굴이었다. 겨우 한 사람이 누워 잘 수 있는 그녀의 자취방은 사과상자를 책상으로 놓고 신문지로 벽을 발라 을씨년스러워 보였다. 한구석에 개어놓은 이불 속에 그녀의 조약돌들이 감춰 있을지도 모른다는 의구심이 불같이 일었으나 성큼 들어가서 이불까지 털어 볼 용기는 없었다. 그 방이 풍기는 분위기가 성당의 그것처럼 그녀를 움츠리게 했기 때문이다. 어디를 봐도 페츄니아와 팬지, 금붕어가 담긴 백자 꽃병은 눈에 띄지 않았다. 더군다나 스무 권이 넘는 브리타니가도 없었다. 산비탈을 오르며 순자의 방을 가득 채웠을 사라진 물건들을 나열해 보았는데 그 어느 것도 보이지 않았다. 그녀의 짐작대로라면 벽은 브리타니가와 그간 자잘하게 없어진 책들로 메워졌고, 조약돌들이 담긴 쟁반이 한구석에 놓이고 페츄니아와 팬지가 더 무성하게 꽃망울을 터뜨리며 책상 위에 놓여있을 터이며 금붕어가 담긴 꽃병이 고이 간직되어 있어야 했다. 그러나 방문을 열었을 때 누렇게 절은 신문지 벽은 비어 있었고 급히 끓여먹고 팽개친 라면봉지와 찌그러진 냄비와 수저가 방바닥에 나뒹굴었다.

산비탈을 잰 걸음으로 내려오며 채옥은 순자에 대한 의심을 완전히 떨어내지 못했다. 그 애가 야간고등학교 반장이라고 했으니 훔쳐낸 모든 것으로 교실과 교무실을 치장했을 가능성이 있었다. 반장이란 환경심사에 대비해서 화분과 금붕어를 가져가야 한다. 유리쟁반에 훔쳐간 예쁜 조약돌들을 넣어 교탁에 놓으면 그 기발한 아이디어에 찬사를 받을 것이다. 그러면 브리타니가는 어떻게 처분했을까. 학급문고에 비치할 수도 있으나 너무 어려워 볼 수 없을 터이니 헌책 가게와 계약하고 한 권씩 빼내어 돈을 받으며 가져다 줄 것이다.

봄열로 몸은 나른하지만 비탈을 오르며 땀을 흘린 탓인지 목도 말랐다. 하도 물을 많이 마셔 금붕어란 별명이 붙은 채옥은 갈증을 견디지 못해 구멍가게에 들려 찬 사이다 한 병을 단숨에 마시고 그녀의 사무실로 돌아왔다.

한 사서가 문 앞에 서 있다가 따라 들어오며 예쁜 플라스틱 상자를 불쑥 내민다.

"이게 뭐에요. 설마 민들레를 꺾어온 것은 아니겠지요?"

"딸년의 백일잔치를 치른다고 과장님께 떠벌리기만 하고 그냥 넘기기가 뭘 해서 집사람에게 말했더니 농사지은 수수로 팥단자를 빚어 왔더군요."

그는 행복한 가장이며 좋은 아내를 가졌음을 강조하려는 듯 살짝 뺨을 붉히면서 말했다.

"뭘 그렇게 신경을 쓰셨어요."

"과장님처럼 예쁜 얼굴을 가진 딸이지요. 성격도 어쩜 그리 과장님을 닮았는지 전 집에서 웃음보를 터뜨린 적이 많답니다."

"댁의 따님이 왜 절 닮아요. 호호…… 사모님과 한 사서를 닮았겠지요."

몸에 비해 지나치게 큰 가방을 든 한 사서는 그녀 앞에서 순치된 강아지처럼 어릿댔다.

"제일 좋아하는 사람을 아이가 닮는다지 않아요. 언제 결혼식을 올리나요."

"유월 마지막 토요일이지요."

"이제 꼭 한 달 남았군요. 미국에서 온 사나이라는 소문인데 엄청 부자겠지요. 그러니 과장님을 차지했지요. 마을 하나를 소유할 만한 땅도 지녔구요."

"부가 문제겠어요."

"과장님은 돈 많은 사나이를 기다린다고 했지 않나요."

"호호…… 기억력도 좋으셔."

"전 월요일이 제일 피곤하지만 이렇게 과장님 앞에 서는 기쁨에 제일 기다리는 요일이기도 합니다."

"어머니 젖 먹고, 아내 젖 빨고, 아이들 재롱 보고 농사일도 거들어야 하고 힘드시겠지요. 한 사서는 참 행복하신 분이에요. 조강지처가 곁에 있어 이런 수수팥단자를 손수 만들어 주니."

순자네를 다녀오느라고 점심까지 설친 것이 출출했는

데 한 사서가 가져온 팥단자가 너무 달아 그녀는 몇 개를 연달아 널름 입에 넣었다.

"혹시 정리실에선 없어지는 물건이 생기지 않나요?"

"고무조각까지 손대는 사람이 없어요. 여기선 돈이라도 도난당했나요?"

"돈이라면 법석이라도 떨지요. 이건 치사하게 돈으로 계산할 수 없는 조약돌이나 화분, 심지어는 금붕어까지 훔쳐가서 영혼을 갉아먹듯 야금야금 넘나들어요. 정신적 고통이 심해 저와 결혼할 사람에게 호소하면 절 소녀라고 놀리지요."

"어머, 저런! 누가 그런 이상한 짓을 할까요. 아마 과장님이 결혼한다니까 놀란 사람이 그러는지 모르지요. 금붕어나 조약돌, 페츄니아 정도면 문고판, 책 한 권보다 더 싼데 이상하군요. 아주 사려 깊은 학생이 과장님을 짝사랑한 끝에 일어난 발작이 아닐까요."

"이런 각박한 시대에 나이 먹은 여자를 존경하고 사랑해서 그런 짓을 할 사람이 어디 있어요. 제가 대학 다니던 때는 사랑이란 참 진지했지요. 바람과 함께 사라지다, 에덴의 동쪽, 애수란 영화 속엔 삶을 얼마나 진지하게 살아가며 사랑하는가가 잘 드러나 있었는데 지금 영화는 살갗끼리 비벼대는 감각적이요, 타산적이고, 때리고, 죽이고, 빠르게 결정하고 이혼하고, 또 결혼하고 정신없이 돌아가지요. 그런 가치관을 지닌 현대의 젊은이들이 불쌍해요.

한 사서만 해도 옛날 분이라 이런 도난사건을 진지하게 받아들여 고마워요. 이건 야비한 직원들이 날 내쫓으려는 농간이에요."

"시대는 변해도 인간 본래의 사랑이나 그리움은 깊은 강을 이뤄 흘러가고 있어요. 너무 가볍게 생각하고 넘기지 말아요."

"누구든 잡히기만 하면 가만두지 않을 겁니다. 따귀도 때리고 창피도 주고 퇴학시킬 것이에요. 만에 하나 직원이 그 짓을 했다면 즉각 해고할 거예요."

채옥은 수서담당인 박 사서의 얼굴을 떠올리며 단호한 어투로 말했다.

"오호! 여자가 따귀까지 때리겠다구요. 우후후…… 그 따귀 맞는 사람은 뺨이 간지럽겠네요. 이 바쁜 세상에 브리타니가 같은 고급 영어를 누가 들추겠어요. 서가의 장식용이지. 해마다 연감까지 사들이는 그 정성을 시기한 사람이 과장님의 관심을 끌려고 반기를 들었나 보군요."

양어깨 속에 목을 자라처럼 쑥 박고 서서 진지하게 설명하던 한 사서는 몸에 비해 너무 큰 가방을 들고 어린애처럼 빠이빠이를 하며 도서관을 빠져 나갔다.

서른한 권의 브리타니가 백과사전이 두 권만 남는 날, 민 사서와 채옥은 다리가 붓도록 숨어서 지켰건만 또 한 권이 없어졌다. 동시에 채옥이 모은 조약돌들도 제일 밉게 생긴 팥단자(이건 한 사서가 지어준 이름)만 남고 금붕어까지 몽땅 없어졌다. 얼음이 슬슬 녹아내리듯 조금씩 시간을 삭이며 자취를 감춘 것이다. 긴급회의가 열리고 마지막 남은 한 권의 백과사전을 사수해야 한다고 채옥은 입에 거품을 물었다.

"서른한 권째로 남은 마지막 한 권을 가져가면 한 질이 되니까 그 책 도둑도 눈독을 들이고 달려들 것이 뻔해요. 이 마지막 미끼에 그 대어를 낚아야 해요. 온 직원이 사수하면 그걸 못 지키겠어요."

채옥의 열띤 연설에 박 사서가 맞섰다.

"열 사람이 도둑, 한 사람을 지키지 못한다고 했어요. 죄를 짓게 먹이를 던져놓고 야비하게 기다리지 맙시다. 아예 남은 그 한 권을 서가에서 치웁시다."

"왜 박 사서는 내 주장에 꼭 쌍나팔을 불어요. 이빨 한 쪽 빠진 것을 바라보는 그 도둑이 마음이 얼마나 안달이 나겠어요. 아주 미쳐버린 놈처럼 그 책을 향해 저돌적으로 접근할 테니 모두 지켜 섰다가 체포합시다. 그냥 흐지부지 덮어주자는 박 사서는 혹시 도둑과 아는 사이가 아니요."

넌지시 그를 범인으로 지목하는 말투였다.

"사실은 과장님 결혼소식이 나돌며 일어난 사건들이니 이 일의 실마리는 과장님의 사생활과 연결된 것인데 왜 직원들을 들볶습니까."

박 사서가 채옥을 향해 반격을 세게 했다. 그러나 모두가 아무리 생각해 봐도 과장님을 골릴 사람이 떠오르지 않았다. 왜 하필이면 그 큰 덩어리의 브리타니카를 훔칠까. 정신병자가 아니고는 그렇게 우스운 짓을 할 리가 없다. 비싼 것이니 돈을 만들려고 그 짓을 할까. 돈이 필요하다면 단번에 훔치는 현금이나 보석이 있는데 무겁고 부피가 큰 브리타니가에 손댔다는 이야기는 들어본 적이 없다. 도서관 직원들은 여러모로 상상도 하고 억측도 해가며 수군거렸고 이런 일로 채옥과 김상태 교수와의 결혼 소문은 큰 화젯거리가 되었다.

도둑도 그런 낌새를 맡았는지 긴 잠복 기간에 얼씬도 안 했다. 봄이 더위로 바꿀 때까지 마지막 남은 한 권의 브리타니가는 서가에 딸랑 혼자 남아 있었다. 먼지가 뿌옇게 내려앉아도 쓰러져도 이미 유명해진 그 책에 손을 대는 사서도 학생도 없었다. 몇 개월간 이 책에 너무 신경을 쓰다 보니 넌더리가 나서 차라리 범인이 어서 나타나서 그 마지막 권을 가져가버리길 바랄 지경이었다. 너무 짐스럽고 신경이 쓰여 민 사서는 그 브리타니가를 아예 책상 위에 놓고 잠시 자리를 비울 때는 캐비닛에 넣고 열쇠를 채우고 다녔다. 나중엔 폐기처분하자고 제안했으나 채옥의 강한 반대에 부딪혀 쑥 들어갔다.

"낚시에도 미끼가 좋아야 큰놈이 잡히는 법이여. 서가에 놓고 기다리는 거야, 잡힐 때까지."

"너무 신경이 쓰여 다른 일을 못하겠어요."

"그놈을 못 잡으면 다음번엔 아메리카나 백과사전에 손을 댈 것이 틀림없어. 이 사전들을 사려면 큰돈이 나가야 해."

채옥은 그 한 권을 한 칸이 텅 빈 서가에 세워놓고 끝까지 지킬 것을 명령했다.

4

유월에 접어들자 채옥은 이른 더위가 밀려와 스름스름 잠이 왔다. 여직 익힌 경험을 토대로 박사 코스에 들어가 아예 학계로 빠지라는 김 교수의 성화에 늦게 어학을 한다, 전공과목을 다시 읽는다 하며 분주히 돌아다녔다. 결혼 준비할 것도 없이 간단히 식을 올리면 되니 이십대들처럼 설칠 것도 없었다. 김 교수가 짐을 싸들고 들어오면 되는 것이니까. 그와 나란히 강단에 설 욕심으로 노안으로 가물거리는 눈을 비비며 채옥은 학회지에 발표할 논문을 쓰려고 정기간행물 기사 색인을 뒤적이고 있었다. 이억이나 준 돈이 적다고 투정을 부리며 아웅다웅하던 전처가 아이들을 데리고 어제 떠나버려서 빚을 듬뿍 안았을망정 오랜만에 그녀에겐 평안이 찾아들었다. 마을문고의 현황과 농촌 도서관의 발달사를 추적하느라고 참고열람실에 온 채옥은 한 권 남은 브리타니가도 지킬 겸 느긋하니 서지색인지들 사이에 앉아 있었다. 중간고사가 끝난 참이라 열람실 안은 휑뎅그렁 비어 있었다. 색인지들엔 적합한 자료들이 널려 있어 제목만 훑어봐도 대강의 흐름을 잡아낼 수 있었다. 점심시간이라 민 사서도 자리를 비워 참고 열람실은 비어 있는 상태였다. 두 칸 서가에 붙은 책상에 앉으니 신경을 써서 기웃거리기 전엔 채옥이 그곳에 있는지 아무도 모를 지경이었다. 육십년대의 신문기사들을 찾아보자면 마이크로 필름실에 가야겠다고 일어서는 찰나, 그 조용한 열람실 한 구석에 인기척이 났다. 한 권 남은 브리타니가 서가에서 나는 인기척이기에 채옥의 귀는 예민하게 곤두섰다. 몸을 서가에 숨긴 채 살쾡이 눈을 하고 그쪽을 노려봤다.

꼽추 등이 보였다. 한 사서가 마지막 남은 그 브리타니가를 가슴에 안고 주위를 휘둘러보고 있지 아니한가. 그 책을 제자리에 두고 찾는 부분만 보고 가세요. 라는 말이 채옥의 입에서 튀어나올 뻔했으나 사건의 흐름을 보려고 꾹 참았다. 사실 마지막 권은 지식을 일목요연하게 체계적으로 써 놔서 책을 분류할 때 한 사서가 자주 들쳐볼 필요가 있을 것이다. 그러나 브리타니가 도난사건으로 도서관이 술렁이는데 그걸 안고 정리실로 가려는 심보가 괴팍스러웠다. 매사에 독불장군으로 밀고 가니 필요한 것만 찾아보고 가져다 놓겠지 하는 믿음이 있어서 색인지에서 기사를 몇 개 더 빼내 적고 있었다. 얼마나 시간이 흘렀을까. 민 사서의 자지러지는 외침에 정신이 번쩍 들었다.

"어어! 드디어 마지막 권이 사라졌어요, 귀신이 곡할 노릇이야. 과장님이 여길 지키는데 설마 하고 캐비닛에 넣고 가는 걸 잊었는데 이를 어쩌지."

"금방 있었는데."

채옥이 한 사서를 의심하며 말을 더듬는 사이 한 사서도 정리실에서 나와 어이없다는 표정을 지었다.

"좀 전에 종교서적을 분류하다가 아리송한 분야이기에 가져다 보고 금세 제자리에 꽂았는데 참 이상하군요."

한 사서가 오히려 설치며 기이하다고 날뛰니 채옥이 쪽이 더 난처해졌다. 시험이 끝난 다음날이고 아래층 열람실이 시원해서 특별한 자료를 찾지 아니하면 위층인 참고 열람실에 올라오지 않기에 채옥의 기억으론 그사이 아무도 그곳엘 다녀간 사람이 없었다.

"이건 마술을 부리는 투명인간의 수작이거나 도둑질을 전공한 루팡 같은 자의 소행이에요."

민 사서는 무서워 죽겠다는 듯 몸을 움츠렸다. 호랑이 같은 과장이 지키는데도 없어지니 그것 보라는 안도의 빛이 민 사서의 얼굴에 역력히 나타났다.

다른 직원들을 책할 수도 없었다. 과장인 자신이 지키는 사이에 마지막 권이 없어졌으니 다분히 채옥을 의심할 수도 있는 상황이다. 매사에 꼬투리를 잡는 박 사서의 교활한 웃음이 그런 내색을 드러내지 않았던가. 자신의 결백을 증명하기 위해서라도 철저한 수색을 탐정처럼 펴야 할 지경에 이른 셈이다. 콜롬보 형사처럼 능청을 떨며 우선 직원들의 집을 방문해 볼 참이었다. 필요한 페이지를 북북 찢어가는 학생들이 많아 골치를 앓고 있지만 한 질을 야금야금 드러낸 것은 뭔가 큰 이유가 숨어있을 것이고 범인은 직원들 중에 있을 것이 분명했다. 청계천 가의 헌책가게를 둘러보고 순자의 학교도 다녀왔다. 그날 열람실에는 딱 두 사람만이 있었으니 한 사서의 집도 급습해서 수색해야 한다. 결혼식 전에 범인을 잡아내지 못하면 그 결혼은 불행을 예고하는 것이란 이상한 예감까지 들어 형사가 된 기분이었다.

청계천의 헌책가게들은 그런 큰 물건이 나오면 소문이 퍼지는데 그런 건 요 몇 개월 간 없었다고 모두 머리를 흔들었다.

채옥이 한 사서의 아파트를 찾은 것은 마지막 책이 없어진 뒤, 한 주일이 흐른 다음날이었다. 이상한 고집을 부리며 돌아다닌다고 김 교수와 가벼운 입씨름까지 한 뒤라 찜찜한 기분이었다. 석 주 뒤에 있을 결혼식을 준비하며 행복에 잠길 신부가 독이 오른 뱀처럼 쐬쐬대며 돌아다니는 것이 김 교수를 실망시킨다며 화를 냈다. 이 일을 마무리 짓지 않으면 어쩜 결혼식도 미루겠다고 날뛰는 채옥을 김 교수는 이해 못하겠다고 입을 딱딱 벌렸다. 심지어는 전처의 기질이 채옥에게도 있다면 두렵다고까지 했다.

한 사서는 변두리의 일곱 평짜리 독신 아파트에 살고 있어서 찾기에 그다지 힘들지 않았다. 책들 속에서 세월을 보내는 것이 진저리가 났는지 방 하나에 조그만 마루가 달린 그의 아파트엔 아무리 눈을 비비고 봐도 책이라곤 단 한 권도 없었다. 마루이자 부엌인 구석 살강엔 때가 누더기로 앉은 냄비 두 개가 놓여있었다. 싸구려 스텐 수저와 손잡이의 무늬가 마멸되어 한끝이 부러진 젓가락이 대물림을 했음직한 소반 위에 가지런히 포개 있었다. 갑작스런 채옥의 방문에 당황한 한 사서는 누렇게 절은 유행지난 와이셔츠의 칼라에 손이 수없이 갔고 넥타이로 허리를 묶은 것이 신경이 쓰이는지 몸 둘 바를 몰라 했다.

"미안해요. 이 근처를 지나다가 한 사서 댁이 여긴 것이 갑자기 생각해냈어요. 근 이십 년을 한 직장에서 지내면서 한 번도 서로가 사는 곳을 방문한 적이 없군요."

"결혼식을 앞두고 너무 행복하니까 천사의 심성이 된 모양이군요."

그녀의 갑작스런 방문에 당황한 한 사서는 팽개쳐놓은 양말짝을 주워 대야에 넣기도 하고 벽에 걸린 잠옷을 꿍떵거려 농 밑으로 슬그머니 밀어 넣기도 했다. 이런 한 사서를 그녀는 형사의 시선으로 추적하면서 구석구석 훔쳐봤다. 그녀의 조약돌이나 금붕어, 화분 등 사십대의 사내가 가져갈 리 없겠지만 설마하고 기대했던 브리타니가도 없었다. 하긴 사서라는 직업 자체가 책하고 씨름하는 것이니 책에 질려 집안에 책을 사들이는 것조차 싫어하는 습성이 생기게 마련이니 이상할 것도 없었다. 이런 처지에 한 사서가 책을 훔쳐갈 이유가 없지 않은가. 더구나 이십 년 가까이 몸담아서 분류하고 쓰다듬은 책들을 자기 집에 훔쳐다 놓을 이유가 없다.

"아하! 내 정신 좀 봐요. 얼른 커피를 끓여드리지 않고 이러고 있으니."

한 사서는 뚜껑 꼭지가 떨어져 나간 주전자에 물을 담아 석유곤로 위에 올려놓고 성냥을 그어댔다. 심지에 불이 잘 댕기지 않는지 몇 번 더 성냥을 그어대며 매캐하게 뿜어 나오는 연소되지 않은 기름냄새 때문에 눈물을 닦기도 했다.

그가 부엌에서 덜컹이는 새에 채옥은 슬그머니 농문을 열었다. 상한 생선에서 나는 그런 고릿한 냄새가 사십대 사내의 체취일까. 깔끔한 김상태 교수에게서 맡지 못한 냄새였다. 겨울, 시골 방에서 메주를 띄우는 그런 냄새와 흡사하다고 할까. 아무튼 고약한 사내의 냄새가 울컥 그녀의 비위를 상하게 해서 속이 메스꺼울 정도였다. 구겨박은 옷들 모두가 빨랫감이어서 그런 냄새가 나는 것일까. 마침 차를 들고 들어오는 한 사서와 눈이 마주쳤다.

"미안해요. 집 구경을 한다는 것이 실수로 농문을 열었군요."

채옥이 능청을 떨었다. 농문을 열 땐 내심 그 안에 훔쳐

온 브리타니가, 한두 권이 아직 처분을 못하고 숨겨있으리란 미미한 기대감을 조금 가지고 있었다.

"남자의 가장 비밀스러운 옷들을 보시려는 의도가 뭐이지요? 결혼하시게 되니까 이런 데까지 자상한 마음이 가는 건가요."

그녀의 의사도 타진하지 않고 한 사서는 설탕을 세 스푼이나 듬뿍 퍼 넣은 커피 잔을 그녀 앞으로 밀어 놨다.

"사모님은 전혀 여길 오시지 않나 보지요?"

"토요일마다 내려가는데 여길 올 필요가 없지요."

"그럼 이 빨래들을 가지고 가시지 그래요."

농 안에 수북이 쌓인 철지난 옷들에서 나는 악취를 상기하며 채옥이 물었다.

"여든이 넘은 시어머니 시중들어가며 아이들 기르고 작은 땅이지만 농사도 지어야 하는 아내에게 어떻게 빨랫감을 가져가겠습니까."

"애처가시군요. 그런 부인은 참 행복하시겠어요. 남자란 어떤 형태로든지 가정에서 황제로 임하는 법이지요."

"제 아내는 목석이지요. 나 혼자 지껄이고 웃고 떠들다 오는 것이 제게 맞는 주말이지요."

"일주일만의 랑데부에 싸울 시간이 있겠어요. 그런 아내를 두신 한 사서는 행복하신 분이에요."

꼽추에 귀티라곤 한 점도 없는 병신을 남편으로 삼고 시집살이하는 여자, 목석처럼 대꾸도 없이 살아가는 무지렁이 같은 여인은 저능아이거나 곰보여서 숨어살 것이란 상상도 했다. 갑자기 한 사서의 부인이 어떤 여자인지 보고 싶다는 야릇한 호기심이 동했다. 한 사서의 키에 맞추자면 형편없이 작은 여자일 것이고, 거기서 태어난 아이들이란 어떻게 생겼을까. 무릎을 꿇고 앉은 한 사서는 넥타이 허리끈이 아무래도 불안했는지 와이셔츠의 밑동을 꺼내 무릎까지 내려오도록 잡아당겼다.

얼마나 유행에 뒤진 찻잔인가! 나팔꽃처럼 주둥이가 발딱 젖혀진 커피 잔은 육십년대 초에 유행했던 것이다. 가장자리에 두른 금테두리가 얼룽덜룽 벗겨진데다 그 옛날 아리랑 담뱃갑에 그려진 색색이 팔랑개비가 간신히 윤곽을 드러내고 있어 가히 골동품감이었다.

"시골집은 여기서 먼가요?"

"안양서 반시간 더 가지요."

"시골이겠지요."

"그린벨트 안이라 도시 근처지만 벽촌을 그냥 보존한 곳이지요. 제가 태어난 곳이요. 조상 대대로 살아가고 묻힌 땅이지요. 오 대를 두고 사용했다는 아름드리 맷돌이 마당구석에 있고 증조부가 심었다는 감나무는 고목이라서 해를 걸러 감을 맺는답니다."

고향이자, 가족들이 사는 시골을 말하는 한 사서의 눈엔 강렬한 빛이 서리기 시작했다. 그 시커멓게 그을린 얼굴에 눈빛이 살아나니 이상한 매력을 풍기기도 했다. 이렇게 누추한 아파트를 보여준 것이 부끄러우니까 그렇게라도 자존심을 채우고 있구나 하는 연민을 자아냈다.

"서울 근교에 그런 곳이 있다니 놀랍군요."

그의 사기를 고무시키려는 뜻에서 짐짓 흥미를 가지고 부추겨 주었다.

"그곳이 있어서 저는 살아갑니다. 채옥 씨는 과장의 자리에 올라 차가운 왕좌의 설움을 달래려고 조약돌을 모으셨겠지요. 결혼하시면 그 돌들이 필요 없겠네요."

"글쎄 제 조약돌을 하나만 남기고 다 도둑맞았어요."

"쯧쯧…… 그것들이 없어져야 행복하실 거란 어떤 사람의 축복이 그렇게 나타났나 보군요."

"웃기지 마세요. 이건 모함이고, 더러운 트릭이에요."

그녀의 툭 튀어나온 눈에 독기가 서리자 한 사서는 그녀의 얼굴에 향했던 눈길을 창밖으로 옮겼다.

"시골집이 어디에 있지요?"

"땅청이지요."

"오호호…… 희한한 이름이네요."

"저수지를 끼고 펼쳐진 들판을 안고 있는 마을이지요. 땅청이란 지명은 지도 위에 나와 있지는 않고 조상 대대로 그렇게 불리지요. 낚시꾼들의 극성으로 점점 오염되어 가지만 그래도 우리의 땅청은 건재합니다."

"그럼 한 사서는 땅청의 터줏대감이네요."

"그 일대 땅이 모두 조상의 소유였지요."

"주소 없이 땅청만 대면 찾아갈까요."

"버스 내리는 곳만 알면 되지요. 거기에서 산모롱이를 돌아서면 강아지들도 제 냄새를 맡고 꼬리를 흔들어요. 걸음마를 시작한 꼬마들까지 제 얼굴을 알고 반기니까요."

"아 각박한 시대에 농경시대의 마을이 서울 근교에 있다니 놀라워요. 행복하세요?"

"그 마을 때문에 이 병신이 살아가지요. 거긴 제 천국이지요. 요즘 그 천국에서 소망이 빠져나가 허우적이긴 하지만."

"딸을 낳아 소망을 이루셨는데, 또 무슨 욕심을 부리세요."

"……"

그가 입은 나팔바지에 주름이 풀려 자루처럼 헐렁여서 치마를 입은 것같이 보였다. 그래서인지 그는 문밖에도 나오지 않고 작별인사를 했다.

남을 의심하는 것이 그녀의 병이었다. 깨끗하게 열심히 살아가는 순자를, 병신이면서 진지한 삶을 엮어가는 한 사서를 의심하다니, 아파트 계단을 내려오며 채옥은 자신 속에 담긴 추한 영혼을 볼 수 있었다. 그녀의 몸에 붙어사는 또 다른 타인의 얼굴이 무섭게 일그러진 모습을 드러낼 듯 앞에서 어른댔다. 한 권 남은 마지막 브리타니카를 한 사서가 집어다 본 뒤 다시 제자리에 놓았을 터이고 그

다음 진짜 범인이 바람처럼 나타나 훔쳐간 것이 틀림없다.

　채옥이 선물로 사 간 매듭 벽걸이가 파리똥과 세월로 얼룩진 그의 아파트 벽에 어울리지 않는 것처럼 그녀가 한 사서를 조금이라도 의심한 것은 얼토당토 않은 추한 마음이었다.

5

　순자의 학교에도 가봤고 박 사서의 집과 민 사서의 집까지 가서 기웃거려 봤으나 그 어디에도 사라진 물건들은 보이질 않았다. 찜찜하긴 해도 이제 결혼식이 일주일 앞으로 다가와서 김 교수와 뚜덜거리며 고집스레 오로지 이 일에만 몰두한 것이 미안쩍은 마음도 들었다.

　어머님이 다니시던 교회에 가서 결혼식을 올릴까 생각해 봤지만 그토록 거부한 어머니의 하나님 앞에서 서약을 한다는 것이 내키지 않아 조용한 한식집에서 친지들만 모여 식사를 하고 식을 치르기로 했다. 결혼반지를 맞춘 날, 김 교수는 유학 시절 즐겨 요리했다는 스파게티를 손수 부엌에서 만들어 채옥을 즐겁게 했다. 밝은 불빛이 싫다며 그는 크리스마스에 사다 놓은 천사 모양의 초에 불을 켜고 무드를 잡았다.

"일주일간 미국을 다녀와야겠어. 학기도 끝나고 학생들의 성적도 제출했으니."

"요번 토요일이 우리 결혼식인데요."

"그 전날 돌아올게."

"왜 가야 하지요?"

"딸애가 교통사고를 당해 혼수상태라는군."

그는 나불대는 촛불 밑에서 오그라져 보였다. 이혼을 하고 재산도 다 줘버리고 자식까지 뺏어간 여자와 딸을 만나러 행복한 결혼을 앞두고 거길 가야 하는가 하는 분노가 치밀었다.

"언제 전화를 받았지요."

"어제."

"우리 결혼식을 알렸어요?"

"응."

"그건 농간일지도 몰라요. 악한 여자에요. 돈을 그렇게 많이 받아가고도 버린 남자를 자식들을 미끼로 들볶다니."

이혼했지만 피로 연결된 자식과의 관계는 죽는 날까지 끊을 수 없다며 그는 쓸쓸한 모습으로 떠나버렸다. 그가 딸과 살아온 십팔 년의 시간이 어찌 채옥이 그와 만난 몇 개월과 비길 수 있겠는가. 한 남자와 여자 둘이 살을 맞대고 살다가도 돌아서면 영원한 원수도 된다지만 자식이란 피가 섞였으니 어쩔 수 없으리라.

그가 가버린 뒤, 채옥은 조마조마한 매일을 보냈다. 비행기 사고라도 나서 영원히 돌아오지 못하면 어쩔까. 미국은 차 사고가 많다는데 전처와 다투다가 고속도로에서 충돌사고라도 나는 것이 아닐까. 별별 이상한 망상이 끊임없이 채옥을 괴롭혔다. 그를 위해 어머니처럼 두 손 맞잡고 경건히 무릎을 꿇고 싶은 마음을 억누를 수 없어 그가 좋아하는 무드를 잡아 촛불을 켜놓고, 밤을 밝히며 서성댔다.

전화가 울렸다. 지금 한국으로 향하는 비행기를 타려고 나왔다는 그의 전화임에 틀림없다. 그녀는 잽싸게 수화기를 들었다.

"하하하…… 까르르……."

미친 여자의 웃음소리였다, 채옥은 대답을 않고 수화기를 놓았다. 다시 벨이 울렸다. 이러기를 몇 번 되풀이하다가 채옥은 마음을 단단히 먹고 수화기를 들었다.

"누구시죠?"

"아하하…… 아실 터인데. 호호…… 신랑이 안 가시겠대요. 노처녀가 드레스를 입고 안달할까 봐 선심 쓰는 거요. 으하하……."

"김 교수를 바꿔주세요."

"지금 제 곁에서 깊이 잠드셨어요."

"깨워주세요."

"호호호…… 다급하시군요. 이 사람은 늘 그래요. 이런 일이 한두 번 있는 일인가요. 우린 그런 재미로 살아가지요. 제가 백인 남자를 좋아한다니까 자기는 채옥 씨를 달고 나와 나를 골리고 서로 질투하다가 뜨겁게 결합하고. 오호호…… 이해하시겠어요. 이게 우리 결혼 생활의 리듬이랍니다. 이번엔 좀 아슬아슬했지만."

채옥은 수화기를 가만히 놓고 돌아섰다. 천사 모양의 초는 날개 부분에서 녹아내리고 있었다. 그랬었구나, 그랬어. 그런 사람에게 그렇게 알뜰히 모은 돈을 몽땅 내주고, 그가 원하는 대로 어머니의 숨결이 밴 집을 팔았고, 그런 엉큼하고 검은 사랑에 속아 출랑댄 자신이 얼마나 우스운 여자인가!

어제 한 사서가 사무실에 들러 멋대로 던진 말이 사실로 드러나다니. 시민권 가진 사람은 곧 우리나라에서 쫓겨난대요. 민족교육을 시키는데 방해요소래요. 채옥 씬 남편 따라 미국으로 가시나요. 왜 그런 신랑을 골랐나 했더니 영주권을 얻기 위한 수단이었군요. 비열해요. 사랑도 않고 수단으로 그런 남편을 택했다니, 실망했어요. 한 사서는 이마 위에 송송 땀을 흘리며 열을 올려 그런 말을 쏟아내는 얼굴을 바라보는 그녀가 피식 웃음이 날 정도였다.

갑자기 한 사서의 그런 소년다운 얼굴이 그리웠다. 이십 년이란 세월을 같이 직장 생활을 했지만 그는 한 번도 그녀에게 손해를 준 적 없이 친동생처럼 가까운 이웃처럼 때로는 뿔통난 친척처럼 그녀의 근처에서 맴돌았다.

개교기념일이라 도서관이 문을 닫아서 채옥은 땅청행 버스에 올랐다. 이제 사흘 남은 결혼식을 않는다고 어떻게 그녀 스스로가 공표한단 말인가. 그래도 나이가 지긋하고 통할 수 있는 한 사서가 이 일을 수습하는 길밖에 없었다.

이번 방문은 전번처럼 엉큼한 속셈이 숨어있는 것이 아니었다. 이런 큰일을 당하고 보니 그녀가 들러붙어 속을 끓인 조약돌이며, 금붕어, 화분, 책들, 이런 것들은 인생살이에서 지극히 작은 하잘 것 없는 것들이었다.

봄, 가을에 한 번씩 채옥은 아버지와 동생들이 죽은 가평의 옛 집터를 돌아보는 것이 일 년 중 가장 큰 나들이었다. 그러나 서른다섯 해가 흘러 가버린 지금, 그녀의 고향은 너무 변해버려 조금도 고향다운 맛이 없었다. 초가집도 사라지고 옛 정취를 간직한 울타리나 골목도 전부 시멘트의 물결을 타고 도시로 변해버렸다. 이렇게 마음이 클클할 때, 한 사서의 시골이 그녀의 마음을 위로해줄 수 있을 것이다. 그의 증조부가 심은 감나무는 얼마나 클까. 폭격으로 무너져 내린 그녀의 집 울안에도 지붕을 덮는 키다리 감나무가 서 있었는데 집이 타면서 그 불길에 함께 타버렸다. 이때쯤 감꽃이 떨어지고 개암 크기로 감이 달렸을 것이다. 병신을 남편으로 맞은 한 사서의 부인은 똑같이 꼽추인지도 모른다. 이런 사람들을 찾아가 지난번에 정성 들여 만들어 보낸 수수팥단자에 대한 인사도 나누며 자연스럽게 그녀의 깨어진 결혼식 이야기를 꺼낼 수 있을 것이다. 지난번에 백일을 맞은 딸아이의 옷을 사느라고 백화점을 맴돌았더니 인천으로 이어지는 산업도로에 나왔을 땐 벌써 세 시가 넘은 뒤였다. 인천 부두에 내려진 화물을 실을 대형차들이 밀려서 뱀처럼 꿈틀대는 바람에 시간이 더 걸렸다.

저수지를 세 개나 지나도 차장은 사뭇 느긋했다. 내릴 곳을 일러달라고 그렇게 당부했는데도 아예 싹 잊어버린 모양이다. 불안해서 차장의 눈치를 살피며 차창 밖을 열심히 내다보던 채옥은 만약 땅청이란 곳을 지나치면 이 차로 되돌아 집에 가리라 작정하고 차장처럼 느슨하게 몸을 의자에 기댔다. 야트막한 산모퉁이를 돌아서서야 졸린 눈을 게슴츠레 뜬 차장이 내리라고 그녀에게 신호를 보냈다. 한 사서가 지나는 말로 늘어놓은 교회와 초등학교를 지나 산 하나를 넘으니 그림처럼 예쁜 마을이 나왔다. 산을 방패삼아서 산업도로에서 끊임없이 피어오르는 기름냄새와 소음이 싹 가신 곳이었다. 펑퍼짐한 산기슭엔 포도나무가 뒤덮였고 집집마다 한두 그루의 감나무를 기르는, 아버지가 지은 별장, 채옥의 옛집을 닮은 바로 그런 곳이었다. 흙토담이 무너져 내려 나무기둥으로 버티어 놓은 것이 꼭 타임머신이라도 타고 옛날로 되돌아간 기분이었다. 예서제서 풍기는 소똥냄새, 청승맞게 울어대는 송아지, 향긋한 길가의 이름 모를 들풀, 깊은 산촌에라도 들

이건숙 문학전집 17 싸리골 신화

어선 것 같았다. 검은 고무신을 양손에 들고 뛰는 아이에게 한 사서의 집을 물으니 즉각 검지를 펴 보인다. 너무 쉽게 그의 집을 알아낸 것이 불안해서 지게를 지고 오는 노인에게 물었더니 서울 총각이 사는 집을 찾느냐며 턱으로 그 집을 가리켰다.

"한동욱 씨가 지금 집에 계실까요?"

"조금 전에 집에 있는 걸 봤수다. 참 용한 사람이야. 가엾기도 하구."

노인은 묻지도 않는 말을 끝에 달았다.

"가엾기는요?"

"등이 굽은 총각으로 그렇게 살아가는 것이 곁에서 보기에 너무 가엾어서 그래."

"마흔이 넘은 사람을 왜 총각이라고 하세요."

"총각인 걸 어떡해. 아버지 때문에 없어진 전답과 임야를 몽땅 사들이느라고 어찌 노랑이로 사는지 아직 장가도 못 갔지."

시골 사람이 순박하다고 하는 것은 이렇게 처음 만난 사람에게 모든 걸 술술 풀어놓기 때문일 것이다. 도시 사람들이나 경쟁에 이기려고 신경을 곤두세워 몇 겹의 베일 속으로 숨어버리고 있는 것이다.

"아들이 셋이고, 얼마전에 백일 지난 딸이 있어요. 팔순 노모와 착한 아내를 거느린 분으로 꼽추지요."

"모를 소리야. 그 사람은 혼자야. 어머니는 아들이 대학

졸업하던 해 돌아가셨고 장가든 적은 없어. 지독한 사람이야. 뭘 위해 사는 것인지 이십 년 만에 이곳 땅을 다 사느라고 불쌍해 뵈도록 쪼들리게 살지. 전원주택을 짓겠다고 발이 닳게 오는 복덕방쟁이와 도시 사람들은 모두 그의 땅을 빌려 집을 짓고, 그의 땅에서 농사를 짓는다우. 지금은 광명시에 아파트가 들어서기 시작하고 인천이 커지니 이곳 땅값이 금싸라기라우. 이 마을을 다 소유했으니 진짜 부자야. 그 총각."

"그럴 리가 없어요."

"가보시구려. 쉬는 날엔 그가 태어나고 어머니가 돌아가신 그 쓰러져가는 초가집에 내려와 꽃밭을 가꾸고 채마밭도 돌보지. 좋아하는 색시가 있는데 혈압으로 많이 아프다며 두충을 기르느라고 요 몇 년 사이엔 거기에 빠져 있다우."

채옥은 마을 초입에서 제일 멀리 떨어진 큰 감나무 집까지 와서 기웃거렸다. 울타리로 두른 짚이 썩어서 뭉떵뭉떵 내려앉아 사방에 큰 구멍이 뚫려 있었다. 그 사이로 어른 키의 오지독이 허리가 동강나서 뒤란에 버려져 있었다. 만지기만 해도 풀썩 내려앉을 정도로 낡은 물레가 처마 밑에 있고 그가 이따금 자랑삼던 맷돌은 퍼렇게 이끼에 덮여 감나무 밑에 자리를 잡고 있었다. 허물어진 굴뚝이 구들을 드러내서 시커먼 그을음이 괴물의 입처럼 떡 벌어져 있다. 어디가 대문인지 종잡을 수 없어 울타리를 끼고 한 바퀴 돌았다. 밑동이 상처난 것처럼 휑하니 구멍이 뚫린 감나무는 집에 비해 너무 커서 지붕을 그 잎으로 뒤덮고 있었다. 그 감나무 밑엔 그녀가 꿈을 꿀 적마다 허우적이던 그런 낙엽들이 소복이 쌓여 있었다. 작년에 떨군 감잎들을 그대로 놔둬 발목이 빠지게 수북했다. 경기도 지역에선 드물게 보는 ㄷ자 지붕이라 도저히 입구를 찾을 수 없었다. 한 바퀴 더 돌고 난 뒤에야 제일 많이 뚫린 담을 타고 집 안으로 들어갔다. 우물가엔 분꽃과 봉숭아가 뺑 둘러 심어있고 장독 달린 마당이 깔끔하게 비질돼 있었다. 바로 옆에 붙은 밭엔 혈압에 좋다고 알려진 두충이 이제 뿌리를 내렸는지 잎들이 싱싱하게 햇볕을 받아 반짝였다.

노인의 말이 믿기 어려워 아이들의 왁자함이 들려오나 싶어 그녀는 마당에 서서 귀를 기울였다. 안방과 건넛방 문을 열어놓고 한 사서는 마루에 앉아 무엇인가를 열심히 매만지고 있었다. 그녀 쪽으로 등을 돌리고 있어서 소리없이 다가가 마루 끝에 앉았다. 아! 채옥은 너무 놀라 소리를 삼키며 후떡이는 가슴을 눌렀다. 안방 벽 서가엔 정확히 서른한 권의 브리타니가 꽂혀있지 않은가. 그녀의 백자 꽃병이 등잔대신 등잔 받침 위에 놓여있고 유리 항아리엔 그녀의 다섯 마리 금붕어가 유연하게 헤엄치고 있었다. 그리고 보니 우물가의 자갈더미 위에 내놓은 페츄니아는 어찌 극성스럽게 가지를 치고 꽃을 피웠는지 전혀 다른 모습이었다.

유리쟁반 속에 담긴 조약돌들 중에서 피카소 돌을 집어 낸 한 사서는 아주 골똘하게 그 돌 속에 쓰인 내용을 해독하려는 듯 진지한 표정을 지었다. 채옥이 돌 책이라 분류하지 못할 것이라고 면박을 주었는데 그는 돌 책을 분류하려고 저러고 있단 말인가. 꼽추등 뒤로 다가가니 그녀가 던진 그림자가 햇볕을 가렸다. 그 순간 그는 마지막으로 없어진 팥단자 돌을 물에서 막 꺼내려는 순간이었다.

"딸애의 백일에 빚은 떡 같지요?"

그녀의 물음에 한 사서는 멋쩍게 웃으면 머리를 두어 번 주억거렸다. 그녀의 조약돌들이 물속에서만 제빛을 내며 곱듯이 이 낡은 집에 그가 그렇게 어울릴 수가 없었다.

가만히 돌을 물속에 넣는 그의 손이 가늘게 떨렸고 그렇게 한참 앉아 있다가 천천히 일어섰다.

"범인을 드디어 잡으셨으니 행복한 결혼식을 치루겠네요."

그렇게 말하는 그의 얼굴에 도시의, 도서관의, 책들의, 야릇하고 깊은 우수가 밀물처럼 덮쳤다. 그의 말에 아무 대꾸도 않고 감나무가 서 있는 뒤란으로 갔다. 감나무 잎이 썩은 냄새가 꿈속에서 맡은 냄새와 똑같았다. 그녀는 낙엽 위에 쪼그리고 앉아 구슬을 찾듯이 열심히 감잎들 속을 쑤셔댔다.

감히 그녀에게 접근하지도 못하고 멀찍이 우물가에 선

한 사서의 머리 위로 저녁 햇빛이 눈부시게 쏟아졌다. 그 빛이 너무 부셔 채옥은 눈을 감아버렸다. 폭탄으로 주저 앉은 그 파편더미 밑에서 맛보았던 무서운 어둠의 공포가 그녀를 무섭게 찍어 눌렀다. 그러나 곧 어머니가 켜든 관솔불빛에 눈이 부셔 고함쳤듯이 소용돌이치는 기쁨이 끓어올랐다. 그 빛이 꼭 감은 눈 속에서 무섭게 작열해서 그녀는 두 손으로 얼굴을 감쌌다.

"혈압이 오르나 보군요. 용서하세요. 저 두충 잎을 결혼하신 뒤에도 계속 날라다 드릴게요."

한 사서가 두 손을 비비며 말을 더듬었다. ✲

싸리골 신화

싸ㅏㄹ | ㄱㅗㄹㅅ | ㄴㅎㅗㅏ

1

전라도와 충청도가 접해있는 자리에 위치한 대둔산 죽
림리 싸리골로 접어드는 입구엔 독 굽는 집이 있어서 큰
길에서 꺾어질 적에 실수하는 사람이 없다고 했다. 공주
행 버스를 타고 죽림리에서 내려 독집을 찾으면 틀림없으
니 약도를 그려줄 필요가 없다고 전임자는 쌀쌀맞게 내뱉
었다. 그 곳 사정을 듣고 싶다고 간청해도 체머리를 흔들
며 입을 열려고 하지 않았다. 머쓱해서 물러서는 그를 배
웅하러 나온 전임자는 대문가에서 형식적인 인사치례로
손을 내밀었다. 게다가 겁을 주려는지 나직하고 조급하게
중얼거렸다.

"거기엔 세상에서 가장 징한 괴물 한 마리가 똬리를 틀

고 있으니 젊은 나이에 경험도 살 겸 한 번 도전해보는 것
도 좋지."

전임자는 괴물이란 단어로 자신의 마음을 전부 전해줄
수 없었는지 진저리를 치다가 그의 귀에 입을 바짝 대고
귀엣말을 했다. '무저갱에 갇힌 사탄이 거기 있으니 잘
생각해서 진중하게 결정하시오.'라고 으름장을 놓더니
꽝! 대문을 닫아버렸다.

그의 임지에 괴물이 살든 무저갱의 사탄이 있든 현대의
비극은 농촌을 버리고 떠났기 때문에 도시가 흔들리고 있
다고 믿는 그의 신념에는 변함이 없었다. 그의 지론인 농
촌이 죽으면 도시가 죽고 도시가 죽으면 사람이 죽는다는
먹이사슬의 원리를 부정할 수 없는 일이다. 바짝 말라죽
은 나무에 물과 거름을 줘도 다시 살아나지 않는다는 원
리로 보면 농촌이 죽기 전에 어서 내려가서 농촌을 살려
보겠다는 비전을 지니고 그는 도전했다.

여행 가방에 몇 권의 책과 옷을 챙겨 넣고 공주행 버스
에 올랐다. 3시간 달린 끝에 죽림리에서 내리니 독집은
쉽게 눈에 띄었다. 한 세기의 흔적을 지닌 독 굽는 가마의
반은 허물어져서 긴 허리가 잘린 밭둑처럼 산 뿌리에 비
스듬하게 누워있었다. 깨진 독에 진흙을 이겨 발라 담으
로 쌓아놓은 독들이 뻐금뻐금 구멍이 뚫려 흉측했다. 독
집을 지나 우뚝 솟은 산을 바라보며 반시간쯤 걸어가니
쌍둥이 산이 서로 맞물려 골짜기를 이루고 그 사이로 산

개울이 소리를 내며 흘러가고 있었다. 양쪽 양지바른 산기슭에 싸리나무가 지천이라 초가을엔 산기슭이 홍자색으로 물든다고 전임자는 말해주었다. 죽림리란 이름을 쓰지 않고 지도에도 없는 싸리골이란 지명을 대물림하며 사용하는 이유는 바로 이 싸리나무들 때문인가 보다.

보리가 퍼렇게 길가의 밭을 뒤덮고 싸리골이란 이름에 걸맞게 30여 채의 농가 울은 모두 싸리나무를 두르고 있었다. 얼마나 그 나무가 흔한지 집집마다 뒤란에 쌓아놓은 싸리나무가 겨울을 지나 봄이 왔건만 아직도 지붕을 넘는 높이로 산적해 있었다. 정오를 조금 비껴간 시간이건만 골짜기 사이사이에 자리 잡은 논이나 밭 어디에도 사람의 그림자가 없었다. 몸을 뒤틀고 서서 나이테의 연륜을 자랑하는 소나무 밑엔 버쩍 마른 누런 솔잎이 발목이 잠길 정도로 쌓였고 도토리나무 잎도 썩지를 않고 지천으로 흩어져있었다. 사방이 인큐베이터 안처럼 적막하고 괴괴했다. 농가로 뚫린 골목은 시멘트를 마구 이겨 발라 울퉁불퉁했다. 넘어지지 않으려고 발걸음에 신경을 쓰면서 진흙으로 범벅이 된 구두에 눈이 멎었다. 마을사람들과의 첫 대면을 앞두고 진흙투성이 구두로 사람들을 만나는 것은 예의가 아니라는 생각에 이르자 그는 논가의 고인 물을 찾아내려갔다.

'아! 바로 여기가 내 일터로구나!'

이렇게 조용하고 아늑하며 동양화처럼 평화가 깃든 마

을에 괴물이 살고 있다니 믿기지 않았다. 그는 앞으로 일할 산골의 집들에 살고 있을 사람들을 찾느라고 휘둘러봤으나 유령의 마을처럼 단 한 사람도 눈에 띄지 않고 괴괴했다.

"처음 뵙는 분이네요. 어디서 오셨어요?"

싸리골로 접어들어 사람 그림자도 없었는데 등 뒤에서 들려오는 여자의 음성에 그는 흠칫 놀라 멈칫했다. 전임자가 괴물이니 사탄이니 하는 말로 겁을 주어 귀신이라도 나타난 것일까 하는 생각이 순간적으로 스쳤다. 전설의 고향에 나오는 소복여인이 앞가슴까지 긴 머리를 늘어뜨리고 입가에 피를 질질 흘리는 모습이 언뜻 눈앞에 어려 잔뜩 무섬증에 사로잡힌 그는 몸이 경직되었다. 천천히 뒤돌아보니 다홍치마에 노란 저고리를 입은 20대 초반의 아가씨가 그가 앉아있는 논 두덩보다 한길 높이에 있는 산기슭 바위 위에 쪼그리고 앉아 그를 보고 있었다. 그녀 옆에 놓인 싸리 소쿠리에는 들판에 지천으로 자란 손가락 크기의 연한 보리 싹과 냉이, 꽃다지랑 연한 싸리잎으로 그득 담겨 있었다.

"저는 이 마을 교회에 전도사로 오는 길입니다."

"으하하하…… 교회에 또 사람이 와요. 히야! 재미있는 구경거리가 생겨 신난다."

여자의 소름끼치는 웃음소리에 산언저리의 나뭇잎이 흔들릴 정도였다. 한참 신나게 웃어재끼더니 그녀는 토끼처럼 날렵하게 서너 개의 왕바위를 건너뛰어 울울한 산속으로 사라졌다. 그녀의 치마와 저고리의 자극적인 강렬한 색상이 그의 망막에 남아서 아직 초록빛이 드세지 못한 들판에 한 송이 커다란 꽃으로 아른거렸다. 눈을 감았다 다시 떠도 아른거리는 아지랑이와 함께 빨강색과 노란색이 현란한 빛을 발하며 그의 눈 속에 잔영으로 남아있었다.

　마을 한가운데 우묵 들어간 자리에 교회는 자릴 잡고 있었다. 현관의 먹 글씨는 거의 마멸되었지만 싸리골교회라고 간신히 더듬어 읽을 수가 있었다. 10평 크기의 성전엔 의자와 걸상이 없고 여기저기 방석이 놓여있었다. 먼지 쌓인 마루는 그가 발걸음을 옮길 적마다 삐꺼덕거렸다. 구석구석에 쥐똥이 소복했고 강대상만 썰렁 앞에 놓여있었다. 설교단 뒤 커튼은 자주색으로 오랜 세월 바래서 희끗한 실밥이 너저분하게 드러나 교회 안이 더욱 황량해 보였다. 먼지 낀 강단에 무릎 꿇고 앉으니 봄의 한기가 전신으로 파고들었고 역한 곰팡내가 코를 찔렀다. 강단 옆의 벽을 사이에 두고 한 칸 방 사택엔 쪽문으로 드나들 수 있었다. 방에 연이어 있는 부엌엔 다행히 마른 싸리나무가 수북이 쌓여있어 군불을 지필 수 있었다. 그는 단정하게 차려입은 넥타이와 와이셔츠를 벗고 운동복으로 갈아입었다. 우선 거할 방과 부엌을 깨끗하게 청소하고 방에 냉기를 걷어내야 했다. 산골 날씨는 봄이라 햇살은 따습지만 집안은 초겨울처럼 오스스했다.

교회 옆에 동네우물이 있어서 그는 앞 광에 버려진 걸레와 대야를 찾아들고 나갔다. 두레박이 필요 없는 우물이었다. 한자 높이의 돌을 두른 사각우물은 한 귀퉁이가 트여있어서 그리로 물이 철철 흘러 넘쳤다. 그는 걸레를 빨며 서쪽에 걸린 해가 언제쯤 질 것인가 가늠해가며 열심히 교회와 사택 안팎을 치우기 시작했다. 다행히 아궁이에 지핀 싸리나무 불길이 구들을 타고 순하게 누워 안으로 널름거리며 들어갔다. 싸리나무는 탈적에 연기가 나질 않아 옛날 전쟁터에서 적에게 들키지 않으려고 취사용 땔감으로 썼다는 기록을 읽은 기억이 났다. 그래서인지 오랜만에 지핀 아궁이에 눈이 맵게 연기가 피어오르지 않아 다행이었다.

교회 바닥마루는 한가운데가 푹 꺼져내려 그냥 두었다가는 누구라도 넘어져 다리를 다칠 것이 틀림없었다. 급하게 그 곳을 수리해야 할 지경이지만 망치를 찾아 사방을 둘러봐도 없을 뿐만 아니라 흔한 못도 없고 그을음이 잔뜩 낀 벽에 싸리나무 소쿠리 하나 덜렁 걸려있을 뿐이다.

몽실하고 야트막해서 처녀의 젖 몽우리를 연상케 하는 서쪽 산봉우리에 해가 걸리고 마을은 서서히 땅거미에 잠기기 시작했다. 쌀을 사야하고 부엌에서 쓸 용품도 사들여야 하는데 30리를 걸어 나가야 한단 말인가. 금식도 하는데 내일 아침까지 굶을 수도 있다는 생각도 스쳤다. 어쩐 일인지 이 마을은 사람 사는 곳이건만 너무 적막했다. 교회에서 인기척이 나고 우물을 오가는 그를 문틈으로라도 내다봤을 터인데 어째서 단 한 사람도 얼굴을 내밀며 인사를 하지 않는 것일까. 저녁 짓는 연기가 굴뚝마다 피어오를 시간이건만 연탄이나 가스를 쓰는지 굴뚝은 치장하느라고 세워둔 장식품처럼 연기 한 점 피어오르지 않았다. 집들을 세어보니 정확하게 서른 두 채로 이뤄진 마을이었다. 사람들을 찾아 나설까 하다가 그는 이 밤을 지내고 아침에 집집을 돌며 인사하리라 마음을 정하고 미적지근하게 데워지는 아랫목에 여행 가방에서 담요를 꺼내 깔고 누웠다. 파리똥으로 흐려진 전구가 수수 빛의 흐릿한 빛을 방안에 던졌다. 이따금 봄바람이 싸리나무를 흔들고 지나가는 소리가 바닷가에 누어 듣는 파도소리와 흡사했다.

혼자 있으니 짙은 외로움과 함께 입이 근지러웠다. 그가 농촌목회를 자원했을 적엔 목사들에게 침묵이 필요하다고 절실하게 깨달았기 때문이다. 그들은 자신이 감당하지 못할 좋은 말을 너무 많이 쏟아내는 것이 역겨웠다. 입으로 하는 설교를 절제하고 대신 몸으로 행동과 삶으로 설교해야 한다는 결심으로 농촌을 택한 셈이다. 이런 결심은 청년의 때에 단짝이었고 신앙의 동지인 곽명길과 의

기투합하여 농촌으로 가자고 서원하는 기도를 했었다. 그 친구는 공부를 한다고 바다 건너 가버린 뒤 소식이 끊기는 바람에 그 서원을 이루기 위해 혼자 농촌으로 왔다.

노크도 없이 펄럭 문이 열렸다. 누운 채로 문 쪽으로 고개를 돌린 그는 오뚝이처럼 퍼뜩 일어나 앉았다.

"여기 밥."

여자는 싸리나무채반을 문지방 앞에 놓고 덮은 상보를 걷어내더니 그의 앞으로 쓰윽 밀었다. 몸은 문 밖에 두고 상체만 방안으로 드려놓은 여자는 불빛 가까이서 보니 밉상이 아니었다. 다홍치마와 노랑저고리를 벗어버리고 청바지에 얇은 스웨터를 걸쳐서 인상이 달라진 탓일까.

"어어! 미안합니다. 내일 부엌세간을 사드릴 참인데 이렇게 신세를 끼쳐 어쩌지요."

채반에는 아까 처녀가 소쿠리에 캐 담았던 보리싹과 냉이 등의 봄채마로 끓인 된장국과 나물, 무짠지, 보리를 듬성듬성 넣은 밥이 전부였다. 점심도 굶고 아침도 설치고 지금까지 긴장하고 있던 끝이라 구수한 된장국 냄새가 침샘을 자극해서 그는 침을 꼴깍 삼켰다.

"싸리나무채반이랑 수저, 그릇 모두 가지세요. 전 이런 것 필요 없어요."

여자는 선머슴처럼 무뚝뚝하게 말하고는 휙 나가버렸다. 몸이 어찌나 날랜지 그 점은 논 두덩에서 보았던 민첩함과 다름없었다. 여자의 발자국소리가 막 사택의 모퉁이를 돌 즈음 나지막한 사내의 음성이 들렸다. 감정을 한껏 억제하고 분을 잔뜩 품은 목쉰 소리였다.

"너 거기 왜 갔어?"

"그건 알아 무엇 하려고요."

"이게 혼나봐야 정신 차리겠니."

어디를 세차게 얻어맞았는지 여자의 비명이 날카롭게 산마을을 흔들었다. 서로 사랑을 주고받는 처녀총각일까. 음성을 낮추고 속닥이는 거친 말씨로 봐서는 오십대의 중년 사내음성인 것 같았다. 지금 이 상황이 그를 찾아오는 마을사람이 있나 없나 감시하려고 숨어있는 눈이 있었단 뜻인가. 아니면 머리에 뿔이 하나 달린 일각수거나 얼굴 전체에 흉측한 벌건 점이 번져 사람들과 접견하기를 꺼려하는 인간괴물일까. 전임자의 귀띔이 번쩍 머릿속을 스쳤다.

임지인 싸리골에서 첫날밤을 자면서 그는 불길한 꿈속을 헤맸다. 몸뚱이가 둘인 황소가 덤비기도 하고 머리가 다섯인 뱀이 혀를 널름거리며 노려봐서 진땀을 흘리며 깨어났다. 갑자기 아기 주먹 크기의 돌멩이가 창문을 깨고 안으로 날라 들어와서 그는 누구냐고 고함을 치면서 밖으로 뛰어나가 보니 바람만 휘휘 들판과 골짜기를 지나 싸리나무를 흔들고 지나갔다. 동네 개들도 컹컹거리지 않는 정적만이 산골마을을 뒤덮었다. 어둠을 응시하니 갑자기 괴물이 그를 향해 돌진해오고 있는 듯해서 등에 오싹 한

기를 느꼈다. 손목시계를 보니 자정이었다.

그는 잠을 못 이루고 뒤척이다가 새벽 5시. 몸에 밴 습관으로 새벽기도회에 가려고 일어나서 엊저녁에 봐둔 종각으로 갔다. 종 줄이 낡고 삭아 높이 올라가 있는 바람에 그는 발돋움을 하고 간신히 그걸 잡아당겼다. 예상 밖으로 종소리는 쩌어엉! 할 말큼 우람하게 사면으로 울려 퍼졌다. 자신도 놀랄 정도로 종소리는 크고 여운이 길어서 싸리골 전체가 어둑새벽 안개와 함께 흔들리는 듯했다. 그는 호흡을 가다듬으며 종 줄에 매달릴 적마다 '주여! 싸리골 사람들의 영혼을 사랑하여 주세요. 저들에게 당신의 사랑과 빛이 들어가 어둠의 세력에서 일어나게 해주세요.' 라는 기도를 하면서 경건한 마음으로 종을 쳤다. 그리고 자신에게 다짐을 했다.

'성직이란 신의 이름으로 살아가는 직업이 아니고 신의 모습들 드러내야 하는 직업이다. 큰 교회와 매스컴을 타는 유명한 거물이 되는 것이 아니고 아골 골짝 빈들에도 복음 들고 가서 사랑과 섬김으로 거물이 되는 것이다. 나는 그 길을 가야 한다.'

간밤에 깨끗하게 치워놓은 강단에 엎드렸다. 아는 이가 없는 산골벽촌에 반겨주는 사람도 없이 덜렁 혼자라는 현실이 마음 문을 열어줘서 뜨겁게 기도를 시작할 즈음 교회 문을 열고 누군가가 들어서는 인기척이 났다. 저녁밥을 가져왔던 처녀일까? 돌아보고 싶은 충동을 억제하며 계속 눈을 감고 기도에 열중했다. 얼마나 시간이 흘렀을까. 교회 안으로 아침햇살이 구석구석 밝게 파고들어올 즈음 그는 눈을 떴다. 심호흡을 깊이 하며 아주 느긋하게 교회에 들어온 사람이 누군가 보려고 목을 늘였다. 넥타이까지 말쑥하게 매고 정장을 한 중년 남자가 마루에 무릎을 꿇고 앉아 두 손을 맞잡고 눈을 감고 있었다. 왈칵! 반가움이 그의 마음에 밀려들어왔다. 아아! 나는 혼자가 아니구나. 함께 일할 일꾼을 하나님은 벌써 준비해놓았구나. 그는 바삐 강단을 내려와 엷은 회색양복을 입은 중년 신사에게 다가갔다. 그도 역시 새로 부임한 전도사를 기다렸다는 듯 퍼뜩 일어나 그가 내미는 손을 잡았다.

"제가 노회에서 파견된 김사은 전도사입니다."

"전 이 마을에서 목축업을 하면서 농사를 짓고 있는 이만덕 이장입니다. 싸리골에 매번 노회에서 전도사를 파견하면 두 달을 못 넘기고 떠나는 곳입니다. 전도사님도 젊은 나이에 혼자 오신 걸 보니 한 달 넘기기가 어려우실 것 같습니다."

"저는 농촌목회하기로 서원하고 그 기도응답을 받고 왔으니 이곳에 뿌리를 내릴 작정입니다."

그 말에 양복신사는 난감한 표정을 지으면서 머리를 흔들었다.

"결혼도 하지 않은 분이 이 산골에서 혼자 지낸다고요? 사모님 없는 농촌목회는 저희가 불편합니다."

"전 혼자 살림도 하고 다 할 수 있습니다. 그 면은 걱정하지 않으셔도 됩니다."

"솔직히 말해서 이 산골에선 교회가 필요하지 않습니다. 10대 중반만 넘어서면 전부 대처로 떠납니다. 여긴 죽음을 앞둔 노인들뿐이지요."

"그렇다면 더욱 교회가 필요한 곳입니다."

"교회 없이도 싸리골 주민들은 모두 행복하게 잘 지냅니다."

"어촌처럼 마을지킴이 수호신이라도 있습니까?"

"그럼요."

"나무(木)신입니까? 아니면 돌(石)신입니까?"

"싸리골은 모두 하나님을 믿습니다."

"그럼 교회가 있어야지 주일을 지키고 예배를 드리지요."

"꼭 눈에 보이는 조직교회에 다녀야 합니까. 십자가를 달아놓고 인간이 조직한 교회제도가 여긴 필요 없는 곳입니다. 이곳엔 모두 수난을 당하고 버려진 불쌍한 사람들만 살아요."

"교회에서 큰 상처를 받으신 모양이군요. 그러니 여긴 더욱 교회가 필요합니다."

그는 얼굴을 붉히며 식식거리더니 거칠게 응했다.

"교회란 배부른 도시에서나 필요한 조직과 제도의 모임이지 이 싸리골에서는 필요 없습니다."

"이해가 되지 않습니다. 모두가 교회에 나올 수 있도록 제가 최선을 다 할 것입니다."

"신학교 공부하면서 밥벌이하려고 벽촌에 들어오지 말란 뜻입니다."

"저는 금년 봄에 신학교를 졸업했고 교회가 자립할 때까지 노회에서 미자립교회 지원금이 나오니 걱정하지 마세요."

"요번이 다섯 번째로 김 전도사님이 오셨는데 모두 주일날만 슬쩍 와서 예배를 드린다고 서성거리면서 노회에서 주는 돈을 따먹고는 도시에 일터가 생기면 철새들처럼 훌쩍 떠나버렸습니다."

"그 점 걱정 마세요. 전 싸리골에서 죽어 뼈를 묻을 겁니다."

이만덕 이장이란 사람의 왼쪽 뺨에 길게 그어져있는 칼자국 흉터가 조금 섬뜩했다. 사람의 얼굴은 그 사람의 인격과 지성, 직업, 운명을 짐작할 수 있는 얼이 담긴 골상이라고 들었다. 그런 눈으로 보면 무척 안 좋은 상이었다. 넥타이를 맨 목 언저리에 언뜻 들어난 문신이 더욱 그런 인상을 풍겼는지도 모른다. 하지만 교회에 나온 사람을 사랑해서 붙잡아야 하는 자리에 있으니 그는 머리를 깊이 숙이고 겸손하게 대하며 그를 따라 교회 문을 나섰다. 동쪽 하늘에 불끈 솟아오른 강렬한 햇살에 들어난 그의 얼굴은 농촌사람답게 구리빛이었다. 병든 늙은 개털처럼 듬성듬덩 난 눈썹 밑 작은 눈이 날카롭고 차가웠다. 그런 그의 눈이 하필이면 유년시절 보았던 똬리를 튼 까치독사의 매서운 눈과 오버랩 되어 김 전도사는 잠시 흠칫했다.

"난 저 위 우사에 살고 있으니 알고 싶은 게 있으면 그리 오시요. 인간은 사회적 동물이라고 했으니 혼자서는 살 수 없을 거요."

그렇게 말하는 이장의 몸에서 돈이 많은 성공한 기업인의 냄새가 났다. 거만하게 어깨를 뒤로 발딱 젖힌 자세나 말할 때 시종 팔짱을 끼고 있어서 그런 인상을 풍겼나보다. 그래도 투박한 어투가 마음에 들었다.

김 전도사는 30리를 걸어 나가 공주까지 가는 버스를 타고 가서 잡다한 생활용품을 사들고 오니 새벽에 나갔는데도 돌아오니 해가 서쪽으로 기울어 산 그림자가 길었다. 무거운 쌀을 사들고 오기엔 너무 먼 길이라 농촌이니 쌀을 팔 사람이 있는지 물어보려고 이만덕의 우사를 찾아 나섰다. 돌우물을 지나 그 옆에 궁둥이를 쑥 내민 산모롱이를 돌아서니 정남향으로 번듯한 건물이 눈에 띄었다. 초입엔 싸리골 우사란 푯말이 통나무 중간 옴팍 파인 부분에 빼뚤빼뚤 새겨져있었다. 그의 눈에 비친 우사는 정면 꼭대기에 십자가를 꽂으면 꼭 어울릴 교회건축양식이었다. 일반적으로 우사란 통풍이 잘 되도록 일자로 길게 조립식으로 지어야하고 여러 채가 겹쳐 있으며 창문이 군데군데 나있다는 상식적이 외형이 아니어서 그는 머리를 갸웃거렸다. 아무리 봐도 이 우사는 정방형으로 사방이 넓어서 강당으로 지어졌거나 교회로 쓰려는 의도가 분명하지 절대로 축사로 보이지 않았다. 저 안에 이만덕 이장은 소들을 넣어 사육하고 있단 말인가? 저 자리 저 위치에 저런 건물이라면 교회로 사용되어야 하는 것이 아닐까. 마을보다 조금 높은 언덕에 자릴 잡고 있어 새벽종을 치면 앞 산봉우리 너머까지 울려 퍼지겠는데 소들이 제일 좋은 자리를 차지하고 있구나 하는 생각을 그는 떨쳐버릴 수가 없었다. 무슨 이유로 우사를 정방형으로 저렇게 높다랗게 큰 건물로 지었을까, 아무튼 정말 모를 일이었다. 우사 입구 언저리엔 귀화식물인 개자리가 무더기로 귀엽게 자라 올라 연한 초록빛이 평안함을 안겨주었다.

우사 앞에 서서 헛기침을 하고 기웃거려도 쥐 죽은 듯 조용했다. 어쩔 수 없이 그는 양쪽으로 여닫게 돼있는 한쪽 문을 밀치니 쉽게 뒤로 밀렸다. 그는 기침을 크게 하여 사람이 왔다는 신호를 보내며 발을 안으로 드려놓는 순간 예기치 못한 안의 구조에 머리를 한 대 심하게 얻어맞은 듯 어리둥절했다. 건물 안에 소는 단 한 마리도 없었다. 건물 한가운데로 복도를 내고 양쪽으로 다닥다닥 방들이 연이어 있었다. 창문이 있는 한 구석에는 오르간도 있고 20여 명이 앉을 수 있는 안락의자들이 즐비했다. 탁자 위엔 싹이 나기 시작한 갯버들가지와 이제 막 입을 벌린 개나리를 꺾어다 보기 좋게 백자 항아리에 꽂아놓은 모양세가 대도시의 부유한 아파트 거실풍이 감돌았다. 얼마를 서성거리면서 거실 의자에 앉아있어도 인기척이 없었다. 무료해진 그는 20개가 넘는 방문 하나를 용기를 내서 열었다. 안을 보는 순간 그는 말문이 막혀 장승처럼 입을 벌리고 우뚝 서 버렸다.

"이장님! 미안해요. 날 좀 도와줘요. 몸이 말을 듣지 않으니 이를 어쩌지."

팔순도 더 넘었을 할아버지 한 분이 방구석에 놓인 요강을 향해 엉덩방아를 찧어가며 앉아서 필사적으로 버르적거렸다. 그는 본능적으로 신을 벗고 들어가 노인 앞에 스텐요강을 가져다 놓았다. 바지를 내리는 것도 힘들어 노인의 이마에 진땀이 흥건히 고였다. 그것도 그는 잘 도와줘 팬츠까지 내리고 요강 위에 노인을 앉히고 옆으로 쓰러질 경우를 대비하여 몸으로 그를 버텨주었다. 용무를 마친 노인은 자상한 보살핌에 치사를 하려고 머리를 든 순간 흠칫 놀라서 잠시 몸을 떨었다. 노인을 뉘어놓고 보니 윗옷이 가슴팍으로 말려 올라가 김 전도사는 그를 반듯하게 뉘고 배 위로 옷을 잡아당겼다. 세상에! 배꼽언저리에는 수술자국이 아닌 험한 상처를 마구 꿰맨 엄청 큰 상흔이 있었다. 그럼 이 노인은 중풍이 아니라 척추를 다친 것일까. 농사짓다 다친 상처는 아니듯 싶었다. 벼랑에서 굴러 떨어진 것일까? 칼자국 같지는 않았다.

"뉘시요?"

"저는 싸리골교회에 새로 부임한 김사은 전도사입니다."

"전도사라고요? 흐으음……. 크윽크으윽."

분명 노인은 신음을 삼키고 있었다.

"제가 매일 와서 할아버지를 도와드릴게요."

"필요 없어요. 다신 여기 오지 마시요. 어서 나가요, 어서."

"아무리 봐도 도움이 필요하신 분인데 왜 이러세요."

"잘못하다가는 내가, 내가……."

노인은 겁에 질린 표정으로 손사래를 치며 공포에 질린 몸짓을 했다. 그는 몸을 못 쓰는 환자를 두고 그 방을 나올 수가 없었다. 옆에 놓인 신문지 한 귀퉁이를 찢어 노인의 밑을 닦아주고 요강을 들고나가 말끔히 씻어다 제 자리에 놓았다. 노인의 몸에선 오랫동안 씻지 않은 탓인지 그 나이 특유의 지독한 노인 냄새가 진동했지만 그는 눈살도 찌푸리지 않고 시중을 들었다.

"할아버진 할머니도 없어요? 몸을 못 쓰시니 자녀들이라도 곁에 있어야 할 터인데 어쩌지요."

"모두 도시로 나갔지 이런 벽촌에 남아있을 젊은이들이 어디 있어. 여기 있다가는 시집, 장가도 못가고 병신이 된다니까."

"그럼 누가 할아버질 돌봅니까?"

"이만덕 이장이라고 이 마을에 10년 전 귀인이 들어왔지. 하나님이 보낸 사람이야. 콜록콜록……."

이렇게 말을 해놓고 노인은 무엇이 두려운지 자꾸 출입구 쪽에 신경을 쓰면서 흘끔거렸다. 누르끄름하게 변한 흰자위에 빛을 잃고 맥이 빠진 눈동자를 할아버지는 아주 힘겹게 굴렸다.

"왜 댁에서 사시지 않고 이 건물에 와계십니까? 이건 소를 기르는 우사라고 들었는데요."

"여긴 우리 싸리골 사람들이 교회로 지은 거였어."

"그럼 교회로 사용하지 않고 어쩌다 이렇게 요상한 곳이 되었습니까?"

"쉬! 조용히 해."

박무웅이라고 자신을 소개한 노인은 겁에 잔뜩 질려 무척 걱정스러운 얼굴이었다. 정말 모를 일이었다. 교회로 지은 건물이 어째서 교회로 사용되지 않고 우사란 이름을 달고 이런 요양소 같은 형태가 되었을까. 낡아서 곧 쓰러질 것 같은 교회는 동네 가운데 헛간처럼 버려지고 번듯하게 교회형상을 갖춘 이 건물은 어쩌다 이 꼴이 되었을까. 김사은 전도사는 머리를 갸웃거리면서 밖으로 나왔다. 방마다 신발이 문 앞에 놓여있는 걸 보면 사람들이 살고 있다는 뜻이다.

그는 천천히 봄 아지랑이가 어른대는 산과 들판을 바라보며 동네를 한 바퀴 돌아볼 요량으로 주머니에 손을 찌르고 산비탈을 오르기 시작했다. 병풍처럼 젖힌 산자락을 돌아서니 싸리골의 감춰진 모습이 들어났다. 이런 협곡에 이런 들판이라니! 한눈 가득 담을 수 없는 논밭이 앞에 훤하게 펼쳐졌다.

거기에 싸리골에 와서 처음 보는 많은 사람들이 울타리처럼 늘어서서 무엇인가를 열심히 심고 있었다. 그가 가까이 다가갔으나 아무도 그에게 눈길을 주는 사람이 없었다. 그들은 서로 협동하여 고추모종을 하고 있었다. 모판에 심어진 한 뼘 크기의 고추모종을 한 사람은 구멍을 파고 연이어 다른 사람은 거기에 모종을 하나씩 꽂으면 옆에 있는 사람이 흙으로 덮고 있었다. 서로 호흡이 맞아야 하는 협동작업이니 옆을 볼 여유도 없는 모양이다. 김사은 전도사는 드디어 이 마을사람들을 만났다는 기쁨에 저들이 일하고 있는 뒤로 바짝 다가갔다. 저들은 느린 동작으로 인형들처럼 천천히 손을 놀렸다. 조금도 일에 대한 기쁨이나 노동의지가 엿보이지 않았다.

그때 그의 등을 사납게 낚아채는 손길이 있었다. 깜짝 놀라 뒤돌아보니 이 곳 사람들이 이장님이라고 부르는 이만덕이었다. 말없이 그는 검지를 세워 입을 막으면서 밭가로 끌고 갔다.

"좋게 말할 때 몇 칠이든 여기서 요양하다 떠나시오."

"안 갈 것입니다."

"낭패를 당할 터인데 그래도 좋아요."

"전 여기에 죽어 묻히기로 결심하고 왔습니다."

그의 우악스러운 손길을 확 뿌리치고 김사은 전도사는 뚜벅뚜벅 일을 하고 있는 사람들 앞으로 걸어갔다. 이만덕이 말릴 사이도 없이 그는 힘을 다해 외쳤다.

"여러분! 저는 김사은 전도사입니다. 여러분을 위해 싸리골교회 전도사로 새로 노회에서 파견했습니다. 반갑습니다."

일하고 있던 20명이 넘는 할아버지, 할머니들이 멈칫 일손을 놓고 그를 돌아다보았다. 이만덕의 화난 얼굴을 보자 모두 고개를 돌리고 스위치 작동 버튼을 누른 로버트처럼 다시 일을 하기 시작했다. 이런 그들을 향해 김사은 전도사는 힘차게 다가갔다. 저들은 장차 그가 돌봐야 할 사람들이고 그가 맡아 관리하라고 하나님이 명한 성민들인데 빼앗길 수는 없었다. 두두룩 푹 파인 고랑에 한쪽 발이 빠져 그는 밭 두덩에 벌러덩 나동그라졌다. 간밤에 내린 이슬로 푹 젖은 흙이 그의 등과 엉덩이에 똥칠한 듯 엉겨 붙었다. 그는 버르적거리면서 간신히 중심을 잡고 일어나 씨름판에라도 나온 선수처럼 씩씩거리면서 죽기 살기로 저들을 향해 돌진했다.

이런 그를 한심스러운 눈으로 흘겨보던 이장은 큰 결심을 한 듯 뚜벅뚜벅 그의 앞으로 분노의 일그러진 얼굴을 하고 다가왔다. 순간 주위의 모든 것이 멈춘 듯했다. 고압선에라도 닿은 듯 번쩍하더니 쎙하는 음이 귓속을 파고들었다. 그와 동시에 김 전도사는 가슴과 배를 강타당하고 밭고랑에 나동그라졌다. 얼마나 그의 주먹 힘이 센지 숨을 쉴 수 없어서 헉헉거렸다. 그의 배 위에 올라탄 이장은 불끈 쥔 주먹으로 그의 얼굴을 강타하기 시작했다. 강철 같은 손이었다. 예삿사람의 폭력솜씨가 아니었다. 그도 유도를 5년간 한 몸이라 매집이 있었는데 두 손으로 목을 움켜쥐고 흔드는 순간 몸이 밑으로 한없어 떨어져 내리면서 정신이 가물가물했다.

등과 전신에 스치는 한기로 김 전도사는 무거운 눈꺼풀을 껌벅거리면서 눈을 떴다. 서녘에 엷은 주황색으로 물든 노을이 걸린 걸 보니 도대체 그는 여기 얼마나 이렇게 오래 누워있었단 말인가. 몸을 움직일 수가 없었다. 입가에 엉켜 붙은 피가 욱죄였다. 이제야 하루의 작업을 마무리 짓고 있는지 이만덕 이장의 목소리가 바람을 타고 김 전도사의 귀에 들려왔다. 그가 고개를 소리 나는 쪽으로 향해 돌려보니 논과 밭 사이의 두둑에 모두가 늘어앉아 그의 말을 경청하고 있었다.

"여러분들에게 내가 늘 귀에 못이 박히도록 말하지요. 오늘도 다시 한 번 듣고 잊어버리지 마시요. 이스라엘 사람들은 사막에 갈릴리호수 물을 끌어드려 집단농장을 만들었어요. 요즘 들리는 소문에는 사막을 기름진 농토로 만들기 위해 짠 바닷물을 단물로 만드는 연구를 해서 성공했는데 값이 비싸 싸게 하는 방법을 연구 중이라고 합니다. 물량이 어마어마한 한강이나 전국 곳곳에 널린 강물을 우리나라가 가지고도 아직도 농업과 목축국가로 세계적인 지위를 못 얻은 것은 기적이라고 저들은 우리나라를 놓고 머리를 갸웃거린다고 합니다. 여러분! 우리는 사막이 아닌 이렇게 좋은 옥토에 살고 있지요?"

봄바람과 햇살에 지친 그들은 그렇다고 머리만 연신 주억거렸다.

"바다보다 낮은 땅에 사는 화란이라는 나라는 영어로 네덜란드라고 합니다. 그들은 방죽을 쌓아서 바다물이 넘쳐 들어오지 못하도록 만들어 그 땅을 옥토로 만들어 세계적으로 유명한 튤립을 심어 수출해서 돈을 엄청 벌고 있답니다. 하나님은 네덜란드 즉 낮은 땅을 창조했고 네덜란드 사람들은 홀리 랜드 즉 거룩한 땅을 창조했다고 자부심을 가지고 산답니다. 스위스란 나라는 험준한 산이 많지만 산악지대를 계단식으로 개간해서 낙농업을 일으켰고 덴마크는 지형의 악조건을 극복하여 황무지를 기름진 농토로 재창조했다고 합니다. 여러분! 우리도 그들처럼 비록 몸을 늙었지만 우리 싸리골을 그런 나라처럼 만들어 잘 살아봅시다."

그러자 모인 사람들은 박수를 짝짝 치면서 아픈 허리를 두드리며 저녁을 먹기 위해 식당으로 향하고 있었다. 저들은 식사도 개인이 해먹는 것이 아니고 집단으로 모여 해결하고 있는 모양이다.

이장의 이런 긴 일장연설은 어디선가 얻어들어서 암송

한 내용이고 의도적인 것이 틀림없었다. 병들고 찌들어 육신이 늙어버린 노인들을 앞에 놓고 거대담론을 펼치는 그의 속셈은 김 전도사가 정신이 돌아온 걸 곁눈질로 슬쩍 확인하고는 들어보라는 뜻으로 그런 의뭉스러운 말을 늘어놓고 있는 모양이다.

목젖을 타고 싸하게 차오르는 아픔을 그는 꿀꺽 삼켰다. 싸리골 농민들을 모아놓고 팔짱을 끼고 서서 이따금 땅을 내려다보며 모든 걸 지휘하는 이만덕 이장은 지주처럼 저들 위에 군림하여 당당한 투사처럼 행동하고 있었다.

어쩔 거냐! 그냥 전임자들처럼 괴물을 피해가야 하는 것일까?

그러나 마음 한 구석에서 불끈 차오르는 강한 힘에 그는 주먹을 불끈 쥐었다.

2

김사은 전도사가 처한 상황이 이러니 마을사람들에게 쌀을 팔라고 말할 수도 없는 지경이라 당장 저녁밥이 문제였다. 산골의 저녁 해는 빨리 지는가보다. 멧부리에 기다란 그림자를 던지며 땅거미가 싸리골을 휘감기 시작했다. 그는 일어나 보려고 몸을 들썩였으나 가슴이 아프고 허리가 아파서 움직일 수가 없었다.

그 때 식사를 날라주었던 처녀가 다가왔다.

"그러게 제가 여길 어서 떠나라고 했지요. 이만덕 그 새끼를 이길 사람은 이 세상에 아무도 없을 겁니다. 이렇게 당하면 몸만 망가져요. 다른 전도사들은 오자마자 옹크리고 눈치를 보다 바로 떠나버려요. 더 당하지 말고 제발 어서 싸리골을 떠나세요."

사람들이 모두 식사를 하러 식당 건물로 사라진 뒤에 어딘가 숨어 있다가 일의 진행을 보고는 그에게 다가온 것이 분명했다. 어쩔 수 없이 김 전도사는 그녀가 내민 손에 의지하여 몸을 일으키고는 그녀를 의지 삼아 사택을 향해 천천히 걷기 시작했다.

"이름이 뭐지요?"

"호옥이라고 해요. 박호옥."

"그런 말하는 호옥은 어째서 싸리골을 떠나지 못하는 거요."

"저의 피붙이인 딱 한 분, 할아버지가 여기 살아계시니까요. 제 할아버지 시중을 자상하게 들어주셔서 고맙습니다."

"아하! 그럼 박무웅 할아버지 손녀시군요."

"박무웅 장로님이시지요."

"네에! 장로님이라고요?"

"거기 모여 있는 모든 노인들 거의 모두가 교회에 적을

둔 적이 있는 교인들입니다. 집사도 있고 권사도 있어요. 교회 안 나오던 사람들도 몇 있긴 하지만 그냥 어울려서 잘 살았지요."

"그럼 교회로 모두 돌아오는 방법을 강구해야겠네요."

"너무 늦었어요. 어머니 아버지가 도시에 나가 공부하는 저를 위해 할아버지만 여기 두고 내 곁에 오셔서 막노동을 하다가 모두 사고로 돌아가셨어요. 그분들 유언을 따라 이렇게 할아버지를 돌보려고 귀향했는데 일이 괴상하게 비비꼬여서 가닥을 잡을 수 없네요."

그가 여기 싸리골에 들어와서 만나보고 생각했던 호옥은 정신이상이 약간 있는 처녀라고 생각했는데 지금 하는 말은 논리가 있고 조리가 있었다.

그 때 그들 앞에 긴 그림자를 던지면서 우뚝 막아서는 사람이 있었다.

"너 식당에서 일하지 않고 여기 왜 와있어. 내가 이 사람에게 가까이 가지 말라고 했지. 또 한 번 혼나봐야 정신을 차리겠니. 어서 부엌으로 가 설거지하고 내일 아침 준비하라고. 이따 밤에 내가 식당 점검하러 갈 터이니 알아서 행동해."

호옥이 멈칫거리다가 식당 쪽으로 사라지자 이만덕은 김 전도사에게 다가와서 친절하게 그의 팔을 자신의 어깨 위에 올려놓고 오른팔을 그의 허리에 두르고 사택으로 향했다. 혼자 힘으로는 걷기 힘든 그는 그에게 몸을 의지하고 걸음을 내딛기 시작했다.

"저녁밥은 쟁반에 담아 사택에 가져다 놨으니 잡숫고 조용히 한두 주 요양하고 여길 떠나시오. 내일부터는 식사는 우리가 먹는 식당에 와서 해결하고요. 여긴 각자 밥을 짓지 않고 밥상공동체를 운영하고 있어요."

방에 간신이 들어온 그는 쟁반에 놓인 저녁을 물끄러미 바라보았다. 봄이라 냉이 국에 산야에서 캔 봄나물과 보리밥이 전부였다. 병 주고 약을 주는 그의 태도는 아주 능숙한 달인에 가까운 인간지배자였다.

어쩐다지? 전임자들처럼 조용히 이 괴물을 피해 싸리골을 떠나나야겠다는 생각이 간절하게 떠오르면서 자신을 돌아보게 되었다.

서른 고개를 훌쩍 넘어선 이 나이까지 그는 다섯 살부터 유치원에서 2년, 초등학교 6년, 중학교 3년, 고등학교 3년, 대학교 4년, 그리고 군인 가서 3년, 신학교에서 3년 인턴과 레지던트처럼 훈련과정을 거쳤다. 이렇게 일생 몸 바쳐 일할 기초를 닦느라고 긴 세월을 보내고 전문분야 일에 뛰어들었는데 이 지경이니 자신이 뿌리 내리느라고 닦아온 지난 세월이 무엇이란 말인가. 자신이 아깝다는 생각이 들면서 이런 곳에서 썩기에는 억울하다는 마음이 불같이 일어나 전임자들처럼 훌쩍 떠나고 싶다는 강한 유혹을 누를 수가 없었다.

그를 괴롭히는 것은 아직도 살아있는 자신에 대한 우월

감일까.

'이런 생활은 거룩한 낭비다. 내가 왜 그런 낭비를 해야 하지. 아니다. 아니야. 완전히 나는 썩어야 한다. 썩어도 형체가 없을 정도로 푹 썩어야 한다.'

마음속에서 두 가지 마음이 강하게 격돌하고 있었다.

갈등하는 마음을 내놓고 대화를 나눌 사람도 없는 김 전도사는 혼자서 싸리골의 산을 올라가기도 하고 논밭에서 일하는 마을사람들 언저리를 맴돌며 멍청히 서서 저들을 바라보았다. 산새가 내려와 가지에 앉았다 가는 것처럼 저들 중 그 누구도 그에게 관심을 기울이는 사람이 없었다. 서로 대척한 견해를 좁혀야만 이 생활에 종지부를 찍을 것인데 아무리 그가 고심을 해도 저들 속으로 비집고 들어갈 조그마한 틈새도 찾을 수가 없었다.

새참이 나와 둘러앉아 먹을 적에 그는 다가가서 얼쩡거리면서 저들이 말을 걸어오기를 기다렸다. 자기들을 돌보기 위해 파송 받은 전도사가 왔으니 인사라도 함께 먹자고 할 걸 기대했지만 저들은 철저하게 그를 무시했다. 마치 지나가는 바람처럼 보지를 못하는 듯했다. 용기를 내서 그는 슬그머니 다가가서 저들 사이에 끼어 앉았다.

"보리밥에 매콤하고 새콤한 싸리잎나물이 맛있어 보이네요."

갑자기 끼어든 그에게 아무도 눈길을 주질 않아서 무안해진 그는 그래도 마음을 눌러가며 그들 사이로 비집고 들어가 앉아 가운데 놓인 음식을 접시에 퍼 담아 먹었다. 그래도 말을 거는 사람이 없다. 모두 작동 걸린 인형처럼 부지런히 밥만 먹고 있었다. 그는 마치 투명인간이 된 기분이었다. 죽어서 제상을 찾아온 조상의 혼처럼 육체는 죽어 땅에 묻히고 영혼이 와서 밥을 먹는 것이 이런 것일까 하는 생각이 들 지경이었다.

그의 일과는 새벽마다 5시에 정확하게 종탑으로 가서 종 줄을 힘차게 당겼다. 신기하게도 유일하게 이만덕 이장은 하루도 빠짐없이 교회에 나와 마루 위에 꿇어앉았다. 매번 웅얼거리면서 격렬하게 흐느끼기도 하고 우렁우렁 분노의 함성을 짐승처럼 내지르다가 강단에 있는 김 전도사보다 먼저 자리를 떴다. 무슨 내용으로 저러고 있나 귀를 기울이고 정신을 집중하여 그의 목소리를 들어봤으나 목에서 소리는 나오는데 단어가 형성되지 않고 감정만 이글거리는 모양새였다. 그래도 이상한 일은 혼자 교회에서 새벽을 보내는 것보다 그 사람이라도 교회 안에 와있다는 사실이 든든하기도 했다.

이런 생활은 그가 이 골짜기에 들어 온 지 한 달이 지나도록 변함이 없었다. 하긴 어느 선교사는 아프리카 오지에 들어가서 30년 선교하여 꼭 한 사람을 얻었다는데 이제 겨우 한 달을 보내고 조급하게 낙심할 필요는 없었다. 하지만 그가 살았던 복작거리는 도시생활을 떠올릴 적마다 산골에 혼자 버려진 상대적 고독은 너무 힘들었다. 말할 상대가 없다는 것은 가혹한 고문이었다.

그가 이곳에 오면서 꿈꾸었던 목회는 어떤 것인가. 혼자 있는 시간에 곰곰이 짚어보았다.

2000년이 넘는 동안 교회는 여러 형태로 바뀌었다. 처음 교회는 생명력이 넘쳐나서 모두가 한 몸처럼 사랑하는 교회였다. 이런 교회가 그리스로 건너가더니 철학이 되었고 로마로 가서는 제도로 변하더니 유럽으로 가서는 문화가 되었다. 그런 교회가 미국으로 가서 기업이 되어 한국으로 왔으니 그가 속한 교회는 하나의 기업이 된 꼴이다. 이걸 탈피해서 농촌으로 내려와 초대교회처럼 생명력이 넘치는 신앙공동체인 본래의 모습을 되찾자는 비전을 지니고 왔는데 엄청난 장애물이 그를 가로 막았다.

다시금 그는 자신의 마음을 다짐했다. 성경에도 농사의 원리가 많이 나와 있다. 그 이유는 농심은 천심이기 때문이다. 농작의 원리는 하나님 나라의 원리와 똑같아서 심은 대로 거두게 되어있다. 산골의 농천 목회는 앞으로 반생명적인 삶을 영위하고 있는 도시와 그 안에 있는 도시교회들을 구할 사명이 있다고 그는 확신했다. 도시교인들에게 농촌이 지닌 흙과 땀의 영성을 공급해야 한다. 그게 창조주인 하나님의 마음이다. 생명의 원리와 생명의 언어는 도시교회에서 베푸는 제도권에서는 도저히 이룰 수 없다. 이런 신념을 지니고 왔지만 솔직히 고백하자면 이만덕 이장은 그에게 진상 꼴통으로 괴로운 존재였다. 하지만 인내하며 사랑하면 언젠가는 임계점에 이를 것이다. 이런 불편함이 오히려 은총이 될 수 있을 터이니 말이다.

그는 힘을 내서 벌떡 일어나 주먹을 불끈 쥐고 다짐했다.

'한국교회들은 너무 편안함을 추구하고 있어. 땀을 흘려 노동하는 모습이 없단 말이야. 강단에서 말만 번지르르하게 토해내고 실천하는 삶이 없으니 큰일이야. 성경내용은 두르르 욀 정도로 다 알고 있지만 삶에 옮겨지지 않고 탁상공론만 늘어놓고 있으니 늦기 전에 교회의 본질을 찾아야 한다. 그래서 나는 이 길을 택했으니 절망하지 말고 힘차게 일어나서 도전하자.'

이곳의 농가들은 일제히 초가지붕을 걷어내고 슬레이트로 개조하여 똑같이 붉은 색을 칠해서 멀리서 보면 평화로운 산골마을로 보인다. 하지만 가까이 다가가서 보니 벽은 싸리대를 얼기설기 이어놓고 진흙을 이겨 발랐으나 세월의 흐름을 못 이겨 구멍이 숭숭 뚫려있었다. 모두가 산기슭에 지어진 건물 안에서 공동생활을 하고 있으니 집들은 텅 비어있다. 집이란 사람의 훈기가 서리고 손길이 닿아야 하는데 비워두니 시간이 흐를수록 눈에 띄게 후락해갔다. 이렇게 놔두면 곧 폐가로 변할 것이다. 가장자리에 자리 잡은 집에 들어가니 사람의 손길과 숨결이 떠난 집이라 유령의 거처처럼 찬 기운이 휘휘 감돌았다. 그 와

중에 유일하게 숨 쉬고 있는 곳은 장독대뿐이었다. 거긴 밥상공동체를 따라서 생활터전을 옮긴지 얼마 되지 않은 탓인지 간장, 된장, 고추장이 독에 반 이상이 남아있었다. 하긴 각 집의 구성원이래야 고희를 넘긴 노부부거나 한 쪽을 먼저 보내고 혼자 지내는 과부나 홀아비들이 싸리골이 처한 형편이다. 현대시설에 함께 모여 살고 있으니 버려진 농가들은 언젠가는 곧 허물어질 폐가가 될 터이고 이건 바로 인근 작은 도시들에게까지 파급돼서 같은 형편이 될 것이 분명했다. 작은 도시와 농촌이 사라질 위기에 처한 셈이다.

이런 생활에서 견딜 수 없는 것은 그간 그가 도시에서 벅적거리며 인간이 만든 화려한 빛깔에 젖어 살다가 갑자기 뒤바뀐 이런 환경은 적응기간이 필요한 탓일까. 어서 여길 빠져나가야 한다는 무의식의 외침이 순간순간 그를 괴롭혔다. 절대적인 고독은 하나님을 향해 울부짖고 그와 대화를 나누면 되지만 인간이란 상대적 고독도 있어 그걸 못하면 미칠 지경에 이를 정도로 무척 힘이 들었다. 그런 점에서 중죄인을 독방에 가두는 이유를 처음으로 해보는 이런 생활을 통해 이해가 되었다.

한 몸으로 뭉쳐 붙어 다니면서 살아가는 싸리골 주민들에게 접근할 수 없는 것은 마치 에덴동산에서 쫓겨난 아담과 하와가 들어올 수 없도록 하나님께서 직접 둘러친 그룹들과 두루 도는 화염검처럼 느껴질 정도였다. 농촌사회는 배타성이 강해서 외지 사람들을 쉽게 받아들이지 못한다는 사실을 처음부터 상식적으로 알고 그는 마음의 준비를 단단히 했으나 이건 너무 힘들었다.

어울림의 목회를 하려는 그에게 그래도 그가 접근할 수 있는 유일한 틈새는 한낮 모두가 들판에 나가있는 동안 혼자 있는 박무웅 할아버지를 찾아가 시중을 들어주는 일이었다. 김 전도사는 정성을 다 해서 요강을 비우고 발, 다리를 수건에 물을 묻혀 닦아주고 말을 걸었지만 그는 그저 조용히 웃기만 하고 벙어리처럼 입을 열지 않았다.

하루는 먹은 음식이 체했는지 설사를 해서 똥칠한 이불과 요를 개울에 들고 나가 깨끗하게 빨아서 한낮의 봄볕에 널었다가 고실고실 만들어주었더니 황소처럼 큰 눈을 껌벅이면서 덤덤히 그를 바라볼 뿐이지만 눈에 살짝 반짝 빛이 스쳤다.

시골마을의 이장은 절대적 권력을 쥐고 있는 게 확실했다. 철저히 저들은 이장을 중심으로 한 동아리였다. 이방인으로 들어온 그를 징그러운 벌레를 보듯 슬슬 피했고 심지어 밭둑에서 어쩌다 스쳐 지나가게 되어도 그가 지나간 발꿈치를 향해 칵 가래를 돋아 뱉기도 했다. 노골적인 적대감을 보여야 살아남을 수 있는 어떤 동아리의식 같았다.

저녁식사는 우사식당에 내려와 먹으라는 이장의 허락이 있어서 김 전도사는 정확히 6시에 우물가에서 머리를 감고 단정하게 옷을 갈아입고 우사로 향했다. 수염을 깎느라고 한 10분 정도 늦어서 식당에 도착하니 분위기가 어수선했다. 할머니 한 분이 쓰러져서 손발을 벌벌 떨고 허우적거렸다. 곧 숨이 넘어갈 듯해서 김 전도사는 날카로운 눈으로 밥상 위를 훑어보았다. 세상에! 노인들 저녁 식사에 수수 팥단자가 밤톨처럼 동굴동굴 빚어 팥고물에 묻혀 놓여있었다. 아마도 노인들이 좋아하는 떡을 해놓은 모양이다. 모두 소리만 지르고 우왕좌왕할 뿐 도움을 주는 손길이 없었다. 이건 분명 노인의 목에 찰떡이 걸려 숨을 못 쉬는 상황이란 걸 직감한 김 전도사는 잽싸게 노인의 양손을 버쩍 위로 치켜들게 하고는 그의 무릎 위에 엎어놓고 등을 세차게 두드리니 목에서 수수 팥단자 덩어리가 확 튀어 나왔다. 그래도 얼굴이 파래서 숨을 헐떡이는 할머니를 똑바로 뉘어 놓고 두 손을 겹쳐 할머니의 가슴팍에 얹고 인공호흡을 시도했다. 그래도 숨이 빨리 돌아오지 않아서 그는 숨을 깊이 들이쉬고 그걸 노인의 입에 여러 차례 불어넣자 얼굴에 화색이 서서히 돌아오더니 후유 숨을 쉬기 시작했다. 김 전도사는 이마 위로 떨어지는 굵은 땀을 닦을 생각도 않고 그녀를 안아다가 긴 의자 위에 뉘었다.

그러자 둘러선 사람들이 웅성거리기 시작했다.

"오메메! 요번에 온 전도사는 의사인가 봐."

"아오! 죽어가는 사람을 살리는 걸 보니 그런가 봐."

김 전도사가 물을 청해 환자의 입에 수저로 떠먹이면서 주위를 거늑한 시선으로 둘러보았다. 모두의 경직된 얼굴이 풀어져서 살짝 웃음기가 서렸으나 이만덕 이장이 들어오자 일제히 얼굴이 다시 굳어졌다. 그들 사이에 퍼져있는 요상한 분위기를 눈치 챈 이장의 표정에 찬 기운이 확 퍼졌다.

김 전도사는 노회에서 주는 생활비를 받기 위해 서울엘 갔다. 생필품과 무엇보다도 읽을 몇 권의 책을 사려고 제일 큰 서점으로 향했다. 책의 홍수랄까. 눈을 현혹하는 빛깔의 책들로 서가는 가득했다. 그는 우선 과수 기르기랑, 특수농작물에 관한 책을 사려고 그쪽 코너를 찾아 두리번거리며 점원에게 다가가니 말쑥하게 차려입은 학자풍의 남자가 그와 상담하고 있었다. 그의 옆얼굴을 보고 김 전도사는 너무 반가워서 소릴 질렀다.

"너 곽명길 맞지? 나 김사은이야. 이거 몇 년 만이냐!"

고등학교와 대학 초년시절 단짝이었던 그 친구를 실로 십여 년의 세월이 흐른 뒤에 이렇게 만나다니! 명길이도 김사은을 알아보고는 둘이는 너무 반가워서 와락 껴안았다.

"넌 대학을 중퇴하고 바로 미국으로 이민 가서 거기서 대학을 다닌다고 들었는데."

"맞아. 나 지난주에 미국에서 이곳 K대학 교수로 왔어."

"30대 중반에 벌써 교수?"

"농업 분야의 박사학위를 받고 바로 청빙 받아 온 거야."

두 사람은 손을 잡고 커피점으로 향했다.

"지금 내가 긴한 약속이 있어서 너와 긴 대화를 못 한다. 우선 내 전화번호를 줄 터이니 너도 다오. 내가 귀국했으니 우리 하루 종일 만나 노닥여야 되겠다. 너는 어디 사니?"

"난 신학교 졸업하고 농촌으로 들어갔다."

"농촌에서 바울처럼 스스로 생업을 가지고 교회를 섬기는 복음적 삶을 살겠다 이거지. 우리 둘을 고등학교 시절부터 교인들이 우리를 목사니 전도사니 불렀는데 드디어 그 길을 가는구나."

"그런데 너무 힘들다. 농촌이란 우리가 도시에서 상상하는 그런 곳이 아니라 아주 이색적이야."

"나 지금 만나려는 사람이 인도선교사야. 미국에서 만난 선교사인데 인도에서 한국에 잠깐 나와서 내게 부탁한 의약품을 주려는 참이다. 너도 이런 거 필요할 거야. 인도선교사 몫으로 두 병 가져왔으니 네가 우선 한 병 가지고 가서 시골목회에 요긴하게 써라. 너는 국내선교사가 아니냐."

그가 내민 것은 애드빌(Advil) 300알이 담긴 큰 병이었다. 그의 빠른 설명으로는 아스피린의 단점을 보완한 약으로 소염, 진통, 해열제로 좋으니 아픈 사람 있으면 급한

데로 두 알씩 먹이라고 했다.

김사은 전도사는 군대생활 3년 동안 군의관 옆에서 도우미로 일했던 경험이 산골 목회에 큰 도움을 주었다. 어제 그 할머니도 그냥 두었으면 바로 황천행인데 그가 군의관 옆에서 배운 것이다. 싸리골에는 비상약이 전혀 없는 상황이라 필요할 때가 올 것이란 생각에 친구가 준 약을 잘 보듬어서 가방에 넣었다. 응급상황이 일어나면 도심지와 떨어진 산골이라 구조대가 오는 시간도 더디고 응급처치가 필요할 터이기 때문이다. 친구의 말에 힌트를 얻어 노인들을 위해 소화제, 가스명수, 변비약, 상처에 바를 연고, 소독약, 구충제, 약솜이랑 밴드 에이드 그리고 종합비타민도 몇 병 샀다.

곽명길! 그 친구도 청년시절 그와 같은 꿈을 꾸고 버려진 사람들을 찾아가서 사랑을 베풀고 살겠다고 다짐하며 눈물, 콧물 흘리며 밤새워 기도했던 친구인데 이제 농학박사가 되어 교수가 되었으니 두 사람 가는 길이 완전히 갈린 셈이다.

우적우적 산과 들이 숨을 쉬며 하루가 다르게 산야가 무청처럼 독이 오르는 사월이 다 갈 무렵, 무료함을 달랠 길 없어 김 전도사는 비어진 농가들을 넋을 놓고 바라보았다. 농촌 더구나 이런 산골은 그가 상상하며 동경했던 곳이 아니었다. 그들에게 밖에서 들어온 사람들은 모두가 적이었다. 저들은 긴 세월 생존을 위한 조직을 해가며 살 길을 모색한 모양새였다. 철저하게 방어하며 서로 감시하고 있어서 접근하기 어려웠다. 원시공동체의식을 지니고 있어 편견과 고집은 쇠심줄 같았다.

어둠이 저녁 이내를 뚫고 낮은 곳부터 서서히 밀려들어오고 있었다. 비어진 농가들은 어둠에 묻히면서 불을 켜는 집이 없었다. 마치 모두가 떠나버린 광산촌의 유령마을을 연상케 했다. 걸리버는 무인도에서 혼자서 자급자족하며 개를 데리고 혼자만의 삶을 개척한 기록이다. 하지만 그에 비해 김사은 전도사는 사람들을 측근에서 두고 버려진 상태라 그 갈증을 어찌 표현해야 할지 당황할 지경이었다.

그 때 마을 한가운데 자리 잡은 농가의 창문에 불이 켜졌다. 그 집은 김 전도사가 마을을 둘러볼 때 가장 크게 지어진 집으로 한 때는 번성했을 구조로 머슴들이 거하는 방들이 일자로 지어진 미음자 구조의 집이었다. 세상에! 비어진 집에 이 시간 누가 불을 밝혔단 말인가! 그건 기쁨이라기보다 섬쩍지근한 오한을 그에게 안겨주었다. 이상하게 피어오르는 호기심을 누를 수가 없어 그는 발자국 소리를 죽여 가며 가만히 그 집을 향해 다가갔다. 아마도 집단생활에 지친 어떤 분이 옛집을 못 잊어 몰래 살짝 찾아왔을지도 모른다. 얼마나 좋은 기회인가! 이런 때 살짝 다가가 대화를 나눌 수 있다는 사실에 그는 흥분했다. 그가 이 마을에 들어와서 가장 견디기 힘든 일은 육신이 요구하는 양식보다 대화를 나눌 상대가 없다는 점이다. 고뇌와 절망을 뚫고 이 밤중에 집을 찾아 나선 용기라면 그와 대화를 나눌 수 있다는 자신감도 생겼다.

그믐밤이라 손톱달도 뜨질 않아 어둠은 더욱 급속도로 마을을 휘감았다. 새까만 장막에 홀로 등을 밝힌 집은 도드라지게 어둠 속에서 부상했다. 검은 윗옷에 청바지를 입은 그의 차림이 이런 밤엔 어둠 속으로 녹아들었다. 밭둑을 따라 걷는 동안 상큼한 풀냄새가 코를 찔렀다. 산마을의 눅눅하고 차가운 밤공기는 불빛을 향해 걷는 그의 걸음을 재촉할 정도로 살 속으로 파고 들어왔다. 그가 싸리울타리를 돌아서는 순간 거대한 물체가 방문을 와락 여는 찰나였다.

"누구냐! 이 밤중에."

쉿소리의 주인공은 김 전도사가 싸리골로 들어올 적에 만났던 노랑저고리에 다홍치마를 입었던 호옥이었다. 밭에 쓰러진 그를 부축했다고 지청구를 들은 뒤 싸리골을 떠났는지 얼마간 만난 적이 없었는데 갑자기 공중에서 하강했단 말인가.

"너 언제 여기 들어왔어?"

"지금 도착했다, 왜 그래."

"뭣 하러 여길 자꾸 찾아오는 거야. 네가 살 곳은 여기가 아니고 서울이야. 거기서 술 따르는 일이 적격이지. 도대체 이곳에서 무얼 하겠다고 자꾸 기어들어오는 거여."

"내 핏줄인 할아버지가 살아있는 고향집에 내가 오는데 무슨 잔소리야."

"자꾸 이러면 무슨 수를 써서라도 널 영창에 넣을 거야."

"이 쌍 도둑놈 같으니라고. 너 죽고 나 죽자."

여자가 남자의 뺨을 올려 부치는 모습이 창호지 문에 선명하게 그림자로 그려졌다. 여자를 껴안은 남자가 방바닥으로 쓰러지는 모습이 창호지에 선명했다. 싸리울타리를 헤집고 지나가는 바람소리뿐 이따금 적요를 뚫고 방안의 신음소리와 앙칼지게 반항하는 여자의 푸덕거림……. 갑자기 문이 확 열리더니 칼을 든 호옥의 손에 밀려 달아나는 남자의 모습이 계곡의 속살을 타고 사라졌다.

김 전도사가 호옥을 다음날 새벽 개울가에서 만났을 적엔 그녀의 얼굴 반쪽이 퍼렇게 멍이 들고 부어있었다. 원색적인 한복을 입은 것이 아니었으나 앞가슴이 훤히 드러난 혼란한 빛깔의 원피스를 입고 있어 그는 눈길을 효광(曉光)에 반짝이는 풀잎 이슬로 향했다. 그녀는 멍하니 싸리나무들이 무성한 산기슭에 시선을 꽂고 돌처럼 차갑게 굳어버렸다. 그녀가 바라보는 쪽에 시선을 던진 그의 동공엔 옹기종기 큰 함지박을 엎어놓은 듯 한 묘지들이 효풍(曉風) 속에 촉촉이 젖어 파랗게 움돋는 잔디를 자랑하고 있었다. 참으로 평화로운 정경이었다. 산기슭에 어린 효무(曉霧)를 덮고 나란히 누워있는 사람들이 에스겔서의 마른 뼈들처럼 퍼드덕 일어나 걸어 내려올 듯 정감이 어린 곳이었다.

"저 무덤들 모두 누구입니까?"

"증조부님, 할머니, 어머니, 아버지, 군인 가서 죽은 오라버님, 홍역 앓다 죽은 여동생, 공장에 다니다 수은 중독에 걸려 비명횡사한 언니들이 묻혀있는 곳이지요."

"할아버지 무덤은 저기 없나요?"

호옥이 할아버지를 빼놓고 말하는 것이 이상해서 김 전도사는 이렇게 물었다.

"할아버지는 저기 우사에서 사육 중이지요."

"네에! 사육 중이라니 어떻게 그런 말을……."

"우후후……. 소나 돼지라고 해도 되지요. 짐승들처럼 생각이 없으니 사육되는 우리 안의 짐승들이 되었지요."

그제야 김 전도사는 호옥을 만났을 적에 박무웅 장로를 할아버지라고 한 말이 기억나서 미안한 마음이 들었다.

"제가 깜박했네요. 박무웅 할아버지, 그러니까 장로님을 말하는 것이지요."

그는 멋쩍게 웃으며 그윽한 눈으로 그녀를 바라보았다. 서서히 힘을 얻은 햇살을 받아 안고 있는 탓인지 머루 같은 검은 눈이 놀랍도록 반짝였고 새까만 머리에 기름기가 흘러 눈부셨다.

"으하하……. 괜찮아요. 지금은 가축인 걸요. 혈육이란 아끼고 가꾸면서도 때로는 고단함이 덧쌓이는 존재여야

하지요."

호옥은 첫날 이 계곡에서 만났을 때처럼 골짜기가 쩌렁 울리게 소프라노 음성으로 웃어재끼며 다람쥐처럼 산속 으로 사라졌다.

그녀가 던지고 간 말을 되씹으며 김 전도사는 깊은 생 각에 빠져들었다. 할아버지가 소나 돼지처럼 사육되고 있 다는 현재의 시각에서 과거를 평가해 보면 타인의 고통, 타자의 트라우머는 이웃에 대한 공감과 환대의 문제가 되 는 것이다. 호옥을 통해 들은 사육이란 말은 한 달여가 지 나도록 저들 속으로 파고들어갈 수 없는 그의 생활태도에 엄청 큰 충격을 주었다.

"안녕하셨어요? 김 전도사님!"

깊은 생각에 빠져있는 그의 어깨를 툭 치는 사람이 있 었다. 이 마을에서 이런 인사를 하는 사람은 이만덕 이장 한 사람이다.

"어어……. 안녕하셨어요."

"호옥이 무어라 지껄인 모양인데 개의치 말아요. 그 앤 정신이상이 있어 생각나는 대로 말하고 행동하지요. 번개 처럼 번쩍 모습을 드러냈다가 바람처럼 사라져버려요. 공 장을 전전하다가 길거리에서 붕어빵도 구워 팔아보고 심 지어 지압사 곁에서 잔심부름도 했다는데 이제 정신이상 에 걸려 나대는 여자니 조심하세요. 엉뚱한 행동을 할 적 이 많으니 각별히 신경을 써야 합니다."

어젯밤 그가 성폭행을 하려다 실패한 소동이 김 전도사의 머리를 스쳤다. 앙칼지고 담대한 호옥의 힘에 밀려 쫓겨나면서 칼에 스쳤는지 오른 쪽 뺨에 상처가 깊었다.

"호옥이 말로는 할아버지가 여기 계신다는데요."

"아하! 박무웅 노인을 말하는군요. 죽을 사람을 제가 살려놔서 지금 저 모양으로 숨을 쉬고 있어요. 제가 그의 생명의 은인이지요. 그를 살리는 걸 본 모두가 내 말에 꾸벅 죽지요."

"중풍이 왔다는 말인가요?"

"으하하……. 중풍이라면 고급스러운 병이지요. 매일 거기 들려 노인시중을 들고 있으니 보았겠네요. 뱃살이 엉망이고 척추를 다쳐 몸을 잘 못 쓰는 노인이라는 걸."

"척추를 다쳤다고요?"

"그런 사람을 내가 돌보느라고 엄청 고생을 하고 있었는데 전도사님이 내 대신 돌봐줘서 내가 요즘 조금 편하네. 손녀인 호옥이 제 정신이라면 얼마나 내가 힘이 되었겠어."

이장은 이렇게 한숨 섞인 푸념을 늘어놓고 휘적휘적 그의 곁을 지나 어제 고추를 심던 밭으로 향했다. 간밤에 호옥을 성폭행하려던 거친 숨소리가 그의 귓가를 맴돌아 그는 눈살을 찌푸렸다.

밤마다 호옥이 거하는 농가엔 불이 켜졌다. 그는 아예 그 쪽엔 발길을 끊고 관심을 갖지 않기로 했다. 불을 밝히고 있는 그 집을 보고 있노라면 그도 사내인지라 이상하게 몸이 근질거리고 호흡이 빨라져서 일부러 성경을 더욱 바짝 끌어안고 마음을 한군데 모으려고 애를 썼다.

'어느 곳에서든지 너희를 영접하지 아니하고 너의 말을 듣지도 아니하거든 거기서 나갈 때 발아래 먼지를 떨어버려 저희에게 증거를 삼으라.'

그가 지금 읽고 있는 성경은 그에게 이렇게 일러주고 있었다. 그렇다면 김 전도사 자신도 전임자들처럼 발에서 이곳의 흙과 먼지를 털어버리고 관계를 싹 끊고 싸리골을 떠나는 일이 옳은 길일까. 그래도 새벽마다 종을 치면서 자신에게 다짐한 탓인지 이런 마음이 솟구쳤다.

'목회란 하나님이 하시고 싶었던 일을 대신 해야 하는 것이다. 이런 일을 하는 것이 규모와 상관없이 성공한 목회일 터이다.'

박무웅 할아버지와 요즘 돌보기 시작한 또 한 사람, 이용기 상이용사가 있다. 이용기 할아버지는 월남전 참전용사로 여든이 가깝도록 머리에 파편조각을 빼내지 못하고 살고 있는 사람이다. 수술을 하면 위험한 부위라 그냥 그걸 지니고 사는 사람으로 늘 머리가 아프고 몸이 아파 누워 지내는 분이다. 이 두 노인은 절대적으로 김 전도사의 손길이 필요했다. 그들은 대놓고 고맙다고 말하지 않아도 그들의 눈이 모든 걸 느끼게 했다. 눈은 마음의 창이라고 하지 않던가. 특히 이용기 할아버지는 아내가 작년에 죽은 뒤라 정신적으로 아주 불안했다. 신경질적으로 벽을 주먹으로 때려 손등이 언제나 울혈로 얼룩져있었다.

요즘 김사은 전도사는 새벽기도회를 다녀와 간단히 아침을 챙겨먹고 성경을 읽고 인간축사(그가 속으로 명명한 이름)로 간다. 그 시간대엔 이만덕 이장이 몸을 움직일 수 있는 노인들을 데리고 밭으로 가고 없어 두 노인을 돌보기에 좋은 시간이다. 두 사람의 대소변 시중을 들어주고 방청소를 하고 얼굴과 손발을 씻기고 저들의 손발이 되어준다. 어제 이용기 할아버지가 열이 대단해서 친구 곽명길 박사가 준 애드빌 두 알을 먹였더니 너무 좋은 약이라고 한 번 더 먹자고 손을 내밀었다.

김 전도사는 언제나 봄을 탔다. 오월로 접어들면 봄열과 함께 틀림없이 한 차례 연례행사처럼 몸살을 지독하게 겪는다. 싸리골에 들어와서도 예외는 아니었다. 친구가 준 애드빌의 도움을 받아 죽을 정도의 아픔은 사라졌지만 먹지를 못하니 결국 새벽종 치는 것을 하루 쉬었다. 미음이라도 쑤어 입에 넣어주는 사람이 없는 벽촌에 하루 종일 누워있으니 어두워도 전등 켤 힘조차 없어 어둑한 방에 널브러져 있었다. 그 때 문이 조용히 열리더니 호옥이 쟁반을 들고 들어왔다. 얼마나 아프냐는 인사도 없이 그녀는 들깨를 듬뿍 넣고 묽게 끓인 죽을 그의 앞에 불쑥 내밀었다. 그도 이곳 사람들의 식대로 고맙다는 인사도 없이 정신없이 퍼먹었다. 꼬박 나흘을 굶었더니 아픈 중에도 죽이 달았다.

"이것 잡숫고 정신이 들면 싸리골을 떠나세요."

아주 명령조였다. 김 전도사가 아무 대꾸도 하지 않자 그녀는 다시 힘주어 퉁명스럽게 말했다.

"제 말 들으세요. 그렇지 않으면 온전한 몸으로 이 마을을 떠나지 못해요. 난 이왕지사 고향을 위해 여기서 죽기로 하고 들어왔지만 젊은 나이에 그것도 싸리골과 아무 관계도 없는 사람이 뭣 때문에 이렇게 허송세월 하세요. 제 할아버지하고 상이용사 아저씨 돌보느라 그간 수고하셨어요. 하지만 그분들은 마땅히 고생해도 싸요, 자기들이 자처한 일이니까요."

"제 소명은 싸리골 사람들을 돌보는 일이니 걱정 마시요."

"현대판 순교자가 되겠다는 결심이라도 하셨어요."

"난 누가 뭐래도 내가 옳다고 생각하는 일을 하는 사람이요."

"대단하군요. 이만덕이 날 나쁘게 말했지요. 정신병자고 몸 파는 여자고 어쩌고 했지요. 저 그 정도로 타락한 여자 아니에요. 내가 태어난 고향이 처한 상황이 안타깝고 내 핏줄로 유일하게 한 사람 남은 할아버지 때문에……."

그는 입을 열지 않았다. 호옥의 눈에 너무나 강렬한 아픔이 어렸기 때문이다. 평안한 영혼에서 발하는 눈빛이 아니라 고통으로 일그러진 눈이었다.

"이만덕이 들어오기 전까진 싸리골은 어렵긴 해도 사랑과 평화가 넘치는 곳이었어요. 저도 이 싸리골교회에서 주일학교를 다녔지요. 들어보시겠어요."

호옥은 유치원생으로 학예회에 나와 무대에 선 것처럼 두 손을 맞잡고 몸을 흔들어가며 '예수사랑하심은 거룩하신 말일세 우리들은 약하나……'를 부르기 시작했다. 윗몸을 신나게 흔들면서 나중엔 오른 손바닥으로 엉덩이를 탁탁 처가며 신바람 나게 찬송을 불렀다. 그건 정말 김 전도사에게 감동이었다. 이만한 믿음의 뿌리를 내려놓은 싸리골에 이 무슨 변고의 바람이 불어 닥쳤단 말인가. 그는 목소리가 떨리도록 놀라서 물었다.

"이런 신앙의 뿌리를 모두 어디에 버려두고 교회도 나오지 않고 이렇게들 지낸답니까. 축사에 있는 분들도 모두 교회를 다녔단 말이요?"

"초대교회 선교사가 개척한 교회니 100년이 넘는 역사를 지녔지요. 농사를 지어먹고 살아도 우린 모두 행복했어요. 공부하고 돈을 벌려고 대처로 떠나기 전에 모두 교회에 다녔어요. 돈이 없어 어렵게 살아도 우린 서로 사랑하면서 정을 나누며 살았지요. 비록 도시로 떠났지만 언젠가는 모두 싸리골로 다시 돌아온다고 다짐하면서요. 그런데 이런 모든 꿈이 거품이 되었어요. 그 몹쓸 놈이 들어오고 변한 것이지요."

"그분이 어떻게 했기에 이런 지경까지 가게 되었나요?"

"이만덕은 괴물이에요. 악마라고요. 그러니 전도사님도 다치기 전에 서둘러 싸리골을 떠나세요. 그 사람 여기 들어와서 이장이 되려고 10여 년을 굉장히 무서운 짓을 많이 했어요."

그때 갑자기 문이 벌컥 열렸다. 이만덕 이장이었다.

"너 예서 뭘 해. 사내가 그리워 여길 찾아왔군. 도시에 나가면 돈 받으면서 그 짓을 할 터인데 바보처럼 여긴 왜 와서 기웃거려. 빨리 나가지 못해."

호옥은 입을 삐죽거리면서 눈을 흘기고 온갖 미운 몸짓을 다 해가며 방을 빠져나갔다. 그녀가 부엌문을 닫고 멀리 사라지는 발자국 소리를 들으며 이만덕은 입을 열었다.

"죄송합니다. 이 여자가 이 마을의 사탄이고 괴물입니다. 여기 오는 전도사들이 모두 저 여자 때문에 쫓겨났습니다. 간음하도록 유도해 놓고 그걸 미끼삼아 불고 다니며 기뻐하지요. 참 희한한 성품을 지닌 여자지요. 다행히 제가 오늘 여길 지나다 목격했으니 망정이지 큰 일 날 뻔했습니다. 앞으로 조심하세요."

이장은 아주 겸손하게 허리를 굽혀 인사하고 몸조리 잘 하라며 사택을 빠져나갔다. 두 달을 싸리골에 와서 살았건만 도대체 갈피를 잡을 수 없었다. 괴물이 두 사람이 되었으니 말이다. 아무튼 싸리골은 죽어가고 있었다. 이러다가는 버려진 광산촌처럼 될 것이 뻔했다. 흙을 이길 수 있는 사람은 젊은이들인데 그들이 사라진 곳이다. 자연스럽게 사라질 위기에 놓인 싸리골에 그럼 이만덕이란 사람이 귀인이란 말인가.

3

5월로 접어들면서 싸리골은 제법 바빠졌다. 주로 이장 이만덕의 지휘 아래 농사가 지어지고 있었다. 기계로 파헤치고 심어놓은 고추밭에 엎드려 잡초를 뽑는 노인들의 얼굴엔 웃음기가 가시고 억지로 그저 죽지 못해 게으른 몸짓으로 일을 하고 있었다. 이걸 지켜보던 김 전도사는 교회 앞마당에 꽃이라도 심을 요량으로 이장을 찾아갔다. 삽과 호미를 잠시 빌려 땅을 파놓고 꽃모종을 해서 심을 심산이었다. 그의 창고엔 수없이 많은 농기구들이 널려있었다. 그는 호미의 날을 손질하느라고 김 전도사가 곁에 바짝 다가가도록 정신이 없었다.

"교회 마당에 꽃모종을 할까 해서요."

그의 목소리에 흐린 눈을 들어 김 전도사를 멍하니 쳐다보더니 화초를 심겠다는 그의 말에 그는 시큰둥했다. 곧 떠날 사람이 무슨 소리를 하느냐는 반응이다. 그의 태도는 마치 벙어리라도 된 듯 선불 맞은 곰처럼 보였다. 그의 대답도 기다리지 않고 김 전도사는 삽과 호미를 집어들고 나와 축사로 향했다. 두 노인을 돌보기 위해서이다. 그 때 노인 한 분이 살그머니 김 전도사에게 다가와서 주위를 겁을 먹고 살피더니 귀엣말을 했다.

"이덕기에게 준 약을 나도 먹고 싶어."

그는 머리가 몹시 아픈지 눈이 벌겋고 열에 들뜬 얼굴로 손을 내밀었다. 비상용으로 몇 알을 호주머니에 넣고 나온 터라 김 전도사는 얼른 2알을 그의 입에 넣어주었더니 혀를 내밀어 날름 받고는 생쥐처럼 축사를 빠져나갔다. 그러고 보니 싸리골에 들어와 그에게 다가와서 말을 건 사람은 이장과 호옥이 말고는 처음이었다. 마음이 흐뭇했다. 그의 도움을 필요로 하는 사람이 있다니 참으로 신명나는 일이라 어깨가 으쓱해지면서 그는 혼자 웅얼거렸다.

'하나님이 쓰신 책은 두 권이다. 특별계시로 인간의 손을 빌려 기록한 성경과 일반계시인 자연이라는 책이다. 자연은 하나님이 손수 쓰신 위대한 계시의 책이다. 자연은 우리 목전에서 아름다운 한 권의 책으로 나타나있다. 자연 속의 모든 크고 작은 피조물은 보이지 않는 신적 사실들을 보여주는 글자와 같다. 이렇게 여기 자연으로 모습을 드러낸 주님의 손을 잡고 싸리골에서 살아가자. 나는 저들을 돌봐야 한다.'

친구 곽명길이 전화를 했다. 첫마디가 농어촌 지역에 방치된 빈 집들이 많아지는 위기의 시기에 농촌으로 가다니 하면서 걱정을 늘어놓았다. 심지어 그 좋은 머리에 어쩌자고 산골로 갔느냐고 한숨을 삼켰다. 모두가 교육과 주거환경이 몰려있는 대도시로 이동해서 대규모 공동주택을 선호하는 시대이다. 모두가 서울공화국이란 이름이 날 정도로 선호하는 서울이나 대도시로 모여드는 추세다. 농어촌은 차츰 비어지는 판에 어쩌자고 산골로 갔느냐고 이죽거리기도 했다. 말문이 막혀 머무적거리는 김 전도사에게 아무튼 무조건 내일 만나자고 전화로 다그쳤다. 어서 늦기 전에 시골에서 고만 썩고 도시로 나와 제대로 살라면서 무척 안타까워했다. 그러잖아도 심란한 판에 그의 전화는 김 전도사를 몹시 마음 상하게 했다.

어릴 적 친구 곽명길 박사는 약속시간보다 먼저 나와 앉아있었다.

"높으신 박사님이 대전까지 오면 미안하잖아. 내가 너의 대학교 근처까지 갈 수 있는데."

미국에서 대학을 나오고 박사까지 받았다니 괜히 자신의 처지가 미약하게 느껴진 김사은 전도사는 약간 비꼬는 말투로 인사를 건넸다.

"너 참 장하다. 신학교 졸업하고 바로 산골로 내려갔다니 말이다. 이제 고만 그런 시골 버리고 도시로 나오지 그래. 그만하면 자네의 꿈이 어떠했다는 걸 깨달았을 거 아니냐. 도시로 나와 베드로 방식을 따라 목양에 일념 하지 그래. 수천 명의 교인을 거느리고 건물도 짓고 세계를 돌면서 선교한다고 으스대고 땅 끝까지 복음을 전한다고 교인들 앞에서 너스레를 떨고 하면 얼마나 좋으냐! 기사를 거느린 외제 자가용도 타고 초호화판 사택에서 목에 힘을 주고 살아야하지 않겠어."

"너 내 친구 곽명길 맞아. 너 미국 가기 전까지는 나랑 바닥까지 내려가서 노숙자들을 돌보든지 아니면 농촌 목회하자고 새끼손가락까지 걸고 맹세했고 금식하면서 눈물콧물 쏟았는데 미국에서 저질이 되어서 돌아왔구나."

"우리에게 그런 철없는 시절도 있었나? 으하하……."

그는 멋쩍은 듯 오른손으로 뒤통수를 긁적거리면서 지 껄였다.

"시대가 정신 차릴 수 없을 정도로 급변하고 있어. 늦기 전에 약삭빠르게 변하는 줄서기에 끼어들어야 한다. 시대에 발맞춰 메타버스 시대에 끼어들어 편안한 삶을 누리며 거부로 살거라."

"나는 너와 함께 청운의 꿈을 꾸었던 그대로 바울처럼 살련다. 천막 수선으로 돈을 벌어 생계를 이었던 바울이 바로 내 모델이다. 내 일생 가난해도 자립으로 생계를 꾸리면서 내가 택한 농촌에서 복음적 삶을 살며 하나님 나라의 영향력을 확대해 나갈 셈이다."

"아오! 너 정신 차려. 이 시대는 가상세계가 현실 세계를 능가하고 있어. 인공지능 목사가 설교하고, 인공지능 교사가 가르치고. 인공지능 가수가 노래하고, 인공지능 의사가 수술하고 있어. 심지어 인공지능 작가가 소설이나 시를 쓸 수 있어 작가도 필요 없는 시대로 접어들었다. 이런 변화의 시기에 골짜기로 떨어져내리면 공룡이 기후변화에 적응하지 못하고 전멸했듯이 너도 그렇게 된다. 고리타분하게 과거 지향적 사고를 지니고 농촌으로 들어가 바울이 어떻고 또 뭐라고 복음적 삶을 산다고! 아우! 이 답답한 친구야. 하나님의 자리에 인간이 앉을 시대가 곧 도래하고 있다고 야단들이야. 정신 차려 자식!"

친구는 인공지능이란 말을 반복해가며 입가에 거품을 물었다. 농촌햇살에 검게 타고 입은 옷에서도 농군냄새가 물씬 풍기는 김사은 전도사를 박사가 된 친구는 한심하다는 듯 위아래를 훑어보았다. 시대는 거세게 변하고 있는데 이 친구는 지금까지 그 꿈을 포기하지 않고 붙들고 있구나 하는 생각에 이르자 곽명길은 피식 웃었다.

"그러지 말고 내가 연구원도 하나 차릴 계획이니 너 거기 와서 일해라. 돈을 많이 줄 터이다. 앞으로 정보사회 물결은 내가 이끄는 이 길이 정도이다. 거기서 일해야 너 결혼도 하고 자식도 낳고 돈도 벌어 떵떵거리고 살 것이 아니냐. 너 머리 좋은 녀석이라 내가 도와주면 잘 할 거다. 더 늦기 전에 서둘러 저들의 대열에 끼어들어야 한다. 돈이 모이면 일본이나 미국으로 몇 년 유학 가서 로봇이나 인공지능분야 박사학위를 받아오면 네 인생길이 훤하게 트인다."

미국에 가서 살더니 자본주의 물결에 휩쓸려 황금만능주의에 젖어 완전히 변해버린 친구가 한심해서 김 전도사는 비웃음을 날리며 몸을 외로 꼬았다. 몹시 아니꼽다는 표정을 여실히 드러내는 웃음을 삼키며 가는 길이 틀리니 피차 대화를 나눌 필요가 없다고 김사은 전도사가 그냥 일어서려고 하자 박사친구는 그의 손을 강하게 잡았다.

"나랑 밥이라도 먹고 헤어지자. 이렇게 오랜 만에 만났는데 그냥 헤어지면 섭섭하지."

"너는 네가 그렇게 좋아하는 메타버스 줄에 매달려 살아가고 나는 내가 좋아하는 하나님의 줄에 끌려가련다. 가는 길의 방향이 다르니 밥을 함께 먹을 이유도 없지."

그러자 곽명길 박사는 묘한 웃음을 삼키며 진지한 얼굴로 대화에 임했다.

"거기서 자네가 정말로 목회 성공하겠어. 내가 알기로는 젊은이들이 떠난 농촌목회는 죽음을 앞둔 노인들만 남아서 현상유지만 해도 성장이라고 모두 그러더군. 그럼 넌 거기서 노인들 모두를 장례 치른 뒤에 그제야 버려진 그곳을 떠나겠다는 것이지. 그 땐 이미 버스가 지난 다음이라 넌 시대에 뒤진 실패한 사람이 되는 거야."

"자본주의 물을 먹고 온 네가 생각하는 성공과 내가 생각하는 성공 자체가 틀리니 고만 우리 헤어지자."

"도대체 네가 생각하는 성공이 무엇이냐?"

"내가 생각하는 성공이란 예수님이 하시고 싶은 일을 내가 대신 그의 손발이 되어서 하는 거야. 그렇게 하는 것이 시대의 변화나 지역과 규모에 상관없이 성공하는 삶이다. 내가 죽고 예수가 사는 목회, 영혼구원과 사랑에 미친 목회, 하나님 사랑하고 이웃사랑을 실천하는 목회를 말하는 것이다. 천천히, 꾸준히 감사하고 즐기면서 행복한 목회를 할 셈이다. 버리고 포기할 때마다 채워지는 역설적인 삶이지. 다가오는 수많은 고통의 순간을 극복하면서 살아가는 거야. 너도 황금에 빠져 혼동을 상징하는 바벨탑을 고만 쌓고 믿음의 본질로 돌아오너라. 하나님을 사랑하고 아는 것이 믿음의 본질이야. 그건 교회 교인들의 수의 많고 적음과는 상관없다. 너는 내가 보기에 너무 멀리 가서 지옥 언저리에 가있구나. 가엾다, 참말 가여워! 너 너무 불쌍해 보여."

곽명길 박사는 한참동안 묵묵히 앉아서 그의 눈을 직시하다가 조용히 입을 열었다.

"너 일생 흔들리지 않고 그 길을 갈 수 있다고 확신하니?"

"죽음을 각오하고 해야지 평범하게 적당이 목회해선 하나님의 뜻을 이루기 어렵다. 네 눈엔 내가 거룩한 낭비를 하고 있다고 비웃겠지만 난 한 영혼을 위해서라도 교회가 존재해야 한다고 믿고 있다. 교회란 성자들이 모인 공동체가 아니고 죄인들이 모여서 주님을 닮으려고 노력하고 애쓰는 공동체라고 나는 확신한다. 소외되고 가난한 사람들과 눈높이를 맞춰 함께 생활하는 공동체여야 한단 말이다. 성경만 보고 사는 것은 반쪽만 아는 생활이다. 또 다른 성경인 하나님의 창조물인 자연 속에서 농사를 통해 예수님의 마음을 알 수 있다고 한다. 신약에서도 예수님은 농사짓는 예화를 많이 들고 있지 않니. 성경을 압축하면 십계명이고 그걸 또 압축하면 하나님 사랑이고 이웃사랑이다. 그렇게 살아야한다는 뜻이다."

이대로 있다가는 김 전도사의 말이 너무 길어질 것 같아서 곽 박사는 음식을 주문하고 친구의 손을 힘차게 잡았다.

"사실 나도 조직에 의한 인본주의적 교회운영에 신물이 난 사람이다. 미국에서 대교회에 적을 두고 다녔는데 이건 완전히 비즈니스더라고."

김사은 전도사 대신 이번엔 곽 박사의 논리정연한 말들이 앞에 차려진 밥상의 음식들이 다 식도록 이어졌다.

"난 최근에 교회에 다니면서 큰 갈등에 빠져 허덕이고 있다. 예배만 드리고 기차에서 내린 승객들처럼 밀려나와 교회 따로 생활 따로 하는 현대인들의 삶의 방식이 싫어졌어. 그들 틈에 끼어 밀려다니며 예배란 삶을 통해서 드려야한다는 생각이 퍼뜩 스치더라. 주님과 동행하는 생활과는 관계없이 설교만능주의에 빠져서 말만 번지르르 하고 그걸 들은 성도들은 가슴이 뭉클 눈물 찔끔 흘리고 그것으로 고만이더라고. 교회 문을 나서면 성도들이란 자들은 세상 사람들보다 더 무섭게 삶속에 빠져들더라. 목사와 장로가 지나치게 특권을 누리는 현장이 너무 역겨워 신물이 날 지경이다. 대기업처럼 조직화된 교회계급이 평등사회가 아닌 수직사회 구조란 말이다. 직분을 명패로 가슴에 달고 나대는 반민주주의적인 사고가 제거되어야 주님이 살아난다고 본다. 적당히 신앙생활하는 엉거주춤한 상태의 신자들이 지금 우리 주변에 널려 있다. 도시 목회는 병들대로 병들어서 혁명적인 개혁이 일어나야 한다고 본다. 루터의 종교개혁을 능가하는 그런 혁명을 말하는 것이다. 내가 최첨단의 정보물결에 들어가 보니 세상은 무섭게 변하는데 능력과 경험이 제한된 목사가 인도하려니 잘 되질 않는다. 도시 교회에도 노인들만 남고 젊은 이들은 등을 돌리고 있는 현실이다. 이래서 한국교회는 세상과의 싸움에 백전백패하며 지리멸렬한 교회로 전락하고 있다. 교회가 세상과 격리된 삶을 살도록 인도하는 바람에 성도들은 세상 따로 신앙 따로 엇박자로 이분법 논리에 빠져들었다. 머리와 가슴은 알고 있는데 생활은 그렇게 하지 않고 이방사람들의 길을 따라 열심히 뛰고 있는 셈이다."

그는 미국 물을 먹었어도 여전히 영적 날카로움은 살아 있어서 지적하는 것들이 옳다고 김사은 전도사는 맞장구를 치면서 머리를 끄덕거렸다.

"그래도 대교회는 작은 교회가 하지 못하는 일을 할 수 있단다. 그런 목회를 하는 사람은 그대로 하고 우리 젊은 이들은 밑으로 내려가서 생활로 사랑을 실천하는 목회가 이제 필요한 시기라고 본다."

곽 박사는 고개를 바짝 치켜들고 다시 떠들어댔다.

"요즘 젊은이들은 지적수준이 높고 교회보다 훨씬 효과적인 공동체에서 일하고 있다. 이들을 영적으로 인도하는 목사들은 변하는 현대 물결의 지적수준은 물론 삶에 대한 치열함이나 네트워킹 능력 등에서 상대적으로 뒤떨어져 있어서 젊은이들이 교회를 떠나고 있다. 교인의 숫자나 교회건물 크기는 이제 버려야 한다. 교회라는 공간적인 장소에 제한하면 교인들의 시야가 좁아지고 옹졸해지게 마련이다. 교회지도자들은 가장 낮은 자리인 현장으로 내려가서 희생하며 사랑하는 삶을 실천하며 살아야 한다는 뜻이다. 그래야 주님이 우리 가운데 거하게 되는 것이란 생각을 지울 수가 없어 요즘 난 괴로워하고 있단다."

그의 긴 이야기를 듣고 김 전도사는 시큰둥하게 응했다.

"그런 너의 갈등에 나도 공감한다. 그래서 나는 나 자신의 꿈을 찾아 나선 것이다. 넌 그렇게 알면서도 돈이 좋아 도시공화국에 속해 살아야 한다는 말이냐. 거기서 어떤 개혁을 하려고 그러니."

"아무튼 너의 확고한 결심을 들으니 내 마음이 기쁘다. 내 앞이 확 트이는 기분이다. 솔직히 고백하면 난 널 시험하려고 자꾸 나댄 것이고 널 Temptation(유혹)이 아니고 Test(시험)해 본 것이다. 난 아직도 너와 꿈꾸었던 청년시절 청운의 꿈을 포기한 적이 없다. 사실 너를 찾아서 귀국한 것이다. 내가 가족을 따라 이민 가서 전공한 것도 농학으로 특수농작물이 내 연구 분야이다. 내가 도와줄 터이니 우리 함께 일하자."

두 사람은 서로 와락 껴안고 볼을 비볐다. 밤새워 깊은 산속 덤불에 꿇어앉아 기도하며 눈물콧물 흘렸던 청년의 청순하고 정렬적인 기백을 텅텅 뛰고 있는 서로의 심장소리를 통해 확인할 수 있었다. 두 사람은 코로 밥이 들어가는지 입으로 들어가는지 음식 맛은 멀리하고 대화 속으로 빠져들었다.

"작은 자들을 온전히 섬기려면 작은 게 유리하다. 소규모 공동체가 좋다는 말이다. 네가 택한 산골에서 손수 농사를 지으며 자연과 소통하는 생태목회가 참 바람직하다고 나는 생각한다."

그러자 김사은 전도사는 신바람이 나서 밥 먹기도 잊고 마구 자신의 포부를 늘어놓았다.

"농업중심의 생명운동으로 전환해서 목가적 목회를 하는 것이다. 하나님의 마음은 늘 지극히 작은 자들을 찾아 내려간다. '지극히 작은 한 사람을 위한 작은 교회' 이 말이 참 멋있지."

두 사람은 청년시절로 돌아가 서로 어깨를 두드리며 흔쾌하게 웃었다. 늦은 시간에 두 사람은 호텔로 들어가서 밤새워 앞날을 놓고 서로 대화를 나누었다.

"네가 도시의 모든 걸 접고 산골로 들어갈 때는 맹목적이 아닐 터이고 앞으로 어떤 청사진을 가지고 있는 거냐. 설마 그냥저냥 저들과 평범하게 살아가겠다는 것은 아니겠지."

김 전도사는 자신의 꿈을 백지에 써내려가면서 입가에 침이 고이도록 신명나게 늘어놓았다.

"먼저 내가 농촌과 농업의 전문가가 되어야 한다고 생각한다. 지역에 대한 구체적 분석을 하고 지역 내 공동체적 삶을 풍성하게 할 수 있는 길을 모색해서 개발해야 할 것이다. 그러기 위해 인터넷을 통해 농사정보를 탐색할 예정이다. 어느 정도 기반이 잡히면 흩어져 있는 작은 교회 간의 연합을……."

끝이 없는 그의 계획에 곽명길 박사는 빙그레 웃으면서 지그시 친구의 손을 잡았다.

"내가 미국에서 공부한 특수농작물재배가 너에게 큰 도움이 될 것이다. 그 꿈을 꾸면서 농과를 택해서 식구들 지청구도 많이 들었다마는 난 우리의 꿈을 생각하며 너를 잊은 적이 없다."

김 전도사는 곽 박사의 말에 짠 소금에 풀이 죽었던 배추가 싱싱하게 살아나듯 박수를 치기도 하고 웃음을 참지 못해 어깰 으쓱거리기도 했다.

"우선 첫 단추는 여름두릅이 좋겠다."

"여름두릅이라니?"

"농촌의 인구는 줄어서 손은 모자라고 노인들이라 고된 노동은 힘들고 서서할 수 있는 농작물로는 여름두릅이 적격일 것이다."

갑자기 들고 나오는 특수농작물 이야기에 김 전도사는 당황했다. 물론 그런 생각을 막연히 해보기도 했지만 농사 경험이 전혀 없는 탓에 감이 잡히질 않아 그가 하는 말에 그저 빙긋 웃기만 했다.

"5월 중순부터 10월 중순까지 수확가능 농작물이다. 우선 이걸로 작은 터에 육묘장용 밀식으로 묘목이 아닌 뿌리를 분양해서 심는 거다. 농약을 치지 않아도 되고 논은 안 되지만 물이 잘 빠지는 밭이면 자갈밭도 괜찮아. 5월 20일에서 10월 20일까지 꺾을 수 있고 여름작물이라 인기도 좋다. 일반두릅 수확량의 10배로 일반 두릅보다 경쟁력이 높지. 집약적으로 대규모 수확하는 것이 관건이다. 내가 시식해보니 일반 두릅보다 맛이 훨씬 더 좋아."

그의 말에 김사은 전도사는 그걸 내다팔 시장 걱정을 했다.

"제일 문제가 되는 것은 판로야."

"여름두릅은 고급 한식, 일식 등에서 사가는데 납품할

곳은 무한대로 수요가 딸릴 정도다."

"난 아직 농사가 뭔지 잘 몰라."

"내가 옆에 있잖아. 조금 늦었구나. 4월 20일까지 파종해야 하는데 지금 5월로 접어들었으나 경험도 살겸 텃밭에 조금 심어볼레. 평당 8뿌리 심으면 되니까 100뿌리 정도 분양받아 우선 시험농작을 해보는 것이 좋을 거다."

성격이 급한 친구 곽명길 교수를 따라서 다음날 바로 100뿌리 정도 분양받아 우선 교회에 딸린 텃밭에 심기로 했다. 수업까지 미루고 여름두릅 뿌리 심기를 가르치느라고 곽 교수는 땀을 뻘뻘 흘리며 무너져가는 종탑 옆에 여름두릅 뿌리를 눕혀서 심는 법을 일러주고 학교로 가버렸다. 이장에게서 빌려온 삽과 호미로 서투르게 김 전도사는 땅을 파면서 헉헉거렸다. 언제 왔는지 이만덕 이장이 그의 곁에 서서 소리를 바락 질렀다.

"지금 이게 뭣하는 짓이요?"

"여름두릅은 심고 있어요."

"곧 떠날 사람이 별짓을 다 하고 있네. 참 이상한 사람이군. 농사는 아무나 짓는 것이 아니요. 흙에서 일생 굴러다니면서 농사가 몸에 익어도 힘든 작업이라고. 풋내나는 바보가 세상물정 모르고 나대니 진짜 사람 놀리고 웃기고 있네."

김 전도사는 친구가 소개한 내용을 자랑스럽게 떠벌리고 힘든 고추농사나 돈이 안 되는 작물보다 이건 돈이 될 것이니 금년 해보고 내년에 많은 땅에 이걸 심자고 이장을 달래면서 열심히 설명했다. 점점 나이 들어가는 노인들이 엎드리거나 앉아서 일하기 힘드니 서서 매일 쑥쑥 자라는 여름두릅을 딴다면 고생도 덜 하고 수확량이 많아 돈이 될 것이라고 김 전도사는 기염을 토했다.

"친구가 농학박사라고? 허허허……. 진짜 세상모르는 탁상공론가들이 바로 그런 사람들이야. 손에 못이 박히도록 일해서 얻은 경험으로 노하우를 터득해도 힘든 것이 농사라고. 농사도 전문직이라니까. 글자로 배우는 것하고 실제는 다르니 어서 집어치우고 여길 떠나는 것이 좋을 것이오."

"이장님도 이곳에 오신 지 10년 넘었다고 들었어요. 저도 여기서 10년 넘으면 농사를 잘 지을 수 있어요."

"내가 농사 10년이라고? 나 이곳 본토박이야. 내 살과 뼈가 싸리골 흙에서 태어난 토박이 농사꾼이라고."

무슨 말인지 몰라 김사은 전도사는 머릴 갸웃거렸다. 분명히 이곳 토박이 박무웅 장로가 말하기로는 10년 전 귀인이 들어왔다고 말했는데 이곳 사람이란 말인가. 호옥에게 물어봐야겠다고 생각했다.

"난 여기서 죽을 것입니다. 절대로 안 떠나요."

그의 강한 어조에 이장은 어디 두고 보자는 듯 눈을 흘겼다.

김 전도사는 혼자 손으로 10여 평의 그간 버려져 굳어버린 텃밭을 일궈서 분양해온 여름두릅을 심었다. 처음 해보는 농사일에 허리와 무릎이 쑤셨다. 우물가에서 대강 몸을 씻고 그야말로 녹초가 되어서 방에 들어서는 순간 잠들어버렸다. 새벽 종줄을 잡고 귀가 터지게 울리는 효종(曉鍾)소리에도 꾸벅꾸벅 졸았다. 새벽기도회를 마치고 어제 힘들여 심어놓은 여름두릅을 보려고 텃밭으로 갔다. 햇살이 익기 직전이라 찬 기운을 머금고 반짝일 윤슬에 잠긴 두릅 모종을 볼 기대로 잔뜩 마음이 흥겨웠다. 그의 첫 농사라 듬뿍 사랑이 갔다. 하지만 김 전도사는 밭 앞에 너무 놀라서 털썩 주저앉았다. 세상에! 서툰 솜씨로 심어놓은 여름두릅 뿌리들이 전부 뽑혀서 밭가장자리에 짓이겨져있었다. 뽑는 것으로도 분이 풀리지 않았는지 아주 죽으라고 뿌리를 짓밟아서 으깨놓은 상태였다.

　김 전도사는 제 정신이 아니었다. 미친 듯이 주먹을 불끈 쥐고 이만덕 이장집을 향해 뛰기 시작했다. 입에서는 연신 욕지걸이가 터져 쏟아져 나왔다.

　'이 개자식! 감히 내가 땀 흘려 애쓰고 심어놓은 내 두릅을 이렇게 만들어버려. 내가 널 죽여버릴 거야. 이판에 너 죽고 나 죽자.'

　이때까지 닦아온 경건훈련도 지금 이 상태에선 소용이 없었다. 밤에 몰래 텃밭에 와서 이 지경을 만들어 놓고도 새벽기도회에 나와서 웅얼대던 가증스러운 이장의 얼굴이 뿔이 10개 달린 악마로 둔갑해서 그의 앞을 가로막았다. 이건 마땅히 몸싸움을 해서라도 이겨야겠다는 오기가 그의 전신에 넘쳐흘렀다.

마침 이장은 숫돌에 낫을 갈고 있다가 흥분해서 식식거리며 달려오는 김 전도사를 보고는 묘한 웃음을 삼키면서 흘겨보았다.

"왜 내 말을 안 들어. 그 정도 하고 이제 여길 떠나라고 했잖아. 도시에서 연필만 굴리던 우윳빛 체질이 농사를 짓는다고 나대는 꼴이 참 가관이다. 더 험한 꼴 당하기 전에 퍼뜩 짐 싸가지고 여길 떠나버려. 그 텃밭은 교회 화단이니 꽃이나 심어야지 농작물을 심는다고! 진짜 웃기네."

그의 이죽거림에 참지를 못하고 김 전도사는 그의 멱살을 잡아서 손이 얼얼할 정도로 뺨을 힘차게 때렸다. 청년의 손에 밀려서 비틀대던 이장의 코와 입에서 피가 흐르기 시작했다. 이장은 침을 칵 뱉고 흘러나오는 피를 손바닥으로 쓱쓱 문지르다가 손에 벌겋게 묻은 피를 본 순간 흥분해서 성난 짐승처럼 날뛰기 시작했다.

"너 내 손에 죽어볼래. 박무웅도 내게 덤벼서 내가 칼로 뱃살을 짓이겨버렸더니 두 손 들고 항복했어. 너도 그렇게 당해 볼래. 내 말에 순종하지 않는 놈은 다 그렇게 만들어 놓을 거야. 나란 놈은 깡패 세계에서 뼈가 굵어 그런 일에는 이력이 난 놈이다."

그는 숫돌에 갈고 있던 낫을 들고 저돌적으로 김 전도

사에게 덤벼들었다. 그래도 대학시절 배워놓은 유도로 그를 걸어차고 몸을 피했으나 그는 만만한 상대가 아니었다. 목숨을 걸고 덤벼드는 맹수에게 잘못하면 박무웅 장로처럼 뱃살이 난도질당할 위기였다. 김 전도사의 팔뚝에 날카로운 낫날이 스치면서 등줄기에 한기가 전류처럼 흘렀다. 이장의 단단한 팔뚝에 밀려 낫이 그의 배를 짓이기려는 순간 갑자기 휘익 날아온 밧줄이 이장의 목을 낚아채서 잡아당기기 시작했다. 숨이 막힌 이장은 헉헉거리며 낫을 팽개치고 목에 걸린 밧줄을 잡아당기며 끌려갔다. 놀라서 둘러보니 호옥이 밧줄을 두 손으로 걸머쥐고 이장을 죽일 태세로 힘차게 조이고 있었다. 세상에! 여자가 어떻게 밧줄로 목줄을 만들어 이런 일을 하다니! 이건 고도의 기술이었다.

김 전도사의 팔을 호옥의 어깨에 올려놓고 다른 팔로는 허리를 안고 목에 두른 수건으로 김 전도사 팔뚝에서 흘러내리는 피를 지혈하면서 사택으로 향했다.

"어서 병원으로 가야 해요. 팔뚝에서 피가 엄청 흐르고 있어요. 간밤에 그 새끼가 여름두릅을 전부 뽑아버리는 걸 제가 숨어서 지켜보고 전도사님도 제 할아버지처럼 당할 것을 예감하고는 밧줄을 챙겨 여기 숨어 기다렸어요. 또 그 짓을 할 걸 알았지요."

그녀는 재빨리 흐르는 피를 호청을 찢어 칭칭 꽁꽁 묶고는 그를 이끌어 산골을 빠져나왔다.

"어서 큰길로 나가서 119을 불러 응급실로 가야 해요. 빨리 상처를 꿰매고 소독도 하고 파상풍 주사도 맞아야 할 것입니다."

김 전도사는 순간적으로 일어난 이 사건이 너무 어처구니가 없었다. 지성인이고 경건훈련을 오랜 시간 해왔는데 동물처럼 나댄 자신도 이상했다. 더구나 호옥이 어떻게 여자 힘으로 밧줄을 던져 이장의 목을 조였는지 그것도 의문점이었다.

"그나저나 어떻게 밧줄을 그렇게 기술적으로 던져서 이장의 목을 조일 수 있어요. 믿기지 않아요."

"저 이곳에서 어린 시절을 보낸 여자예요. 산에서 늑대가 마을에 내려오고 산돼지도 심어놓은 채소와 곡식을 먹으려고 오기 때문에 어린 아이들까지 이런 기술을 배워서 작물을 지켰더랬어요. 여기 토박이들은 이런 일을 쉽게 할 수 있어요."

응급실에서 15바늘을 꿰매고 김 전도사는 혹시 낫의 독이 전신에 퍼질 수 있었고, 몇 대 이장에게서 맞은 배와 허리가 아픈데다가 복숭아뼈가 삐끗했는지 걸을 수가 없었다. 촬영결과 복숭아뼈에 금이 가서 기브스를 하고 입원하는 지경에 이르렀다.

그날은 곽명길 교수와 대전 역전 카페에서 만나기로 했었는데 이 지경이니 전화를 해서 병원으로 오라고 했다. 놀라서 달려온 친구는 산골에 도시처럼 그런 깡패도 있었느냐고 놀라움을 감추지 못했다. 마침 호옥이 사택에 들려 갈아입을 속옷을 가지고 와서 세 사람은 함께 대화를 나누기 시작했다.

"천천히 이슬에 살살 옷이 젖듯 다가가는 수밖에 없다. 자네가 농사를 짓는다고 하니 자존심도 상했을 터이고 넌 아직 그 사람들과 조금도 가깝지가 않아. 우선 저들과 친근해져야 한다. 그러니 다른 방법을 강구해보자."

그의 말을 들으며 김 전도사는 아프리카에 선교를 시작한 어느 선교사의 간증이 머리를 스쳤다. 그가 들어간 곳은 옷을 전혀 걸치지 않고 벌거숭이로 사는 벽지였다. 마땅히 감춰야 할 국부까지 들어내고 살아가는 꼴이 자신에겐 괜찮지만 하나님의 집에 들어서는 여자들이 젖가슴까지 털렁이며 들어서는 모습이 하나님 보시기에 너무 불경건하다는 생각이 선교사를 괴롭혔다. 선교사는 다급하게 파송교회에 편지해서 옷이나 옷감들을 보내달라고 요청했다. 바리바리 보내온 옷과 옷감을 토착민들에게 나누어주고 교회 올 적에는 옷을 입든지 옷감으로 몸을 휘감고 오라고 간청했다. 다음 주일에 교회에는 단 한 사람도 오질 않았다. 이유는 이 산골부족의 풍습은 몸을 파는 여자만이 옷을 입기에 하나님을 믿는 건 좋지만 창녀가 되는 것을 거부했다. 어쩔 수 없이 선교사는 크게 깨닫고 그들의 풍습과 일체의 생활을 수용했다고 한다. 빨가벗고 교회 와도 좋다고.

"자아자아! 이 일로 설마 싸리골을 뜨겠다고 하지 말고 시간들 두고 천천히 접근해 가자구나. 어떤 방법으로 그들에게 접근할 것인지 네가 우선 천천히 시간을 끌면서 그곳 사람들과 환경을 분석하고 연구해야 한다. 넌 승리할 것이다. 하나님이 널 인도할 것이니 힘을 내라."

곽명길 교수는 환자복을 입고 기가 죽어 누워있는 친구의 손을 힘 있게 잡아주며 위로의 말을 했다.

그들은 어떻게 해야 할지 깊은 시름에 잠겨 서로를 그저 멍청하게 바라볼 뿐이었다.

4

김사은 전도사와 친구 곽명길 박사는 할 말을 잊은 채 어둠이 내리는 창밖을 바라보며 한숨만 쉬었다. 두 사람의 심정은 마치 찐 고구마 백 개를 먹은 답답함 그 자체였다.

순간 전도사의 머리에 퍼뜩 신학교 졸업식에서 들은 교수의 설교 내용이 천둥소리로 메아리쳤다. 그 당시 그 설교를 듣고 모든 졸업생들은 가슴을 치고 통곡하며 기도를 했다. 그 내용을 그는 차근차근 간추려서 친구에게 들려주었다.

'미국은 기독교를 잃는데 200년이 걸렸지만 우리나라

는 그보다 훨씬 짧을 것이다. 한국교회는 목회자들의 학위논문 표절, 3천억 원짜리 교회, 목회자들의 흉측한 야심을 드러낸 증거들, 청빙논란, 소수지만 몇몇 목사들이 왕이나 유명인사라도 되는 듯 나대는 꼴불견, 게다가 귀족목사들의 철밥통에 금칠하기 등등으로 사회의 신뢰도는 사라지고 이제 교회는 하찮은 곳으로 전락해버렸다. 이런 것들에 역한 환멸을 느낀 교인들, 특히 젊은 층이 교회를 떠나 이 교회, 저 교회로 돌아다니다가 나중엔 집안에서 텔레비전으로 설교를 듣는 가나안 교인들, 자신의 방식대로 조용하게 신앙생활을 즐기려는 신유목민 교인들이 차츰 증가세를 보이고 있다.

이 시대는 지난날의 교인들처럼 교회를 위한 절대적 헌신, 희생, 충성의 요구가 더 이상 먹혀들지 않는다. 저들의 가장 큰 부담은 강요받는 신앙생활로 그들은 그걸 폭력적이라고 느낄 정도이다. 여러분들이 졸업하고 나가서 섬길 교인들이 원하는 것은 화려한 건물이나 프로그램이 아니다. 개개인에 대한 깊은 관심이다. 그러니 이런 시대에 한국교회가 잃어버린 가치관 즉 처음 사랑을 회복해야 한다. 앞으로 교회를 섬길 여러분들은 넓이보다 깊이를 추구하고 숫자에 관계없이 맡겨진 양들을 돌보는 일에 집중하여 복음 안에서 살아있는 진리를 추구해야 한다. 이제 우리는 그간 기독교가 입고 있던 서양문화라는 옷을 벗어버리고 신앙의 본질적인 면을 봐야 한다. 하나님이 원하는 믿음의 뿌리를 내리고 한국인의 입맛에 맞은 기독교로 녹아들어야 한다는 뜻이다.

다시 말해서 현대교회가 무너지는 요인들로는 교회분쟁, 건물의 대형화, 목회자 세습, 목회자의 사적 이익추구, 도덕적 부패, 교계의 분열 등으로 인한 혼란이다. 그러니 이제 신학교를 졸업하고 광야로 나가는 여러분들이 지녀야 할 목회철학은 외적인 교회성장이 아니라 복음의 진정한 힘을 찾아야 한다.'

연이어 교수는 급속한 현대정보사회 물결을 논했다.

'세 번째 천 년에 접어들면서 인류의 불멸, 행복, 신성을 추구하는 생명공학, 인공지능, 나노기술 등의 막강한 힘을 지닌 정보기술은 그간 인류가 살아온 모든 근간을 흔들고 있다. 알고리즘 기술변화는 앞으로 군인, 변호사, 의사, 약사, 교사 등 전문직업의 대부분이 필요 없는 세상을 만들 것이다. 심지어 기업경영과 예술가의 자리도 침범당할 가능성도 크다. 농업혁명이 유신론적 종교를 탄생시켰고 이제 과학혁명은 인간으로 신(神)을 대체한 인본주의 종교를 탄생시킬 것이라고 세상은 떠들고 있다. 다시 말하면 현존인류인 호모 사피엔스의 진화 다음 단계는 호모 데우스로 인간이 신의 자리에 올라앉게 된다고 한다. 그다음 새로운 종교인 데이터교가 탄생할 것이란 미래학자와 과학자들의 예측도 나오고 있는 대변혁의 시대에 우리는 당면하고 있다. 데이터 처리 시스템은 인간들이 자발적으로 업로드한 생각과 행동, 신체 정보를 토대로 인간보다 인간을 더 잘 아는 우주적 규모의 신과 같은 존재가 될 것이라고 과학자들은 주장한다. 우리 인간을 짐승의 숫자인 666 칩으로 그다음엔 데이터로 전락하여 결국엔 인류가 멸망할지도 모른다는 학자들의 예견도 나오고 있는 판이다. 이런 무서운 물결이 백 년 안에 이뤄질 수 있다고 하니 우리에게 의미 있는 세계가 몇 십 년 만에 무너질 수도 있단다. 또 그들이 연구한 결과 그간 알고 믿어온 영혼, 자유의지, 자아는 없다고 주장하고 있다. 그것들은 인간이 만들어낸 상상물이나. 인간에겐 물리적, 화학적 지배를 받는 유전자, 호르몬, 뉴런이 있을 뿐이라고 떠들어대니 우린 지금 엄청나게 거대한 바벨탑의 시대에 접어들었다.

앞으로 여러분들의 목회는 상당한 변화의 물결에 휘말릴 것이다. 이런 상황에서 여러분들 앞에 도래하는 세상이 아무리 변해도 여러분들은 성경으로 돌아가 본질적인 자리에 서 있어야 한다.'

거대담론을 뱉어내는 김 전도사의 졸업식 설교내용을 다 듣고 나서 곽 박사가 결기에 차서 입을 열었다.

"그 설교의 함의는 앞으로 시대가 엄청 변한다는 뜻이구나. 시대가 어떻게 변하든 우린 근본뿌리가 되는 바닥부터 시작하는 거야. 초기 사도들의 행적에는 믿는 무리가 한 마음과 한 뜻이 되어 모든 물건을 서로 통용하고 제 재물을 조금이라도 제 것이라고 하는 이가 하나도 없어 핍절한 사람이 없다고 했다. 지금 우리가 가려고 하는 방향이 이런 위기의 시대에 진짜로 올바른 길이다. 그러니 우리 힘을 내서 단 한 사람을 찾아서라도 최선을 다 하기로 하자. 세상이 어떻게 변하든 우리는 본래의 자리로 돌아가야 한다. 그러자면 이제 우리 어디서부터 시작해야 하지?"

"잃어버린 양을 찾아 나서야지."

"그 방법이 무어지?"

"글쎄 기도하면서 탐구해야겠다."

"오늘 여기 오면서 역전에서 사먹은 붕어빵이 참 맛있었어. 그걸 산골사람들에게 주면서 접근하면 어떨까. 그들과의 접촉점을 찾는데 먹는 것이 제일 좋은 방법이 될 것이다."

이들의 대화를 조용히 곁에서 듣고 있던 호옥이 빙그레 웃음을 삼키면서 한 마디 거들었다.

"노인들이 붕어빵을 무척 좋아해요. 제가 어쩌다가 붕어빵을 사다 주면 모두 너무너무 좋아해서 입이 벙글벙글 벌어져요. 늘 먹는 농촌 음식에 식상해서 붕어빵이 특식이거든요."

그녀의 말에 전도사는 침묵했다. 그러자 곽 교수가 무릎을 치면서 자신감이 넘치는 음성으로 입을 열었다.

"그럼 붕어빵 기계를 한 대 사서 그걸 만들어 싸리골 뿐만 아니라 그 근처 산골까지 찾아다니며 주는 것이 어떨까? 내가 기계를 사 줄 수 있어. 산 너머 작은 마을들이 여기 저기 흩어져 있는 걸 내가 인터넷을 통해 확인했다. 우선 붕어빵을 구워서 나눠주면 좋겠다. 내가 돈을 버니 모든 비용은 내가 부담하마."

그러자 호옥이 머리를 갸우뚱거렸다.

"산 너머 마을까지 가자면 두 시간 이상을 걸어야 해요."

"산길이라도 길은 있잖아요?"

곽 교수는 그녀의 말에 조금 화가 난 듯 이렇게 응했다.

"길은 있지만 거길 붕어빵을 들고 걸어가서 주고 오자면 한 곳만 가도 왕복 엄청 많은 시간이 걸려요."

세 사람은 다시 침묵했다. 그러자 깊은 생각에 잠겼던 곽 교수가 입을 열었다.

"내가 오토바이를 하나 사 줄 터이니 그걸 타고 다니면서 흩어진 마을사람들을 돌보고 붕어빵도 나눠주면서 서서히 산골사람들에게 접근하는 것이 좋겠다. 기동성이 있으니 너의 목회지역이 확장되는 셈이다."

오토바이를 사준다니 그것도 큰 아이디어였다. 그러나 붕어빵을 굽는 방법을 모른다. 재료도 그렇고 어떻게 요리하는지 레시피도 없으니 전혀 감이 잡히질 않아서 전도사는 손을 턱에 괴고 입을 다물었다. 그러자 호옥이 손뼉을 쳤다.

"제가 싸리골을 떠나 도시로 나가 공부할 적에 아르바이트로 붕어빵 장사를 하는 친척을 도운 적이 있어요. 제가 기계도 다룰 줄 알고 붕어빵 만들 줄 아니 그건 제가 담당할게요."

"붕어빵을 굽는 기술이 있다고!"

두 남자는 동시에 감탄하며 그녀를 바라보았다.

"중고품을 사면 얼마 주지 않아도 돼요. 돈만 주세요. 제가 다 준비할 수 있어요. 지금 당장 급한 것이 오토바이입니다."

시골태생인 호옥은 지혜와 재능이 다양했다. 농촌과 도시를 오가며 살아온 인생경험이 책상 앞에 앉아 펜만 굴리던 두 남자보다 더 많았고 인생을 헤쳐 나가는 방법을 터득하고 있었다.

김 전도사가 입원해 있는 동안 그녀는 붕어빵 기계와 재료를 사서 곽 교수가 사준 오토바이를 이용해 전부 사택으로 옮겨놓았다. 퇴원한 뒤에 금간 복사뼈가 굳는 동안 사택에서 호옥과 함께 레시피를 놓고 연구하면서 붕어빵 굽는 법을 익히며 그는 서서히 건강과 영적상태도 회복되었다.

퇴원한 뒤 이만덕 이장이나 김 전도사 두 사람은 아무 일도 없었던 것처럼 새벽기도회에 나왔고 전도사는 종을 치고 제단에 엎드렸다. 이장이나 전도사 사이에 일어났던 일을 호옥까지 모두 모르는 척 입을 다물고 생활했다. 그가 병원에 보름간 입원해 있어도 이장은 단 한 번도 병문안을 오지도 않았고 아무 일도 없었던 것처럼 무표정한 얼굴로 나다녔다.

초여름이 다가오자 드디어 호옥과 김 전도사는 붕어빵을 구워서 잡초를 뽑고 있는 노인들에게 두어 개씩 나눠주기 시작했다. 이장의 눈치를 봐가며 저들은 두 사람을 향해 눈짓으로 고마움을 표현했다.

"참 맛있다. 금방 구워내서 따끈하고 부드러워 입속에서 솜사탕처럼 살살 녹는군. 안에 넣은 팥고물이 너무 맛있네."

전도사로부터 애드빌 두 알을 얻어먹은 적이 있는 할아버지가 기어들어가는 목소리로 말하자 모두 이구동성으로 입을 열어 맛있다고 외쳤다. 여전히 이들은 이장을 흘끔흘끔 보면서 공포의 눈길을 던졌다. 하긴 박무웅 장로처럼 당하지 않으려면 어떻게 처신해야 살아남을 수 있다는 삶의 지혜를 그들이 자연스럽게 나름대로 터득한 몸짓이었다.

날씨가 구질구질 흐리더니 비가 내리기 시작해서 밭일을 못하고 모두 우사의 방에 누워버렸다. 여기에 어제처럼 붕어빵을 구워서 배급을 해도 이장은 목에 올가미가 씌웠던 기억 때문인지 그저 입을 다물고 대응하지 않았다.

이따금 전도사가 붕어빵을 그의 앞에 불쑥 내밀었지만 이장은 머리를 흔들고 피해버렸고 사람들 사이에 끼어 앉지를 않았다. 전도사가 그런 이장의 얼굴을 자세히 보니 수심이 가득하고 근심에 눌려 눈 밑에 다크 서클이 어려서 몹시 초췌해 보였다. 아마도 그가 병원에 입원까지 하면서도 경찰에 고발하지 않자 그게 그의 마음에 파문을 일으킨 모양이다. 원래 전과자들, 특히 깡패 전력이 있는 사람들에겐 고발이나 경찰에 강한 거부반응이 있다는 점을 잘 알고 있는 전도사는 입을 다물고 아무 일도 없었던 것처럼 늘 하는 식으로 말을 걸고 사근사근하게 대해주었다. 그의 그런 태도가 더 힘이 드는지 이장은 슬슬 사람들 주위를 맴돌면서 독불장군처럼 나대는 일이 훨씬 줄어들었다.

이른 장마철이 오는지 비는 연일 내렸다. 방마다 드러누운 노인들의 신음소리로 인해 공동생활을 하는 우사 안은 앓는 소리로 마치 전쟁터에서 상처 입은 군인들이 누워있는 야전병실을 연상케 했다. 어쩔 수 없이 호옥이 우선 자신의 할아버지 박무웅과 이덕기 상이용사에게 다가가서 지압을 넣기 시작했다.

"아오! 이거 장난 아니네. 호옥은 못하는 것이 없네. 그런 기술을 어디서 배웠어요?"

"제가 붕어빵 도우미로 버는 돈이 너무 적어 찜질방 잡일을 하러 들어갔지요. 거기서 때밀이 아줌마랑 지압사들과 친하게 지내면서 이 기술을 터득하고 시험을 봐서 자격증도 받았다고요."

도시에서 배운 그녀의 지압사 자격증이 큰 위력을 발휘하기 시작했다. 나중엔 아픈 몸을 이끌고 노인들이 교회로 찾아들기 시작하더니 줄을 서서 지압을 받겠다고 보챘다. 어쩔 수 없이 커다란 전기장판을 4개 사다 좍 잇대어 교회 마룻바닥에 깔아놓고 저들을 나란히 누이고는 호옥이 할머니들에게 지압을 넣기 시작했다. 전도사는 할아버지들을 상대로 그녀가 하는 지압을 곁에서 따라하면서 배우기 시작했다. 비는 연일 삐질 삐질 내리고 있지만 전기장판에서 올라오는 열기로 몸을 달구면서 저들은 두 사람이 해주는 지압을 받으며 모두 행복한 표정을 감추지 못했다.

곽 교수가 토요일 수업이 없는 날, 한의사를 데리고 교회에 왔다. 가난한 어촌이나 산골을 다니면서 의료봉사를 베풀고 있는 현직 한의사였다. 그는 오자마자 전기장판 위에 나란히 누워있는 노인들을 진맥하고 침을 꽂기 시작했다. 의사가 왔으니 저들은 천사를 대하듯 너무 좋아서 입이 벌어지고 그간 사라졌던 웃음이 얼굴에서 살아나기 시작했다. 다만 혼자서 외톨이로 맴돌던 이장이 슬그머니 교회에 와서 기웃거리다가 천천히 자신의 거처로 걸어가고 있었다. 그러자 한의사가 전도사에게 물었다.

"저 사람 누구요?"

"이곳 싸리골의 이장이지요."

"그 사람 진맥을 하고 싶네요."

"왜요?"

"의사의 본능인지 제 손이 자꾸 그 사람에게 가려고 하네."

호옥이 강하게 머리를 흔들면서 말했다.

"여기 와서 누우라고 하면 저 사람 기겁해서 도망가지 절대로 오지 않아요."

그녀가 단호하게 거부반응을 보이며 입을 삐죽 내밀었다.

"많은 환자를 돌본 내 직감이요. 꼭 한 번 진맥하고 싶군."

계속 진료받기를 간절히 원하는 이덕기 상이용사가 의사에게 언제 또 여길 오느냐고 다그쳤다.

"한 달 뒤에나 올까요. 그 땐 아마 본격적인 장마철이라 여기 들어오기가 어쩔지 모르겠네요. 상당히 교통도 안 좋고 계속 걸어서 오자니 힘이 드네요."

그러자 김 전도사가 선뜻 나섰다.

"전화 주시면 제가 오토바이 타고 나가 모시고 오겠습니다. 꼭 와주세요. 제가 이장님을 잘 설득해서 그날 진맥하도록 종용할 겁니다."

그의 말에 호옥이 입을 삐죽거렸다. 몹시 역겹고 싫다는 표정이 역력했다. 차라리 그가 병들어 콱 죽어버렸으면 좋겠다는 미움이 그녀의 전신에 넘쳐흘렀다.

퇴원한 뒤끝이 시원찮아 김 전도사는 호옥을 따라다니면서 일하기가 힘에 겨웠다. 우선 몸을 추스르면서 장마철이 지나면 본격적으로 일할 마음을 품고 곽 교수가 지어다준 보약을 열심히 아침저녁으로 챙겨 먹었다.

여름두릅을 전부 이장이 뽑아버려 특수농작물 시기는 놓쳤으니 내년 봄에나 다시 도전하여 시도해볼 계획이었다. 10평이나 되는 밭을 그냥 묵히자니 교회가 삭막해 보여 그 밭에 꽃들을 가꾸기로 마음을 정한 전도사는 꽃밭에 금을 그으면서 종류별로 무엇을 심을까 구상하기 시작했다. 돈 들이지 않고 흔한 시골 꽃들을 심기로 했다. 교회 입구 쪽엔 백일홍을, 우물가엔 물을 많이 먹는 분꽃을 심고 악착같이 피고 지는 채송화를 화단 가에 빙 둘러 심을 계획을 세웠다. 그러고 보니 비어있는 집집마다 앞뜰에 제멋대로 자란 화초들을 솎아 모종하여 심는 방법이 좋을 것이란 생각에 우선 이 마을에서 제일 큰 호옥의 집으로 향했다. 작년에 떨어진 겹채송화 씨가 우부룩하게 자라 올랐다. 마침 비도 부슬부슬 내려 모종하기 딱 좋았다. 호미와 대야를 가지고 가서 양은대야 가득 채송화를 솎아 캐다가 교회 화단 가장자리에 빙 둘러 심어놓았다. 일생 책상 앞에 앉아 끙끙거리며 살아온 세월 탓도 있겠지만 몸을 마구 잡아당기는 지력(地力)이 녹록하지 않았다. 피로가 엄청나게 밀려와서 그는 하던 일을 집어던지고 사택 방에 들어와 네 활개를 펴고 누워버렸다. 갑자기 버려진 집들의 마당에 마구 자란 잡초들을 뽑아내고 뜰을 가꿔야겠다는 생각이 강하게 그의 마음을 사로잡았다. 혼자서라도 이 집들을 잘 가꾸어서 모두가 축사에 동물처럼 사육되고 있는 집단생활을 정리하고 자기 집으로 돌아갈 수 있도록 황폐한 집들을 일으키는 방법으로 30여 농가의 뜰을 가꾸자는 생각을 품게 되었다.

호옥이 점심을 가져다 사택 방에 밀어 넣는다.

"점심시간이 끝나도 안 오셔서 제가 쟁반에 차려왔어요. 오늘은 호박나물과 얼려두었던 쑥으로 국을 끓였더니 아주 맛있어요. 달걀도 하나 프라이해 왔으니 드세요."

노인들의 식사를 해먹이고 설거지까지 하고난 그녀의 몸에서 생기가 흘러넘쳐 그녀가 풍기는 활력이 작은 방에 스며들었다. 마침 출출하던 판이라 그는 사양하지 않고 쑥국에 밥을 덤벙 말아 맛나게 먹었다.

"채송화는 어디서 캐 와서 사택 화단에 심으셨어요."

"호옥이네 마당에 널려더라고."

"그거 제가 어렸을 적부터 돌보지 않아도 매년 씨가 떨어져 극성스럽게 우부룩하게 자라나지요."

"울타리 밑에 옥잠화도 많이 컸던데 그것도 솎아 캐다가 이곳 화단에 심을 예정이야"

"그거 좋지요. 뒤란에 우북하게 자라 무성한 꽈리도 모종해다 심으셔도 좋아요."

"내가 시간이 나는 대로 이 마을의 모든 집 마당을 돌보려고 해요. 화단을 제대로 손을 봐서 빈 집들의 마당을 깔끔하게 가꾸려고 결심했어요."

"폐가들의 마당을 왜 돌보려고 그러세요. 누가 본다고."

"축사에서 내려와 각자 자기 집으로 돌아가게 해야지요. 우사생활에선 삶의 의지와 소망이나 보람을 느끼지못해서 활기를 잃고 모두 죽어가고 있어요. 인간에겐 각자 자신만의 자유공간이 필요해요. 자기 집에서 살면서하루 한 끼나 두 끼 식사를 공동으로 함께 먹는 것이지요. 이런 계획은 금방 안 되겠지만 서서히 그렇게 추진할 거야요. 그래야만 도시로 나간 젊은이들이 옛집을 찾아 돌아올 수 있으니까요."

"우와! 좋은 생각이에요. 너무 기뻐서 눈물이 나려고해요. 그럼 저도 시간 나는 대로 각 집의 뜰 돌보는 일을도와드리지요."

그녀는 너무 기뻐 손뼉을 치며 괴성을 내지르다가 밥을가져온 쟁반을 들고 축사 공동식당 쪽으로 사라졌다.

그는 이곳 집들이 누구 이름으로 되었는지 몸이 좋아지면 당장 내일이라도 구청에 가서 조사하기로 마음을 먹었다.

호옥이 일러준 꽈리와 옥잠화를 모종하려고 다시 그녀의 집으로 가서 흘끔 보니 대문에 문패가 달려있었다. 흐리지만 주소와 이름이 또렷하게 나무문패에 남아있었다. 그는 호주머니에서 수첩과 펜을 꺼내 그걸 옮겨 적고 바로 옆집으로 갔다. 거기 문패에도 이름과 주소가 있어 30여 가구를 돌면서 이름과 주소를 모두 적어놓았다. 이걸 들고 구청에 갈 작정이다. 집들이 전부 이장의 이름으로 옮겨졌다면 어쩔 것인가. 근심이 그를 찍어 눌렀다.

지루하게 내리는 장마기간에 다행히 들일을 하지 않는 주민들을 위해 매일 붕어빵을 구워 간식으로 나눠주었다. 날마다 호옥과 전도사는 지압봉사를 하고 이따금 곽 교수가 별식이라고 과자를 사오는 통에 교회 안은 매일 잔치집처럼 시끌벅적하고 훈훈한 생기가 넘쳐흘렀다.

이런 지경에도 김 전도사는 이장을 의식하면서 마음을 졸였다. 그런 전도사를 향해 호옥이 넌지시 이렇게 말했다

"이틀 전부터 이장이 식사하러 오질 않아요. 전도사님이 한 번 가보세요. 무슨 꿍꿍이 속인지! 나쁜 생각에 잠겨있을 겁니다. 분명히 우리가 상상도 못할 무서운 일을 저지르려고 악한 계획을 하면서 저러고 있을 겁니다."

사실 전도사 자신도 속으로 그런 마음을 지니고 있었다. 워낙 독불장군으로 나대는 음흉한 사람이라 무언가 혼자 궁리하여 그를 내쫓으려는 모사를 꾸미느라고 그러지 싶었다. 그러다 호옥의 말에 진짜로 걱정이 되어서 그는 이장댁의 방문 앞에 가서 잔기침으로 신호를 보냈다.

얼마간 기다려도 방안에선 아무 기척이 없었다. 이 사람이 어디 멀리 나간 것일까? 그는 문을 살짝 열었다. 이불을 머리끝까지 뒤집어쓰고는 그는 누워있었다. 엄청나게 무시무시한 역모를 꾸미고 있나 보다. 그냥 돌아서려다가 그는 가만히 방문을 열고 안을 들여다보며 몸을 도사렸다. 방울뱀처럼 잽싸게 머리를 치켜들고 그의 머리채를 확 잡아챌 수도 있기 때문이다. 해서 도망갈 자세를 취하면서 주춤 서버렸다. 그의 예상과 다르게 전혀 반응이 없다. 그가 누워있는 곳까지 다가가보니 그는 희미하게 앓는 소리를 냈다. 불러도 대답이 없다. 어쩔 수 없이 전도사는 머리끝까지 덮은 이불을 살며시 벗겼다. 온통 땀으로 범벅이 된 머리칼이 푹 젖어있었고 혼수상태로 그는 이따금 중얼거렸다. 그는 이장이 무슨 말을 하는지 들어보려고 귀를 기울였다.

"아이쿠! 억울해 죽겠네. 으으윽……. 내가 이뤄놓은 지상천국이 무너지게……. 할아버지와 아버지 소원을 내가 꼭……. 억울해서 어쩌지."

전도사가 가만히 이장의 몸을 흔들었으나 그는 연신 기어들어가는 목소리로 헛소리만 했다.

"한을 풀려고……. 마을을 전부 내 것으로 만들어……. 원수들을 모두 종놈과 종년으로 삼으려고……. 아이쿠! 억울해, 억울해……."

이런 상태에서 정신을 놓고 버벅거리는 이장의 지난날

삶의 메아리는 처절했다. 그의 무의식에 깔린 마음을 엿본 전도사의 전신에 닭살이 쫙 깔렸다. 그냥 저 상태로 두어버릴까 하는 유혹이 그의 마음을 사로잡았다. 그냥 돌아설까 하다가 그는 다시 이장의 몸을 세차게 흔들었다. 그의 얼굴은 흑색으로 변해서 노리끼리한 색도 감돌았다. 순간 위기의식이 다가왔다. 급하게 그를 힘차게 흔들었으나 반응이 없다. 순간 살려야겠다는 마음에 급하게 그를 들쳐 업고 사택으로 가서 우선 열이 내리도록 얼음으로 전신찜질을 하고는 오토바이에 자신의 몸과 그의 몸을 묶어 지탱하면서 30리 길을 벗어나 큰 길로 나와 119를 불렀다. 응급실에 도착하여 그를 의사의 손에 맡기고는 그를 진맥하고 싶다는 한의사를 떠올렸다. 주위를 둘러보니 다행히 진료봉사를 왔던 한의사의 개인병원 근처였다. 그는 이장을 입원시켜 놓고 한의사를 찾아 나섰다. 고맙게도 위급한 사정을 듣고는 지체 없이 그를 따라나섰다.

"내가 진맥하고 싶다던 이장이라는 사람이지요?"

"바로 그분인데 심각해 보여요"

"그의 얼굴에서 죽음의 그림자를 직감했어요. 아마 검사결과 나오면 알겠지만 진맥을 해보면 대강 알 수 있을 겁니다."

한의사를 데리고 전도사가 병실에 들어서니 진통제를 맞고 영양제를 맞은 탓인지 이장은 맑은 정신으로 그들을 맞았다. 언제나 혈기와 분노에 찼던 그의 눈길에 맹함이

고여 있었다.

"이장님! 이제 정신이 드셨나요?"

"어떻게 내가 여기에?"

"제가 모셔왔어요. 혼수상태라 응급처치를 하고 제 몸과 이장님 몸을 함께 묶어 오토바이를 타고 큰 길로 나와 119을 불렀지요. 그렇게 아프도록 참고 계셨다니 놀랍네요. 제게 귀띔이라도 하셨으면 즉각 병원으로 모셨지요."

이장은 말없이 머리를 창 쪽으로 돌렸다. 그를 등지고 있었지만 빛의 반사로 비춰진 유리창의 영상에서 그의 눈에 눈물이 고이는 걸 전도사는 놓치지 않았다.

한의사가 양쪽 손목을 전부 진맥하고 혀와 눈을 살펴보고 배도 눌러보고는 언짢은 표정을 감추지 못했다. 환자 앞에서 말하기 거북한지 손짓을 해서 그에게 병실 밖으로 나가자고 했다. 심각한 한의사의 표정에 전도사는 얼른 환자를 등지고 병실 밖으로 따라 나왔다.

"전신에 암세포가 퍼졌네요."

"어떻게 살릴 수 있는 방도가 없을까요?"

그러자 그는 머리를 흔들었다. 김 전도사가 그런 한의사 앞에서 결심한 듯 침착하게 말했다.

"우선 검사결과를 보고 병원에서 치료할 수 없다고 하면 싸리골로 들어가 제 방식으로 살려내고 싶네요."

"어떤 방법이요?"

"기도와 사랑으로 돌보면서 산야에 지천으로 자라난 나

물과 암을 죽일 음식, 그리고 신선한 물, 햇볕 등 하나님이 허락하신 모든 걸 동원해서 치유될 수 있도록 시도해 볼 것입니다."

그러자 한의사는 암 치료에 좋은 음식과 자신이 연구한 암치료요법을 적어 그에게 넘겨주었다. 고맙게도 이런 경우에 아주 좋은 삼백초 끓인 팩을 두 박스 줄 터이니 자신에게 오라고 했다.

병원 검사결과도 한의사와 비슷하게 나와서 이장을 데리고 싸리골로 돌아왔다. 오토바이 뒷자리에 전도사의 허리를 두 팔로 꼭 껴안고 머리를 그의 등에 기댄 이장의 숨결이 느낄 수 없을 정도로 미약했다. 우선 그를 사택 방에 누이고 호옥에게 암 환자가 먹을 음식을 일러주고 이장 댁으로 향했다. 갈아입을 옷이랑 필요한 것을 챙겨야 했다. 아무래도 밤낮을 돌봐야하니 전도사의 방에서 함께 기거하는 수밖에 없었다. 모든 결과를 귓전으로 들었는지 이장은 숨을 죽이고 말없이 그가 하는 대로 몸을 맡기고 축 늘어져있었다.

호옥은 싫다는 표정을 지어가면서도 전도사의 말에 순종하여 일러준 음식을 준비하느라고 부엌에서 덜거덕거렸다. 한의사가 준 식단을 차리기 위해서 그는 다음날 도시로 나가기로 하고 사야 할 것들을 종이쪽에 적어 내려갔다.

참으로 기이한 일은 이장이 이렇게 사택에 누워 지내자

우사 안의 노인들의 얼굴에 생기가 돌기 시작했다. 그들을 향해 전도사는 단호하게 말했다.

"내일 모두 자신의 집으로 이사하시기 바랍니다. 제가 화단도 다 가꿔놓았고 부엌이랑 방도 정갈하게 치워놓았으니 귀가하시지요, 음식은 여기 올라와 예전처럼 공동으로 먹을 것이니 집에 돌아가셔서 주무시고 예전처럼 일상생활을 하시기 바랍니다."

그의 말이 떨어지자 모두 박수를 치면서 환호성을 질렀다. 집으로 돌아가는 것이 참으로 좋은 모양이다.

그간 김 전도사가 구청에 가서 조사해보니 집은 주민들 이름으로 그냥 있고 우사 안을 방으로 꾸미느라고 빌린 돈들이 각 집에 걸려있었지만 많은 돈은 아니었다. 그들을 모두 교회로 모이게 하고 찬송을 부르고 예배를 드린 뒤에 각 가정의 빚과 생계를 어떻게 꾸려야 할지 의논하기 시작했다.

"돈이 필요합니다. 그걸 여직 이장님이 혼자 해결해나갔는데 이제 자체적으로 우리가 해야 합니다. 이장님은 중병에 걸려 지금 사택에서 요양 중이니 그를 위해 기도를 하십시다."

김 전도사가 기도하자고 먼저 앞장을 섰으나 어느 누구도 입을 여는 사람이 없어서 혼자 대표기도를 했다. 이장의 중병에 대한 의견은 한 마디도 없고 어떻게 돈을 벌어 살아야할 지가 더 관심사인지 그 문제에 대한 의견이 분분했다.

"현재 우리에겐 공동으로 농사지은 작물이 있잖아요. 그 중에서 제일 비중이 큰 콩을 수확해서 팔면 됩니다."

박무웅 할아버지가 그렇게 말을 트자 예서제서 의견들이 난무했다. 마침 곽 교수가 교회에 들어와서 돌아가는 형편을 보더니 농학박사답게 의견을 내놓았다.

"제가 농협과 타협하여 콩을 50가마 받아올 터이니 여러분들이 농사지은 것과 합쳐서 메주를 쑵시다. 그걸 팔기도 하고 못 판 것은 된장 간장을 담아서 공동으로 판매하고 내년 봄에는 특수농작물인 여름두릅을 심으면 급한 불을 끌 수 있어요."

모두 좋다고 손뼉을 치기 시작했다. 그간 이장이 사놓은 곡식이 큰 도움이 되었다. 모두 열심히 산야를 헤매며 캐온 산나물을 말리기도 하고 나무도 해 날라서 어렵지만 겨울 준비를 하면서 마을이 서서히 살아나기 시작했다.

죽기 직전인 이장은 전도사님이 하라는 대로 순치되어 순해진 착한 맹견이 되었다. 그와 함께 산야를 헤매면서 햇볕을 쪼이며 산물을 마시고 호옥이 준비해준 음식을 먹었다.

"암 치료의 첫째는 벙어리가 되어 말을 하지 마세요. 자연을 벗 삼아 기도하면서 제가 드린 현미를 호주머니에 넣고 다니면서 그걸 침으로 불려 꼭꼭 씹어 드시고 소나무 밑에 누워 쉬기도 하고 산에 널린 먹을 수 있는 풀들을 채취해서 꼭꼭 씹어 조금씩 드세요."

살려는 의욕이 강한 이장은 그가 지시하는 데로 한의사가 준 약을 매일 먹고 산야를 혼자 돌아다니면서 벙어리가 되어 산짐승처럼 살기 시작했다. 의사가 3개월을 버틸 수 없을 거라고 했는데 벌써 5개월이 되어도 그의 코끝에 숨이 붙어있었고 볼에 핏기가 돌기 시작했다. 차츰 모두들 그를 위해 새벽기도회에 모이면 힘차게 기도하기 시작했다. 서로를 향한 관심이 서서히 일어나는 사랑의 힘으로 모두의 마음이 달궈지기 시작했다.

호옥과 전도사는 열심히 붕어빵을 구워 오토바이를 타고 이웃 산골로 찾아다니면서 노인들을 심방하고 우사 안을 전부 뜯어내고 교회로 꾸미는 일은 주로 주말에 오는 곽 교수의 일이었다. 기술자를 데려다가 뜯어낸 것으로 옆에 별관을 지어 메주콩을 삶거나 공동 작업을 위한 큰 공간을 만들기 시작했다.

"김 전도사! 이렇게 농사꾼처럼 일하면서 언제 설교준비를 하는 거야?"

곽 교수가 근심어린 표정으로 안쓰럽게 일에 빠져들어 막노동 복을 입은 친구를 보면서 한숨을 쉬었다.

"내 얼굴 자체가 성경이고 걸어 다니는 교회라고."

그러고 보니 교회와 마을사람들 사이에 장벽이 거의 무너져 내려서 서로 믿고 신뢰하는 기운이 감돌았다.

"내가 요즘 너무 피곤해서 어제는 새벽기도 드리면서

그냥 주저앉아 코를 골면서 잠이 들었지 뭐야."

"그래서 어떻게 됐어?"

놀란 곽 교수가 근심어린 표정으로 그의 입을 주시했다.

"으하하……. 만나는 마을사람들마다 저를 보면서 이렇게 말하더라고."

걱정으로 얼굴이 일그러진 친구에게 전도사는 호탕한 웃음을 터뜨리면서 저들의 흉내를 냈다.

'아유! 우리 전도사님! 얼마나 고되게 우리를 위해 열심히 일하셨으면 그렇게 코를 골면서 강단에서 곤히 주무실까!'

"그들이 그렇게 말했어? 우와! 우린 성공했다. 이제 되었다. 우린 더 많은 일을 그들과 함께 할 수 있어. 우린 단단한 기초를 닦은 거야."

곽 교수는 껄껄 흔쾌하게 웃으면서 손뼉을 쳤다.

그간 김 전도사가 저들을 통해 느낀 것은 그가 하는 설교를 듣고 그를 평하지를 않았다. 주민들을 위한 그의 헌신적인 삶에서 그들은 본을 받으면서 가깝게 다가왔다. 너무 피곤해서 설교를 제대로 준비하지 못해 자신이 생각해도 깨떡같이 설교해도 찰떡같이 받아드리는 자세였다. 삶이 뒷받침된 몸으로 하는 설교가 저들을 사로잡은 것이 확실했다. 하나님이 창조한 자연이 눈에 보이는 성경이 되고 그 안에서 누리는 그의 실천적 삶을 통해 그대로 말씀으로 그들 속에 녹아들어가고 있었다.

다가오는 봄에 심을 여름두릅이 성공하면 각 집의 부채도 갚을 수 있다. 콩 농사는 주민들이 먹을 만큼만 짓고 물기가 있는 밭을 제외한 모든 곳에 특수농작물인 여름두릅을 심기로 곽 교수와 의논을 했다. 집을 찾아 돌아간 뒤에 저들은 얼마나 힘차고 즐겁게 일을 잘 하는지 그들 모두의 건강도 좋아지고 있었다.

그간 산을 넘고 물을 건너 오토바이를 타고 다니며 붕어빵을 나르면서 알게 된 노인들이 걸어서라도 싸리골교회를 찾아들기 시작했다. 서서히 새로 치장한 우사 교회엔 제법 많은 사람들로 빼꼭하게 차기 시작했다. 깜상을 닮았을 정도로 검어진 전도사는 오는 봄에 목사 안수를 받기로 노회 결정이 나서 마을 주민들이 이제 성찬식도 하게 되었다고 모두 좋아했다.

곽 교수는 산촌 골짜기마다 젊은 도시사람들이 돌아올 수 있도록 더 많은 특수농작물을 연구하겠다고 의욕에 불탔다. 더 나가 앞으로는 예술가들이 작업을 위해 산속으로 모여들 수 있도록 특수한 청사진도 준비하겠다는 꿈도 내걸었다.

김 전도사는 우선 한 달에 한 번이라도 우사 교회에 흩어진 산골과 농촌의 노인들을 다 끌어 모아 특수 노인학교를 운영하기로 했다. 그날은 새로 지은 큰 별관에 잔칫상을 차릴 예정이다. 돼지라도 한 마리 잡아서 한 끼 거나

하게 먹이기로 계획을 세웠다. 여러 명의 한의사들도 협조하여 모든 노인들을 치료해주고 신나는 노래도 가르치고 춤도 추게 할 터이다.

술, 담배를 하는 사람들도 다 모이라고 할 계획이다. 술 담배 신자도 다 받으라는 건 순전히 미국 물을 먹고 온 곽 교수의 의견이었다.

"찬송하고 기도하고 말씀 들으면서 서서히 2년에서 3년 지나면 자연스럽게 술과 담배를 끊는다는 기록을 읽은 적이 있으니 그렇게 하라고."

곽 교수의 말을 따랐더니 멀리서 자전거를 타고 오는 담배 내에 절은 노인들도 있고 술을 먹어 비틀대는 알코올 중독자도 있다. 잘 걷지 못하는 노인들은 구루마에 태우고 끌고 왔다. 그들을 위해 푸짐한 점심을 대접하면서 힘차게 손뼉을 치고 찬송도 부른다. 아리랑도 부르고 산토끼도 부른다. 어떤 때는 넓은 별관 바닥에 누워서 두 발을 천장을 향해 올리면서 퐁당퐁당이란 동요를 부르기도 해서 별관은 노인들의 놀이터로 변해갔다.

'예수 부활, 내 부활, 예수 천당, 내 천당 얼씨구! 좋다. 얼씨구!'

치매기가 있는 노인들도 엉덩이를 손바닥을 두드리고 얼씨구를 외치며 어깨를 으쓱거렸다.

산골에 불어온 이런 바람에 끼어든 이장은 겨울을 넘기면서 건강도 좋아졌다. 하지만 저들 틈에 끼어들지 못하고 뒤에 숨어서 한 박자 느리게 손뼉을 치고 힘을 다해 입을 조그맣게 벌리고 노래를 따라 부르기도 했다.

곽 교수의 제안으로 교회와 조금 떨어진 곳에 시신냉동실을 겸한 장례식장도 건축할 예정이다. 인근 산촌마을의 노인들이 하나, 둘 죽어나가자 도시 장례식장으로 가자면 돈이 많이 들어서 교회가 장례를 무료로 치러주는 프로그램을 운영하자는 것이다. 여름두릅이 성공하면 그 안건도 앞으로 이룰 청사진으로 받아드린 김 전도사는 꿈에 부풀었다. 이러는 중에 농촌을 떠난 젊은이들도 산촌으로 돌아올 것을 확신했다.

그가 모든 걸 버리고 뛰어든 산골 목회가 친구 곽 교수의 도움으로 신화를 이뤄가고 있었다. 앞으로 인류에게 호모 데우스를 거쳐 데이터교가 등장하는 변혁이 와도 인간본연의 심성을 지닌 모습을 자연 속에서 실천한다면 이건 과학혁명을 능가하는 기적이 될 터이다.

그는 새벽기도를 드릴 적마다 이런 기도를 한다.

'인간이란 스스로를 분리할 수 없는 개인이 아니라 생화학적 시스템의 집합으로 보기 시작한 과학자들이여! 인간의 혈관은 한 줄로 이으면 112,000km로 지구를 두 번 반이나 감을 수 있는데 피가 몸을 완전히 한 바퀴 도는 시간은 46초 걸린다고 한다. 이런 몸을 지은 분이 창조주 하나님인 걸 너희들은 왜 모르느냐? 지문이 같을 가능성은 640억 대 1로 만드신 하나님의 신비한 창조력을 어쩌자고 무시하는 거냐? 우리 피부는 4주마다 갈아입으니 한 사람이 평생 1,000번도 넘게 피부 옷을 갈아입는 신비를 너희가 아느냐? 한 단어를 말하는데 650개의 근육 중 72개가 움직여야 하는 창조를 너희는 어떻게 보느냐? 만들어진 것을 가지고 이러고저러고 파고들어가 장난치는 너희들이여! 가엾다, 가여워⋯⋯. 아주 작은 들꽃을 너희들의 알고리즘으로 창조할 수 있느냐 이것들아!'

김 전도사는 새벽 강단에 엎드릴 적마다 흰옷을 입은 젊은이들이 구름처럼 산골에 몰려와서 힘차게 성경이 녹아든 자연 속에 묻혀 살아가는 환상을 본다. 그 옛날 파미르 고원과 천산산맥 그리고 알타이산맥을 넘어오는 흰옷을 입은 무리들의 신화를 이룬 장면이 눈앞에서 생생하게 펼쳐진다. 해서 그는 새벽마다 가슴이 벅차올라 소망에 가득 차서 황홀하게 펼쳐지는 새벽하늘을 행해 종 줄을 힘차게 잡아당긴다. ✣

기독교 세계관과 크리스천 휴머니즘을 엮어내는 서사구조 돋보여

들어가는 말

'이건숙 작가는 우리 기독교 소설계의 정금이다. 한국 문학사에서 기독교적 서사에 신실한 기독교 소설가는 손꼽을 정도다. 전영택·이종환·박영준·임옥인·백도기·이건숙·김성일·조성기가 그 계보를 잇고, 이승우가 첨단을 걷고 있다.'

이 서술은 시조 시인으로서도 이미 그 명성이 높지만 그 못지않게 평론으로서도 수발한 천품(天稟)을 갖는 문학평론가 김봉군 교수의 품위 있는 평가다.[1] 필자도 김봉군 교수의 평견에 전적으로 공감하기에 이 평설을 여는 모두

---

1) 김봉군, "아픈 마음 밭의 기록, 천성 가는 길의 고투와 구원." 『창조문예』 2021년 3월호(통권 290호), 126

의 언술로서 인용한다. 김 교수의 말대로 이건숙 작가는 한국 문학사에서 기독교적 서사, 환언하면 성서의 심오한 진리를 수평적인 일상생활의 휴머니즘으로 끌어들여 신실한 신앙의 도가니에 넣어 녹여서 치밀하게 짜내는 서사 구조가 돋보이는 탁월한 소설가다.

셰익스피어의 43권의 작품 가운데서 역사물에 속하는 『헨리 5세』를 보면 프랑스와 영국 간에 벌어진 아쟁쿠르 전투가 서사된다. 당시 프랑스는 영국에 비해 최소 두 배에서 여섯 배까지 많은 병력을 보유하고 있었고, 심지어 중세 전투에서 큰 괴력을 발휘하는 중장비기병이 주를 이뤘기에 그들의 승리는 거의 확실했다. 그런데 자신들의 우세를 감지한 기병들이 각자 자기들만의 공을 세우려고 앞장서서 지휘관의 지시를 따르지 않아 결국 프랑스는 대패하고 만다. 지휘관의 명령을 따르지 않는 개인들의 행동은 패배로 직결될 수밖에 없다. 창작도 나는 마찬가지라고 생각한다. 누가 뭐라고 하던 한 작가의 작품세계를 끌고 가는 지휘관의 명령과 같은 도도히 흐르는 역사관이나 세계관, 주체적인 가치관이나 인생관이 없으면, 그 오리엔테이션(orientation)을 일관되게 따라가서 대작을 만들어 낼 수가 없다.

서상한 바와 같이, 이건숙 작가는 한결같게 기독교적인 주제, 좀 더 확대해서 말하면, 성서적 진리의 총체인 기독교 세계관을 일관되게 다루는 소설가다. 그래서 주변에서 많은 핍박도 받고 하나님을 믿지 않는 작가들이나 비평가들로부터 뼈아픈 혹평을 받기도 하며, 심지어 그가 섬기는 교회의 직분자들로부터도 기독교적인 주제를 내려놓고 일반적인 주제를 다루면 대성할 것이고, 소설도 많이 팔릴 것이라고 하는 충고도 종종 받는다고 한다. 이건숙 작가가 『국민일보』에 연재한 『역경의 열매 2』에서 이런 고백을 한 것을 본 일이 있다.

"작가들 사이에서도 친해지면 은근히 다가와 이런 아픈 충고를 했다. '이건숙 씨, 이번 글도 또 하나님이 어떻게 했다는 결론을 지었지. 그러니 작품성이 없잖아. 문학은 종교성을 띠면 끝장이라고.' 어느 땐 하나님을 믿지 않는 평론가가 신랄하고 신경 거슬리는 평을 쓰기도 했다. 내가 주제로 삼은 기독교의 심오한 진리를 전혀 이해하지 못하기 때문이다. 참으로 이상한 일은 가톨릭이나 불교문학은 모두 수용하면서도 유독 우리 개신교는 그간 많이 나온 간증문학 탓인지 문학성이 없다는 선입견을 주면서 수군거림의 대상이 됐다. 너무나 큰 장벽이었다. 교회 안에서도 핍박은 많았다. ……어느 날 사랑하는 젊은 부부 집사가 다가오더니 조용한 카페로 가자고 해서 나는 그들과 대화를 나누려고 따라나섰다. 그들은 충고하기 위해서 나를 데리고 나왔던 것이다. '사모님! 우리부부가 이렇게 간청하면서 하는 말이니 신중하게 들어보세요. 사모님이 너무 아까워요.' …… '사모님을 위해서 충고합니다. 지난 일주일간 우리부부는 사모님이 쓰신 장편『예수 씨의 별』을 정독했어요. 그리고 밤새워 우리부부가 잠을 설쳤어요. 사모님이 아까워서요. 전 그게 무슨 소린지 전혀 감이 잡히지 않는데요. 사모님은 기독교 주제를 떠나서 작품을 쓰면 대성할 분이에요. 아주 기막히게 글을 잘 쓰시는데 그 달란트가 이렇게 기독교를 중심으로 쓰시니 주목을 못 받는 거라고요. 너무 아까워요. 우리부부가 내린 결론은 꼭 한 번만이라도 기독교를 떠난 주제를 가지고 써보시면 책도 잘 팔리고 성공할 것입니다. 기독교인들은 소설을 읽지 않아요. 지금 유명세를 타고 있는 작가들 별 것 아니에요. 사모님의 문제점은 바로 이것이니 제발 저희 말을 따라 한 번만 그렇게 써보세요. 히트할 것입니다.' 내겐 땅이 흔들릴 정도의 큰 충격이었다."[2]

'햄릿 증후군'(Hamlet Syndrome)이라는 말이 있다. 선택을 미루거나 쉽게 결정하지 못하는 성향을 일컫는 말로서, 셰익스피어의 희곡『햄릿』에서 유래했다. 수동적인 환경에서 자란 사람들에게 많이 나타나는데, 이건숙은 작가인 동시에 목사의 사모로서 결코 수동적일 수가 없었다. 하늘 가는 여정엔 유혹과 시험도 많고 싸워서 이겨내야 할 것들이 많다. 한 마디로 해서 구원에 이르는 여정은 고투(苦鬪)의 과정이라 할 수 있다. 사모의 길이 또한 그러

2) http://news.kmib.co.kr/article/view.asp?arcid=0924230618&code=23111513
&cp=zu.

하다. 이와 같이, 이건숙 작가의 환경은 결코 수동적일 수가 없었기에 그는 많은 불신 작가나 비평가들의 혹평과 충고를 뿌리칠 수가 있었고 위해주는 척 하면서 달콤한 말로 유혹하는 신자들의 선택적인 언사를 극복하고 팔순을 맞는 순간까지 기독교적인 진리를 포기하지 않고 성실하게 다루어 오고 있다. 그가 이런 일관성을 지키지 않았다면 치부와 명예는 얻었을는지 몰라도 기독교적인 문학성을 이룰 수는 없었을 것이다. 그것을 인정해서 한국 펜이 그에게 문학상을 수여하기도 했다.

절대적인 진리와 가치체계의 해체와 문화적 대중주의, 종교 다원주의와 상황윤리를 지향하는 포스트모더니즘의 무차별적인 범람과 과학의 발달과 첨단 기술의 발명발전으로 하나님의 주권과 창조의 존엄성의 꽃이라 할 수 있는 인간을 대치하려는 인공지능 시대에 이르러 극심해져 가고 있는 '인간상실의 극한상황'에 맞서서 극렬하게 저항하며 창작하고 있는 작가가 이건숙이다. 이건숙 작가는 이런 기류에 맞서서, 줄기차게 기독교 영성을 서사화하려고 분투노력해 왔다. '인간상실'을 안타까워하며 온갖 기제를 다 동원해서 그걸 극복하기 위해 쏟는 분투노력을 나는 크리스천 휴머니즘의 한 양상으로 본다. 단편소설집 9권, 장편 소설 10권, 수필집 9권, 도합 27권, 모두는 예외 없이 기독교 영성을 표방한 분투노력의 결과물들이요, 인간의 문제를 성실하게 다루면서도 기독교적인 영성과 진리를 도외시키지 않는 크리스천 휴머니즘의 정수라 할 수 있다.

이건숙의 생애와 그 작품세계

이건숙(李鍵淑, 1940-) 작가는 소설가이기도 하지만, 전충현교회 목사요 총신대학교 교수이시며 베트남 등지의 선교사로 사역했던 신성종 박사의 사모다. 그는 1940년에 전남 강진에서 태어났으며 정신여중과 정신여고를 졸업하였고(1959), 서울대학교 사범대학 독일어과를 졸업하였으며(1963), 1963년부터 1969년 사이에 논산여고, 대전여고, 서울 중앙여고 교사를 역임하였다. 1974년에 미국 빌라노바 대학교에서 도서관학 석사 학위를 받았으며, 1981년 마흔이 넘은 나이에 『한국일보』 신춘문예에 단편 「양로원」이 당선되어 등단하였다. 1982년부터 1992년까지 서강대학교, 서울여자대학교, 건국대학교, 덕성여자대학교, 한성대학교에 출강하여 강의를 하였다. 그 이후 40여 년간 사모이자 소설가로서 조력목회를 묵묵히 감당하며 꾸준히 창작집과 장편소설들을 발표해왔다. 그의 단편집으로는 『파월병』(1987) 『미인은 챙 넓은 모자를 좋아한다』(2003) 『꿈꾸는 여자』(2007) 『민초들의 이야기』(2008) 『어느 젊은 목사 아내의 수기』(2009) 『신데렐라의 아침』(2013) 『순교자 아들』(2018) 『세상에서 가장 아름다운 구멍』(2020)『신비스러운 만남』(2023) 등이 있고, 장편소설로는『게제도 포로 수용소』(1989)『이브의 깃발』(1994)『바람 바람 새 바람』(1997)『사람의 딸』(2005)『빈 배를 타고 하늘까지』(2006)『남은 사람들』(2009)『정글에 천국을 짓는 사람』(2011)『나는 살고 싶다』(2012)『예수 씨의 별』(2017)『예주의 성 이야기』(2021) 등이 있으며, 수필집으로는『돌 하나도 돌 위에 남지 아니하리라』(1984)『피리를 불어도 춤을 추지 않는 사람들』(1988)『엄마 난 하나님의 선물이에요』(1990)『꼴찌의 간증』(1993)『사모가 선 자리는 아름답다』(1994)『이런 때 사모는 어떻게 말할까』(2003)『이런 때 성도는 어떻게 말할까』(2003)『엄마의 꿈은 힘이 세다』(2007)『사모의 품격』(2013) 등이 있고, 콩트집으로는『하늘나라 광대』(1993) 등이 있다. 그가 받은 상으로는 제14회 크리스천문학상(소설부분, 1997) 제6회 들소리문학상(2006) 제4회 창조문예문학상(2008) 제37회 PEN문학상(2021) 제6회 대한민국기독예술대상(문학부분, 2022) 제33회 기독교문화대상(문학부분, 2023) 등이 있다.

이건숙의 작품세계는 기독교 세계관과 크리스천 휴머니즘을 치밀한 서사구조로 엮어낸다는 것이다. 물론 평자에 따라 달리 볼 수도 있을 것이다. 다시 말해, 그의 작품세계는, 2022년에『국민일보』에 30회로 연재된『역경의 열매』를 보면, 다양하고 남다른 고난체험의 산물이라는 것을 알 수 있다. 고난의 삶이 글쟁이의 중요한 체험이라는 것은 누구나 다 인정하는 바이다. 작가가 감당해 온 남다른 환난과 고통의 피밭 길 체험이 역설적으로 작품의 질량을 배가시킨 것으로 본다. 이건숙 작가는 현대소설의 폐풍이라 할 수 있는 서사 해체의 유혹에 흔들리지 않고, 르네상스적인 인본주의 이후 과학적 실증주의와 유물론이 빚어낸 유일신 해체의 거대한 체계와 철학에 맞서서, 일생을 걸고 기독교 영성 수호를 소명으로 알고 헌신해 온 작가다. 김봉군 교수가 어느 글에서 한 그의 작품세계에 대한 평가다. 그의 작품세계는, 한 마디로 말해서, '기독교 세계관'과 '크리스천 휴머니즘'을 재미있으면서도 그 속이 심원한 서사로 엮어 짜내는 것으로 집약할 수가 있다.

영적 자서전 : 구멍을 통해 본 기독교 세계관

'영적인 자서전'(Spiritual Autobiography)은 단순한 자서전과는 다르다. '영적인 자서전'은 완결된 인생에 대한 자화자찬이 아닌, 지금도 '완성되어 가고 있는 한 그리스도인'의 입장에서 자신의 인생을 돌아보는 성찰적인 이야기라 할 수 있다. 어거스틴(Augustine)의 『고백록』(The Confessions)이 대표적인 '영적인 자서전'이라 할 수 있는데, 이 『고백록』에는 그의 삶과 하나님을 향한 믿음의 여정에 대한 깊은 개인적이고 내성적인 성찰이 담겨져 있다. 그래서 '영적인 자서전'이라 한다. 그 다음으로 들 수 있는 영적인 자서전은 존 번연(John Bunyan, 1628-1688)의 『천로역정』 (*The Pilgrim's Progress*)이다. 이건숙 작가의 「세상에서 가장 아름다운 구멍」은 단편소설이지만, 단테 알리기에리(Dante Alighieri, 1265-1321)의 『신곡』(*Divine Comedy*)이나 존 밀턴(John Milton, 1608-1674)의 『실낙원』(*Paradise Lost*)이나 『복낙원』(*Paradise Regained*)에 비견할 만한, 일종의 번연의 『천로역정』과 비슷한 면이 많은 '영적인 자서전'이요 '우의소설'이라 할 수 있다. 뿐만 아니라 여러 곳에 에피소드를 삽입한 것이나 서사적인 '영적인 자서전'이 갖추어야 할 필수적인 조건을 많이 갖추고 있다는 점에서 이건숙의 「세상에서 가장 아름다운 구멍」은 이주 '짧은 서사시'(brief epic)라 해도 무방하다. 서사적인 '영적 자서전'이 갖추어야 할 필수조건을 살피면서 그의 작품과 연결시켜 보겠다.

1) 영적 여행의 출발 : 비극적 현실에 대한 바른 인식

「세상에서 가장 아름다운 구멍」의 주제는 단적으로 말해서 죄와 구원, 메타포로 말하면, '땅 구멍'(사자(死者)의 자리=무덤)에서 '하늘 구멍'(구원 받은 영혼의 자리=천국)을 찾아 떠나는 여행이라 할 수 있다. 이러한 내면적인 엄숙한 주제를 다루기에 가장 적합한 표현양식이 '우의적 수법'이다. 사물에 빗대서 인간사에서 일어나는 사건들을 다루는 소설을 우의소설이라 하는데, 그 주요 메타포는 '여행'으로서, 비극적인 삶의 자리인 현실에 대한 바른 인식에서부터 출발된다. 그것이 이건숙 작가의 경우는 '땅 구멍'(사자의 자리)에 대한 성찰로부터 시작된다. 이건숙 작가도 이 작품집의 자작 평설에서 이 작품에 대해서, "「세상에서 가장 아름다운 구멍」은 남편과 외동딸이 죽어 '(땅) 구멍' 속에 넣어 묻어버린 뒤에 구멍공포증에서 벗어나서 진짜 아름다운 구멍인 영생의 장소 천국을 갈망하는 인간의 갈구를 그린 것이다."[3]라고 밝히고 있다. '구멍'은 이건숙 작가에 따르면, '생존의 공간' '삶의 자리' 또는 '삶의 정황'이나 '문화 혹은 문명이 이루어지는 공간' 일체를 지시한다고 볼 수가 있다. 이 비극적인 현실에 대한 바른 인식의 시원은 기독교 세계관에 따르면, 하나님의 형상대로 창조된 인간의 타락과 죄에서 시작된다고 할 수 있다. 기독교 세계관의 요체는 창조, 타락(죄), 구원, 완성이라 할 수 있는데, 이 작품은 단편이지만 이런 성서적 교리와 신학이 다 압축되어 있는 이념구조를 갖고 있다.

하나님께서는 그의 형상대로 창조된 인간을 '에덴동산'이라는 '구멍'에서 살게 하면서, 단 하나의 '하지 말라'고 하는 부정적 명령을 내렸는데, 그것이 선악을 알게 하는 나무의 열매는 따먹지 말라는 것이다. '하나님의 형

---

3) 이건숙, "창작하는 작가의 마음" 『세상에서 가장 아름다운 구멍』(『문학나무』, 2020), 269.

상'(Imago Dei) 중에서 가장 으뜸 되는 것이 '사랑'이라 할 수 있는데, 선악을 알게 하는 나무 열매를 따먹지 말라한 것은 자유를 구속하려 한 것이 아니라, 창조자인 하나님을 자유의지를 따라서 사랑하는지 안 하는지를 시험하기 위한 것이었다는 말이다. 다시 말하면, 인간이 자의적으로 창조자의 명령에 순종하고 따르는지를 알아보기 위한 것이었다. 선악을 알게 하는 나무가 사과나무라고 하나 그것은 사과나무이든 포도나무이든 감람나무이든 상관이 없다. 나무의 마력 때문에 금한 것이 아니라 하나님의 명령을 순종하나 안 하나를 알아보기 위한 것이다. 하나님의 명령이 바로 계명이고 그 계명을 지키는 것이 성서에 따르면 '하나님 사랑'이요 신앙 그 자체다. 해서 계명을 지키지 않으면 그 법을 만드신 주체를 사랑하지 않는 것이므로 심판을 받고 형벌을 받게 된다. 그런데 인간은 하나님의 명령보다는 뱀으로 위장한 사탄의 궤휼에 더 솔깃하여 선악과를 따먹고 죄를 범하게 된다. 이렇게 인간이 타락한 이후 이 세상엔 죽음과 슬픔, 죄와 고통이 들어오게 되는 데, 세상에 들어온 도덕적 죽음이 수치와 부끄러움이고, 공포와 죄의식이다. 딸과 남편이 죽어 들어간 '땅 구멍'은 인간이면 누구나 시간에 매여 사는 죽음에 이르는 존재, 즉 인간이면 누구라도 넘어지는 연약한 존재라는 것을 암시해주고 있다. 「세상에서 가장 아름다운 구멍」에서는 딸과 남편의 죽음을 두렵게 인식하게 되면서 주인공 '나'는 "배가 고프다. 목이 칼칼하고 메말라서 입술이 탄다"라고 탄성을 내뱉는다. '에덴'이라는 구멍에서 광야와 같은 온갖 구멍이 가득 찬 '세상'으로 쫓겨난 '인간의 비극적인 실존상황'을 우의적으로 표현하고 있다. 이건숙의 문장은 다분히 시적이고 함축적이고, 구조는 서사적이다. 배가 고프고 목이 칼칼하고 메말라서 입술이 탄다고 하는 것은 죽을 지경에 이른 것을 단적으로 보여주는 우의적인 이미지다. 인간들이 넘어져 들어가는 '땅 구멍'으로부터 문명 또는 문화라는 미명과 편리함이라는 현실적인 조건을 세상에 파놓았거나 또는 만들어 놓은 '각종 구멍들'을 의식하면서 주인공 '나'는 몸을 가눌 수 없을 정도로 벌벌 떨고 엄청난 공포증에 사로잡히게 된다. 이것이 하나님의 형상으로 지음 받은 인간이 죄를 범했을 때 느끼는 절망과 공포, 그리고 슬픔과 공통인 것이다. 인간의 참된 죽음은 육제적인 것이 아니라 '절망'이라 할 수 있다.

이런 비극적 현실 인식은 그저 인식으로 끝나는 것이 아니라 온통 구멍 천지인 이 세상을 존 번연의 『천로역정』에 나오는 '멸망의 도시'처럼 '파멸의 도시'로 봐서 그곳을 벗어나지 않으면 금세 임할 멸망을 받게 될 것이라고 하는 강렬한 '내적 충동'과 '현실인식'을 갖게 한다. 이런 인식이 이루어지지 않는 한, 정든 고향과 일가친척을 버리고 아브라함이 갈대아 우르를 떠나는 것처럼 떠날 수가 없다. 『천로역정』의 주인공 크리스천처럼 「세상에서 가장 아름다운 구멍」의 주인공 '나'는 '참된 구멍'을 찾아 떠나는 여행을 시작하는데, 그것은 관광여행이나 답사여행이 아니라 하늘나라를 향해 떠나는 '영적 여행'인 것이다. 정들고 일상에 젖어 살게 하는 그 공간과 '낡은 자기 정체'를 무너뜨리고 떠나지 않으면 물이 흐르지 않으면 썩는 것처럼 침륜되고 침체된다. 그래서 영적인 존재가 살기 위해서는 반드시 '영적인 여행'을 떠나야 하는데, 그것은 '비극적 현실에 대한 바른 인식'이 이루어지지 않는 한 출발 시동이 걸리질 않는다.

2) 영적 여행의 기본 조건 : 부름과 안내

우의형식으로 된 '영적여행'에 있어서 다음으로 중요한 기본이 '부름'(call)과 '안내'(guide)다. 캄벨이라는 신화학자는 이 '부름'에 대해 이렇게 말하고 있다.

"우리가 '모험에로의 부름'이라고 부르는 신화적 여행의 첫 단계는 운명이 영웅(주인공)을 소환하여 그의 정신적인 중력의 중심을 사회 울타리 안으로부터 미지의 지역으로 옮겨가게 하는 것을 의미한다. 보물과 위험이 함께 있는 이 운명적인 지역은 먼 나라, 숲, 지하왕국, 파도의 밑, 하늘의 위, 비밀 섬, 높은 산꼭대기 또는 깊은 꿈의 상태와 같이 다양하게 표현될 수 있다. 그러나 그것은 언제나 기묘하게 변하기 쉽고 다양한 모습을 갖는 존재들, 상상이 불가능한 고통, 초인적인 행동 및 믿기 어려운 기쁨 등이 있는 곳이다."[4)]

'영적 여행'에 있어서 '부름'은 문자 그대로 어떤 일을 시키기 위하여 불러들이는 '소명'이나 캄벨이 말하는 한 '기지의 지역'에서 '미지의 지역'으로의 이동하는 모험과는 달리 길을 잃고 방황하거나 정도에서 벗어나 헤매는 영혼들을 위로하고 가르쳐 바른 길로 가도록 인도하기 위해 부르는 것을 말한다. 이건숙의 「세상에서 가장 아름다운 구멍」에서는 주인공 '나'의 친구 초등학교 교사인 김희선이가 『천로역정』에 나오는 '돕는 이'(Helpful)와 거의 동일시되는 역할자로 나온다. 서사구조로 볼 때 이는 딸과 남편을 '땅 구멍' 묻은 사실 때문에 죽을 지경이 된 주인공을 돕고 세워주기 위해서 부름 받은 '동행자' 또는 '조력자'라 할 수 있다. 김희선은 주인공 '내'가 구멍공포증에 사로잡혀 몸을 가누지 못할 정도가 되어 일주일 동안 아무것도 먹지도 못하고 잠에 떨어져 방황할 때 학교에서 귀가하는 길에 주인공 '나'의 집에 들러 물까지 끊으면 죽는다고 챙겨주고 음식을 옆에 놓고 가는가 하면 의사를 데려다 영양제 주사를 맞게 하는 길동무인 동시에 돕는 동행자다. 밥도 먹지 않고 세상에는 없는 동굴 구멍

---

4) M. Oates and Joseph Campbell, *Where the Two Came to their Father*, Bolingen Series 1 (New York, 1943), 51, 58.

만 찾는다고 화를 내며 가버렸던 김희선이 다시 조기구이 밥상을 차려 내오며 "이젠 구멍을 찾아 헤맨다는 일일랑 접자구나"하고 권하던 말을 접고, 다음 달 중순에 여름방학이라 한 달간 휴가이니, 네가 가고 싶어 하는 구멍, 그러니까 동굴여행에 동행하겠다고 나오는 선한 동행자다. 이런 김희선이 주인공 '나'의 곁에 없었으면 남편을 따라 사계절 산행을 하며, 여름방학이면 남편 따라 동굴 답사를 결코 할 수 없었을 것이다. 그러나 김희선이는 낙원갈망이 없기 때문에 '세상에서 가장 아름다운 구멍인 천국'은 볼 수가 없다.

이런 의미에서 실제적인 안내자는 남편과 파랑새라 할 수 있다. 두 안내자 중에서 제일차적인 안내자는 '남편'이다. 지남석처럼 남편 옆에 들러붙어 따라다닌 바람에 산등성이를 사슴처럼 날아올라 날갯짓을 하는 파랑새를 만날 수가 있었다. 그런 의미에서 남편은 친구 김희선과는 달리 주인공 '내'가 찾고자 하는 것에 거의 가까운 구멍을 찾는 일을 돕는 가이드가 된다. 남편과 함께 나는 파랑새를 따라 산 정상 언저리까지 이르러 갓난아기의 청순한 살 내음이 확 풍겨내는 구멍 입구에 이른다. 굴 안으로 들어가는 파랑새를 따라 부드럽고 은근한 향기가 풍기는 낙원 같은 굴 안으로 들어간다. 전통적으로 '낙원'은 '높은 산'이나 '외딴 섬' 또는 '보기 드문 동굴' 같은 사람들이 보통은 접근하기 힘든 곳에 있다. 파랑새을 따라 남편과 주인공 '내'가 들어간 곳이 바로 그런 곳이다. 이 '낙원'은 '하늘나라 천국'은 아니지만 보이지 않는 '천국의 보이는 실상'이요 사람들이 누구나 동경하는 '이상적인 공동체'의 '지상적인 모형'이라 할 수 있다.

3) 영적 여행의 지속적 계기 : 낙원갈망

영국의 진보적인 역사가 힐(Hill) 교수가 "대부분의 종교와 대부분의 사람들은 저마다 자신만의 에덴동산, 아르카디아, 황금시대의 전설과 유사한 전설을 가지고 있다."[5]라고 말하기 이전에도, 실러(Schiller)는 "역사를 지닌 모든 백성들은 낙원이나…… 황금시대를 가지고 있다"고 했다. 이와 같이, 모든 사람은 누구나 할 것 없이 저마다 낙원, 자신만의 황금시대를 가지고 있는 것이 사실이다. 완전한 상태의 안식과 영생에 대한 인간의 동경은 고대 이래 인간의 끊임없는 꿈이 되어왔고[6] 인간의 상상력을 끊임없이 키워왔다. 그 옛날 수메리아의 시인은 『딜문』 (*Dilmun*)이라는 시에서, "뱀도, 전갈도, 하이에나도, 사나운 개도, 이리도, 두려움이나 공포도, 인간의 어떠한 적수도 없었던 시대"[7]의 '딜문의 땅'(the land of Dilmun)을 노래

---

5) 임철규, 『왜 유토피아인가』(『민음사』, 1994), 241.
6) A. Bartlett Giamatti, *The Earthly Paradise and the Renaissance Epic* (Princeton : Princeton UP, 1966), 3.
7) 임철규, 243.

한 일이 있다. 그 땅은 태양의 정원 안에 있으며 그리스인들이 동경했던 '낙원' 또는 '이상향'(the Elysian Fields)과 동일시된다. 그리스 사람들에게 있어서 그것은 '행운의 섬', '축복받은 사람들의 섬', '헤스페리데스의 정원'(the Garden of Hesperides)으로 알려져 있다. 이건숙도 누구 못지않게 낙원을 갈망한다. 이건숙 작가가 갈망한 낙원은 '에덴낙원' 같은 '원초적인 낙원', 그 후엔 죄를 짓고 '잃어버린 낙원'의 회복이다.

이건숙의 작품으로 돌아와서 보면, 산등성이를 날다가 굴 안으로 날아 들어간 파랑새를 따라 주인공 '나'는 '에덴낙원'과 같은 '꽃들이 만발한 초원'을 만나게 되는 것을 보게 된다. 울창한 숲, 시냇물, 만발한 꽃들, 광활하게 펼쳐진 초원 가늠할 수 없을 정도의 기쁨과 편안함, 붕 떠 있는 것 같은 황홀함, 온갖 꽃들, 풍성한 과일들, 전형적인 낙원의 구성 요소들이 다 들어 있다. 작가는 이 낙원의 상태를 이렇게 서사하고 있다. "시냇가 언저리에 이리와 어린 양이 함께 누워 뒹굴고 있다. 표범이 어린 양을 거느리고 산책을 즐기고 송아지와 어린 사자가 친구처럼 서로 옆구리를 비비며 놀고 있다. 어슬렁어슬렁 암소와 곰이 내게 다가오는 바람에 나는 긴장해서 온 몸이 굳었다. 곰이 포실한 머리를 내 손에 디밀려 쓰다듬어 달라는 몸짓을 한다. 나는 슬그머니 그의 머리 위에 손을 얹자 내 손을 살살 핥아준다. 냇물 건너편에는 사자가 소처럼 풀을 뜯으며 이따금 멀리 눈부시게 아우라가 어린 산을 바라본다. 여기는 모두가 다정한 친구라 위험이 전혀 없는 곳이다. 질펀하게 펼쳐진 냇물의 가장자리를 따라 콧노래를 부르며 산책을 즐기던 나는 구석진 모퉁이에 뚫린 작은 굴이 눈에 들어오자 놀라 몸을 흠칫했다."[8]

작가가 본 굴은 파란 하늘과 맞닿은 어마어마한 초원의 한가운데로 맑고 시원한 물이 흐르고 시냇물 가에 즐비하게 선 나무들은 갖가지 과일을 맺고 있어 마구 따먹을 수 있을 정도로 적당히 익은 먹음직하고 보암직한 싱싱한 과수들이다. 그곳에는 위험스러운 짐승도 심지어 사나운 사자도 모두 순한 속성을 지니고 서로 어울려 살아가고 있다.[9] 이런 낙원을 주인공 '나'는 갈망한다. 그런 까닭에 주인공 '나'는 '영적인 여행'을 지속할 수가 있다.

4) 영적 여행의 오메가 포인트 : 세상에서 가장 아름다운 구멍

서사시의 성격은 인생의 두 모형(pattern)을 충실히 모방하여야 한다는 것이다. 『일리아스』(Ilias)의 주제는 전쟁이며 『오디세이아』의 주제는 방랑이다. 전쟁과 방랑, 이두 주제는 인생의 두 면 즉 심각한 투쟁과 로맨틱한 모험을 대표한다. 전자는 슬픔으로 인도하고 후자는 기쁨으로

8) 이건숙, 『세상에서 가장 아름다운 구멍』, 20-21.
9) 위 책, 27-32.

인도한다. 작품들의 결말은 그러한 정신의 대조를 역력하게 보여주고 있다. 『일리아스』는 헥토르(Hector)의 시체를 화장하는 장면의 묘사로 끝나고, 『오디세이아』는 결혼 축하의 연회를 준비하는 장면으로 끝난다. 비극을 영웅의 불행한 죽음으로 끝나는 이야기라고 정의하고 희극을 얽힘이 풀려서 행복한 결말에 도달하는 이야기라고 한다면, 두 편의 시에서 구현한 것은 바로 이러한 비극의 정신과 희극의 정신이다. 그리고 이 두 서사시가 내면적으로 계속되는 한 사이클(cycle)이라는 것을 생각할 때, 문학에서 생의 모형, 즉 겨울 뒤에 봄이 오고 죽음 뒤에 재생이 오는 자연 질서를 모방하려고 한 의도가 뚜렷해진다.

이건숙 작품의 주인공 '내'가 찾는 구멍은 딸과 남편을 묻은 '땅 구멍' 곧 무덤도 데린쿠유와 같은 지하도시 그런 구멍도 아니다. 데린쿠유는 4000년 전 만들어진 터키의 카파도키아에 있는 동굴이다. 카파도키아의 황량한 평원 아래가 부드러운 화산암이라 여기를 파내려가 세운 지하도시가 데린쿠유이다. 카파도키아의 황량한 평원 아래가 부드러운 화산암이라 여기를 파내려가 세운 지하도시가 데린쿠유이다. 마치 개미굴처럼 인간이 만든 땅굴도시로 1963년에 발견된 거대한 동굴이다. 로마제국의 종교박해로부터 7세기 이슬람 국가인 오스만 제국의 박해를 피해 은신한 기독교인들이 살았던 곳으로 지하 20층으로 현재는 8층까지 공개한 상태라 한다. 작가가 찾는 구멍은 데린쿠유 같은 신학교와 교회까지 있는 지하도시가 아니다. 데린쿠유 동굴은 지상도시를 압축해 놓은 것이지 주인공이 파랑새를 따라 갔던 그런 구멍은 아니라는 것이다. 주인공 '내'가 찾는 굴은 위험을 전혀 느끼지 않고 인생의 고난이 싹 가신 아주 평화로운 곳이다. 그 굴로 인도하는 길은 아마도 솔개도 알지 못할 것이고 날카로운 눈을 가진 매도 보지 못하는 곳에 숨어있을 것이다. 주인공 '내'가 찾으려고 하는 구멍은 사람들이 사는 곳이 아니고, 인간이 만든 거대한 구멍도 아니다. 그곳은 죽어서나 가는 곳이요 지금처럼 까맣게 타버린 숯검정 같은 마음으론 들어갈 수 없는 곳이다.[10] 이런 구멍이 세상 어디에 있겠는가? 그것은 믿고 죽어서 들어가는 하늘나라인 것이다. 지상낙원이 원형으로 하고 있는 바로 그런 곳이요, 육안으로는 볼 수 없고 오로지 마음의 눈으로만 볼 수 있는 그런 공간이다. 그래서 다른 고전 작가들은 정신적 안정과 육체의 안식을 위한 곳으로 그렸고, 그런 상태는 빛과 노래와 사랑의 장면으로 밖에는 나타낼 수가 없었다. 이 이상적인 생명공동체는 죽어서나 들어가게 되는 어둠은 전혀 없고 빛만 충만하며 슬픔이나 고통은 전혀 존재하지 않고 기쁨으로 넘치는 축복된 장소다. 기독교 세계관으로 말하자면 회개하고 믿고 죽어서 들어가게 되는 '하늘 구멍 천국'이라 할 수 있다. 「세상에서 가장 아름다운 구멍」

---

10) 이건숙, 『세상에서 가장 아름다운 구멍』, 27-32.

은 죄와 허물로 인해서 죽어 '땅 구멍'에 묻히는 '비극'으로 시작해서 회개와 믿음을 통해 구원에 이르고 이윽고 주인공이 찾던 '천국'으로 들어가 어린양과 결혼하는 축제로 끝나는 '희곡'이다.

우리가 세계관을 논의할 때 가장 염두에 두어야 할 것은 하나님의 주권이 미치지 않는 시·공간이란 존재하지 않는다는 것이다. 하나님께서 세상을 창조하셨기 때문에, 모든 것에 창조주의 지문이 남아 있다. 우주에는 하나님의 형상이 담겨져 있지 않은 중립이란 존재하지 않는다는 말이다. 따라서 이 세상과 이 세상에 살아가는 인간들의 삶과 연결되어 일어나는 사건을 다루는 어떤 이야기도 기독교 세계관과 무관할 수 없다. 이건숙의 대표적인 창작집이라고 할 수 있는 『세상에서 가장 아름다운 구멍』을 면밀하게 살피면, 여기 실려 있는 모든 작품이 다 구멍을 통해서 본 기독교 세계관의 범주 안에 넣을 수가 있다. 인간 실격이라 하지만 아직도 인간에게는 숭고한 사랑을 할 수 있는 아름다움이 있다는 것을 다룬 「산으로 간 물고기」나 급변하는 현대 가정마다 자녀 양육방법은 달라고 상충되고 갈등되는 현실을 탈피해서 높은 곳, 밝은 곳을 향한 갈망을 갖는다는 주제를 다룬 「인형의 집〉, 인생의 밝은 삶을 방해하는 미움과 갈등의 병든 심리를 다룬 「귓불에 검은 점이 있는 여자」나 「살라면 살지요」, 인생길에 밀어닥친 무서운 고난과 고통의 시대를 인내와 사랑으로 통과하여 승리한 주인공의 삶을 다룬 「아브라함의 후예」
와 「돌에 맞아 죽을 뻔한 장로」, 모두 다 이 범주에 포함
시켜 논의해도 무방할 만한 작품들이다. 어린 시절 받은
깊은 상처의 치유를 다룬 「갓난 아기의 헝겊신」이나 「박
꽃 여인」도 예외 없이 이 범주에 넣을 수가 있다.[11] 이런
작업은 독자 여러분께서 직접해보시기 바란다. 그러면 앞
으로 작품들을 보고 해석하는 데 도움이 될 것이다.

몰락해가는 땅의 세계에 대한 하나님의 새로운 영적 지배를 갈망하는 정신과 그 욕동 : 크리스천 휴머니즘

쟈끄 마리땡(Jacque Maritain)이라는 실존주의 철학자는
휴머니즘을 두 종류로 나누어서 설명하였는데, 그 중의 하
나가 신중심의 휴머니즘(theo-centric humanism)이고, 다른
하나가 인간중심의 휴머니즘(anthropo-centric humanism)
이다. 그는 이 두 종류의 휴머니즘 중에서 참된 휴머니즘
(true humanism)은 신중심의 휴머니즘이라고 규명하였
다.[12] 나는 신중심의 휴머니즘을 크리스천 휴머니즘이라
고 바꾸어 명명하겠다. 하나님을 모든 존재의 근원으로
인정하는 대신 인간과 그 이성 및 지성을 가장 존중하는
인간중심주의와 무엇보다 인간과 모든 것들의 궁극적 근

---

11) 이건숙, 266-271 참고 바람.

12) M. M. Mahood, *Poetry and Humanism* (New York : W. W. Norton & Company, Inc., 1970), 18-19 참조.

원이 되시는 하나님과 그에 대한 신앙을 무엇보다 존중하는 신중심주의는 근본적으로 서로 대립되고 상충된다. 이 두 대립적인 개념이 변증법적으로 '사랑의 복음' 안에서 융합 통합된 것이 크리스천 휴머니즘이라 할 수 있다. 이 사상 안에서 두 상반되는 개념인 은총과 노력, 계시와 이성, 오래된 신앙과 신지식, 이상과 학문이 합일되고, 그리스 로마의 헬레니즘 정신을 담은 고전 작품과 헤브라이즘의 정신을 담은 성서가 만나게 된다. 현대는 공리주의와 기능주의와 고도화 된 과학기술이 이 세상을 지배하면서 정신과 영성이 소외되어 현대는 사막화되어 가고 있다. 한 마디로 말해서, '크리스천 휴머니즘'이란 이런 사막화된 현실과 풍요하지만 부패하고 몰락해가는 물질세계에 대한 '하나님의 새로운 영적 지배'를 갈망하는 정신이요 그 회복을 갈망하는 욕동이라고 규정지을 수 있다. 이건숙의 많은 작품들 중에서 단편 「전도사와 도둑놈」, 「순교자의 아들」, 그리고 『정글에 천국을 짓는 사람』이라는 장편을 천착해보면서 이 작품들에 나타나는 크리스천 휴머니즘의 정신을 살펴보겠다.

1) 날카로운 눈초리에서 묘한 미소로 : '사랑의 복음' 크리스천 휴머니즘의 생명

이건숙의 많은 장단편들 중에서 가장 짧은 이야기라 할

수 있는 작품이 「전도사와 도둑놈」이다. 이 작품의 이야기 줄거리는 매우 단순하지만, 그 내용은 '신약의 복음', 크리스천 휴머니즘의 생명을 구현하고 있다고 해도 과언이 아니다. 어느 산골교회를 시무하는 김광휘라는 전도사가 있는 데, 쓰러져 가고 있는 교회를 신축하라고 형제들이 모아 준 돈가방을 메고 외진 숲속을 지나오다가 등 뒤서 따라오는 도둑놈과 만난다. 시푸르죽죽한 몽고반점 같은 도둑놈 얼굴의 눈을 마주치자 날선 칼날이 목에 와 닿는 듯하여 그 순간 전도사는 등에 지고 있던 백팩을 선뜻 벗어 주고 허리를 깊이 숙이고 잘 가라고 손을 흔드니 도둑도 감동되어 백팩을 돌려주고 '재수 옴 붙었네'라고 중얼대며 휙 돌아서 가버렸다는 것이 이야기 줄거리의 전부다.

이 작품이 '크리스천 휴머니즘'의 정신을 어떻게 구현하고 있느냐 하는 문제를 살피기 위하여 작품의 문맥을 치밀하게 세찰해 보는 것이 우선되어야 할 것 같다. 우선 주인공 김 전도사는 울울창창한 숲속에서 도둑을 만나 무너져 가는 교회를 건축할 돈을 악당의 손에 넘길 생각을 하니 아찔하기만 했다. 한편으로는 돈보다 생명이 더 귀하지 않느냐 하는 세미한 소리가 들리기도 하였지만, 주인공 김 전도사는 그 음성을 무시하고 머리를 세차게 흔든 후 도둑놈을 향해 개 꾸짖듯 투덜댔다. 이 문맥을 세밀하게 들여다볼 때, 김 전도사의 즉각적인 반응은 감성적이다. 이는 '아찔하다'든지 '세미한 소리가 들린다'든지

'머리를 세차게 흔든다'든지 '개 꾸짖듯 투덜댄다'든지 하는 표현 전체가 감성을 잘 드러내주는 감각적 언설이기 때문이다. 개신교가 너무 엄숙주의와 경건주의를 강조하다 보니 오히려 반사작용으로 인간성이 메말라 가기 시작했다. 잘 믿을수록 감성적인 표현을 억제하여야 하고 억제되지 않은 감성적인 표현은 하나하나가 악이라는 생각이 그들의 신앙 이념을 지배하고 있다. 이처럼 크리스천들에게서 휴머니즘을 배제시키는 것은 참다운 그리스도의 정신이 아니다. 그리스도 정신을 추구하는 이건숙은 그의 이 작품에서 뿐 아니라 모든 작품 속에서 서슴없이 감정을 드러내도록 유도하고 그렇게 서사구조를 이루어 내고 있다.

휴머니즘의 핵심 정신 중의 하나가 '인간성의 해방'이라 할 수 있는데, 이때의 인간성이란 이성과 감성을 다 포괄하는 개념이지 어느 하나만을 함의하는 개념이 아니다. 전도사라할지라도 감성에게도 적당한 자리와 권리를 주어야 할 뿐 아니라 이성과 감성을 서로 대립시키지 말고 지정의 곧 인간의 인격체를 다같이 인간적인 것으로 존중하여야만 한다. 그런데 이 작품의 문맥을 따라 다시 면밀하게 살펴보면, 그 다음 순간에 도둑이 어깨를 힘주어 잡아채는 그의 거친 손길과 오른손이 잽싸게 가슴 안주머니에 찔러 넣는 것을 보고 생명의 위협을 느끼는 것을 알 수가 있다. 그러나 그는 감정에 치우쳐 목숨을 걸고 도둑에게 덤벼들었다든지 주변에서 일하고 있는 힘없는 농부들을 불러 저항을 독려하질 않고 돈이 든 백팩을 도둑에게 내주면서 잘 가라고 손을 흔들어준다. 이런 이성적인 행위는 성숙된 신앙의 체질화와 순간적인 합리적인 판단과 총명한 헤아림이 없으면 취할 수 없는 행동이다. 이것은 단순한 휴머니즘이 아니라 크리스천 휴머니즘의 진수라 할 수 있다. 이성과 감성이 혼연히 조화된 전체적인 인간, 로고스적인 것과 파토스적인 것, 이성과 정열이 아름답게 조화된 인간을 치밀한 서사구조로 엮어내고 있다. 싸늘한 이성만의 인간이나 분망한 감성만의 인간은 크리스천 휴머니즘적인 이념에서 볼 때 불구적인 인간에 지나지 않는다. 믿음이 있으면 행함도 있어야 산 신앙이요 전체적인 인격체라 할 수가 있다. 교회를 지을 돈이니 절대로 악당에게 내줄 수 없다고 하는 생각 때문에 소리를 질러 도움을 요청을 했던지 도둑과 맞붙어 싸우기라도 했다면 돈도 잃고 생명도 아마 다쳤을 것이다. 욱하는 감성을 이성으로 누르지 못하면 존엄한 인간성이 무너지고 만다. 김광휘 전도사는 감성을 신앙 이성으로 누르고 돈가방을 내주며 허리를 깊이 숙이고 잘 가라고 손을 흔들어주는 것은 아무나 할 수 있는 행위가 아니다. 어떤 계산에서 나온 것은 아니겠지만 이는 교양이나 문화적인 행위가 아니라 모든 것이 합동해서 선을 이룬다는 몸에 밴 합리적인 판단과 헤아림과 신앙에서 나온 것이라 할 수가 있다. 이런 행위는 예수께서 모범으로 보여준 '사랑'의 복음을 증언하는 언동이기도 하다. 이건숙 작가는 톨스토이처럼 '사랑의 복음'을 강조하는 작가다. '사랑'은 인간의 영혼에 나타나는 가장 아름다운 하나님의 형상이요, 인간의 유일한 이성적 활동이라 할 수 있다. 사랑은 영혼의 가장 이성적이고 가장 광명한 상태요 참된 선이요 생의 온갖 모순을 없이하고 죽음의 공포를 물리칠 뿐만 아니라 인간으로 하여금 타인을 위해서 자기를 희생하는 신앙적인 행위라 할 수 있다. 이런 사랑은 악이 선으로, 불합리가 합리로, 부조리가 조리로, 죽음이 삶으로 전환되게 하고, 극한적인 위기를 극복하게 하며, 교회 지을 돈도 대돌려 받게 되는 동시에 도둑을 감화시키는 기제가 되는 것이다. 이런 '사랑의 복음'이 증언되는 결정적인 표현을 우리는 이 이야기의 결말을 통해 볼 수 있다.

"그는 날카로운 눈으로 전도사를 쏘아보며 오른손을 잽싸게 가슴 안주머니에 찔러 넣는다. 그보다 먼저 전도사는 도둑놈을 향해 허리를 깊이 숙이고 나서 잘 가라고 손을 흔들었다. 묘한 미소를 흘리며 그는 백팩을 느린 동작으로 벗어 전도사의 등에 메어준다. '도둑놈에게도 의리가 있지 날 믿어주는 사람을 어떻게 속여요.' 어리벙벙해 있는 전도사의 등을 두어 번 두드려주고 그는 휙 돌아서더니 큰 소리로 씨근덕거렸다. '씨팔! 오늘 재수 옴 붙었다. 그래도 내 일생 날 믿고 인정해준 사람은 이번이 처음이야.' 멍청히 백팩을 메고 그의 등을 바라보는 전도사의 귓가를 산새 속살거리는 지저귐이 스친다."[13]

도둑놈을 향해 허리를 깊이 숙이고 잘 가라고 손을 흔들어주는 전도사의 행위 속에서 도둑놈은 자기를 믿어주고 인정해 주며 사람대접해 주는 사랑과 의리를 느끼게 된다. 그리스도가 보인 이런 '사랑의 복음'을 통하여 도둑놈의 날카로운 눈초리가 묘한 미소로 바뀐다. '씨팔! 오늘 재수 옴 붙었다'라는 독설 속에서 상상조차 할 수 없었던 격한 감정이 평형적인 상태로 균형잡히면서 안정되고 감정이 정화 또는 순화되는 카타르시스를 느끼게 된다. 이것이 예술적인 구원이라 할 수 있다. 도둑놈이 백팩을 돌려주고 어리벙벙해 하는 전도사의 등을 두어 번 두드려주는 인성이 회복되어 가는 것이다. 멍청히 백팩을 메고 도둑놈의 등을 바라보는 전도사의 귓가에 산새 속살거리는 소리까지 들린다. 이야기는 슬픈 사건으로부터 시작되지만 끝은 에덴의 분위기로 맺어진다. '크리스천 휴머니즘'이 추구하는 오메가 포인트는 바로 이런 서로 믿고 의지하며 상부상조하는 질서와 조화를 이루는 낙원의 세계다.

2) 식물인간에서 평화와 위로로 : 사랑의 갈망, 크리스천 휴머니즘의 에센스

---

13) 이건숙, 「전도사와 도둑놈」『청조문예』 2021년 3월호(제290호), 105.

이건숙 작가의 대표작이라고 할 수 있는 작품 중의 하나가 「순교자의 아들」이라는 작품이다. 이 작품의 주인공은 순교자의 아들이라는 소문난 목사의 아들 '나'다. 일본 제국주의시대 신사참배를 강요하여 기독교가 심한 핍박을 받는 중에서도 목숨을 위해 신사참배를 하고 떵떵거리며 잘 사는 목사도 있었지만 끝까지 부정하다 결국 순교를 당한 목사들이 있었는데, 그 중의 한 사람이 이름은 밝혀져 있지 않으나 '나'로 나오는 주인공의 아버지다. 주인공 '나'는 자식 넷과 서른 초반의 아내를 험악한 이 땅에 내팽개치고 혼자 훌쩍 자기가 사랑한다는 예수를 따라 가버린 아버지와 그렇게 가버리도록 내버려둔 어머니의 처신과 신앙이 위선적이고 독선적이라 생각한 나머지 평생동안 교회 문턱에 발을 들여놓지 않는다. 자식들을 고생시키고 아내를 팽개친 그런 아버지처럼 살지 않기 위하여 주인공 '나'는 두 아들과 딸을 미국으로 데리고 가서 아주 훌륭하게 키우고 완벽하게 공부도 시켜 두 아들은 의사로, 딸은 교수로 진출시킨다. 이만하면 이 세상에서 부끄럽지 않게 가장의 책임을 달성한 셈이고, 더 나아가 자식들에게 결혼할 때 집을 한 채씩 마련해 주기도 한다. 그러나 일생동안 너무 과로해서 '나'는 고희를 몇 년 앞두고 양로병원에 누워 10년째 식물인간이 되어 있다. 귀로는 들을 수 있고 의식은 멀쩡해서 분별하고 판단은 할 수 있으나 말을 하지 못하고 먹고 배설하는 일은 의료

기구에 의존하는 형편이어서 고목이나 진배없다. 식물인간으로 누어있으면서도 지난날과 순교자라고 존숭 받는 비정한 아버지를 생각만 하면 분노가 치솟고 짜증과 미움과 고집만이 더욱 심해졌다. 라일락 냄새와 막내딸의 냄새를 오버랩 시키면서 바로 밑의 가여운 여동생을 떠올리고 생각한다. 사랑하는 막내딸마저 이렇게 식물인간으로 고목처럼 쓰러져 사느니 속히 돌아가기를 원하는 찰나에 한국에서 어렵게 수소문해서 오빠의 처지를 알게 된 여동생이 오빠를 마지막 만나 보려고 미국으로 온다. 여동생은 식물인간이 된 오빠 귀에다 대고 "제발 이제 하나님을 영접하고 구원받으라고" 강청한다. 천국과 지옥으로 연결되는 두 다리를 앞에 놓여 있으니 건너갈 다리를 선택하라고 여동생은 흐느끼면서 권면한다. 순간 귀에 인이 박히도록 어린 시절 어머니가 불렀던 찬송 소리가 따스한 기운을 머금고 주인공의 몸을 감싼다. 주인공인 '내'가 좋아하는 향기에 몸이 휘감기면서 주인공 '나'는 낯설고 아주 기묘한 곳이 있는 것을 발견한다. "저 악당을 죽여라"고 아우성치는 군중들에 맞서서 한 마디도 변명하지 않는 '그'를 보고 처음에는 의아했으나 점차 그가 불쌍해졌다. 또한 나는 아우성치는 군중들의 뒤쪽 멀리 눈물을 닦고 있는 어머니의 모습이 스쳤다. 울고 있는 어머니를 보자 갑자기 그 남자가 무척 가엾다는 생각이 주인공 '나'의 마음속을 파고든다.

"나 혼자만이라도 그의 편이 되고 싶어서 나도 모르게 군중들 틈에 밀려가면서 나는 격렬하게 흐느끼기 시작한다. 눈물로 희미해진 눈을 들어 앞을 보니 혼자 외롭게 가고 있는 남자의 뒤꼭지 머리카락이 성이 나서 발딱 일어나 너풀거렸다. 사람들의 미움이 담긴 외침에 머리카락은 점점 더 힘을 받아 뻣뻣하게 살아났다. 나는 사람들 틈에 이리저리 밀려 허우적거리면서 그를 향해 목이 터져라 외치고 있었다. '아버지! 아버지!' 여동생이 부르는 '저 높은 곳을 향하여' 찬송 소리가 내 몸과 마음을 평화롭게 휘감았다."[14]

「순교자의 아들」이라는 작품에서 주인공 '나'는 돈을 많이 벌어 아들딸 교육은 잘 시키고 좋은 일자리로 나아가게 하지만 주인공 자신은 고희를 얼마 앞두고 쓸어져 식물인간으로 양로병원에 사람다운 사람이 아니라 식물이나 다름없는 인간으로 전락하는 데서 휴머니즘의 비인간화 현상을 볼 수 있다. 주인공 '나'는 그 영혼이 파괴되면서 인간 대접을 받지 못한다. 돈을 벌고 자식들을 출세시키는 데는 성공했지만 그것이 인간다운 삶을 살지 못하게 하고 인간성을 상실하게는 했지만 위로와 평화를 주지 못했고 식물인간이 되어 사람들로부터 멸시와 천대를 받았다. 심지어 흑인 간호사나 조무사들로부터도 학대를 받았다. 인간다운 삶을 추구하는 휴머니즘이 인간을 해방시

---

14) 이건숙, 「순교자의 아들」, 『창조문예』 2021년 3월호(제290호), 90-103.

키기는 했지만, 결국 그 휴머니즘이 무너져 인간다운 대접을 받지 못하게 하고 만다. 여기서 인간의 비인간화 현상을 반성하고 그 회복을 위해 기독교적인 영성을 복귀시키는 정신으로 환원한다. 그것이 동생의 회개 촉구와 하나님을 영접하라는 권고, 예수 그리스도께서 죄 없이 군중들의 박해와 멸시를 받고 십자가에서 죽는 아가페적인 사랑 앞에서 흐느껴 우는 어머니의 환영, 그리스도의 희생적인 사랑에 대한 연민과 긍휼을 느끼면서 주인공 '나'는 하나님과 화해하고 아버지와도 화해하게 되면서 평화와 위로를 몸과 마음으로 휘감기게 되는 것으로 표현한다. 이건숙 작가는 현대 작가들이 거부하는 사상과 역사적인 현실에 맞서 싸우면서 현대 인간들이 직면한 모순과 불합리를 그리스도의 아가페적인 사랑을 내세워 극복하고 인간의 삶과 상실되어 가는 인간성을 회복하고 원래상태로 복원시키고 있다. 이것이 바로 크리스천 휴머니즘의 에센스라 할 수 있다.

3) 흐느낌에서 마음의 위로로 : 사랑의 소명과 실천, 크리스천 휴머니즘의 클라이맥스

장편 『정글에 천국을 짓는 사람』도 크리스천 휴머니즘의 절정을 보여주는 작품이다. 이 작품의 주인공은 한때 벽산그룹의 비서실장으로 건설현장을 누비고, 독립해 세운 건설회사로 86년 아시안게임의 요트경기장 건설수주를 따낼 정도로 탁월한 경영능력을 발휘하던 사업가였다. 그런데 1985년 어느 날 아침에 전신이 마비되고 감각이 차츰 사라지면서 그는 깨어나기는 했지만 도저히 일어날 수가 없었다. 병의 원인도 모르는 채 속수무책으로 흘러간 10개월 동안 식물인간으로 살아야 했다. 온몸의 살과 물이 쭉 빠져나가 쪼글쪼글 오그라들어 원숭이만 해져, 세상에 기댈 사람이 아무도 없다는 생각이 들 때, 하나님께서는 그를 찾아와 그에게 "베트남의 요나가 되라"고 말씀하셨다. 이런 소명 따라서 그는 젊은 시절 군인으로 왔던 옛 전쟁터 베트남의 영혼을 구하려 선교사로 가게 된다. 그는 1997년 처음으로 방을 얻었을 때, 침대를 놓을 자리에 손수 관을 짜서 놓았다. 그는 관 위에서 기도하고 잠을 잤다. 그가 관 위에서 자는 이유는 회개의 표현이었다. 그는 식물인간이 되어 사경을 헤매다 하나님의 부르심을 깨닫고 40이 넘은 나이에 신학을 공부하고 당시 미수교국이던 베트남의 선교사가 된다. 공산국인 베트남에서 선교사로 살아간다는 건 목숨을 건 행보였다. 매일 살얼음판 위를 걷는 것과 같았는데, 늘 공안들의 감시를 받아야 했고 실제로 7차례나 감옥생활을 했다. 그는 공산화 이후 붕괴된 베트남교회를 재건해 음지에 내팽개쳐졌던 목회자들을 다시 깨워 내일의 일꾼들을 키우도록 독려하기까지 했다.

그는 2006년까지 호찌민을 중심으로 베트남 중남부 지역에 복음사역을 했고, 2007년부터 하노이를 중심으로 한 베트남 북부 지역과 캄보디아, 라오스에 교회와 188개의 병원을 개척했다. 사회주의 국가에서 영적 육적으로 피폐해진 영혼들을 돌보며 교회와 병원을 세울 수 있었던 것은 하나님의 주권적인 섭리와 기적을 통한 소명에 따른 것이지만 그 명령에 순종하여 베트남으로 가서 목숨을 걸고 구령사업을 위해 희생하고 교회와 병원 등을 지은 것은 하나님의 간섭에 의해 구동된 자유의지의 발로요 영혼을 불쌍히 여기는 마음에 의한 자발적인 행위인 것이다. 사랑의 복음을 위하여 자기를 희생 제물로 드려 선한 영향력을 크게 사회에 미치는 것이 크리스천 휴머니즘의 클라이맥스라고 할 수 있다. 그가 세운 교회나 병원 이야기는 많으나 지면상 생략하고 벤찌동영락교회 탄생 이야기 하나만 소개해 두겠다.

요나 선교사가 교회 재건을 하기 위해 맨 먼저 한 일은 공산화되기 전의 기존 교회들을 찾아보는 것이었다. 명목상 존재하는 총회를 찾아가서 호찌민에 버려진 기존 교회 명단을 받았다. 시내 중심가부터 헤집고 다니다가 마침내 호찌민의 벤찌동에 이르러 요나 선교사는 잡초만 우거진 빈 공터 안을 기웃거렸다. 놀랍게도 공터의 잡풀더미 속에 낡고 썩어서 찌부러진 교회 건물이 남아 있었다. 거기서 공산화되기 전에 이 교회 담임목사였던 람 목사를 만난다. 이런 람 목사와의 만남은 요나 선교사에게 큰 힘이 되었다. 두 사람은 시간을 정해 놓고 이 교회가 수축되는 날을 위해 기도하기 시작했다. 요나 선교사가 어떻게 이 무너진 제단을 세워야 할 것인가를 깊이 생각하며 삐딱한 울타리에 손을 얹고 간절히 속으로 기도하고 있을 때 두 여인이 다가왔다. "한국인이지요? 기도하시는 걸 보고 알았어요. 저희도 예수를 믿어요. 저희 두 자매는 여기 호찌민에 관광을 나왔어요. 마침 길을 잃고 헤매고 있는데 저희들을 좀 안내해 주세요." 요나 선교사는 두 자매를 이끌고 호찌민 시내의 가장 번화한 곳으로 데리고 갔다. 도시를 함께 둘러본 뒤에 한국 식당으로 인도했는데, 두 자매는 도시 관광을 하면서 서로 익숙해지자 자신들을 소개했다. 의사의 딸들이었고 그중 한 자매는 의사 남편을 둔 부자였다. "목사님과 만난 공터는 왜 그렇게 후락했지요. 꼭 귀신이 나올 것 같더군요. 도심지에 버려져서 마치 마른버짐이 퍼진 피부병에 걸린 것처럼 보였어요." "거기가 바로 교회였습니다. 벤찌동교회인데 수축해야 합니다. 저는 이곳에 선교사로 와 있는데 그 교회를 반드시 다시 세울 것입니다. 공산화된 뒤에 폐쇄된 교회지요." 그러자 언니인 자매가 흐느끼면서 "실은 의사 남편이 간호사하고 바람이 나서 속이 상해 마음을 잡을 수가 없었어요. 해서 이 여행을 하고 있었는데 상처 받은 마음이 위로 받을 기회를 잡았네요. 제가 그 교회를 아주 웅장하고 아름답게 수축하고 싶군요"라고 말하였다. "부정한 남편으로 인해 마음이 상했으나 이런 좋은 일을 위해 하나님이 저희 두 자매를 베트남에 보내셨군요." "여기서 위로를 받고 남편을 용서하고 싶어요." 요나 선교사는 그들의 영혼의 평화를 위해 간절히 기도했다. 돌처럼 굳었던 얼굴에 화기가 돌면서 마치 생명이 소생하는 듯 보였다. 이런 사랑의 소명과 실천 행위를 통해서 우리는 크리스천 휴머니즘의 클라이맥스를 볼 수가 있다.

나아가는 말 : 작품을 엮어내는 서사구조 돋보여

일반적으로 서사는 어떤 사실을 있는 그대로 기록하는 글의 양식을 말한다. 역사적인 기록물들이 모두 서사에 속하게 된다. 물론 문학의 한 양식으로서의 서사는 작가의 상상력에 의해 만들어지는 이야기를 말 한다. 그 대표적인 것이 소설이라 할 수 있다. 이 소설을 옛날에는 서사시라 했다. 이야기를 잘 엮어내서 독자들에게 공감을 주기 위하여서 작가는 말하는 법(화법)을 배워야 하고 이야기를 현실적인 체험과 조응될 수 있도록 그 구조를 치밀하게 짜야 한다. 이건숙 작가가 다루는 주제는 '창조 · 타락(죄) · 구원 · 완성으로 이어지는 가독교적인 세계관과 현대사회에서 소외된 하나님의 새로운 영적 지배를 갈망하는 정신과 그 욕동을 추구하는 크리스천 휴머니즘을 이야기로 잘 짜서 엮어내는 것이다. 이런 서사구조에는 몇 가지 우리가 간과해서는 안 되는 원리가 있다고 생각한다. 그 서사구조의 제일 원리로 들 수 있는 것이 서상한 바와 같은 내면적인 사이클을 모방하는 것이고 누구에게나 진리가 되는 보편성이라 할 수 있다. 아리스토텔레스는 『시학』 마지막 장에서 비극이 서사시보다 우수한 이유를 드는 중에 비극적 모방은 좁은 범위에서 그 목적을 달성할 수 있다는 점을 강조하였다. 인생의 어느 일면을 집중적으로 묘사할 때, 인생의 여러 면을 다루는 것 보다는 좀 더 통일성을 기할 수 있고 보다 강렬한 효과와 환희를 줄 수 있는 것은 사실이다. 그러나 그것은 격렬하기는 해도 영속적일 수 없고, 마음에 해맑고 드높은 아름다움은 줄 수 있어도 안전성과 은근한 깨달음과 감동을 줄 수는 없다. 그것은 바로 비극이 서사에 비해서 폭이 좁고 보편성을 띠울 수 없다는 약점 때문인 것이다. 서사처럼 작품의 폭이 넓고 보편성을 띠우게 되면, 비록 격렬하지는 못해도 영속적인 효과를 줄 수 있고, 순수한 기분은 못 주어도 깊은 깨달음만은 줄 수가 있다. 이건숙 작가는 비극정신으로 서사를 비기닝(beginning)하고, 희극정신으로 엔딩(ending)을 맺어 슬픔 너머 기쁨의 세계를 바라다보게 한다. 그것이 아주 능숙한 작가가 이건숙이다.

일반적으로 소설 작품이 갖는 서사구조는 그 길이가 아니라 그 주제로 볼 때 아주 엄숙한 것을 다루게 됨으로써 그 주제를 처음부터 끝까지 일관성을 유지하는 것이 매우 힘들다. 그래서 죄와 구원과 같은 기독교적인 주제를 다루는 서사에는 주제에서 벗어나는 일탈적 삽화(逸脫的 揷話, digression)나 비유, 경구, 역설, 유머, 그리고 다양한 인유(allusion)와 인용 또는 사례들을 끌어들이는 것이 허용되게 한다. 그러나 전체로서의 통일을 잃어서는 안 된다. 노스럽 프라이는 서사구조를 "중심이 있는 백과전서형식(百科全書形式)"이라 했을 때 바로 이 점을 지적한 것이었다. 이건숙 작가는 서상한 바와 같은 서사구조가 갖추어야 할 요건들을 충분히 갖추어서 기독교적인 세계관과 크리스천 휴머니즘 같은 엄숙한 주제를 솜씨 있게 엮어서 짜내고 있다. ✣

멀고도 험한 좁은 길

우리 개개인의 일생이란 지구라는 하나님의 무대 위에
서 하나님이 맡겨주신 배우역을 감당하고 있는 셈이다.
그러니 이 세상에 태어난 모든 사람의 삶이 한 권의 소설
이고 하나님의 드라마이다.

1. 펜 문학상을 받다

문단에 소설가란 이름을 달고 등단한지 꼭 40년 만에
받는 상이다. 수상작인 단편집 『이 세상에서 가장 아름다
운 구멍』을 심사한 김지연과 김유조 소설가는 심사평에
서 '남편과 외동딸을 구멍 속에 넣어 묻어버린 뒤에 엄습
한 구멍공포증에서 마침내 벗어나 진짜 아름다운 구멍인
영생의 장소, 천국을 갈망하는 인간의 갈구가 그려져 있

는 깊은 사유와 성찰의 내면심리가 꼼꼼히 기록되어 있다.'라고 평했다.

순간 이 자리까지 와서 서 있는 내 인생의 뒤안길이 눈앞을 스쳤다. 모질게 불어오는 거친 풍우대작이 없었다면 멀고도 험한 좁은 협로의 절경도 없을 터이다. 사망의 음침한 골짜기를 통과하는 역경을 통해 힘차게 살아온 지난날의 뒤안길이 아득하게 눈물로 흐려진 눈앞에서 출렁였다.

목사의 아내로 교회의 사모로서 성도들 그리고 고구마 줄기처럼 주렁주렁 매달린 시부모와 시동생 시누이 등 많은 사람들을 돌보면서 40년간 출판된 책들이 30권에 달한다. 그것도 한 곳에 머물면서 집필한 작품들이 아니다. 남편의 험난한 목회지를 따라서 태평양을 넘나드는 정신없는 생활이었다. 1993년《국민일보》에 연재한 대하소설 『바람, 바람, 새 바람』은 3부작으로 1부만 규장에서 출판되었고 목회지를 나성으로 옮기는 상황에 나머지 원고는 사라져버렸다. 2부, 3부를 되찾아 책으로 출판하려고《국민일보》에도 알아봤으나 원고를 찾을 수가 없었다. 이 대하소설은 버리자 하고 잊고 지내던 터에 우연찮게 그간 끌고 이사 다닌 짐들을 정리하는 중에 세월의 때를 뒤집어쓴 원고뭉치를 버리려는 쓰레기에서 찾아냈다. 순간 하나님의 손길을 뜨겁게 느끼며 울컥했다. 어떻게 이 원고가 그간 나를 따라다녔는지 신묘한 미스터리고 기적이었다. 그 순간 내가 왜 소설가가 되었는지 하나님의 줄을 보았다. 내 가슴을 꽁꽁 묶어 끌고 가는 바로 그분의 손이다.

펜 문학상을 받는 내게 모두들 하는 인사말이었다.

"벌써 받았어야 하는 상인데 너무 늦었어요."

만나는 사람들 마다 이런 말을 하니 내 나이 팔순이 넘어 상을 받아 동정으로 하는 말인가 하여 살짝 부끄러움도 있었다. 하지만 축하의 인사말에 힘이 났다.

"한국문학에서 크리스천 순수문학으로 가장 큰 문학에게 올리는 상입니다. 그간 애써온 기독교문학을 일반문단이 인정한 것이니 당당하게 받으세요."

내가 고집스레 물고 늘어진 내 작품의 문학성을 인정했다는 유명한 소설가의 축하에 드디어 해냈구나 하는 안도감을 느꼈다. 이제 나와 기독교 주제 문학이 인정받았구나 하는 쾌재가 터졌고 이건 순전히 하나님의 계획이라고 고백할 수밖에 없다. 하나님이 그간의 수고를 위로해주기 위해서 한 구석에 숨겨진 나를 끌어내 세운 것이라는 확신이 와서 그저 감읍할 뿐이다.

더구나 존경하는 평론가 김봉군 교수의 작가론에서 나에 대한 평이 많은 위로와 힘이 되었고 나를 객관화시켜 바라볼 수가 있었다.

'이건숙 작가는 우리 기독교 소설계의 정금이다. 한국문학사에서 기독교적 서사에 신실한 기독교 소설가는 손꼽을 정도다. 전영택, 이종환, 박영준, 임옥인, 백도기, 이 건숙, 김성일, 조성기가 그 계보를 잇고 이승우가 첨단을 걷고 있다……. 이건숙 작가는 줄기차게 기독교 영성을 서사화하기에 분투해 왔다. 단편소설집 9권, 장편소설 10권, 수필집 9권, 콩트집 등이 다 기독교 영성을 표백한 작품들을 실었다……. 이건숙 소설에 치열한 주제의식이 깔리는 것은 준엄한 작가정신이 작용하기 때문이다.'

2. 목사의 아내가 작가들 틈새에 끼다

목사의 아내가 소설을 쓴다니 지청구도 많이 들었고 핍 박도 받았다. 사모란 남편의 뒤에 있는 듯 없는 듯 숨어살 아야만 한다는 보수교단의 풍토에서 소설을 쓴다니 부닥 치는 저항은 아주 거셌다. 특히 작가들 사이에서도 친해 지면 은근히 다가와 아픈 충고를 했다.

"이건숙 씨! 이번 글도 또 하나님이 어떻게 했다는 결 론을 지었지. 그러니 작품성이 없잖아. 문학은 종교성을 띄면 끝장이라고."

어느 땐 하나님을 믿지 않는 평론가가 신랄하고 신경 거슬리는 평을 쓰기도 했다. 내가 주제로 삼은 심오한 기 독교 진리를 전혀 이해하지 못하기 때문이다. 참으로 이 상한 일은 가톨릭이나 불교문학은 모두 수용하는데 유독 우리 개신교는 그간 많이 나온 간증문학 탓인지 문학성이 없다는 선입감을 지니고 수군거리니 이건 너무나 큰 장벽이었다.

교회 안에서도 핍박은 많았다. 중책을 맡은 시무장로한 분이 교인들 보는 앞에서 당당하게 내게 충고를 했다.

"사모님이 소설을 쓰신다고요? 우리 성도들은 삶에 바빠서 성경 읽을 시간도 없는 판에 그걸 누가 읽는다고 쓰려고 하셔요."

그 뿐인가. 어느 귀여운 여집사는 내게 다가와 생글생글 웃어가면서 강요했다.

"이 잡지에 실린 소설 우리 목사님이 쓰신 걸 사모님 이름으로 내셨지요? 사모님이 어떻게 이런 글을 쓰시겠어요. 그렇지요? 어서 저에게만 맞는 말이라고 살짝 고백하세요."

너무 엉뚱한 말에 나는 그저 웃기만 했다. 그게 자신의 말에 동의한 걸로 아는지 그녀는 아주 신명난 표정을 지었다.

그 뿐인가. 내 작품은 거의가 연재물이었는데 큰마음 먹고 『예수 씨의 별』이란 장편을 전작으로 써 냈다. 글을 쓰면서 스스로 감동하여 울면서 쓰는 작품은 많지 않은데 이 장편은 중간 중간 많은 눈물을 흘리며 집필했다. 연재와 전작 쓰기의 차이점을 그제야 알았다. 그런데 이 소설이 사람들에게 잘 읽히지가 않았다. 어느 날 사랑하는 젊은 부부 집사가 다가오더니 조용한 카페로 가자고 해서 나는 그들과 즐거운 대화를 나누려고 따라나섰다. 그들은 충고하기 위해서 나를 데리고 나왔던 것이다.

"사모님! 우리부부가 이렇게 간청하면서 하는 말이니 신중하게 들어보세요. 사모님이 너무 아까워요."

"네! 무슨 말이에요."

"그 좋은 달란트를 이렇게 사용하시면 안 돼지요."

"네! 무슨 소린지 모르겠네요."

"사모님을 위해서 충고합니다. 제발 진지하게 듣고 참고하시기 바랍니다. 지난 일주일간 우리부부는 사모님이 쓰신 장편『예수 씨의 별』을 정독했어요. 그리고 밤새워 우리부부 잠을 설쳤어요. 사모님이 아까워서요."

"전 그게 무슨 소린지 전혀 감이 잡히지 않는데요."

"사모님은 기독교 주제를 떠나서 작품을 쓰면 대성할 분이에요. 아주 기막히게 글을 잘 쓰시는데 그 달란트가 이렇게 기독교를 중심으로 쓰니 각광을 못 받는 거라고요. 너무 아까워요. 우리부부가 내린 결론은 꼭 한번만이라도 기독교를 떠난 주제를 가지고 써보시면 책도 잘 팔리고 성공할 것입니다. 우리 기독교인들은 절대 소설 읽지 않아요. 지금 유명세를 타고 있는 작가들 별 것 아니에요. 사모님의 문제점은 바로 이것이니 제발 저희들 말을 따라 한번만 그렇게 써보세요. 히트 칠 것입니다."

내겐 땅이 흔들릴 정도의 큰 충격이었다.

3. 신춘문예에 당선

목사의 아내가 어떻게 소설가가 되었는가?

《한국일보》신춘문예에 당선할 당시 내 생활은 정말 가난의 구렁텅이였다. 시부모 생활비, 시동생들 학비, 그리고 우리 생활은 남편이 벌어오는 돈으로는 감당하기 어려웠다. 특히 막내 시동생의 대학등록금이 문제였다. 남편이 버는 돈으로는 치명적일 정도로 사립대학에서 가장 비싼 곳이었다. 게다가 둘째 시동생의 대학 등록금까지 이건 말이 아니었다. 몽땅 그 달의 월급을 봉투째 바쳐도 모자라서 동네를 돌면서 돈을 꾸러 다녀야 했다. 초등학교에 다니는 아이들은 겨울의 간식인 사과를 먹고 싶다고 야단이지만 그걸 살 돈이 없었다. 어쩌다가 딱 한 알, 사과를 사오면 남편까지 둘러앉아 모두 침을 꼴깍거렸다. 그걸 잘게 저며서 새끼 새들에게 먹이를 주듯 입에 넣어줘야 했다. 미국에서 그래도 남편은 박사학위를 받았고 나는 석사학위를 가지고 왔는데 생활기반은 없고 너무 많은 식구들이 매달리니 생활을 꾸려나갈 수가 없었다. 먼저 십일조를 떼어내고 시부모 생활비, 우리가 살 최소한의 연탄과 쌀을 사면 그게 전부였다. 친정어머니가 보다 못해 간장, 된장을 담가주고 이따금 밑반찬을 해 나르며 그걸로 어떻게든지 살아보라고 했다.

어쩔 수 없이 생활수단으로 나는 중고등학생들의 영어

과외를 할 수밖에 없었다. 그 당시 국제가구점은 을지로 입구에서 아주 큰 점포였다. 마침 내가 그 집 아들을 가르치고 있었다. 미국유학에서 돌아오니 신혼시절 샀던 농은 없어져버렸고 농 살 돈이 없어 벽에 못을 박고 옷을 걸 수밖에 없었다. 그 상황에서 국제가구점에 들렀더니 묵직하고 단단하게 보이는 호두나무농이 눈에 확 들어왔다.

"이거 비싸지요?"

그러자 주인여자는 아들의 가정교사가 물으니 배시시 웃으면서 대답했다.

"선생님이 사시면 원가에 드릴게요."

"그게 얼만데요?"

"팔십만 원만 내세요."

집에 돌아오면서 나는 계속 중얼거렸다. 팔십만 원을 어떻게 마련하지. 내겐 너무 큰돈이었다. 저녁을 먹고 아이들을 재웠다. 남편은 C교회 대학부를 맡고 있어서 학생들 특공 훈련시킨다고 이틀간 강원도 산속으로 가버리고 울적해진 나는 옆에 놓인 《한국일보》를 펴들었다. 거기 팔십만 원 상금을 준다는 기사가 눈에 딱 잡혔다. 어머머! 팔십만 원이면 호두나무농을 살 수 있는 돈인데! 신문의 광고는 내일이 신춘문예 공모 마지막 날이니 내일까지 우체국 소인이 찍히면 받겠다는 광고였다.

그 순간 나는 지체 없이 남편이 쓰고 있는 흑색 원고지를 꺼내 방바닥에 펴놓고 엎드려서 단편을 써내려갔다.

내 무의식의 세계까지 각인된 미국에서 아르바이트 해서 익히 잘 알고 있는 양로원의 이야기를 쓰기 시작했다. 내일 아침까지라니 원고를 다시 읽어볼 시간적 여유도 없어서 마구 써낸 단편을 아침 우체국 문이 열릴 때 《한국일보》로 보내고 까맣게 잊어버렸다.

한 달이 지난 12월 성탄절을 앞두고 《한국일보》에서 전화가 왔다. 신춘문예에 당선되었다는 전갈이었다. 나는 너무 기뻐서 수화기를 놓고 방바닥에 벌렁 누워 두 손을 머리 위로 힘차게 뻗으면서 흥분한 목소리로 크게 외쳤다.

"나 돈 벌었다. 팔십만 원! 그 돈으로 호두나무농을 사게 되었다. 신난다."

나를 따라서 어린 두 아들도 내 곁에 나란히 누워 깔깔대고 만세를 불렀다. 그런 우리를 남편은 한심하다는 듯 내려다보면서 한 마디 했다.

"소가 뒷걸음질 치다가 쥐를 잡았네, 당신이 뭔 소설을 써."

4. 소설가로 서기까지

신문사의 면담요청을 받고 나는 팔십만 원을 받을 욕심에 들떠있었다. 혼자 가기 쑥스러워서 옆에 살고 있는 선배언니를 데리고 《한국일보사》에 갔다. 언니랑 함께 돈을 받아 바로 국제가구로 갈 참이었다.

그런데 으리으리하게 큰 사무실에 들어서면서 나는 주눅이 잔뜩 들었다. 문화부장 앞에 앉으니 기자들이 사진을 찍고 야단이다. 너무 겁이 난 나는 눈을 동그랗게 뜨고 어서 그의 주머니에서 돈이 나오기만을 기다렸다. 문화부장은 아주 날카롭게 나를 위아래로 훑어보더니 거기 좀 앉아있다 가라고 했다. 그리고는 원고뭉치를 8개나 내 앞에 턱턱 던지면서 말했다.

"800명이 넘는 사람들이 응모하여 끝까지 심사에 올랐던 단편들이니 여기서 다 읽어보고 가셔요."

어리어리한 표정으로 불편하게 의자에 등을 대고 앉자 언니도 내 곁에 앉았다. 첫눈에 놀란 것은 원고들 전부가 나처럼 흑색 원고지가 아니고 반짝반짝하는 흰 원고지였다. 게다가 원고지를 묶은 끈이며 치장이 아주 귀티가 나고 정성이 듬뿍 묻어났다. 안을 들치니 얼마나 글씨도 예쁘게 썼는지 오자 하나 없었다. 나는 흑색원고지에 한 번에 갈겨쓰느라고 마구 오자를 지우고 덧쓰고 야단을 했는데 이들은 정말 다이아몬드를 빗어놓은 듯 돋보였다.

"두 분이 동시 당선입니다. 한 분은 황충상이라고 김동리 소설가가 뽑았고 당신은 최인훈 소설가가 붙들고 서로 양보를 아니 해서 시간이 걸렸습니다. 우리 측은 원고지 쓰는 것도 엉망이고 제목인 양로원도 양노원이라고 쓰니 다음번에 기회를 주고 김동리 소설가가 뽑은 황충상으로 결정하자고 해도 최인훈 소설가가 양보를 하지 않았어요. 우리더러 오자는 편집실에서 잡으면 된다고 고집을 부리니 어쩔 수 없이 신춘문예 사상에 없는 동시당선이 나왔어요."

이렇게 해서 나는 소설가란 이름을 달고 문단에 등장했다. 1981년 도엔 신춘문예를 행하는 신문이 모두 7개였다. 그 때 당선된 사람들은 모두 이삼십대의 남자들로 나처럼 사십대 여자가 나온 경우는 희한한 일이었다. 작가란 늦어도 20대에 발굴하는 법인데 내가 41세에 등단했으니 이상한 눈길을 던졌다.

그 다음이 문제였다. 신춘문예가 이렇게 대단한지를 나는 그 때까지 몰랐었다. 지금은 신문사가 늘어서 많은 신춘문예 작가들이 배출되지만 내가 등단할 당시만 해도 신춘문예 병에 걸린 사람들이 많았다고 한다. 10년에서 20년을 두고두고 응모하는 경우가 허다하다나. 내가 생각하듯 상금이나 받고 끝나는 일이 아니었다. 문예지에서 주관하여 당선자들이 모두 모여 대담이 진행되었다. 누구한테 사사했으며 주제와 구성에 대한 질문이 쏟아지고 얼마나 문학수행을 했느냐는 질문이 주축을 이뤘다. 40대 초반에 들어선 여자가 옷도 허름하게 입고 어릿거리면서 저들 틈에 끼어 앉아 어리바리했던 내 모습을 떠올리면 지금도 웃음이 난다.

그다음 문제점은 연이어 여러 문예지에서 단편 청탁이

들어왔다. 제일 처음 청탁은 현대문학에서였다. 그것도 쓰라면 쓰지요 하면서 겁 없이 「무거운 짐」이란 단편을 보냈더니 서강대 이재선 교수의 평설이 《한국일보》에 게재되었다.

'……의식의 심연에 오랫동안 자리 잡고 있는 죄의식의 무게와 그 내인성 및 속죄적인 양심의 문제를 환기하고 있는 가운데 이를 충격적 경험으로서의 역사상황과 연관시키고 있는 작품이다……. 죄의 만성화현상을 일탈한다는 점에서 주목되고 있으며 또 악몽과 거울의 반사적 이중상이 효율적으로 활용되고 있음이 돋보인다.'

단편이 실리니 원고료도 두둑하게 받았다. 하지만 내가 계속 소설을 쓸 수 있느냐 하는 문제를 놓고 고심하기 시작했다.

5. 문학세계에 발을 내딛다

신춘문예로 등단한 당시 나 자신도 앞으로 계속 글을 쓴다는 마음이 전혀 없었다. 어느 분야나 전문가가 되려면 만 시간을 투자해야 된다고 한다. 전문의나 교수는 물론 판검사까지 어느 분야이고 전문가가 되려면 그만한 시간을 들여 연구하고 공부해야만 하는 것이다. 그러고 보니 나는 지금까지 문학을 연구하고 공부한 적이 없었다. 좋아서 읽은 문학작품들 말고는 전문적 훈련을 받지 않았다. 대학시절 독문학을 했다지만 원문으로 독일 소설을 읽느라고 사전을 끼고 살았던 기억뿐이다.

그런 나를 하나님은 우선 소설가로 세워놓고 앞을 막고 있는 난관돌파와 고된 훈련기간을 정하고 몰아가셨다. 모두 4단계의 문을 통과하면서 하나님이 나를 소설가로 세우기 위해 나와 함께 동행하고 있다는 확신을 갖게 되었다.

첫 단계는 주위에서 내가 소설 쓰는 걸 모두 반대하는 분위기였다. 그걸 해결한 것은 나의 고등학교 은사 이상보 교수로 나의 제복시절 국어선생님이셨다. 그분은 문단에서 알려진 수필가로 남편이 속한 대학에서 함께 교편을 잡고 있었다. 그 은사님이 우리부부를 식사에 초대하고 나의 소설가 활동을 부정적으로 말하는 남편을 향해 질타했다. '아무나 신춘문예에 당선되는 것이 아니다. 이건 고등고시 합격보다 더 어려운 관문을 통과한 것이다. 재능 있는 사람을 얼마나 가둬놨으면 40이 넘어 등단했겠느냐.' 하면서 나의 스승님은 일장 연설을 하였다.

집에 돌아오면서 남편은 당신 하고 싶으면 글을 써 보라고 허락했다. 그러나 내심 글을 쓸 수 없을 것이라고 믿는 눈치였다.

하긴 그 시절 여자가 소설을 쓴다면 술 담배를 하고 생활이 난잡하다는 선입관을 지니고 있던 시절이라 성도들 특히 장로님들의 눈치가 차가웠다.

두 번째 문은 이제는 고인이 된 윤남경 소설가와의 만남이었다. 윤 권사님은 신문에 실린 당선소감을 읽어보고는 크리스천이 분명하니 만나자고 했다.

나는 수화기에 대고 이렇게 답했다.

"윤남경이 누구세요? 뭐하는 분이세요?"

나의 그런 응답에 놀란 그분은 잠시 침묵했다. 70년대를 주름잡던 단편작가 윤남경을 모른다니 이 사람이 정말 소설을 쓰는 사람인가 생각했던 모양이다.

"아무튼 만납시다. 꼭 할 말이 있어요."

부자들이 사는 별장 같은 평창동 집에 그분은 살고 있었다. 권사님을 만난 자리에서 나는 이렇게 따지고 들었다.

"성경에 모든 것이 있는데 나더러 무슨 글을 쓰라고 그러세요. 저는 상금이 필요해서 신춘문예에 단편을 냈을 뿐이에요."

나의 태도에 놀란 그녀는 이렇게 물어왔다.

"사사한 선생도 없었다면 도대체 써놓은 단편이 몇 편이요?"

"하나도 없어요."

윤남경 소설가는 황당해서 입을 딱 벌리고 머뭇거렸다. 한참 눈을 감고 깊은 기도를 한 뒤에 조용하고 차분하게 입을 열었다.

"하나님이 이 시대에 필요해서 당신을 강제로 끌어냈군

요. 성경을 쉽게 풀어쓰는 역할을 하라고 소설가로 내세우셨네요."

그리곤 몰아가기 시작했다. 지금이라도 늦지 않았으니 소설작법을 공부하자고 했다. 자신은 오영수 소설가에게 몇 년간 사사해서 작가가 되었다고 그분 책들을 여러 권 내주면서 정독하고 매주 단편을 써가지고 오라고 했다. 해서 매주 단편을 써가지고 드나들면서 하나님의 문화를 확장하는 글을 써야겠다는 결심을 하게 되었다.

6. 고된 훈련기간

하나님께서 풀어가는 세 번째 단계는 문맥동인 결성이었다. 모두가 40대에 소설을 쓰기 시작한 늦깎이들의 모임이었다. 정건영, 김용철, 신상성, 류순하 등 다섯이 남자였고 나 혼자만 여자였다. 모두 국문학을 전공했고 선생님들로 지금은 소설가로 잘 알려진 분들이다. 매달 단편을 써 가지고 각자의 작품을 놓고 토론하고 각 가정을 돌면서 모이기도 했다. 얼마나 작품 비평이 거셌는지 어떤 때는 화가 치밀어 힘도 들었으나 내 입장에서는 배우는 것이 참 많았다. 저들은 내 생활이 한쪽으로 너무 치우쳐 있다고 인사동에 모였을 적에 주점으로 나를 데리고 들어갔다. 나는 절대로 안 들어가겠다고 머리를 흔들었다. 그래도 밀려서 주점으로 들어가 주점 안을 한 바퀴 빙

돌면서 구경시키고 나오면서 이런 데도 알아야 글을 쓴다고 킥킥거리면서 훈시를 늘어놨다. 그 뿐인가! 모임에서 어쩌다 돌아가면서 유행가를 부르는데 내 차례가 오니 난감했다. 교회 울타리에 갇혀 지낸 나는 한 곡도 아는 유행가가 없어서 강하게 도리질을 했다. 저들이 찬송가라도 부르라고 강요해서 내가 좋아하는 '하늘가는 밝은 길'을 불렀더니 연대를 나온 사람들은 허밍으로 따라하면서 배꼽을 잡고 웃어댔다. 그래도 배울 욕심에 나는 악착같이 모임에 나가 앉아 모래처럼 저들의 가르침을 흡입했다. 내가 처음 접하는 본격적인 문학훈련인 셈이다. 게다가 저들은 문학과 거리가 먼 나를 위해 단편을 쓰면 꼼꼼하게 봐주고 평하고는 문예지에 다리를 놔주는 역할도 했다. 지면이 아주 귀했던 시절이라 문예지가 친정이 아니면 신춘문예 출신들은 공중에 내던져진 신세라 자생해야만 하는 시절이었다. 지금은 폐간되었지만 소설문학, 한국문학이나 문학사상 등 여러 문예지에 길을 터주었다. 되돌아보면 문맥동인은 내게 소설을 보고 쓰는 눈을 길러주었다.

네 번째 단계는 내가 등단한 때부터 기독교계 잡지들이 쏟아져 나와 지면이 풍성했다. 목사들의 월간지로 유명한 《월간목회》에는 매달 수필 연재를 10년 가까이 한 걸로 기억된다. 남자들만 읽었던 《월간목회》에 내 글이 실리면서 목사의 아내들이 읽기 시작했다. 갑자기 여자 독자층

이 많아져서 잡지 부수가 늘어났다는 행복한 비명도 들었다. 내가 미친 영향은 목사와 성도의 뒤에 벙어리로 꽁꽁 숨어있던 목사의 아내들을 밖으로 끌어내서 많은 수가 글을 쓰겠다고 펜을 들었다는 사실이다. 남편이 대전에서 목회를 할 적에 《월간목회》에는 사모의 핸드북이 실리고 있었다. 목사의 아내들이 대전에서 일부러 기차에서 내려 나를 보고 가려고 기웃거리기도 했다. 심지어 유성에 단체로 모여 목욕을 하면서 나를 밤에 불러내서 목회와 문학에 대하여 토론을 하면서 온밤을 온천의 호텔방에서 보내기도 했다. 사모 핸드북인 『사모가 선 자리는 아름답다』는 사모들과 신학생들에게 많은 길잡이가 되었다고 한다. 지금은 두란노에서 『사모의 품격』이란 제목으로 수정 보완하여 출판했다. 그 기간 《월간목회》에 연재해서 나온 책들이 『사모가 선 자리는 아름답다』『꼴찌의 간증』『이런 때 사모는 어떻게 말할까』『이런 때 성도는 어떻게 말할까』 등이니 많이 쓴 셈이다. 그밖에 《신앙계》나 많은 기독교 계통 잡지들이 콩트나 스마트소설 청탁을 해서 전부 쓰느라고 정신이 없었다. 주로 수필이기는 했지만 10년 동안 하나님은 설익은 나를 강권적으로 기초적인 글쓰기훈련을 시키셨다. 이제 되돌아보니 의사로 말하면 인턴과 레지던트 훈련을 거친 셈이다.

하나님은 얼마나 자신의 문화 확산에 내가 필요했으면 나를 지목하여 불러 세워놓고 10년간 강훈련을 시켰단 말인가. 마치 모세를 광야에서 40년간 훈련시켰듯이 나를 강권적으로 세워 강한훈련을 거친 뒤 그 분야의 전문인으로 세우셨으니 너무나 놀라운 하나님의 은혜요, 계획이었다.

7. 사모의 자리에서 글쓰기

문제 있는 교회만 맡아서 목회하는 남편은 언제나 내게 이렇게 말했다.

"나는 하나님이 쓰시는 스페어타이어라 문제 있는 교회를 맡아서 해결하면 떠나서 또 다른 문제 있는 교회로 옮겨야 해."

어떤 때는 견딜 수 없이 너무 힘들어서 나도 따지고 든다.

"그러면 어쩌자고 식구들 다 고생시키면서 40세까지 미국에서 그렇게 힘든 공부를 했어요."

"그래서 목회하면서 그렇게 받은 박사학위를 버리느라고 얼마나 고생을 하고 있는지 당신은 모를 거야."

철학박사를 받기까지 그는 고도의 지성과 날카롭게 비판하고 분석하는 훈련을 받은 사람이다. 언어분석으로 유명한 닥터 슬로얀의 제자이니 상대방의 말을 들으면 의중까지 찍어내서 분석할 수 있는 학문을 한 사람이다. 그러니 내 남편 신성종 목사는 사실 내가 보기에는 교수가 딱 어울리는 사람이다. 주위를 둘러보니 많은 목사들이 박사 학위를 참 쉽게 식구들 고생시키지 않고 따는데 신 목사는 미국의 종합대학교(university)에서 제대로 공부하느라고 무척 고생을 했다. 종합대학의 철학박사 학위는 전공이 인문계라서 그렇게 쉽게 받을 수 있는 학위가 아니다. 이렇게 40세까지 오로지 공부만 해서 학위를 받고 정교수로 대학에서 가르치다가 어느 날 갑자기 교수직을 내던지고 목회로 뛰어들었다. 하나님의 강권적 역사라고 본인이 고백하니 불평할 수가 없다. 지금까지도 나는 남편의 그 많은 지식을 펴보지 못하고 사장되었다는 점을 안타까워하는 사람에 속한다. 이 나라의 신학교 풍토에 문제가 많은 모양이다.

　남편의 평탄치 못한 목회, 주렁주렁 매달리는 시댁식구들, 게다가 아픈 아들까지 데리고 글을 쓰는 일은 불가능했다. 지금까지 100편이 넘는 단편들 거의가 새벽기도가 끝나고 교인들이 다 흩어진 뒤에 혼자 남아 기도하며 치밀하게 작품구성을 했다. 작은 공책에 꼼꼼하게 단편 구상을 해서 메모를 하고는 식구들이 모두 잠든 뒤 밤 11시부터가 내 시간이다. 자정이 넘어 대개 새벽 한 시나 두 시까지 자판을 두드렸다. 만약 등단당시처럼 원고지에 썼다면 감당 못했을 터이다. 잠을 죽이면서 쓰는 황금 같은 시간이니 온전히 집중하여 빠져들었다. 그래서 지금도 구상을 치밀하게 하고 번개처럼 집필을 하는 버릇이 있다.

다행히 남편은 종달새라 저녁잠이 많아서 내가 글 쓰는 걸 보지 못해 언제 그 많은 글을 써냈는지 모른다. 참으로 감사한 일은 나는 올빼미라 밤중에 깨어있을 수 있었다. 그리고 서너 시간 자는 잠은 아주 깊이 잤다. 그러니 새벽 기도도 나가고 글을 쓸 수 있었다. 이런 잠습관은 고등학교 시절부터 몸에 익은 습관이라 지금도 버리지를 못한다.

10년간의 고된 문학훈련을 시킨 뒤에 하나님은 믿기지 않을 정도로 연재할 기회를 주면서 밀고 가셨다. 《기독신보》에 장편 『이브의 깃발』《국민일보》에 대하소설 『바람 바람 새 바람』월간 《창조문예》에서는 4편의 장편 『빈 배를 타고 하늘까지』『나는 살고 싶다』『남은 사람들』『멀고도 험한 좁은 길』 – 이건 나중에 『예주의 성 이야기』로 보완 수정 출판했다. 《새가정》에서는 장편 『장대 위에 달린 여자』 – 나중에 『사람의 딸』로 출판, 스마트소설집 『민초들의 이야기』 등이다.

쫓기는 시간에 하나님은 이렇게 연재를 시키면서 글을 쓰도록 하셨다. 계속 써야하니 멈출 수 없도록 하나님은 강하게 장치를 해놓고 나를 쓰신 것이다. 연재가 아니라면 어떻게 그걸 다 쓸 수 있었겠는가.

8. 교회 다닌다고 볼기짝 맞다

내 유년의 숲에 보이는 아버지의 서재는 바닥부터 천장

까지 사면이 책으로 꽉 차 있었다. 책 좋아하고 낙천적인 아버지가 산 시대는 가장 격렬한 전쟁을 통과하는 불운의 시대라 안타깝다.

아버지는 광주학생 사건에 잡혀 교도소에 있을 적에 할머니가 빼내서 일본의 광도중학교로 유학을 보내고 연이어 대학도 거기서 나오신 분이다. 할머니 말로는 그림을 잘 그렸는데 특히 수탉을 엄청 멋지게 그려 벽 사방에 붙여놨었다고 한다. 이제 두어 장 사진으로 남은 아버지는 기타를 든 청년의 당당한 모습이다.

아버지는 굉장히 가정적이어서 휴일이면 가족들을 데리고 산속의 호수나 냇가로 가서 낚시를 했다. 지독한 낚시꾼으로 신혼 첫날밤 신혼부부가 사라져서 할머니는 머슴들을 데리고 횃불을 들고 찾아다녔더니 깊은 산속의 호숫가에서 신부를 곁에 앉혀놓고 낚시를 드리고 있더라는 것이다. 그 정도로 아버지는 낚시를 즐겨서 내 어린 시절 추억에도 어머니가 예쁘게 만들어 입힌 원피스를 입고 챙 넓은 모자를 쓰고는 물가를 어릿댔던 기억이 생생하다. 냇가에 솥을 걸고 어머니는 언제나 아버지가 잡아 올린 물고기로 매운탕을 끓여 온 식구가 물가에 둘러앉아 밥을 먹었던 추억도 많다. 친정어머니의 특식인 붕어조림은 그 맛이 아주 특이해서 그걸 전수 받은 나는 가끔 지금도 그 엇비슷하게 붕어조림을 해내놓으면 식구들이 환호하기도 한다.

아버지의 추억 중에 제일 강렬한 것은 모두 교회를 나가지 않는 상태에서 나 혼자 동네 교회를 나가게 되었다. 호기심이 많은 나는 아이들이 몰려 들어가는 동네교회에 갔다가 성탄절 어린이 잔치에서 연극 시작 전에 앞에 나가 인사를 하는 순서가 맡겨졌다. 한글을 읽지 못하는 어린 꼬마에게 주일학교 선생님은 아버지나 어머니가 읽어주면 그걸 외워가지고 하라고 시켰다. 아마도 네 살이나 다섯 살로 귀엽게 옷을 입은 내가 선생님 눈에 띈 모양이다. 많은 학생들 중에 내가 뽑혔으니 나는 너무 자랑스러워 아버지 서재인 이층의 가파른 층계를 기어 올라가서 아버지에게 주일학교 선생님이 써준 종이쪽을 자랑스럽게 내밀었다. 그걸 읽어본 아버지는 나를 아버지 무릎 위에 엎드려놓고 팬츠를 내리더니 볼기짝을 눈물이 나도록 짝짝 때리는 것이 아닌가.

　"누가 너더러 교회에 나가라고 했어. 네 엄마도 교회 못나가게 하고 있는 판에 네가 왜 거길 가니."

　아버지는 그 당시 지성인들이 선호하는 무신론자로 하나님이 없다고 야단을 치는 분이다. 그 반면에 어머니는 독실한 신자로 교회에서 세례까지 받은 분인데 아버지의 고집에 꺾이고 할머니까지 시집살이를 시키니 꼼짝 못하고 교회에 다니질 못하고 있는 상황인 걸 어린 내가 어찌 알았겠는가. 어머니가 교회에 보낸 것이 아니고 내 스스로 찾아간 교회를 놓고 어머니와 함께 아버지의 지청구를 무섭게 들은 셈이다. 더구나 엉덩이를 맞은 아픔은 너무 깊게 무의식 속에 각인되어 있다.

나와 교회의 관계는 이렇게 시작되었다. 하나님은 어려서부터 나를 쓰시려고 선택하여 강제로 끌어내신 것이다. 아버지가 이러니 나는 어머니에게 매달려 원고를 전부 외워서 성탄절 전야에 무대 앞에 나가 인사말을 했던 것으로 기억된다.

아버지는 교육열이 대단해서 서울 덕수궁 근처에 있는 검사실에 출근할 적엔 꼭 오빠와 나를 황금정 육정목에 있는 서울사대부속국민학교에 데려다주고 가셨다. 그 시절 나는 키가 아주 작아 교실에서도 첫줄에 앉았고 홍역을 앓을 적에는 열을 이기지 못하고 기절해서 할머니가 들어와 보고는 죽었다고 윗목에 밀어놓기도 했다고 한다.

9. 아버지의 애물단지

아버지는 밀수업자들을 맡은 검사라 무엇이 그리 위험한지 베게 밑에 권총을 감추고 잠을 잤다. 안방에서 아버지 어머니 옆에 막내남동생이 눕고 나란히 나와 오빠가 누워서 잤다. 부엌일하는 옥자라는 처녀는 다른 방에서 자고 집안에는 하찌라고 부르는 진돗개와 종류는 모르지만 송아지만큼 큰 개가 집을 지켰다. 초등학교 1학년 때인데 적산가옥인 안방 창가에 자색 목련꽃이 핀 봄날이었다. 머리맡 요강에서 오줌을 누던 나는 목련꽃 옆에 서서 방안을 엿보는 검은 모자를 쓰고 검은 천으로 입을 가린 남자를 보았다. 팬츠도 올리지 못하고 고함을 치면서 엄마 아빠 사이의 이불속으로 비집고 들어가자 아버지는 베게 밑에서 권총을 빼들고 문을 박차고 나갔다. 개들이 요란하게 짖어대고 동네 사람들이 모두 깨는 바람에 소란했다. 나는 아버지가 권총을 들고 뛰어나가는 모습이 너무 인상적이어서 아주 어릴 적인데도 아버지의 흉내 내는 걸 좋아했다. 특히 옆에서 시중들며 따라다니는 사람들에게 '……그렇게 하도록 하라.'라는 말을 흉내 내기 좋아했다. 아버지처럼 뒷짐을 지고 걸으면서 친구들에게도 의젓하게 아버지처럼…… 그렇게 하도록 하라.'라는 말을 잘했다. 어린 내가 아버지 흉내를 내면서 뒷짐을 지고 걷는 내 모습이 지금도 유년의 숲 한 귀퉁이를 차지하고 있다.

아버지는 내가 지진아일지도 모른다고 걱정했던 모양이다. 내 생각에는 넓은 울안에 갇혀 담 밑 흙을 가지고 놀기만 했으니 완전히 갇혀 지낸 꼴이라 저능할 수밖에 없지 아니한가. 그렇게 가둬놓은 이유는 어려서 무척 얼굴이 희고 눈이 맑았다고 한다. 게다가 어머니는 고운 색의 원피스를 손수 재봉질해서 만들어 입히고 언제나 챙이 넓은 모자를 씌워놓으니 사람들 눈에 인형처럼 예뻐서 어쩌다 밖에 데리고 나가면 사람들마다 만져보니 보물처럼 집안에 감추고 살았던 모양이다. 특히 옆집에 살던 변호사 할아버지는 아침마다 출근할 적에 우리집 대문 앞에서 기다려 나를 보고야 출근을 했다고 한다.

내가 다섯 살 되던 해에 유치원에 보냈다. 머슴이 자전거 뒤에 태우고 나를 유치원 뜰에서 선생님께 인계하고 갔다. 나는 아침마다 유치원에 가기 싫다고 쪼그리고 앉아 울었다고 기억된다. 일본 선생님에 모두 일본아이들 틈에 끼어 앉아 코타츠를 놓은 책상 밑에 다리를 내렸다. 나는 벙어리처럼 전혀 말을 하지 않았다고 한다. 머슴이 자전거에서 내려놓으면 그 자리에 그냥 앉아 있다가 선생님이 와서 안고 가면 내려놓은 자리에 나무인형처럼 까닥 않고 앉아 있으니 한 달이 지난 뒤에 어머니를 불러 아이의 지능이 아직 어리니 일 년 뒤에 다시 유치원에 보내라고 해서 쫓겨났단다.

그래서 아버지는 몸도 왜소한 내 건강을 위해 무용소에도 보내고 가정교사를 배치하여 공부도 시켰다. 어머니는 매일 내 옆에 붙어 앉아 동화를 읽히면서 안달을 했다. 사범부속국민학교는 들어가기 어려운 곳이었으나 아버지는 악착같이 오빠와 나를 거기에 넣었고 첫 학기에 우등상을 받아왔던 밤이다. 어머니와 아버지는 우리가 잠든 늦은 밤에 소곤소곤 대화를 나누면서 요깡을 드셨다. 우리에게는 이빨이 상한다고 숨겨놓고 꼭 밤이면 두 분이 그걸 드시면서 다정한 대화를 나누신다.

"오늘 건숙이가 우등상을 타왔어요."

어머니가 자랑스럽게 내 우등상장을 내놓는 모양이다. 나는 자는 척하고 두 분의 대화에 귀를 기울였다.

"그럼 저능아는 아니란 뜻이지. 아휴! 이제야 마음이 놓인다."

유치원 퇴학 사태로 나는 아버지의 애물단지였나 보다.

10. 다재다능한 나의 어머니

어머니는 아버지보다 머리가 좋고 총명한 분이라고 나는 생각한다. 붓글씨도 명필이라 전시회에 가끔 출품도 했다. 지금도 우리 형제들 집에는 병풍과 액자 족자 심지어 도자기에 쓴 글들이 유물로 남아있다. 뜨개질도 잘 해서 내 옷을 시집간 뒤에도 조끼랑 덧옷까지 손수 떠서 입혔다. 눈이 아주 안 보일 때까지 내가 출판한 책이나 사위가 낸 책 모두를 한 권도 빠짐없이 읽고 평을 하셨던 분이다.

어머니는 한문을 혼자 공부해서 터득했고 일찍 기독교 신앙을 가지고 교회에 열심히 다니면서 학생들을 가르쳤다고 한다. 선교사의 마음에 들어 어머니를 미국유학 보내서 공부를 시켜 장차 큰 일꾼으로 쓰려고 수속 중이었다. 그런데 문제는 외할머니였다. 그 당시 여자의 결혼 연령은 16세 후반이었는데 어머니는 20세가 넘도록 결혼을 거부하고 이제 미국으로 유학을 떠난다니 집안 망칠

일이 터졌다고 난리가 났다. 김 진사댁 외손녀가 저 꼴이라고 친척들이 모이면 수군거리니 창피해서 밖에도 못나간다고 외할머니는 단식을 하고 누어버리니 어머니 입장은 난감했다. 책상 위에 가져다 놓은 사진은 일본유학 중인 법대생이라고 했다. 어머니는 이렇게 가정이 난리를 치니 어쩔 수 없이 사진을 슬쩍 봤다고 한다. 사각모를 쓰고 있는 잘 생긴 얼굴에 조금 마음이 흔들렸다나.

어머니가 가르치고 있는 학교에 손님이 왔다고 해서 나가보니 사진의 그 남자가 사각모에 망토를 두르고 현관에 서 있는데 어머니가 위 아래로 날카롭게 훑어보았더니 남자 쪽이 머리를 푹 숙여버렸단다. 그렇게 결혼한 어머니는 시어머니와 아버지의 주장에 밀려 교회도 못 나가는 핍박 속에 가정에 꾸려 박혀 살게 된 모양이다. 할머니가 워낙 드세서 문밖출입도 어려웠단다. 할머니는 서울로 가서 검사생활을 하는 아들 집에 철철이 기차로 택배를 했는데 지금도 내 기억에 새록새록 오징어를 말려서 나무 상자로 보냈고 감도 부쳐오고 별별 것이 늘 택배로 도착했다.

어머니는 전심전력해서 우리를 가르쳤다. 오로지 우리를 돌보는 것이 주된 일이어서 나는 늘 어머니 옆에서 책을 읽었다. 어머니도 책을 끼고 살았다. 내 책꽂이에는 그 당시 나오는 잡지나 어린이 책들이 늘 쌓여있었다. 아버지 서재에도 책들뿐이고 어머니도 책만 끼고 도니 나는 책을 읽을 수 있는 환경에서 자란 셈이다. 남편도 책을 좋아하니 결혼한 뒤 지금까지 책들 속에 묻혀 살고 있다.

어머니는 명필이고 아버지는 악필이었다. 지금 우리 형제는 첫째와 세 째는 어머니를 닮아 명필이고 나와 막내는 아버지를 닮아 악필이다. 어머니는 아버지가 안고 오는 재판에 관한 서류를 모두 대필해주었던 것으로 안다. 나라 형편이 수상하니 미국으로 유학을 가자고 어머니를 밤마다 대리고 앉아 영어를 가르쳤던 아버지와 어머니의 모습이 선하다. 어머니는 살림에 지쳐 아버지 앞에서 까닥까닥 졸면서 아버지의 영어 발음을 잘 따라하지도 못했다. 그 때 미국으로 가족을 데리고 유학을 떠났다면 아버지는 한국동란에서 희생물이 되지 않았을 것이다. 그러나 역사에는 만약이 없지 아니한가.

아들 셋과 딸 하나를 데리고 전후 혼자 된 어머니는 더욱 우리 공부시키는 일에 매달렸다. 아버지처럼 네 자녀를 모두 법관을 만들겠다고 우리 앞에서 다짐을 했다. 첫째와 세 째는 그래서 법대를 나와 오빠는 판사가 되었고 세 째는 미국으로 가서 샌프란시스코 신학교를 나와 거리 목회로 유명하다. 유복자인 막내는 아버지를 몰라서인지 집안의 말썽꾸러기로 언제나 저지레를 했다. 가정의 기초가 흔들리니 아마도 그게 머리 좋고 예민한 그에게 힘이 들었던 모양이다.

11. 놀라운 어머니의 사랑

 어릴 적 내 집은 책을 읽는 분위기로 아버지 서재는 마치 도서실 같았고 어머니는 공부방에 내 나이에 맞는 책들로 채웠다.『피터 팬』을 읽고 며칠 밤을 자지 못하고 밤에 창문을 열어놓고 주인공을 기다렸던 유년의 숲이 그립다. 그림자를 두르르 말아 칼로 잘라먹는 마귀할멈 이야기는 얼마나 공포심을 안겨주었던지! 나이든 지금도 어둠이 내리면 그 비슷한 무서움이 불시에 엄습한다. 그 당시 방학 책은 우툴두툴 흑색지라 지우고 다시 쓰면 구멍이 뻥 뚫렸다. 거기를 어머니는 두세 번씩 다른 종이로 땜질해서 개학하여 제출할 적엔 가운데가 불룩 튀어나와서 창피했다.

 시계 보는 법을 배울 적에 얼른 이해를 못한다고 어찌나 지청구를 들었는지! 따스한 볕에 쪼그리고 앉아 울타리 가장자리에 호롱불처럼 빨갛게 익은 꽈리 무리를 바라보면서 훌쩍였던 장면도 내 기억의 필름에 저장되어 있다. 식사준비를 할 적엔 부엌 한구석에 나를 앉히고 그날의 신문사설을 큰 목소리로 읽으라고 주문했다. 그 시절 사설은 한문이 많이 섞여있어 내게 한문과 문장력을 길러주려는 어머니의 숨겨진 속셈이었다.

 오빠는 대학 재학 중 고등고시를 봤다. 60년대 초반 국제법에 관한 책이 없었던 시절이라 어머니는 일어 책을 구해 두툼한 대학노트 분량으로 번역하여 아들의 손에 쥐어주었다. 이게 직방으로 맞아떨어져 대학재학 중인 아들을 판사로 만든 놀라운 어머니의 치열함도 생생하다. 그 공책이 S대학 도서관에서 많은 고시생들의 손에 옮겨 다니다가 어떻게 사라졌는지 없어졌다.

어머니는 자녀들 넷을 앉혀놓고 언제나 이렇게 말했다.

"아버지 없이 너희를 키우는 일이 참으로 힘들다. 그러니 너희들은 공부를 잘 해야 한다. 공부만이 이 가정이 살 길이다."

우리 네 자녀는 그래서 공부에 전력했다. 오빠는 경기고등학교 1학년에 검정고시에 붙어 대학시험을 바로 보겠다는 걸 어머니는 강경하게 말렸다.

"내가 아무리 어려워도 그건 허락 못한다. 네 나이에 맞는 친구들을 사귀는 것이 일생 중요하다."

고등학교시절 사귄 오빠의 친구들이 지금까지 서로 어울리는 걸 보면 우리 어머니는 참으로 대단히 현명한 분이셨다. 홀로 되어서 딸자식까지 학교 보내느냐고 친척들의 구설수에 오를 적에 어머니는 내게 강하게 말했다.

"여자도 배워야 한다. 남자보다 더 많이 배워야 한다."

어린 시절 부모님이 단단히 기저를 닦아준 탓에 오빠와 나는 어려운 환경에도 공부를 잘 했다. 한국동란으로 우리 가정은 터진 웅덩이가 되었지만 나는 갇혀 살던 고인 물에서 흘러나와 냇물을 거치고 강을 따라 넓은 바다로 가서 세상을 배워가며 완전히 놀라운 변신을 했다. 친척들을 만나면 모두 이런 말을 한다.

"어머머! 인형처럼 앙증맞게 예뻤던 저 애가 지금 이렇게 컸어요. 튼실한 여장부가 되었네요."

그렇다. 나는 전쟁 이후 풀어놓은 망아지처럼 뛰면서 키도 크고 건강하고 몸도 우람해졌기 때문이다.

12. 하나님의 줄에 묶여 끌려가다

부서진 창고에서 가마니를 깔고 모두 양반다리를 하고 공부하던 피난국민학교 시절에 나는 1년 반을 월반하여 6학년이 되었다. 피난민들 틈에 끼어 학업을 중단하고 있다가 내 나이에 맞게 뛰어오른 셈이다. 구구단을 배우지 못하고 6학년에 들어갔으니 산수시간은 곤혹 그 자체였다. 오빠는 내가 구구단을 못 외운다고 어찌나 머리에 알밤을 먹이는지 머리가 온통 부어올랐다. 3살 위의 오빠는 자신도 월반을 해서 힘든 판에 내가 가르쳐달라고 자꾸 매달리니 골이 아팠을 것이다.

6학년 담임은 60대 할아버지로 전쟁에 처한 한국의 현실에 어찌나 많이 우시는지 우리도 따라서 우는 날이 많았다. 그 당시의 추억을 살려 쓴 「스승의 눈물」이란 단편이 《주간조선》에 게재되어 호평을 받은 적이 있다.

6학년 후반기에는 일등을 할 정도로 공부가 제 궤도에

올라섰다. 위에서 의논 끝에 공부를 잘 한다고 경기여중에 원서를 넣었다. 선생님은 너는 경기여중에 꼭 붙을 것이라고 장담을 했는데 발표에 보니 이름이 없었다.

선생님은 나를 앞에 앉혀놓고 이렇게 말했다.

"네가 그 학교에 떨어진 건 기적에 속한다. 2차에서 제일 좋은 정신여중에 가거라. 하나님의 크신 뜻이 있는 모양이다."

그 선생님은 지금 생각해보니 크리스천이었던 모양이다.

그 뒤 나는 구박덩어리가 되었다. 오빠의 들볶음이 어찌나 심한지 밥도 함께 먹는 걸 막아서 부엌에서 혼자 먹으면서 늘 울었다. 서울에 있는 학교에 입학한 모든 학생들이 한강도강이 안 되어 종합피난중학교에 모여 남녀공학을 했다. 중학교 1학년 모의고사에서 내가 전교수석을 하고 돌아온 날, 오빠의 친구들이 몰려와서 내 칭찬을 했다. 나는 방안에서 책을 읽고 있었다.

"네 동생 대단하다. 남녀를 통틀어 일등을 하다니!"

그러자 오빠는 지체 없이 이렇게 말하는 것이 아닌가.

"어쩌다 소가 뒷걸음질치다 쥐를 잡은 꼴이야. 그 애 경기여중도 떨어졌어."

'소가 뒷걸음질치다 쥐를 잡았다.'

나는 이 말을 신춘문예에 소설이 당선하여 남편의 입에서도 들었다.

어려서 혼자 교회를 찾아갔고 중학교를 믿음의 동산인

정신으로 간 것은 주님의 줄에 내 가슴이 꽁꽁 묶여 끌려가고 있다는 걸 나는 몰랐다. 도강이 허락되어 종로 5가에 위치한 정신여중에 들어가니 철저한 기독교 교육현장이었다. 매주 성경시간이 있어 교목이 들어와서 성경을 가르치고 시험을 보고 학교성적 제1위에 넣을 정도로 철저하게 성경교육을 실시했다. 처음 성경시간에 배운 것이 모세가 나일강에 버려진 사건으로 동화처럼 재미있었다. 주기도문을 쓰는 시험에서 나는 간략하게 요약해서 답안지를 써냈다가 교무실에 불려가서 지청구를 듣기도 했다. 그 뒤 하나님의 말씀인 성경을 일점일획도 틀림없이 줄줄 암송해야 한다는 교육을 받았다. 그때부터 이미 하나님은 나를 목사의 아내감으로 또 소설가로 훈련시키고 있었던 셈이다.

13. 철저한 신앙훈련을 받다

정신에 들어가서야 친구들 거의가 장로나 목사 딸인 걸 알게 되었다. 부모가 교회에 나가는 크리스천 가정에서 이 학교를 선택하여 보냈다는 사실이 놀라웠다. 하나님은 10대 초반에 나를 여기에 데려다놓고 장차 쓸 인물로 훈련을 시작한 셈이다. 그 당시에는 그걸 모르고 고등학교는 반드시 경기여고로 가서 오빠에게 보란 듯이 고개에 힘을 주기로 결심을 했었다.

이곳의 분위기는 아무래도 하나님을 모신 딸들이 모인 곳이고 또한 그런 교육현장이라 다정한 분위기였다. 여기서 나는 중고등학교 6년을 신앙으로 중무장한 셈이다. 봄 가을에 열리는 사경회에는 모든 수업이 중단되어 하루 종일 강당에 모여 성경을 배우고 기도를 했다. 각 학년이 2학급이니 전교생이 강당에 모여 기도하고 성경을 배웠다. 강당의 2층 입구에는 기도실도 있어 나도 거기 가끔 들어가 훌쩍이며 기도를 했다. 6년간 매주 배우는 성경시간과 사경회, 일주일에 한 번씩 모이는 전교생예배는 십대의 나를 완전히 신앙교육으로 무장하고 다져지게 했다. 지금은 그렇게 철저하게 신앙교육을 시키지는 학교가 없다.

정신여중고 시절에 나는 팔방미인의 훈련을 받았다. 신앙훈련에 겸하여 타인을 가르치는 교수법을 터득했다. 고등학교에 들어가서는 김필례 교장선생님이 저에게는 영어를 김정자(나중 서울치대 나와 치과의사가 됨)에게는 수학을 동급생에게 가르치게 했다. 영어와 수학을 잘 따라오지 못하는 급우들을 교실에 모아놓고 강단에 서서 가르치게 하고는 교장선생님이 뒤에 가끔 들어와서 참관을 했다. 고인 웅덩이에 갇혔던 내가 터진 웅덩이 물을 따라 흘러가면서 강하게 훈련을 받은 현장이었다.

게다가 기막힌 행운은 친한 동급생이 근로 장학생으로 학교도서실을 관리해서 나는 생쥐가 알밤이 담긴 방구리를 드나들 듯 책을 빌려다 읽었다. 서가에 꽂힌 책을 빠짐

없이 모조리 빌려다 보았을 정도였다. 교장선생님이 컬럼비아대학에서 공부하신 분이라 전후지만 다양한 책들이 상당히 많았다.

내 가정 사정이 넉넉하지 못한 걸 알고 담임은 나를 근로 장학생으로 판매부에 배치하여 아침 수업시간 전과 점심시간 그리고 방과 후에까지 아르바이트를 하게 되었다. 어머니는 시골에서 장사를 하셨고 나는 오빠와 동생을 데리고 자취를 했는데 오빠는 부잣집 상주가정교사로 들어가서 자취방에 머무는 경우는 많지 않았다. 그래도 초등학교에 다니는 동생의 식사를 해주고 판매부 일을 하고 내가 좋아하는 도서관 책들을 모조리 읽느라고 나는 친구들과 교제할 여유가 없었다.

어머니의 돈벌이가 시원찮아서 꼬박꼬박 식비를 대주지 못하여 제때 음식을 해먹을 수가 없었다. 문간방에 세 들어 살면서 풍로에 숯불을 피워 음식을 해야만 하는 시절이었다. 어머니는 그래도 남동생을 사범부속국민학교에 보내는 열성을 내었다. 그 시절 나는 앞개울에서 채소장수들이 버리고 간 것들을 주워와 삶아서 소금을 처서 동생을 먹이기도 했다. 내가 그런 생활을 하면서 버틸 수 있었던 것은 공부는 잘못했으나 항상 내 곁에 있어 내가 굶으면 자신의 도시락을 아꼈다가 나를 먹이는 친구 덕분이다. 그녀는 지금 어디 살고 있는지 도저히 찾을 수가 없어 안타깝다.

14. 소설쓰기의 기저훈련을 받다

  학교도서실 책들을 조금이라도 자투리 시간이 나면 열심히 읽었다. 비오는 날이나 험한 날씨엔 체육선생님은 교실에서 수업을 했다. 정말 재미가 없었다. 그런 날은 나는 소설을 책상 밑에 감추고 읽곤 했었다. 한번은 심훈의 『상록수』의 끝부분을 읽다가 도저히 참을 수가 없어 흐느끼고 말았다. 당황한 체육선생님은 어디가 아프냐고 다가왔고 내가 소설을 읽다가 우는 것을 안 급우들은 배가 아파 운다고 합창해서 양호실로 쫓겨나 아픈 척 몇 시간을 누워 있은 적도 있었다.

  눈코 뜰 새 없이 쫓기는 생활이라 수업시간에는 남들보다 더 집중하여 수업을 들어 배운 것이 머리에 거의 녹음이 되는 것 같았다. 어머니의 말대로 공부를 하는 길이 나와 내 가족이 사는 길이란 말에 나는 온전히 배우고 책을 읽는 일에 전념했다. 도서실 책들을 서가에서 차례차례 빌려다 몽땅 읽어버릴 정도였으니 다독을 한 셈이다. 이건 어려서부터 집안에 책이 넘쳐나고 책 속에 묻혀 살아온 습관이 어려운 환경에 큰 위로와 힘이 되었다.

  전쟁직후라 유명한 분들을 정신에서 스승으로 모시고 공부할 수가 있었다. 소설가 최정희, 시인 박목월 선생님이 국어 시간을 담당하기도 했다. 내가 소설가가 된 뒤 모교에 들려 제일 먼저 도서실에 갔더니 빛바랜 교지에서 내가 그 때 써낸 글들을 찾을 수가 있었다. '지심(地心)으로 돌아앉았다'라고 무덤을 표현한 시를 읽으면서 그 시절 상당히 예민했구나 하고 감탄했다. 또 단편이 실린 교지를 보고 어머! 십대에 이미 단편을 썼구나! 하는 놀라움으로 입을 딱 벌렸다. 이건 까맣게 잊고 있던 일이다.

제복시절 가장 특이한 일은 매일 일기를 써야 했다. 고등학교 3년간 도덕을 담당한 김필례 교장선생님은 매주 일기장을 모아가서 빨간 볼펜으로 오자도 고쳐주고 성경 말씀이나 신앙에 관한 글을 꼭 쓰도록 장려했다. 교장선생님이 들어오는 요일에는 급우들이 모두 일찍 등교하여 일제히 일기 대신 주기를 쓰느라고 바빴다. 똑같은 볼펜으로 쓰면 들킬 것이 걱정되어 서로 볼펜을 바꿔가면서 주기를 써서 제출하느라고 모두 진땀을 흘렸다. 아무튼 일기를 쓰든 6일치의 주기를 쓰든 3년간 그런 훈련을 받고 보니 글을 쓸 수 있는 기능을 익힌 결과를 낳았다. 되돌아보면 내가 하루 밤에 단편을 써낼 수 있었던 것은 이미 그 시절에 훈련을 받은 탓이고 그렇게라도 쓴 글이 성경과 내 삶을 연결하는 문학적 기초를 닦았다.

고3 마지막 도덕시간에 교장선생님은 이런 질문을 던졌다.

"너희들은 내가 행복하다고 생각하느냐?"

콜롬비아 대학에서 공부를 했고 학교에 드나드는 미국 선교사들과 자유로 영어 대화를 나누는 교장선생님은 우리 모두의 롤 모델이었기 때문에 우리는 입을 모아 행복해 보인다고 외쳤다. 우리 앞에 한참 침묵하시던 선생님은 무겁게 입을 열었다.

"여자란 가정으로 돌아가야 한다. 너희들은 나처럼 되는 것보다는 가정으로 돌아가서 가정의 제사장들이 되어라."

그 말이 씨가 되어 정신출신들은 거의가 가정에 충실하고 교회에 충성하는 장로부인이나 목사의 아내들을 많이 배출했고 다른 학교출신에 비해 이혼율이 낮아 연구대상이 되기도 했다.

15. 진짜 내가 이루고 싶었던 꿈

나의 제복시절 꿈은 오직 하나였다. 의사가 되고 싶었다. 정신학교 근처에는 서울대학병원과 의대가 있었다. 그 앞을 지날 적마다 눈에 띄는 하얀 가운을 입은 의사들과 학생들 모습은 나를 황홀하게 만들었다. 난 꼭 의사가 되기로 결심하고 이과로 가서 의대를 목표로 공부를 했다. 급우들은 거의 이화대학이나 숙대 쪽으로 지원해서 서울대학, 특히 의대의 시험과목과 완전히 달랐다. 이과에서 3명이 의대를 가려고 준비했다. 한 사람은 서울 치대에 들어갔고 다른 한 사람은 여자의대로 가서 모두 의사가 되었으나 나만 홀로 그 꿈을 이루지 못했다.

그 당시 누가 무어라든 나의 목표는 서울의대였다. 해서 필수과목인 독일어를 준비했다. 독일어 선생님을 따라다니며 배우고 나름대로 독학을 해서 원문으로 『호반』이나 「황태자의 첫사랑」을 읽어냈다. 혼자서 서울의대 시험 과목을 파고들면서 입시준비를 했다. 의사가 되어 슈바이처처럼 아프리카로 가서 선교를 한다는 엄청난 꿈을 꾸고 있었다. 돌이켜보니 그 꿈을 이루지 못한 탓에 『예수 씨의 별』이란 우리나라 최초의 여의사인 김점동을 실감나게 소설화할 수 있었다.

이렇게 준비한 내 꿈은 어머니와 오빠로 인해 무참하게 무너져 내렸다. 그들의 주장은 아주 확연했다.

'여자란 그런 직업을 가지면 인생길이 험난한 법이다. 여자란 애를 끼고 따뜻한 구들 위에 누워 뒹구는 것이 행복한 삶이다.'

아마도 두 분은 의대학비 때문에 나를 밀쳐냈을 터이다. 오빠가 법대에서 공부를 하고 있는데 둘이 대학을 다니면 엄청난 학비 감당이 힘들었기 때문이다. 할 수 없이 서울사대로 가기로 했다. 국립대학에다 사대이니 등록금이 싸고 졸업하면 모두 중고등학교에 교사취직을 시켜주니 하늘의 별따기로 취직이 어려운 시절 기막히게 좋은 조건이었다. 어머니는 내가 훌쩍이는 걸 보고 오빠가 고등고시에 붙으면 사대에서 의대로 편입하여 공부할 수 있다고 꼬드겼다. 영문과에 지원했는데 독문과가 신설되니 거기 갈 사람은 고쳐 쓰라고 해서 입시당일 나는 독문과로 정했다. 다른 나라 소설에 비해 독일소설이 무척 매력이 있어서였다. 의대에 가려고 준비한 독일어가 이렇게 나의 대학전공이 되어버린 셈이다. 해서 나는 서울사대 독문과 제1회 졸업생이다. 얼마나 독문과가 치열했는지 서울법대 컷 라인과 같았다는 후문이다. 전쟁 뒤끝이라 시골의 머리 좋은 학생들이 돈이 적게 드는 사대로 많이 몰렸기 때문이다.

대학을 다니는 동안 정말 재미없었다. 원서를 읽느라고 독일어 사전을 끼고 살았다. 유학파 교수들이 가르쳤는데 내가 문학을 하고 보니 그 시절 배운 학문이 상당히 열악했다고 느낀다. 남녀공학이니 여자들 세계에서 자란 내가 남자들 틈에 끼니 숨을 제대로 쉴 수가 없었다. 여름에는 앞에 뒤에 옆에 남학생들이 빼곡히 앉아서 교양과목 시간엔 어찌나 졸아대는지! 땀내는 진동하고 나는 저들의 조는 머리를 피해 몸을 앙당그려야 했다. 더 힘든 것은 수업이 끝나는 종소리에 눈을 뜬 그들은 예의도 없이 내 노트를 잡아채서 베끼느라고 야단이니 기가 막혔다.

집에 오면 언제나 녹초가 되어서 파김치였다.

16. 교회에서 만난 신 전도사

제복시절엔 미아리 천막교회에 다녔고 대학교 1학년부

터 다닌 교회는 동도교회였다. 1959년 청량리는 그 당시 시골이었고 서울사범대학은 용두동에 있었고 나는 학교 근처에서 살고 있었다. 고등학교 단짝이 나를 그 교회로 데리고 갔는데 성가대가 그 때 처음 조직되어서 나도 친구를 따라 성가대에 섰다. 교인들은 가마니바닥에 상다리를 하고 앉아 예배를 드렸고 최훈 강도사님이 목회를 하고 있었다. 청량리시장 곁에 있어서 아주 가난한 동네교회였다.

나는 주일학교 유치부 반사를 했다. 좁은 교회에서 성탄절 준비율동을 가르칠 곳이 없어 교회 입구 얼음판에 10여 명의 꼬마들을 모아놓고 애들과 폴짝폴짝 뛰면서 찬송과 율동을 했다. 바로 옆에는 화장실이 있고 겨울바람이 거세서 아이들의 코가 모두 새파랗게 얼어붙었다. 성가복도 없어서 성탄절 성가를 부를 적에는 집에서 각자 흰 한복을 입고 오라고 했다. 석탄난로 냄새가 자욱하고 흰 한복은 얇아서 어찌나 추운지 오들오들 떨면서 성가를 불렀고 새벽송을 흰 한복을 속에 입고 돌았다. 성도들의 집 문 앞에서 성가를 부르면 주로 사탕과 과자를 주었고 잘 사는 집은 우리를 불러들여 떡국을 먹이기도 했다. 제일 튼실한 남자대원이 자루를 메고 다니면서 집집마다 내미는 사탕이나 과자를 받아 한 자루가 되면 교회로 지고 와서 전교인이 둘러앉아 잔치를 했다. 배고픈 시절 교회의 성탄절은 콩알도 나눠먹는 사랑의 공동체였다.

그 당시 나와 함께 성가대에 앉았던 대학생으로 나중에 목사가 된 길자연이 있었다. 나중 내 남편이 된 신성종은 군에서 돌아와 연대에 복학한 상태로 교육부 전도사로 함께 성가대에 섰다.

아버지 때문에 교회를 중단했던 어머니가 나를 따라 동도교회에 등록했다. 어머니가 교회에 나오게 된 사연은 기막힌 체험으로 두고두고 간증거리였다.

주일에 나는 일찍 교회에 가려고 나가는데 어머님이 따라나섰다. 의아해서 어머니를 바라보니 웃으면서 말했다.

"요 며칠 아주 이상한 꿈을 반복해서 꾸었다. 비가 세차게 쏟아져 창호지 문을 마구 적셔 구멍이 뻥뻥 뚫리는데 시커먼 양복을 입은 머리가 긴 남자가 내 목을 세차게 조여서 숨을 쉴 수가 없었다. 버둥거리면서 고함을 치는데 밖에서 네가 우렁차게 찬송을 부르면서 문 쪽으로 다가오니 그 마귀가 슬그머니 손을 놓고 가버리더라. 연속 사흘을 두고 밤마다 똑같은 꿈이 반복돼서 너를 따라 교회로 나오라는 하나님의 부름인 걸 깨달았다."

어머니는 동도교회 초창기부터 다니기 시작해서 교회에서는 알려진 권사가 되어 최훈 목사를 도와 많은 일을 해서 '나의 동역자, 김의순 권사님'이란 말을 최 목사에게서 많이 들었다. 성경암송을 어찌나 잘 하셨는지 노년에는 우리부부에게 암송대회상으로 받은 세 돈짜리 금반지를 각각 끼워주기도 했다. 칠순이 넘어 하나님 앞에 기도

할 적에 자식들만 기르다가 왔다고 하나님께 보고서 내는 것이 부끄럽다고 라보드 신학교를 졸업하고 교회를 섬길 정도였다.

동도교회 최훈 목사님은 나를 보면 늘 이렇게 말했다.

"딸이 어머니를 못 따라가. 어머니가 훨씬 똑똑하다니까."

17. 귀가 커서 어머니 마음에 든 예비신랑

대학졸업 후 나는 충남 논산여고에 배치되어 부임하게 되었다. 그 시절 취직은 하늘에 별 따기로 어렵던 63년도였다. 학비를 싸게 받고 공부시킨 대신 누구나 배치된 학교에서 3년을 근무하는 것이 의무였다. 그곳 학교는 연무대가 가까워서 논산훈련병들이 학교 운동장을 뛰면서 돌았다. 군인들의 도시로 여학교는 대단하게 학생들을 보호해야 되는 형편이었다. 방과 후에는 선생님들이 조를 짜서 논산극장과 시내를 배회하면서 학생을 감시했다. 여학생들은 어찌나 영화보기를 좋아하는지 나하고 남선생이 논산극장에 들어가서 감시하는 중에 어머니의 허름한 한복을 빌려 입고 머리에 수건을 쓰고 가장하고 와서는 영화가 끝나고 불이 켜지면 서로 아는 체를 하면서 수다를 떠는 통에 모두 잡혀서 다음날에 교실에 들어오지 못하고 복도에 나란히 앉혀놓고 수업을 듣게 했다. 내가 담임한

반의 반 이상이 걸려 교장선생님은 담임인 내게 심하게 굴었다. 그 이유는 『폭풍의 언덕』이 명작이라 봐야한다는 내 주장에 전교생 단체관람을 시켰는데 그 내용을 걸고 한바탕 교장이 난리를 친 끝이라 더 했다. 지청구를 들은 내용은 총각이 유부녀를 사랑하는 내용이라고 난리를 쳤다. 지금 생각하면 참으로 호랑이 담배 먹던 시절의 이야기다.

내가 강단에 처음 섰을 때 가르친 학생들과는 서너 살 차이라 이제 나와 함께 백발할머니가 된 제자들이 나를 찾아와서 그 시절 이야기를 하면서 즐긴다. 거기서 3년 연속으로 담임하여 졸업시키고 대전여고로 전근이 되었다.

그 기간 토요일에 서울에 가서 주일은 동도교회에 나가 맡은 일은 계속했다. 신 전도사는 나를 끈질기게 따라다녔다. 내 눈에는 키도 작고 남학생들 틈에서 대학생활을 한 내 눈에는 결혼상대가 아니었다. 어머니도 그걸 알고 엄청나게 반대를 했다. 어머니는 직접 앞에 신 전도사를 앉혀놓고 조건이 하나도 맞지 않다고 머리를 흔들었다. 더구나 신학을 한다니 내 딸은 사모감이 아니다. 그냥 내 딸하고 교회에서 함께 일하니 교제는 해도 더 이상을 허락 안하겠다고 못을 박았다.

내가 충남에 내려가 있는 동안 그는 매일 나에게 편지를 보냈다. 학교로 편지가 오니 동료교사들도 눈치를 챌 정도였다.

신 전도사는 매일 새벽기도가 끝나면 어머니 뒤를 따라 우리집에 가서 어머니 앞에서 신앙적 대화를 나누며 가깝게 지내기 시작했다. 이런 신 전도사를 어머니는 앞에 앉혀놓고 이렇게 한탄했다고 한다.

"가정이 어려워도 키라도 좀 크면 얼마나 좋아. 그 몸에 깡패가 덤비면 여자를 보호할 수 있겠어."

오빠나 동생들이 장신이라 나도 작은 키의 남자가 마음에 들지 않았다. 어머니는 한숨을 쉬면서 신 전도사에게 이렇게 말했단다.

"그래도 귀가 크니 장수하겠군. 그거 하나 마음에 드네."

제 명을 살지 못하고 죽은 아버지로 인해 일찍 혼자가 된 어머니는 딸만큼은 그런 삶을 살지 않기를 바란 모양이다.

아무튼 동도교회성가대에서는 길자연과 신성종 두 커플이 나오게 된 곳이다. 지금도 그 시절 되돌아보면 미인이었던 길자연 목사의 사모님이 눈에 선하다.

18. 약혼과 결혼

어머니는 신 전도사의 가정을 알기 위해 우체 배달부를 따라 어렵게 달동네에 사는 그의 집을 방문하고는 기절할 정도로 놀라서 결혼은 절대 아니라고 못을 박았다. 그렇게 가난한 가정을 본 적이 없다고 어머니는 머리를 세차게 흔들었다.

그럴 즈음 신 전도사는 미국무성 초청으로 왕복 비행기 값과 2년간 모든 학비와 식비를 받고 유학을 떠나게 되었다. 그러자 약혼을 하고 떠나겠다고 강하게 주장하기 시작했다. 그 시험에 합격한 사람은 딱 두 사람이라고 기억된다. 시험에 붙고 어머니께 다짐했단다. '가난한 나의 집안에 관계없이 미국으로 가서 살터이니 걱정 마세요.' 목사의 아내가 될 수 없다고 거절하는 내게는 '목사는 안 하고 박사가 되어서 교수가 될 터이니 걱정 말라.' 아주 단단한 표정으로 말했다.

바느질도 못하고 음식도 못한다고 걱정하는 어머니 앞에서는 '바느질은 침모를 두고 시킬 것이고 집안일은 식모를 두고 할 터이니 걱정 마세요.' 두 분은 이런 농담도 주고받은 모양이다.

약혼식을 앞두고 오빠의 반대는 기가 막혔다. 식이 끝나고 오빠는 밖에 나가 눈물을 닦고 있었다. 이런 결정을 내린 어머니를 원망했다. 오빠의 주장은 아주 거셌다. '너 정도면 내 친구들 중 은행원이나 의사나 판검사를 소개해도 되는데 그 사람은 아니다. 너 그 집에 시집가서 어쩌려고 그러느냐. 고생문이 훤하다.' 남동생들 둘이도 신 전도사가 들어오면 머리를 돌리면서 인사를 하지 않을 정도로 반대를 했다.

어머니는 아버지가 법조계에 있어 정치와 연결되어 전쟁 통에 제 명을 못 살고 죽었으니 신학을 하는 남자는 장수하고 하나님을 모셨으니 가정이 편할 것이란 고집을 부렸다. 나는 어머니에게 절대적으로 순종하는 딸이었다.

대전여고로 전근을 한 나는 미국유학시험에 패스하고 신 전도사가 있는 대학 근처의 대학원 교육과에 입학허락을 받아 곧 미국으로 떠날 수속을 밟고 있었다. 대전여고는 충남에서는 알려진 명문교라 대전고등학교 남학생들이 대입준비 독일어를 단체로 내게 와서 배우고 있었다. 그런 상황에 신 전도사는 갑자기 귀국하여 총신 신대원 2학년으로 미국에서 전학을 하고 무조건 결혼으로 밀고 갔다. 내가 결혼을 한다니 대전여교 교장선생님이 어떻게 신혼에 떨어져 사느냐고 중앙여고로 전근하도록 길을 열어주었다. 황신애 교장이 독일어 시간만으로는 채용이 안되니 영어와 함께 맡을 수 있는지 면접에 펄벅의 소설 『대지』를 펴놓고 읽히고 질문을 했다. 또박또박 다 읽고 번역을 했더니 영어와 독일어를 가르치는 조건으로 취직이 되었다. 대전여고 교장의 강한 추천에 힘입어 명문 공립학교에서 서울의 사립학교로 전근이 된 셈이다.

신혼여행에서 돌아오니 시아버님이 막내시누이를 데려와서 하나뿐인 신혼 방에 넣으면서 공부시키라고 했다. 국민학교를 졸업하고 집에서 3년을 쉰 시누이는 검정고시를 치르기 위해 학원에 보내고 남편은 신학교에 다녔다. 얼떨결에 나는 두 명의 학생을 거느린 학부모가 되었다. 미국에서 2년 공부하고 온 남편은 C교회에서 나와 함께 고등학교 반사로 1년 있다가 신학교 졸업반에야 간신히 고등학교 전도사로 일하게 되었다.

19. 고난 끝에 드디어 신학교 졸업

사당동 총신은 헐떡고개라고 신학생들이 부를 정도로 가파른 곳에 위치했다. 아스팔트가 깔리지 않은 진흙 길이라 비라도 오는 날이면 구두끈만 남겨놓고 온통 진흙으로 뒤범벅이 될 정도였다. 누가 보면 간첩으로 산야를 헤맨 것 같다고 의심할 지경이었다.

쌀을 봉지로 사 나르면서 주로 밑반찬으로 살아가야 했다. 시누이와 남편 등록금을 내고 살자니 고추를 소금에 삭혀 잘게 썰어먹고 꼴뚜기를 상자째 사다가 소금에 삭혀 그걸 한두 개씩 다져서 고추 가루에 묻혀 먹는 것이 주식이었다. 단칸방 셋방살이는 문간방이라 쪽마루 밑 연탄아궁이에 밥도 하고 국도 끓이고 더운 물도 데워서 써야 했다. 남편의 급우들은 점심 도시락을 못 싸올 정도로 어려웠고 식당에서 파는 멀건 콩나물국에 밥을 사먹을 돈이 없어 굶는 학생들이 허다했다. 남편의 사촌여동생 남편도 그때 함께 공부했는데 도시락을 쌀 수 없어 아내가 메뚜기를 잡아서 볶아 가루를 내주면 그걸 한두 수저씩 먹으며 허기를 채웠다. 새벽에 일어나 도시락을 싸주고 학교로 출퇴근하는 나는 거의 죽을 지경으로 지쳐가고 있었다. 그래도 남편은 내가 싸주는 열악하지만 굶지 않을 정도의 도시락을 매일 지참할 수 있었다.

하필 그 때 임신이 되었다. 내 옆에 앉은 가정과 선생님은 나보다 두 살 많았는데 내가 임신상태로 너무 못 먹어 영향상태가 좋지 않다고 가사실습을 하면 먹을 음식을 몰래 식당 구석에 감춰놓고 내 앞에 메모를 남겼다. 비는 시간에 내려가서 먹으라고. 그래도 너무 고단한 생활과 영양이 부족해서 2.2kg의 작은 아이를 출산했다. 아이를 그런 험악한 셋방살이에서 낳을 거냐고 오빠의 걱정은 화풀이가 되어서 나는 어쩔 수 없이 고학년 가정교사를 해서 정능 산꼭대기에 13평짜리 연탄 아파트를 분양받고 월부를 넣으면서 거기서 아이를 낳았다.

아기를 낳고 돈이 없어 하루도 머물지 못하고 퇴원한 나를 찾아온 친정어머니는 오빠 몰래 도우미를 데려다 주었다. 이런 상황에 시어머니는 도우미를 보고는 놀라서 미역국이라도 끓여주는 것이 아니고 야단을 쳤다.

"나는 아이를 낳고 금방 일어나서 밭일을 했고 물을 길어다 밥을 해서 대가족의 식사를 준비했다. 너는 이렇게 편안하게 누워서 일하는 사람까지 부리면 이상하다."

시어머니는 그 날로 도우미를 시집간 둘째 시누이 집으로 데려가버렸다. 서울대학 나온 며느리를 보았다고 충청도 산골 신씨 집성촌사람들이 모두 시어머니 주위에 둘러앉아 울음바다였다고 한다. 대학 나온 며느리가 밥 한 끼를 차려주겠느냐고 불쌍하다고 그렇게 울었다나. 해서 다홍치마 시절부터 길을 들인다고 도우미를 데려간 모양이다.

야간 고등학교 여교장이 내가 아기를 낳고 누워 있으니 정능 산꼭대기까지 방문을 했다. 학교와 집 거리가 너무 멀고 산 높이 자리 잡은 아파트에 오르고는 힘이 들었는지 신학교에서 돌아온 신 전도사를 앞에 놓고 마구 호통을 쳤다.

"나도 목사의 아내지만 이거 너무 한다. 이렇게 하고 어떻게 목회자가 된다고 신학교를 다닐 수 있느냐!"

남편은 그런 힘든 과정을 거쳐 드디어 신학교를 졸업했다.

20. 죽음의 고비를 넘기고 다시 도전

시어머니는 17세에 내 남편인 신 전도사를 낳았지만 나는 30이 가까운 노산인데 시어머니의 충고를 따라 기저귀도 빨고 찬물에 목욕도 했다. 하루는 학교에서 돌아온 남편이 거의 혼수상태에 빠져 누워있는 아내와 아기의 온몸이 땀띠로 가득하고 상태가 이상하니 장모에게 전화를 했다. 일이 이렇게 되니 오빠는 어쩔 수 없이 친정어머니를 내게 보내면서 투덜댔다.

"이러다가 내 동생 죽이겠다. 어머니가 가서 돌볼 수밖에 없네요."

급히 간 병원의 진단은 산욕열이었다. 옛날에는 거의가 이 병으로 산모가 죽었으나 페니실린이 나오고는 생존율이 높다고 했다. 나는 치료를 받으면서 아이는 친정어머니가 돌봐서 한 달의 산후조리가 끝나고 다시 학교로 돌아갔다. 그 당시 고2 담임을 했는데 모두 8학급에 여자는 나 혼자였다. 학생들 인기투표에서 내가 제일 표를 많이 받아서 손목시계를 상으로 탔고 학교의 인정을 받아 가장 힘든 자리에 배치되었다. 영문법과 독일어를 가르치면서 대입으로 고2부터 학생들은 초비상이라 나는 정능에서 별을 보고 나와서 별을 보고 귀가했다. 다행히 친정어머니가 아기를 기르면서 살림을 도맡아서 편안한 생활을 할 수가 있었다. 결혼하여 죽음의 첫 고비를 넘긴 나는 이런 고비를 앞으로 수없이 넘어야 한다는 걸 형광등처럼 그때는 짐작도 못했다.

C교회 고등부 교육전도사로 일을 하다가 다시 필라델피아 웨스트민스터 대학원에서 학장이 비행기 표를 보내와서 박사를 따겠다고 다시 남편은 미국행 비행기에 올랐다. 그 시절에는 한국은행에서 딱 100불을 유학생에게 바꿔주는데 그 돈도 없어 70불을 환전해서 지니고 김포 비행장에서 아기와 나를 두고 혼자 미국유학을 남편은 떠나버렸다.

일 년 뒤에 나는 아기를 친정어머니에게 맡기고 미국으로 갔다. 갓 돌을 지난 아들을 데리고 가야하는데 남편은 혼자 오라고 주장했다. 가보니 내가 돈을 벌어야 공부할 수 있는 형편이었다. 방도 못 얻고 친구의 거실바닥에서 잠을 자는 남편은 학교를 다니면서 막노동을 하고 있었다. 그 당시 유학생들은 다 그랬다. 밤에 학교건물을 청소하거나 아니면 야간공장의 막노동을 하면서 공부를 했다. 60년대 한국은 너무 가난했고 미국도 부자는 아니었다. 다행히 학교 근처 오릴랜드(Oreland)에 있는 성공회교회의 사찰로 취직이 되어서 우리부부는 교회 교육관의 방한 칸 사택에서 생활을 시작했다. 그래도 집세를 내지 않았고 초라하지만 부엌과 거실도 있었다. 한 달에 수고비로 주는 100불로는 한 주에 25불 식비를 쓸 수가 있었다. 문제는 남편의 학비와 책값이랑 기타 비용이었다. 자동차도 고물로 샀고 보험도 들지 못했다. 미국 생활에서 자동차는 두 다리와 같아 차가 없으면 꼼짝 못하니 그건 필수품이었다. 직업을 구해야 했다. 학비가 없으면 남편의 공부는 중단이다. 낮에는 남편이 학교 간 사이 나 혼자 교회의 사찰 일을 했다. 성공회는 미국의 상류층 사람들이 모이는 교회라 정원도 아름답고 성전도 환상적이다. 그들은 날마다 모여 놀았고 나는 그들이 모일 적마다 지시에 따라 의자와 책상배치를 하고 청소를 했다.

21. 맹인들 틈에서 일하다

필라델피아에 와있던 유학생부인 셋이서 직장을 구하러 다운타운으로 나가기로 했다. 도시락으로 감자를 삶아 핸드백에 넣고 셋이서는 무조건 직장구하기 작전에 뭉쳤다. 60년대 한국은 너무 가난해서 얼마 안 되는 유학생과 그 아내들은 모두 막노동을 해야 될 지경이었다. 아침 집을 나설 적에 남편은 내게 이렇게 말했다.

"당신 무조건 'Yes, I can.'이라고 대답해. 그래야 능력이 있다고 인정하고 채용하는 곳이 미국이니 이거 꼭 기억하라고."

셋이서 처음 도착한 곳이 고급양복 만드는 곳이었다. 정문에 사람을 구한다는 광고를 보고 무조건 들어갔다. 내가 제일 용감해서 그들이 묻는 말에 남편이 일러준 대로 'Yes, I can.'을 씩씩하게 말했다. 해서 내게 맡겨진 일은 남자 양복의 어깨를 잘라가면서 박는 고난도의 일이었다. 솔직히 말해서 친정어머니는 내가 수를 놓거나 재봉틀 앞에 앉는 걸 금했다. 공부만 잘 하라고 다그쳐서 교사생활을 할 때까지 손수 내 옷을 지어서 입힌 분이다. 자신은 그렇게 하면서 딸인 나에게는 공부만하라고 했으니 이 일이 큰 위기로 다가왔다. 더구나 여긴 전기재봉틀이라 무릎으로 탁탁 치면 드르륵드르륵 속도가 엄청 빨랐다. 나는 다 지어놓은 남자양복 어깨를 뭉떵 잘라내면서

망쳐버렸다. 주인은 머리를 흔들면서 이런 양복이 한 벌에 몇 백 불짜리인데 돈을 물어야 한다고 오만상을 찌푸렸다. 세 사람 중에서 재봉 일에 달인인 나이 많은 사모님은 쉬운 박음질을 시켜서 그분만 합격했다. 그러자 그 사모님은 겁에 질려 우리를 따라 나왔다. 영어도 못하는데 한국사람이 한 명도 없는 곳에서 일할 수 없다고 했다. 우리는 큰길가의 벤치에 앉아 싸온 삶은 감자로 요기를 하고 다시 큰길을 따라 걷다가 허름하게 보이는 워킹 블라인드(Working Blind)라는 건물의 구인광고를 보고 들어갔다. 여기는 장님들만 일하는 곳으로 주정부에서 군인들이 메는 가방을 만드는 곳이었다. 장님들이 손으로 더듬어다 하는데 눈뜬 사람만이 할 수 있는 정교한 재봉일 할 사람을 구하고 있었다. 우리 세 사람 모두 취직이 되었다. 군인들의 가방은 어찌나 크고 무거운지! 마지막 마무리로 정교하게 박음질을 하는 일이라 고난도의 기술이 필요했다. 나는 양복점의 경험을 살려 재봉틀 고치는 기술자에게 살살 물어가면서 재봉틀 돌리는 법과 해야 할 일을 꼼꼼하게 물어보고 배워 드디어 터득하게 되었다. 우리 셋만 맹인이 아니었으니 어느 정도 자유로웠다. 기차를 타고 다운타운에 나와서 공장 일을 하는데 나는 그 때 둘째를 임신 중이라 내 몸이 큰 편인데도 가방의 무게에 질질 끌려갈 지경이었다. 한국을 떠나기 전날 오빠는 넌 미국에서 네 남편 공부시킬 돈을 벌려고 막노동하러 가는 것이라고 핀잔을 주었는데 그 말이 너무 맞아떨어져서 한숨만 나왔다. 하지만 이곳은 피스 워크라는 제도를 두고 있어 일을 하는 대로 피스 당 돈을 더 주었다. 일한 양만큼 돈을 주니까 속도를 내서 많이 만들면 돈을 많이 주었다. 그 욕심에 빠져서 우리 셋은 눈에 핏발이 서도록 전기 재봉틀을 돌려가며 무거운 군인가방과 씨름을 했다. 그렇게 공부시킨 남편들이 성공하여 귀국, 신학교 총장이 된 분도 있다.

22. 양로원의 밤일

아들을 낳고는 워킹 블라인드에서 시력장애인들과 일할 수가 없어서 나는 남편과 의논하여 한국에 두고 온 큰아들을 데려오기로 했다. 연년생의 두 아들을 낮에는 내가 교회 일을 하면서 육아를 하고 학교에서 돌아온 남편이 밤에 교회 일을 하면서 아이들을 돌보는 밤에 내가 일하는 직업을 구하기로 했다. 그 방법이 아니면 우리는 귀국할 수밖에 없었다. 다행이 여름방학이 길어 남편이 농장에 나가 일하면 학비를 절반이라도 충당할 수 있을 것이란 계산이 나왔다.

로컬신문의 구직광고를 보니 밤에만 일할 수 있는 곳은 양로원 뿐이었다. 삼십대 초반이니 건강이 버티어줄 것이라 기도하면서 들어갔다. 밤잠을 자지 않으면서 일한 것이 결국 나중에 건강에 큰 문제로 남긴 했지만 그 길만이 우리부부의 살길이었다. 아이의 기저귀를 손으로 빨아가면서 돈을 아껴 남편의 학비 마련을 하느라고 애가 탔다. 미국대학등록금은 정말 상상을 초월할 정도로 비쌌다. 책 욕심이 많은 남편은 어느 때는 대책 없이 책을 사드렸다. Great Books 52권의 장서는 미국도서관에서는 참고도서실에 배치할 정도로 귀하게 알려진 책이다. 나는 열심히 양로원 일을 하면서 통장에 천불을 학비에 쓰려고 푼푼이 모았는데 남편은 그걸 몽땅 지불하고 그 책을 사드렸다. 그 황당함은 정말 참을 수 없을 지경이라 무조건 길을 따라 한 시간을 걷다가 마음을 진정하고 다시 되돌아오면서 나는 하나님을 향해 마구 항의기도를 했다. 나를 왜 신학생과 결혼시켜 이런 지경까지 몰아넣어 고생을 시키느냐고 울부짖는 중 하나님은 내 일생 처음으로 음성으로 다가왔다. 나는 사실 이렇게 다정한 음성으로 응답을 듣기는 일생 처음이었다.

"딸아! 내가 너를 축복하여 노년에는 냉장고가 넘치도록 먹을 것을 줄 것이며 물질로 인해 고생시키지 않을 터이니 인내해라. 네 남편은 내가 크게 들어 쓸 것이다."

하나님은 단점도 많은 남편을 무조건 사랑하여 지명하여 불러서 앞으로 쓸 계획으로 이 가정을 이끌어가고 있음을 확신했다.

양로병원에서도 자격증 가진 간호사는 머리에 검은 줄

두 개를 두른 모자를 썼는데 아주 권위가 당당했다. 나는 간호보조원으로 밤에만 일하니 주로 기저귀를 갈아주고 노망난 노인들을 돌보는 일이라 밤새워 저들과 씨름했다. 얼마나 기저귀를 많이 갈아주었으면 침대의 가드라인에 닿은 내 흰 가운의 가슴팍이 한 줄로 닳아서 나긋나긋해질 정도였다. 특히 죽어가는 노인들 옆을 지키는 건 인생을 깊게 보는 심안을 길러주었다. 밤 11시에서 아침 7시까지 근무하니 아침에 남편이 나를 픽업하면 집에 와 샤워를 하면서 많이 울었다. 내겐 너무 힘든 현장이었기 때문이다. 내 울음소리로 남편이 공부를 중단할 것이 두려워 나는 물을 더 세차게 틀고 소리가 밖에 새지 않도록 했다.

한 사람의 목회자요, 신학자를 길러내는 길이 이렇게 힘들고 희생이 따르는 고난의 길인 걸 어찌 사람들이 알겠는가.

그러나 이 고행의 길이 나를 소설가로 만들었다. 귀국 후에 양로원에서 일한 체험이 속에서 곰삭아 터져 나와 쓴 단편 「양로원」이 《한국일보》 신춘문예에 당선 되었으니 말이다.

23. 초창기 가발장사의 길을 닦다

아이를 둘 거느린 가난한 유학생 부부는 그야말로 사면

이 꽉 막힌 상태였다. 그냥 귀국하느냐 아니면 하나님의 도움을 간구하여 열린 문을 찾아야 하느냐 하는 기로에 서게 되었다. 그런 시기에 뜬금없이 워킹블라인드에서 내가 전도하여 예수를 믿게 된 P여사가 전화를 했다.

"밤에 양로원에서 일하니 건강도 버리고 돈도 밑바닥 수당을 받아 어떻게 살아. 내가 은혜를 입었으니 갚아야지. 가발가게를 열었는데 손이 모자라니 가장 바쁜 주말에만 나와서 도와주면 양로원에서 받는 돈의 3배를 줄 터이니 요번 금요일부터 와라."

우선 밤에 잠을 잘 수 있고 금요일과 토요일이면 남편의 수업이 없으니 아이들을 맡기고 갈 수가 있었다.

선반에 셀 수 없이 나란히 놓인 가발들은 한국에서 수입해오는 것으로 우리나라에서도 판로를 찾고 있는 터였다. 인공머리는 진짜머리보다 스타일을 내기도 쉬웠고 그냥 비닐 백에서 꺼내 탁탁 털어서 헤드에 씌워도 자연스러운 웨이브가 환상적이었다. 인간의 머리보다 인공적으로 만든 머리털이 더 반짝이고 윤기가 흘렀으며 값도 쌌다. 하나님이 창조한 것 중에 최악인 검둥이들의 머리는 고불고불해서 포크로 북북 잡아 뜯어야 빗겨질 정도로 흥했다. 그들은 금요일 오후 주급을 받는 순간 가발가게로 달려왔다. 먹을 것이 떨어져도 우선 가발을 사고 나머지 돈으로 슈퍼마켓에 갈 정도로 완전히 인공가발에 미쳐있었다. 선반에 툭툭 털어서 걸어놓을 시간이 없을 정도로 주말은 바빴다. 돈이 홍수처럼 밀려들어오니 P는 그 돈 관리며 세금계산이 만만치가 않아 이 분야를 내가 움직여야 했다. 미국이라는 나라는 세금을 속이면 살인자보다 더한 형량을 주니 속이지 말고 꼬박꼬박 보고해야만 하는 입장이다. 한국인으로 미국에서 드물게 비즈니스를 개척하여 사업을 시작한 그녀에가 내가 절대적으로 필요했다. 세무사를 만나 세금 보고하는 형식도 알아오고 사업을 할 수 있는 기반을 닦아주어야 했다. 검둥이를 도우미로 써서 일손을 많이 줄이고 같은 피부끼리 거래하니 손님은 구름처럼 꼬였다.

"이제 이 정도면 나 혼자 가발가게를 운영할 수 있겠어. 내가 미시즈 신을 공부하도록 길을 열어주고 싶다는 마음을 억누르지 못하겠어. 똑똑한 사람이 막노동만하면 우리나라의 손해지."

"남편의 종합대학 등록금도 숨이 찬데 어떻게 나까지 공부를 할 수 있겠어."

"남 필라델피아에 내 이름으로 가발구멍가게를 내줄 터이니 거기 이득금은 전부 미시즈 신이 가지도록 해. 그 가게를 열어주는 건 미시즈 신이 석사라도 받을 공부를 한다는 조건이야."

그 친구의 이름으로 가게를 열기로 하고 남쪽 필라델피아 리하이 거리를 우리부부는 들쑤시고 다녔다. 굉장히 위험한 곳이었다. 조그마한 가게를 연 사람도 허리에 권총을 차고 있을 정도로 권총강도가 많은 흑인들의 슬럼가였다. 차를 타고 가면서 쏴대는 통에 무고한 희생자가 가장 많은 지역이었다. 절대로 가지 말아야 할 정도로 위험한 곳이었으나 가발은 흑인이 주 고객이니 거기로 파고들어갈 수밖에 없었다. 하지만 사방이 꽉 막힌 상태에서 하나님이 열어준 틈새였다.

24. 나 또한 대학원에 입학

우리부부는 겁도 없이 흑인들에게 물어물어 선반을 사서 하나씩 들쳐 메고 와서 사방에 선반을 매달고는 가발을 진열했다. 남필리델피아에 처음 들어간 가발 가게였다. 금요일 오후와 토요일에 손님이 밀려와서 선반에 진열해놓은 가발이 하나도 남지를 않고 몽땅 팔려 돈이 소쿠리에 수북했다. 주말에 팔리는 것이 그 주간의 80%를 차지했다.

주중에는 아이들 둘을 데리고 기차와 버스를 번갈아 갈아타고 가발가게에 와서 장사를 했다. 손님이 적어서 아이들을 돌볼 수 있었고 한국수출업자들이 직접 가발을 가져와서 그 주간에 팔릴 양만큼 주문도 해야만 했다. 아이들은 좁은 가발가게에 갇혀 지내기 답답해서 내가 다용도실에서 고객들이 맡긴 가발을 세탁하는 잠깐 사이 길거리로 나갔다. 놀라서 쫓아나가니 두 아이는 지나가는 흑인

여자들을 향해 이렇게 외치고 있었다.

"Come in, come in. Try the wig. You look so gorgeous."

(어서 들어오세요. 가발을 써보세요. 당신 정말 예뻐요.)

나는 그 자리에서 얼어붙었다. 여기서 아이들 교육을 한다는 건 차라리 유학생활을 접는 편이 낫겠다는 생각이 퍼뜩 스쳤다.

수입이 많으니 사찰직은 남편의 친구 유학생에게 넘기고 아파트를 얻어 나갔다. 그리고 그 시절 그리 흔하지 않은 일이지만 아이들을 낮에 맡아 돌봐줄 베이비시터를 구했다. 남편의 직장을 따라 플로리다에서 이사 온 백인여자는 흔쾌히 우리 아이들과 자신의 아이들 모두 함께 돌보기 시작했다. 그래도 걱정이 되어서 하루는 살짝 숨어서 그 집을 찾아 나섰다. 넓은 마당에 아이들 다섯이 뛰어놀고 있었다. 백인여자는 기다란 막대기를 들고 계단 위에 서서 아이들이 위험하게 움직이거나 싸우든지 울타리 밖으로 나가면 막대기를 휘두르면서 사령관처럼 호령을 했다. 베이비시터와 눈을 맞추면서 점심을 먹는 현장에 몰래 숨어들어가서 우리 아이들을 살폈다. 세상에! 이건 완전 군대교육이었다. 밥을 먹은 접시엔 절대로 음식이 남아서는 안 되는 모양이다. 우리아이들은 콩을 싫어하는데 절반은 콩이라 걱정을 했지만 다른 아이들과 함께 음식을 싹싹 먹어치우고는 다섯이 나란히 서서 접시를 싱크대에 올려놓았다. 키가 작은 막내는 까치발을 하고 정확하게 접시를 머리 위로 올려 잘 내려놓았다. 마음이 놓이기는 했지만 가슴이 찡하니 아팠다.

야간대학원을 알아보기 시작했다. 미국도서관은 오픈 서가(open stack)시스템이라 호기심을 자극했다. 게다가 도서관학과는 석사코스로 자신의 전공분야의 책들을 분류하는 작업을 해도 된단다. 내 케이스는 독문학과 한국 도서를 분류하면 방에 갇혀서 책만 분류하고 대학교수의 돈을 벌 수 있다니 마음에 쏙 들었다. 필라델피아에서 가톨릭 계통의 사립대학으로 흑인학생이 없는 부자들만 다닌다는 빌라노바 대학(Villanova University)의 입학허가를 받았다. 입학시험을 통과하고 야간에 가발가게를 닫고 일주일에 두 번 수업에 들어가야 했다. 남편의 지청구는 대단했다. 어린아이 둘을 두고 공부한다는 것이 억지라고 어찌나 잔소리를 하고 투덜대는지 주눅이 들었지만 친구가 제시한 조건을 어길 수 없었다.

25. 남편 철학박사학위를 받고 귀국

우리부부가 가발가게를 시작한 2년간은 초창기 개척 시기라 호황기였다. 남편은 돈이 들어오니 오로지 공부에만 전념할 수 있었다. 좋은 타자기도 사고 책도 마음대로 사서 학위를 받는 속도가 빨라 급 스피드로 박사학위를 받았다.

가발가게를 하는 동안 내겐 엄청난 유혹이 다가왔다. 세상에! 돈이 술술 들어오니 돈으로 무엇이나 할 수 있었다.

"여보! 우리 교수니 목사니 신학자니 다 팽개치고 장사를 합시다. 돈이 이렇게 술술 들어오는데 뭣 하려고 그 고생을 해요. 영주권을 신청하고 다운타운 좋은 곳에 큰 가게를 차리고 돈을 왕창 벌어요. 목사보다 장로가 되어서 헌신하면 되잖아요."

이렇게 돈독에 빠진 나를 남편은 물끄러미 바라보더니 단호한 어조로 강하게 말했다.

"나 오늘 모교 교수로 청빙 받았어. 내가 아이들 데리고 귀국할 터이니 당신은 가게 정리하고 학업 마치고 바로 귀국해."

"난 안 갈 거야. 여기서 돈 벌 거야. 세상에! 이 좋은 돈!"

"우리 두 사람 공부 끝나면 하나님께서 바로 걷어간다고 했어. 내가 기도 응답 그렇게 받았으니 빨리 가게를 정리하라고."

그는 바로 아이들을 데리고 귀국준비를 하고 내가 다니는 대학근처에 방 하나를 얻어주고 자동차는 바로 팔아버려 내 발을 묶어버렸다. 겁이 많았던 나는 운전대를 잡지 못하게 해서 운전을 못하니 꼼짝할 수가 없었다. 가발가게를 정리한 돈은 남편과 아이들의 귀국 비행기표와 책을 부치는 데 쓰고 나의 일 년 학비와 식비를 남겨둔 채 말이다. 하긴 남필리델피아는 위험한 곳으로 두어 번 권총강도를 당했으나 함께 일하던 흑인여자의 기지로 살아났다. 희한한 일은 하나님은 딱 우리부부가 공부할 만큼만 물질을 주셨다.

백인들 틈에서 일 년을 그들 음식을 먹으면서 사는 것은 참으로 힘들었다. 아무튼 정상으로는 1년 반이 걸릴 코스를 집중하여 1년에 맞추고 다행히 단번에 졸업시험에 통과, 바로 귀국했다.

가보니 아이들도 남편도 엉망이었다. 총신은 우리의 도움을 받은 신학생이 이상한 편지를 보내놔서 신학교에서 교편을 잡을 수가 없었다. 소속된 C교회가 이북파이고 신학교는 경상도파라 그렇다고 했다. 장모님 혼자 사는 집으로 아이들을 데리고 들어가서 남편은 전도사 생활비를 받으며 고생하면서 지냈다.

박사학위를 지니고 귀국하여 C교회에서 존경하는 목사에게 목사안수를 받을 정도로 그는 K목사를 사랑했다. 그분의 첫 번째 세례자이고 결혼주례와 목사안수까지 같은 목사에게 받았으니 남편의 일생을 함께한 교회와 목사였다. 그러나 단 한 번도 학비를 대준 적이 없고 비행기표를 사준 일이 없이 전부 내 손에서 나갔다. 내가 온다고 얻어준 사택은 살 수 있는 환경이 아닌 청계천 고가도로와 나란히 자리 잡은 상가아파트로 소음과 먼지로 공기가 탁했다. 빨래를 해서 베란다에 널면 고가도로로 달리는 차량이 뿌리는 먼지로 새까맣게 되어 문을 닫고 살아야 할 정도였다. 학위 받고 귀국하면 모든 고난이 끝나는 걸로 알았던 나는 낙망하여 쓰러져 고려병원에 2개월 간 입원하였다.

26. 교수직을 버리고 목회로 가다

남편은 늦은 나이에 목사안수를 받고 C교회 대학부를 인도하다가 사임하고 명지대학 교수 겸 명지교회 목회를 했다. 이중직이고 모두 풀타임이라 드디어 강단 위에서 쓰러지는 사건이 나고 하나님은 그제야 귀국할 적에 원했던 그 신학교로 보냈다. 거기서 부교수를 거쳐 정교수가 되어 대학원장이 되었다. 시동생들도 자립하고 이제 시부모님만 남아 숨통이 트이는데 갑자기 학교를 버리고 목회를 하겠다는 결심을 했다. 나도 어느 정도 안정을 하고 서강대학이랑 서울여대 등 여러 대학에 나가 도서관학을 강의하고 있었다. 나는 요번에는 못 따라가겠다고 고집을 부렸다. 이제야 겨우 안정하고 삶의 궤도에 올랐는데 목회라니! 남편은 어찌나 고집이 센지 본인이 결정한 일은 막무가내로 밀고 나갔다.

"신학교에 있다가는 나는 숨을 쉴 수가 없어. 정치판이야. 사회의 정치도 식상한데 여기도 마찬가지야. 차라리 목회를 하면서 영혼을 구하는 일이 하나님이 내게 명한 일이야."

나는 반기를 들었다.

"그간 고생한 식구들도 생각하셔요. 큰애가 지금 고3이니 대학을 가야하고 작은 애도 고2니 가장 중요한 시기에 처한 아이들을 버리고 어떻게 대전으로 간다고 해요."

아이들은 하나님께서 다 키워주신다는 주장을 하니 목사인 남편이 주장하는 것이 하나님의 일이니 감히 내가 막을 수가 없었다. 거기서부터 시작된 목회는 온전히 하나님의 손에 쥐어진 삶이었다. 40이 넘어 목회의 길에 들어선 나는 사모의 자리에 서니 전부 이상하게 보였다. 더구나 문제 있는 교회라 떠들썩하게 소문난 교회로 텔레비전에도 3개월간 계속 목사와 장로, 교인들이 육탄전을 벌이다가 드디어 재판정까지 가서 판결문을 교회 입구에 붙여놓은 그런 교회였다. 우리부부의 고생은 여직 살아온 삶보다 더 힘들었다. 이 경험은 내가 최근에 펴낸 장편 『예주의 성 이야기』에서 일부 소설화했다.

거기서 목회하면서 《월간목회》에 연재한 사모핸드북인 『사모가 선 자리는 아름답다』는 많은 사모들과 신학생들 그리고 일반성도들에게 길잡이로 읽힌 책이다. 싸우고 나간 사람들이 주일마다 와서 학생들을 버스로 실어가는 바람에 따라가지 못하는 영아들을 모아놓고 영아부를 시작했다. 부모교육을 매주 실시했는데 아이들을 맡겨놓고 하는 수업이라 손자를 보러온 할머니, 할아버지까지 참석해서 만원이었다. 여기서 강의한 내용이 홍성사에서 『엄마, 난 하나님의 선물이에요』 출간, 이 책도 영아부가 많은 교회에 신설되면서 길잡이 교재로 사용되었다. 그 뿐인가.《월간목회》에 연재된 40대의 사모로서 겪었던 『꼴찌의 간증』이란 수필은 홍성사에서 출판, 지금도 목사들을 만나면 회자되기도 한다. 다홍치마 적부터 사모가 된 분들이 느끼지 못하는 것을 나는 40이 넘어 소설가가 되어 써내려갔다. 그 외에《월간목회》에서 그간 연재하여 출판한 책으로는 『이런 때 성도는 어떻게 말할까』와 『이런 때 사모는 어떻게 말할까』라는 책으로 교회 안에서 난무하는 상처 주는 말들을 성화시키는 대화법을 쓰게 되었다. 그렇게 목회현장에서 소설이 아닌 산문을 쓰다가 10년 세월이 흐른 뒤에 나는 모든 걸 털어내고 본격전인 소설 쓰기로 돌아섰다.

27. 목회현장에서 얻은 글감들

목회하는 동안 기독교 전래 100여 년 역사에 켜켜로 스며있는 인물들이 소설화할 글감으로 넘쳐났다. 목회현장에서 교인들이 전해주는 선조들의 신앙이야기를 짧은 스마트소설 형식으로 월간《새가정》에 3년간 「민초들의 이야기」란 제목으로 연재했다. 세월 속에 살아지고 있는 이들의 믿음은 반드시 남겨야 할 글감들이었다. 나는 심방을 가면 그 집안의 선조들의 이야기를 들으려고 귀를 세우고 그들은 신이 나서 풀어놓는 통에 사랑과 소통의 줄이 탱탱하게 당겨져서 성도들과의 관계가 돈독하고 깊어졌다.

남편을 따라 목회지를 돌면서 상담해준 사모들과 목사들의 사연을 들으면서 소설화한 장편 『장대 위에 달린 여자』는 『사람의 딸』로 출간하여 문학상을 받기도 했다.

대전목회에서 가장 나를 힘들게 했던 사건은 작은 아들의 발병이었다. 너무 머리가 좋고 다재다능하게 태어난 아들은 우리의 멀고도 험한 좁은 길을 따라오면서 드디어 병으로 쓰러져버렸다. 우리부부는 사탄과의 최전선에 나설 어느 정도의 준비가 되어있지만 막내아들은 유리어항 속의 삶에 견디질 못했다. 이 아들의 투병은 지금까지 계속되고 있다. 이런 고난의 세월을 남편의 목회와 아들의 병을 씨줄과 날줄로 엮어 월간 《창조문예》에 『멀고도 험한 좁은 길』로 연재되었다. 일부 자전적인 소설이라 출판을 꺼려하다 『에주의 성 이야기』란 제목을 달고 출판되었다. 그 책을 읽은 독자들은 다른 소설보다 영성이 깊어 감동을 받았다고 전화를 하면서 흐느끼기도 했다.

남편은 대전의 D교회를 떠나 서울의 대형교회인 문제있는 교회에서 다시 미국으로 태평양을 건너 나성으로 목회지를 옮기는 날 친정어머니는 울부짖었다. 지금도 이따금 귀청을 찢는 친정어머니의 통곡이 비가 오는 날이나 우울할 적에 아직도 나를 힘들게 한다.

"기막히게 고생하며 자라고 키워낸 이 귀한 싹을 어떻게 이렇게 무참하게 짓밟아 뭉갤 수가 있는가! 이건 아니다. 너무 잔인하다. 목사와 신학자로 서기까지의 세월이 가슴 아프다."

그런 장모를 향해 신 목사는 이렇게 말했다.

"이 교회를 향해 돌을 던지지 말라고 하나님이 제게 명하셨어요. 저를 하나님이 강제로 이 교회에서 빼내셨다고요. 제가 미국으로 가는 것은 교회를 보호하기 위해서입니다."

하긴 이것이 대형교회가 아들에게 목사직을 세습하는 효시가 된 셈이다. 그래도 감사할 일이 많다. 고 조용기 목사님은 빈손으로 나온 우리 가정을 위해 기도하고 위로하는 전화를 미국까지 해주셨고, 고 옥한음 목사님은 당분간 살라고 생활비를 주셨다. 하용조 목사님과 사모님께도 늘 감사한다. 특히 사모님의 사랑은 잊을 수 없다. 수없이 전화로 기도해주셨던 김상복 목사님과 이재철 목사님, 특히 일주일이나 단식하며 우리 가정을 위해 기도해주시고 시부모 병원비랑 2년간 우리를 보살폈던 횃불회관의 이형자 권사님께도 늘 감사한다.

다른 좋은 목회지가 나왔는데도 남편은 자신의 신념을 쫓아 고생 많은 나성목회를 시작했다. 하나님은 문제 있는 교회만 골라 병든 교회에 마지막 카드로 그를 배치했다. 참 험난하고 특이한 소명이었다.

28. 목회현장에서 쓰러지다

이민목회는 교회 재정까지 없어서 나는 교인들을 데리고 길거리에 나가 우노 달라(1불)를 외치며 교인들이 모아준 헌옷을 들고 나가 팔았고 벼룩시장이 열리면 교인들과 함께 헌가구나 물건, 헌옷을 들고 나가 팔아서 성전을 사고 교회도 짓는 일을 도왔다. 그 시기에 맺었던 그들과의 사랑에서 교회란 건물이 아니라 거기 모인 성도들이 바로 교회라는 큰 교훈을 얻었다.

몸을 짓누르는 무게에 눌려 간신히 눈을 뜨니 남편이 내 옆에 엎드려 있었다. 온몸에 생명구조장치가 주렁주렁 달렸고 말할 수가 없었다. 눈을 뜬 나를 보더니 남편은 흐느꼈다.

"살아났군. 하나님이 내 기도를 들어주셨어. 이제 우리 고국으로 돌아가서 치료를 받자. 우리를 사랑으로 돌봤던 한의사에게도 가고 온전히 당신을 위해서 내가 살 거야."

말을 못했으나 귀는 열려서 그의 말을 다 들을 수가 있었다.

"하나님이 생명만 건져주시면 똥오줌을 싸도 좋으니 살려달라고 기도했어. 하나님은 내 기도를 들어주신 거야.

이제 됐다."

내가 살아난 것은 늦게 배운 운전으로 이웃에 사는 권 사님을 모시고 새벽기도회를 다녔는데 모두가 다 가도 사 모님이 나오질 않아 가보니 죽어 있었다고 한다. 남편은 일찍 혼자 차를 몰고 와서 새벽기도회가 끝나면 귀가했 다. 권사님이 사람 살리라고 악을 쓰면서 앰뷸런스를 불 러 따라온 의사가 응급조치를 하면서 중환자실로 옮겨졌 다고 한다. 나는 말도 어눌하고 왼쪽을 잘 쓰질 못했다. 투병생활을 끝에 어느 정도 몸을 움직이기 시작하자 남편 은 귀국을 서둘렀다.

"여기 있다가는 당신이 살아남지 못하겠어. 무조건 돌 아가자. 내가 오늘 마지막 고별설교를 할 터이니 당신은 맨 뒷줄에 앉아 있다가 송영이 울려 퍼지는 동안 내가 나 오면서 등을 칠 터이니 나를 따라 나오라고."

새로 지은 성전에 자리가 모자라게 운집한 성도들은 행 복에 가득 차서 마지막 설교인지도 모르고 문 앞에 나와 신 목사와 악수하기를 고대할 것이다. 우리는 모든 걸 뒤 로 하고 교회를 등지고 빠져나왔다. 남편은 서서히 차를 몰아 교회를 한 바퀴 돌기 시작했다. 미국에서 손꼽힐 정 도로 큰 터를 잡은 교회다. 성전도 크게 지었고 교회 울안 에 노인 성도들이 살 160유닛(Unit)의 양로원 지을 돈도 은행에서 허락이 났다. 다 이뤄놓고 고생만 하고 떠나고 있다. 항상 남편은 그랬다. 운전대를 잡은 남편을 보니 눈물을 줄줄 흘리고 있었다. 차는 성전을 한 바퀴 돌고 고속도로로 진입했다. 남편은 말이 없었다. 서울을 떠날 적의 막막함과 7년간 이 교회 터를 사서 성전을 지은 모든 일이 주마등처럼 스치는 모양이다. 매일 새벽마다 설교를 했고 울부짖던 기도를 내려놓고 우리는 떠나고 있었다.

이런 그를 향해 나는 가만가만 천천히 말했다.

"수고했어요. 너무나 훌륭하게 당신은 해냈어요. 전 당신을 존경해요. 당신만큼 훌륭한 목사가 이 세상에 몇이나 될까 하는 생각을 하고 있어요."

굳어 있던 남편의 얼굴이 활짝 펴졌다.

"애들이랑 당신, 그동안 너무 고생했어."

우리부부는 교회 덩치만한 큰 짐을 주님의 무릎 위에 올려놓고 가뿐한 몸으로 성전을 벗어났다.

29. 삶의 끝자락에 서서

교회는 하나님의 나라이다. 한 국가처럼 세상의 모든 층의 사람들이 모여 있는 곳이다. 영아, 거지, 사기꾼, 부자, 낙오자, 정치가, 교수, 의사, 등등 모든 층의 사람들이 모인 한 나라이다. 낙심하고 가난한 병든 사람들을 사랑으로 돌봐야 하고 거드름을 피우는 가진자들을 이끌고 천국을 향해 대행진을 하는 곳이다. 사모의 자리는 한 나라의 퍼스트 레디로 영부인에 속한다. 존경을 받고 위함을 받는 자리라기보다 맨 밑바닥의 사람들로부터 위의 귀족들까지 다 돌봐야 하는 자리다.

이런 사모의 자리는 정말 많은 글감을 얻을 수 있는 위치이다. 내게 문학을 배우는 사모들은 늘 너무 바빠서 글을 쓸 수 없다고 고민을 털어놓는다. 맞는 말이기도 하고 틀리는 말이기도 하다. 글감의 바다에 던져져서 저들을 돌보며 문학으로 승화할 수 있는 곳에 하나님이 던져놨으니 그걸 하나님의 문화 속에서 예술작품으로 승화해서 써보라고 권하기도 한다.

유튜브에 뜨는 내 단편 중에 「황홀한 나들이」란 작품을 많은 사람들이 들어와 듣는다. 이 작품은 목회현장에 흔한 성도들을 모델로 쓴 작품이다. 돈으로 목이 굳은 사장 부인, 교수 부인, 시어머니와 남편을 미워하는 등의 삶을 문학으로 승화한 작품이다. 문학이란 다수에게 공감을 주는 포장된 예술품이라 저들은 자신의 이야기인 줄 모른다. 그들 이야기를 썼다가 목회에서 쫓겨난다고 걱정을 하는 사모들을 만나면 효과적인 문학적 장치를 하라고 말해준다. 상징, 은유, 환유, 비유, 상상, 함축된 표현 등의 장치와 기교를 동원하라고 말이다. 문학은 바로 그런 예술성을 살리기 위해 긴 시간의 전문성을 요하는 훈련과 노력이 필요하다. 우리 기독교에 산문작가가 귀한 것은 이런 긴 시간의 훈련 때문이라고 생각된다.

크리스천 작가인 내가 쓰는 글은 생명의 양식이 되어야

지 칼, 총, 독과 같이 사람의 영혼을 유린하는 흉악한 수단이 되어서는 안 된다. 원수도 감동하도록 써야 한다. 잘 쓴 작품은 독자로 하여금 아프도록 생각하게 하는 무엇을 내포하고 있는 법이다. 화롯가의 이야기처럼 흥미만 자극하는 것이 아니고 독자가 묵상할 수 있을 만한 적절한 소통지연의 장치가 필요하다.

내가 소설가로 등단하자 오랜 기간 소설을 써서 알려진 분이 내게 진지하게 이런 충고를 해주었다.

"단편을 몇 편 썼다고 소설가가 되는 것이 아닙니다. 적어도 50편의 단편을 쓰고 나서 소설가란 명패를 달아야지요."

맞는 말이다. 작가로 등단해서 꾸준히 10년을 써야 신인이란 타이틀을 벗을 수 있는 자리가 바로 글 쓰는 사람들의 위치이다. 그만큼 오랜 인고와 수련시간이 필요한 법이다. 자신이 겪은 체험이 작가들의 큰 밑천이지만 책을 통해 만나는 간접체험도 중요하다. 그러기 위해서는 역사, 심리학, 철학, 자연과학, 생태학, 신화 외에도 많은 문학작품을 꾸준히 읽어야 한다.

작금의 현실은 문학이 죽은 시대이다. 문학은 인류의 양심이요 가치관이기 때문에 새 바벨탑을 쌓고 있는 인공지능 메타버스시대의 마지막 주자는 영성시대로 문학과 기독교가 그 기반이 될 것으로 확신한다.

30. 문학의 바다에서 헤엄을 치다

다음 시는 내 아들이 아버지를 어떻게 보았는지 쓴 글이다.

아버지가 숨겨놓은 리어카

내 앞에서는/항상 새 양복을 입으시던 아버지/용돈을 왜 이리 많이 주시나/아버지께 물어도 대답이 없으시네./아버지 부자 상자를 가지셨지요?/말없이 헤어진 아버지를 /어느 날 길에서 보았네./흙 묻은 헌 옷차림으로 /붕어빵 장사를 하시는 아버지/내 앞에서 나쁜 사람이 리어카를 엎어버렸네./아버지는 그걸 세워놓으시고 무법자에게 비시네./내일도 나의 아버지는 새 양복을 입으시고/부자 상자를 가지신 듯 용돈을 주시겠네.

시란 상징성을 띄고 비유, 환유하며 쓰는 것인데 아들의 눈에 비친 목사인 아버지의 고통을 이해한 시라 나는 이 시를 읽으면 만감이 교차한다. 양복을 입고 아들과 성도들 앞에 언제나 의젓하게 서서 모두의 앞에서 지극히 겸손하고 사랑이 넘치는 평안한 얼굴로 우뚝 서 있지만 철들어 깨닫게 된 아버지의 속앓이를 아들은 꿰뚫어본 셈이다. 따지고 보면 목사의 자녀들은 숨 막히는 자리일 것이다. 부모를 따라 사탄과의 최전선에 임해야 하니 말이다. 처음 목회지로 나설 적에 작은 아들은 이렇게 절규했다.

"아빠! 목사 하지 말자. 그냥 교수로 지낼 수 없어? 아빠가 목사가 되면 난 동물원의 원숭이 꼴이 된단 말이야. 제발 그냥 교수 하자."

뒤돌아보면 아픈 상처들이 내가 걸어온 멀고도 험한 좁은 길에 흔적을 남기고 있다. 이제 내 등에 주렁주렁 매달렸던 무거운 짐들이 다 떨어져나가서 날고프지만 날개가 휘어서 멀리 높게 날 수가 없다. 하지만 문학이란 엄청난 바다를 앞에 놓고 나는 그저 감사할 따름이다. 내 손을 잡아끌어 펜을 쥐어주면서 글을 쓰게 하신 하나님의 놀라운 소명에 글쓰기 전 묵상기도를 할 적마다 눈물이 난다. 아마도 펜이 내 손에 없었다면 나는 거친 풍파에 벌써 쓰라졌을 것이다. 글을 쓰면서 위로도 받았고 치유되었고 힘을 얻었기 때문이다. 더구나 하나님의 문화를 넓혀간다는 소명감에 보람을 느낀다. 결국 하나님이 명한 내 소명은 성경과 문학 사이에 다리를 놓아 하나님의 문화를 확장하며 저들의 가치관을 변하게 하는 일이다.

『죽은 시인의 사회』에 나오는 카르페 디엠을 외치며 죽음을 앞둔 나이에 내가 하고픈 일을 하리라. 읽고 싶었던 책들을 맘껏 읽고 계속 글을 쓰고 깊이 있게 사색하고 내 주위의 모든 것을 사랑하리라.

남편의 신학교 동기동창목사님이 최근 동창회에서 모

두의 수고를 위해 이 시를 낭송해서 감동이 되어 이 시로 마무리를 한다. 시인 조인형의 시이다.

멋진 당신의 인생

폭설이 내린 머리에는/머리카락보다/많은 사연이 있고/주름이 깊은 이마에는/고뇌하며 견딘/세월의 흔적이 있고/휘어진 허리는/알차게 살았다는/인생의 징표인데/그 값진 삶을 산 당신에게/누가 함부로 말하겠는가./남은 삶은 짧아도/그 깊은 삶의 무게를 누가 가볍다 하겠는가./당신이 남긴 수많은 발자국/그 값진 인생은/박수 받아 마땅하지 않은가/꿈이 있는 한 나이는 없다/멋진 당신의 인생이기 때문이다. ✶